KB139473

주관식 문제

주관식 문제

초판 1쇄 인쇄일 2020년 7월 28일
초판 1쇄 발행일 2020년 8월 6일

지은이 장우석
펴낸이 양옥매
디자인 송다희 임홍순
교 정 조준경

펴낸곳 도서출판 책과나무
출판등록 제2012-000376
주소 서울특별시 마포구 방울내로 79 이노빌딩 302호
대표전화 02.372.1537 팩스 02.372.1538
이메일 booknamu2007@naver.com
홈페이지 www.booknamu.com
ISBN 979-11-5776-928-5(03800)

이 도서의 국립중앙도서관 출판시도서목록(CIP)은 서지정보유통지원 시스템
홈페이지(http://seoji.nl.go.kr)와 국가자료공동목록시스템
(http://www.nl.go.kr/kolisnet)에서 이용하실 수 있습니다.
(CIP제어번호 : CIP2020030731)

주관식 문제

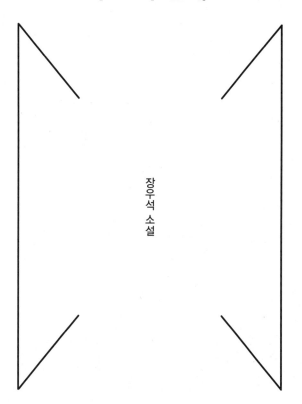

장우석 소설

책과나무

차례

주관식 문제

누구더라?

스승의 날이 며칠 지나서 찾아온 제자와 대화를 하며 J는 계속 머리를 굴렸다. 가끔씩 있는 일이지만 사전 연락 없이 학교로 찾아온 제자와 표정 관리를 해가며 이른바 비대칭 대화를 할 때가 있다. 제자는 나를 아는데 나는 눈앞에 있는 제자가 누군지 기억이 나질 않는 상황 말이다. 학교를 졸업한 후에도 잊지 않고 모처럼 모교에 와 환하게 인사를 하며 다가오는 제자를 보며 '그런데 넌 누구?'라는 질문을 던질 만큼 J는 자신의 인생을 막살지 않는 모범 교사이다. 낯익은 얼굴, 최소한 20대 중반 이상의 나이, 스스럼없는 자연스러운 모습. 부임 초기의 제자임은 틀림없는데 도대체 기억이 나질 않는다.

"선생님, 여전히 아이들에게 썰렁한 농담 많이 하세요? 조종례 하실 때 참 재밌었는데…"

"으응… 뭐 예전만큼은 아냐. 아이들 개그 코드도 변해서… 넌 잘 지내지?"

"그럼요. 선생님이 이렇게 스스럼없이 편하게 대해 주시니까 더 좋네요. 졸업하고 원래 진로와는 다른 쪽으로 취직했어요. 처음 몇 년은 힘들었는데 지금은 좋아요."

편하다니 이거야 원. 원래 진로가 뭔지 모르니 다른 질문을 하자.

"벌써 그렇게 시간이 흘렀구나. 그건 그렇고 내 수업이 재밌었니? 이렇게 졸업하고도 찾아오다니 감동이다."

"선생님 수업도 좋았고 특히 수업 시간에 해주시는 이야기들이 재미도 있고 아이들에게 도움도 되는 이야기들이 많았어요. 그런 이야기들은 어디서 얻으신 거예요?"

"주로 책에서 얻지. 잡다한 독서가 생각지 못했던 곳에서 많은 도움이 된단다."

"그때 저한테 읽고 독후감 써 오라고 하신 책도 좋았어요."

독후감을 써 오라고 했다고? 음… 실마리가 될 뭔가가 나온 것 같다. 그런데 내가 학생들에게 책을 읽고 독후감으로 써 오라고 한 적이 있었나? 일단 책 제목 정도야 물어볼 수 있겠지?

"그때 내가 읽어 보라고 한 책이 뭐였더라?"

"기억 못 하시는구나. 아주 재밌는 책이었는데… 질문하는 법인지 질문의 힘인지 하는 제목이었어요."

질문의 힘? J는 학급 학생들 전체에게 책을 읽게 한 기억이 없다. 당시 동아리도 맡지 않았고… 슬쩍 쳐다보니 X는 느긋하게 추억에 빠진 듯한 미소를 띠고 J를 쳐다보고 있다. 이렇게 시간이 지났는데도 찾아온 걸 보아 J와 가까웠던 아이인 건 분명한데… 하지만 자부심 있는 모범 교사가 여기서 포기할 수는 없는 노릇이다.

"도움이 되었다니 다행이다. 내 수업 시간에 또 재미있었던 기억은 없니?"

"로그를 가르치실 때가 기억에 남아요. 자연 현상에서 로그 함수의 방식으로 변화하는 실례들을 들어주시면서 그래프와 수식 그리고 개념을 연결하여 주셨거든요. 인상적이었어요."

"그랬구나. 로그 같은 개념은 다른 것에 비해서 가르치기가 상대적으로 수월해. 내용이 어렵지 않은데다 실제적인 실례들을 제시하며 가르칠 수가 있거든."

로그는 2학년 내용이다. J는 무려 5년 동안 2학년 수업을 전담해 왔다. 범위가 너무 넓다. 웃는 표정으로 다음 질문을 생각하고 있는 J의 귀에 6교시 수업 시간 시작종이 들린다. J가 잠깐 고민하는 사이에 눈치 빠른 X가 먼저 말했다.

"선생님 수업 들어가셔야 되니까 전 다른 선생님들 몇 분 더 뵙고 수업 끝날 때 와서 인사드리고 갈게요."

"음 그래. 그럼 좀 이따 보자."

J가 자리에서 일어서는 순간, 질문 하나가 떠올랐다.

"이제 곧 종례구나. 지금도 난 종례가 긴 편이거든. 그때 종례가 길다고 투덜거린 반 녀석들이 몇 명 있었지. 기억나니?"

"하하. 선생님 종례가 길긴 길었죠. 차라리 조례를 길게 하는 게 좋겠다고 저한테 와서 이야기하는 아이들도 있었어요. 그래도 전 재미있고 좋았어요. 기억나는 이름은… 오래전이라 잘… 아! 상은이가 특히 우리 샘 종례 너무 길다고 투덜거렸죠. 녀석, 지각도 많이 했으면서."

이제 50분의 시간이 확보되었다. 상은이라는 지각쟁이를 통해 X의 정체를 알아내야 하는 것이다. 교무실을 나서면서 X를 보니 여유롭게 살짝 웃는 모습이 왠지 이렇게 말하는 것 같다.

50분 동안의 숙제입니다. 내가 누군지 맞혀 보세요.

냉정하게 생각하면 수업이 중요하건만 지금 J에게는 모범 교사로서의 자긍심이 상처받지 않기 위해 미지의 제자 X

의 정체를 파악하는 일도 수업만큼 중요한 일이 되어 버렸다. 수업하는 중에 오상은이라는 아이가 기억났다. 2005년에 J가 담임을 했던 학생이다. 박상은이라는 아이도 있었다. 2007년에 담임을 했던 아이다. 당시 모두 2학년이었으며 누가 지각대장이었는지도 기억나지 않았다. 문제는 상은이들의 얼굴은 대충 기억나는데 X의 이름은 기억이 나지 않는다는 사실이다. 아니 정확히 말하면 기억이 날 듯한데… 분명 낯선 얼굴이 아니다. 더구나 책을 읽어 보라고 권해 줄 정도로 친했던 아이를 왜 J는 기억하지 못하는 걸까?

수업이 끝난 2학년 8반 교실은 1층 끝에 있어서 2층에 있는 교무실과는 상당한 거리가 있다. 가급적 느린 걸음으로 교무실로 돌아오며 J는 X와의 대화를 천천히 되씹었다. 아까 대화 도중 어딘지 모르게 살짝 위화감을 느꼈기 때문이다. 아주 사소한 단어가 귓속을 맴돌며 명확하게 잡히질 않았다. 마치 X의 이름처럼… X는 J의 수업이 그래프와 수식, 개념을 연결해 준 좋은 수업이었다고 회상했다. … 그래프, 수식, 개념, 현상…? 음… 그리고 또 뭐였지? 그래, 『질문의 힘』이라는 책을 읽었다고 했다. 그 다음이 뭐였지? 상은이 이야기였다. 종례가 길다고 투덜거렸다고 했는데… 길지도 않았던 이 대화들 중 어딘가에서 X가 한 말 중에 어색한 단어가 있었다. 생각을 하자, 생각을….

맞은편에서 지나가며 반갑게 인사하는 아이들에게 건성으로 대응하며 갈지자걸음으로 가고 있는 J에게 뒤따라오는 K 교사가 말을 걸었다.

"야, 이제 한 시간 남았다. 선생님, 전 다음 수업이 없어서 오늘 수업 땡입니다. 그나저나 5월인데 무지 덥네요."

"그렇죠? 고생하셨습니다."

가급적 대화를 피하며 걷고 있는 J를 향해 K가 인사하며 빠른 걸음을 내딛었다.

"수업하는데 아이들이 에어컨 안 트냐고 그러더라구요. 그럼 선생님, 반 아이와 면담이 있어서 저 먼저 갑니다."

"예."

이제 곧 교무실이다. 몇십 초 안 되는 남은 시간마저 K와 대화하느라 놓친 J는 들키지 않고 X와 작별하는 쪽으로 방향을 바꾸기로 했다. 바로 그 순간, 조금 전 K가 한 말이 귀에 걸렸다.

아이들이 에어컨 틀어달라고, 아이와 면담이 있어

아까부터 J가 느끼던 위화감의 정체가 서서히 드러나는 것 같았다. X도 이 단어를 여러 번 사용했기 때문이다. 아이들에게 도움이 되는 이야기들이 많았다든지 종례가 길다고 자신에게 와서 이야기하는 아이들이 있었다든지 등등…. '아이'라는 단어는 교사가 학생들을 지칭하는 자연스러운 단어이다. 학생들끼리 지칭할 때는 친구들 또는 애들이라는 단어가 보다 자연스러운데 대화하는 중에 X는 친구들 또는 애들이라고 하지 않고 아이들이라는 단어만을 여러 번 사용하였다. 이게 단순한 우연일까? 하는 생각과 함께 대화 중에 X가 한 말들이 주욱 스쳐가며 생각이 조금씩 정리되어 간다. 그래프, 수식, 개념, 현상의 연결 등은 수학 전공자나 사용하지 일반인에게는 어려운 표현들이다. 여기까지 생각이 미치면서 J는 그제서야 『질문의 힘』이라는 책을 읽은 이유를 기억해 냈다. 그 책에는 수업을 하는 사람이 수강자에게 적절한 질문을 해 가면서 상호적 소통을 유지하며 동적으로 수업하는 기술이 담겨 있었다. 요컨대 자신의 수학교수법을 개선하고자 J는 이 책을 사서 읽었던 것이다.

아이들이라는 표현, 수학 전공자, '질문의 힘'이라는 책

그렇다면?… 아아… 그랬구나. 이상의 단서들이 하나로 연결되며 7-8명의 얼굴이 순식간에 머릿속을 스쳐 가다가 2005년도 근처에 기억이 머물렀다. J는 자신이 얼마나 황당한 짓을 저질렀는지 깨달으며 오랫동안 기억 속에 봉인돼 있

던 X의 이름을 끄집어냈다. 교무실 문을 열고 들어간 J는 자신을 기다리고 있는 X에게 조용히 다가갔다.

"이제 끝나셨네요. 선생님, 다른 선생님들 몇 분께 인사드렸는데 잘 못 알아보시네요. 그래도 W여고는 사립이라 예전 선생님들이 다 계셔서 좋아요."

"…"

"이제 가 봐야 할 것 같아요. 연락도 없이 불쑥 와서 죄송해요. 선생님. 그래도 선생님께 꼭 오고 싶었어요. 여전하신 모습을 뵈니 제가 다 힘이 나네요."

"…"

말없이 자신을 보고 있는 J에게 X는 약간의 긴장을 느꼈다.

"선생님, 왜 그러세요? 어디 불편하세요?"

"알고 있었죠?"

"갑자기 존대를 하시니 이상해요. 선생님. 아까처럼 편하게 불러 주세요."

"내가 자기를 기억 못 하고 있다는 걸 알고 일부러 테스트한 거죠?"

굳이 말하지 않아도 서로 통하는 순간이 있다. 바로 지금처럼 말이다. 몇 초 동안 서로 쳐다보며 침묵의 눈싸움을 하던 J와 X는 누가 먼저랄 것 없이 와락 웃음을 터트렸다.

"예 죄송해요. 그런데 역시 선생님이세요. 절 기억해 낼 줄 알았다니까요. 하하."

"이것 참. 선 선생님. 아무리 그래도 교생이었던 분이 학생처럼 연기를 하면 어떡해요? 깜빡 속았잖아요."

선다형(善茶形) 교생. J에게 학과와 담임 지도를 받은 여덟 명의 교생 중 한 명으로 2005년에 약 1달 동안 W여고에서 교생실습을 하였다. S여대 수학과 출신으로 작은 몸집에 활달한 성격에 웃는 모습이 인상적이었다. 8년이 지난 이 시점에, 그것도 스승의 날이 며칠 지나지 않은 날 불쑥 찾아올 줄 누가 알았으랴!

"사실 처음에 인사하고 바로 말씀드리려고 했어요. 그런데 선생님이 말을 놓으시더라고요. 절 제자들 중 하나로 생각하신 거죠. 이름까지는 기억 못 하시더라도 제자와 헷갈리시다니… 약간 서운한 생각도 들었지만 워낙에 시간이 지났고 또 많은 제자들이 찾아왔을 테니 그럴 수도 있겠다 싶어 이해하기로 하고 대신 기억하실 수 있게 힌트를 드리는 쪽으로 생각을 바꿨죠."

"그래서 책 이야기를 한 거군요."

"예. 제게 그 책을 읽고 독후감을 쓰게 하셨잖아요. 수업하는 사람이 꼭 읽어 봐야 할 책이라고 하시면서요. 독후감

제출하고 몇 분 동안의 짧은 시간이었지만 저랑 책에 대해 토론도 하셨으면서 기억 못 하시더라구요. 그래서 또 로그 이야기로 힌트를 드렸죠."

"에이, 그건 힌트라기엔 너무 범위가 넓죠. 2학년 때 배웠다는 것 정돈데…"

"선생님. 정말 기억 못 하시는군요. 제게 수업하라고 하신 내용이 로그였잖아요. 관련 자료를 3권도 넘게 주시고는 다 읽어 보라고 하시고 지도안 내용을 두 번이나 수정하게 하셨으면서…"

"음, 그랬나요?"

갑자기 고개를 갸우뚱하며 X는, 아니 다형은 말했다.

"그런데 선생님, 그러면 상은이 때문에 절 기억하신 건가요? 제게 읽게 하신 책이나 쓰게 하신 지도안 때문이 아니라, 다른 학생을 통해서 간접적으로? 그렇다면 좀 서운한데요."

"아뇨. 제가 가르친 상은이가 한 명이 아니랍니다. 알 것 같으면서도 결정적인 부분에서 기억이 나지 않는 거예요. 그건 제가 아무런 근거 없이 선 선생님을 학생으로 규정하고 그 속에서 찾으려 했기 때문이죠. 그걸 깨닫는 순간 지금 이야기한 여러 가지 단서들이 자연스럽게 연결되면서 바로 기억나던데요. 뭘."

"그랬군요. 그래도 제 작전이 성공해서 선생님이 기억해 주시니 기분 좋네요."

"저야말로 오랜 시간이 지났는데 스승도 아닌 제게 인사하러 찾아와 주시니 고마울 뿐이죠."

"학생들을 사랑하고 또 사랑받으셨잖아요. 어두운 밤에 무서워서 교실에 놓고 온 책을 가지러 가지 못하고 있는 학생에게 책을 찾아다 주고 교문 앞에까지 데려다 주신 주관식 선생님은 당시 교사를 희망하는 제 롤모델였어요. 졸업 후 꼭 스승의 날쯤에 찾아뵈어야지 하면서도 매년 그때마다 집안에 다른 일들이 생겨 못 뵈었어요."

주관식(周觀識)… J의 풀네임을 처음 들은 사람들은 종종 진짜인지 되물어보곤 한다. 그건 선다형도 마찬가지이리라.

"원래 희망 진로와 다른 직장에 취직한 건 사정이 있었던 건가요?"

"예. 4학년 때 아버지가 큰 병이 걸려 입원하셨어요. 동생 학비도 문제고… 임용시험에 바로 합격했으면 좋았으련만 보기 좋게 떨어져 버려 나중을 기약하며 우선은 취직해야 했죠. 어릴 때부터 범죄소설을 좋아하고 관심이 많아서 아르바이트하면서 딱 두 달 공부하고 떨어질 각오로 본 순경시험에 합격했어요. 그해 응시자가 미달이었다는데 제가 생각해도 정말 운이 좋았던 거 같아요. 얼마 전에 경장으로 승진했어요. 아버지도 많이 좋아지셨고 저도 직장 생활에 만족해요."

"음… 그랬군요."

"다른 일이 있어서 이제 가 봐야 할 것 같아요. 선생님. 오늘 제가 한 무례한 행동은 이해해 주실 거죠?"

"용서라뇨? 재밌었어요. 제가 문제 푸는 것을 좋아하는 거 아시잖아요. 담에 여유 있을 때 또 오세요. 차라도 한 잔 사 드릴게요."

"정말요? 야, 신난다. 그럴게요. 선생님, 그리고 부탁이 있어요."

다형의 부탁이 무엇일지 J는 궁금함과 기대감으로 눈빛이 빛났다.

"학생으로 착각하고 그러신 거지만 오늘 제게 말을 놓으셨잖아요. 처음에는 예상치 못해서 당황스러웠지만 대화를 할수록 오히려 편안하고 좋았어요. 앞으로도 편안하게 대해 주시면 감사하겠어요."

한참 어린 제자뻘 나이이고 보니 그렇게 어색하지도 않을 듯싶어 J는 선뜻 수락했다. 다형이 J에게 말을 놓으라고 부탁을 하는 건 앞으로 종종 인사하러 와도 되냐는 완곡한 표현일 거라고 생각하며…

"그러죠 뭐. 아니… 그러자!"

"예 선생님. 감사해요. 담에 올 때는 미리 연락드릴게요. 오늘 감사했어요. 재미도 있었어구요. 저도 수학과 출신이라 문제 내고 풀고 하는 거 좋아하거든요."

"하하. 그럼 다음에는 내가 문제를 내 볼까? 오늘 만나서 즐거웠어."

때마침 마지막 7교시가 끝나는 종이 울렸다. J는 예상치 못했던 다형과의 만남을 뒤로하고 2학년 11반 교실로 경쾌한 발걸음을 시작했다.

이상하게 교실 앞 복도가 조용했다. 담임이 오기 전에 화장실을 갔다 오려고 나오는 아이, 복도 사물함 앞에서 슬리퍼를 운동화로 갈아 신는 아이, 각 층 복도에 2대씩 설치되어 있는 음수대에서 물 마시고 들어가는 아이 등, 종례를 하러 갈 때면 늘 있는 왁자지껄한 분위기가 없었다. 스승의 날은 엊그제 지났는데 담임 놀래킴 이벤트를 준비하는 것도 아닐 테고…

교실 문을 열고 들어가는 순간, 모두가 말없이 J를 쳐다봤다. J와 눈이 마주친 한 아이의 손에서 떨어진 볼펜이 바닥에 떨어져 앞쪽으로 굴러가는 소리가 들렸다. 또르르르… 그리고 침묵.

"회장. 무슨 일이지?"

지난 3월, 본인의 의지로 출마하여 1학기 학급 회장에 당선, 리더십을 발휘하며 친구들의 신뢰 속에서 학급 대표로서의 역할을 해 온 권소영이 조용히 일어섰다.

"선생님, 오후에 교실에서 도난사고가 생긴 거 같습니다."

"누가 뭘 도난당했지? 구체적으로 이야기해 봐."

"지갑이 없어졌어요. 12시 20분까지는 있었는데…"

"누구 지갑이니?"

권소영이 머뭇거리며 말하려는 찰나, 주번인 윤민서가 분노를 머금은 표정으로 말했다.

"소영이 지갑이 없어졌어요. 선생님."

자신의 부주의로 학급 전체에 폐를 끼쳐서 민망한 마음과 지갑을 훔쳐 간 범인에 대한 분노가 뒤섞인 복잡한 표정으로 권소영이 이야기했다.

"12시 20분에 학생회실에서 2학년 회장 모임이 있었어요. 점심 먹고 교실에 있다가 모임에 갈 때까지는 지갑이 분명히 있었어요. 가는 길에 친구 빌려주려고 지갑에서 돈을 꺼냈거든요. 지갑을 서랍에 넣어 두고 모임에 갔다 12시 35분쯤 교실로 돌아왔고 이후로 교실에서 오후 수업 받았어요. 6교시 직후에 매점에 가려고 지갑을 찾다가 없어진 것을 알았습니다."

W여고의 점심시간은 낮 11시 30분부터 12시 40분까지다.

수업 중에 남의 자리에서 지갑을 훔칠 수는 없으니 권소영의 지갑은 논리적으로 일단 다음 중의 어느 한 시점에서 사라진 것으로 볼 수밖에 없다.

12시 20분~12시 35분쯤 (점심시간)

1시 30분~1시 40분 (쉬는 시간)

2시 30분~2시 40분 (쉬는 시간)

쉬는 시간은 다른 반 아이들이 잘 들어오지 않는다. 들어와도 반 아이들이 교실에 많이 있기 때문에 서랍 속 물건에 손대기는 힘들다. 문제는 점심시간의 15분 동안이다. 꽤 길 뿐 아니라 아이들의 이동이 잦고 반 아이들이 거의 모두 밖으로 나가 있는 시간대이기 때문에 외부 범행이든 내부 범행이든 도난사고가 생길 가능성도 그만큼 커진다. 의심의 여지 없이 도난은 아이들이 점심시간에 일어난 것이다. J의 머리가 아파지기 시작하는 순간, 윤민서를 비롯한 몇 명의 아이들이 뜻밖의 요구를 했다.

"선생님. 소지품 검사해 주세요."

학급 내에 범인이 있다는 강력한 정황 증거가 없는 상황에서 소지품 검사를 하기는 힘들다. 하지만 그렇다고 이대로 그냥 종례하고 집에 보내기도 찜찜했다. 지금 이 교실 안에 범인이 있을 가능성도 배제할 수 없기 때문이다. J는 표정 관리를 해 가며 조심스럽게 말을 꺼냈다.

"음… 우리 반에 범인이 있다는 객관적인 근거 없이 소지품 검사를 하기는 어려울 것 같구나. 물론… 너희들이… 동의해 준다면… 모르지만 말이다."

J는 지금까지 학급 아이들의 소지품 검사를 한 적이 단 한 번도 없었다. 몇 년 전 방과 후에 빈 교실에 들어와서 참고서와 교과서를 누가 훔쳐 간 일을 제외하고는 도난사고 자체가 없었기 때문이다.

"우리 반에서 도난사고가 났으니 일단 교실 내에서 소지품 검사를 해보는 것은 당연하다고 생각합니다. 교실뿐만 아니라 복도 사물함 속까지 모두 다요. 그래도 안 나오면 거꾸로 다른 반에 범인이 있을 가능성이 커지는 거니까 해 봐서 해로울 건 없을 거 같습니다."

언제나 명확하고 냉철한 부회장 유창희의 주장에 학급 아이들이 술렁거리며 분위기는 일순간 소지품 검사를 하는 쪽으로 기울었다. 하지만 J에게 절차는 지켜져야 한다. 가르칠 것은 가르쳐야 한다.

"아무리 그래도 당사자의 동의 없이 소지품 검사를 할 수는 없단다. 얘들아, 다른 의견은 없니?"

귀가가 늦어져 불만이 있던 몇 명의 아이들도 이제 빨리 검사하고 털고 가는 쪽으로 가닥이 잡혔다.

"예 없어요. 선생님. 소지품 검사해 주세요."

"음. 좋아. 그럼 가방, 서랍, 그리고 주머니에 있는 물건을 모두 책상 위에 내놓는다. 복도와 교실 뒤쪽의 사물함도 다 열어 놓고."

검사가 빨리 끝나서 교실의 분노와 불안을 이름 모를 외부 범인에게로 날려 보내고 귀가하는 상황을 상상하며 J는 1분단 맨 앞에서부터 검사를 시작하려 했다. 그때였다.

"선생님, 어떤 지갑인지 알고 찾으셔야 할 것 같은데요."

분위기와 어울리지 않게 터져 나온 아이들의 웃음소리에 모범 교사 J의 얼굴이 빨개졌다.

"알았다. 소영아. 지갑의 특징을 말해 다오."

"보통 크기의 녹색 가죽 지갑입니다. 아래쪽에 은색 나뭇잎 문양이 있어요. 새 거예요."

은색 나뭇잎 문양이 있는 녹색 가죽 지갑? 특징이 있는 만큼 발견할 가능성은 거의 없다는 생각을 하며 검사를 막 시작하려는 J의 귀에 4분단 중간쯤에서 웅성거리는 소리가 들렸다.

"어?!"

"이거… 비슷한데."

"똑같은 거 아냐?"

심상치 않은 분위기를 감지한 J는 바로 소리가 나는 곳으로 한달음에 달려가 아이들이 쳐다보는 곳에 시선을 꽂았다.

은색 나뭇잎 문양이 아래쪽에 박힌 녹색 가죽지갑이 거기에 있다.

지갑에 시선을 뺏긴 채, 멍하니 선 J의 눈에, 마찬가지로 멍한 눈으로 서 있는 이지선의 모습이 들어왔다. 순간적으로 멘붕이 된 J의 영혼과는 달리 지갑은 이지선의 책상 위에서 새것 같은 자태를 뽐내고 있었다. 예상 밖의 전개였다. J는 호흡을 가다듬고 터질 듯한 교실 분위기를 지탱하며 조용히 입을 뗐다.

"지선아. 소영이가 도난당한 지갑과 유사하게 생긴 지갑을 가지고 있구나. 지갑이 좀 특이해서 그러니, 상황이 상황인 만큼 오해의 소지를 스스로 없애 주는 게 어떨까 한다."

멍한 눈으로 J를 쳐다보던 이지선은 잠시 고개를 숙이고 입을 꽉 다물더니 고개를 들어 최대한 또박또박 천천히 말했다.

"예. 선생님. 이 지갑은 제 거예요. 속에 든 것도 물론 제 거구요. 소영이 이야기를 듣는 순간 저도 너무 놀라 당황했어요. 이런 지갑을 가진 아이가 설마 우리 반에 있을 거라곤 생각 못 했거든요."

곧이어 웅성거리는 아이들. 소란 속에 아무 말 없이 이지선을 쳐다보는 권소영의 눈빛은 놀라움과 의혹, 그리고 또 다른 무엇인가를 말하고 있었다.

"그러니까 이 지갑은 중학교 때 친구가 엊그제 지방으로 전학가면서 선물하고 간 거란 말이지?"

모두 퇴근하고 아무도 없는 교무실에서 J는 이지선과 일대일 면담을 하고 있었다. 교실에서 이지선의 지갑을 확인한 이후에도 혼란과 침묵 속에서 초인적 인내를 발휘하며 다른 아이들의 소지품 검사를 끝내고 모두 귀가시킨 후라서 J는 지금 몸의 피로함을 무릅쓰고 앞으로 있을 교실 분위기에 대한 걱정 속에서 자신과 학급 아이들 모두가 만족할 만한 해답을 위해 할 수 있는 최선을 다해 사건을 마무리해야 했다. 이지선과의 면담은 그 시작일 터이다.

"예. 선물로 받고 너무 좋아서 이틀 정도 가지고 있다가 오늘 처음 가져온 거예요. 그런데 어떻게 이런 일이…"

이지선은 성적도 우수하고 교우 관계도 좋은 편이지만 평소에 조용하고 말이 없는 편이라 그 존재가 잘 드러나지 않는 학생이다. 자신의 해명에도 불구하고 귀가하는 몇몇 친구들의 눈빛과 표정 속에서 자신에 대한 의심을 읽은 지선은 억울함과 기막힘을 눈물로 토로했다.

"제가 소영이 지갑을 가져갔다면 제 서랍에 넣어 뒀겠냐구요? 아무리 간이 부었어도 그렇게는 못 해요. 흔히 볼 수 있는 지갑도 아니잖아요."

일리 있는 이야기였다. 하지만 그렇다고 그게 증거도 될 수 없다. 과도한 의심일 수도 있지만, 가능성을 가지고 이야기하자면 거꾸로 그걸 노리고 그럴 수도 있기 때문이다. 소지품 검사를 예상하지 못했을 수도 있고… 침묵이 둘 사이를 오갔다. 지금 여기서 더 나올 무언가는 없다고 생각한 J는 권소영과 이야기해 보기로 마음을 정하고는 일단 이지선을 보냈다.

"알았다. 지선아. 아이들 반응은 조금 시간이 지나면 가라앉을 테니 너무 염려 말고 다른 할 일도 많을 테니 집에 가 보거라."

"선생님도 제가 거짓말한다고 생각하세요? 만약 누구 지갑을 보고 맘에 들었다면 전 그것보다 더 상위 모델을 찾아서 제 돈으로 사거나 아예 무시할지언정, 걔 걸 훔치는 유치한 짓을 하지는 않아요. 저도 자존심이… 있지 않겠어요, 선생님?"

억울함과 억누른 분노를 담은 이지선의 표정은 단호하면서도 한편으로는 금방이라도 울음을 터트릴 듯이 격앙되어 있었다. 이지선을 보낸 후, 옆방에 대기하고 있던 권소영을 불러 마주한 J는 방금 이지선에게 받아놓은 지갑을 권소영의 눈앞에 보여 주었다.

"소영아, 천천히 잘 살펴봐라. 아까 교실에서 지선이가 가지고 있던 지갑이다."

지갑을 받아서 여기저기 살펴본 권소영이 고개를 갸우뚱했다. 만약 소영이가 자기 것이 아니라고 말하면 여기서 상황 끝이다. 혼란은 시간이 지나면 정리될 것이다. 하지만 만약 반대로 말하면? 갈등, 왕따, 처벌,… 상상하는 것만으로도 J는 머리가 지끈댔다. 저 지갑은 이지선의 것이어야 하는 것이다. J는 기대에 찬 눈빛으로 권소영을 보며 문득 자신이 진실보다는 문제의 원만한 해결만을 원하고 있다는 사실을 깨달았지만 곧 마음을 다잡았다. 진실과 원만한 해결이 일치하기를 바란다고 자위하며…

"선생님. 저도 오늘 처음 가지고 나와서 확신을 가지고 말할 순 없지만 아무래도 제 것 같아요."

설마 하며 조용히 기다리던 J는 예상치 못한 말에 놀라 자신도 모르게 "뭐?" 하며 몇 초간 황당한 눈길로 권소영을 쳐다봤지만, 곧 표정 관리를 하며 조심스럽게 말했다.

"소영아. 그게 어떤 의미인지는 알고 있지?"

"예, 선생님, 그래서 조심스럽게 말씀드리는 거예요. 찬찬히 살펴봤구요. 표면에 흠 하나 없는 깨끗한 상태고 무엇보다 제 지갑에 나뭇잎이 약간, 아주 약간이지만 비스듬하게 박혀 있었는데 이것도 그래요."

설득력 있는 말이긴 하지만 아직은 이지선을 범인으로 보기에는 미진한 무엇인가가 있었다. 이미 조기 해결은 물 건너갔으며 이 일이 '사건'으로 변해 버렸음을 깨달은 J는 허망하면서도 불안한 마음을 달래며 권소영의 표정을 살폈다.

"물론 제 기억이 미묘하게 틀릴 수도 있겠지만 제 직관은 맞다고 말하고 있거든요. 지선이가 정말 그랬다면 왜 그랬는지 이해가 안 가요. 선생님. 지선이가 왜 그랬을까요? 걘 그럴 애가 아닌데…"

혼잣말을 하는 것처럼 조금은 멍하니 말하며 목소리가 잦아들더니 조금씩 가늘어지며 끝내 목이 메었다. 늘 보던 학급 회장으로서의 늠름한 모습이 아닌 약하고 소심한 모습이었다.

"그냥 제 착각이었으면 좋겠어요."

"소영이는 지갑을 직접 샀었니?"

"아뇨. 인터넷 설문조사 경품에 당첨됐어요. 예상치 못한 선물이라 정말 좋아했었는데…"

"그랬구나. 하지만 니 말대로 착각일 수도 있으니 다시 한 번 잘 살펴보렴."

다시 봐도 결과는 같았다. 아무리 봐도, 아니, 볼수록 더 자기 것 같다는 것이다. 더 시간을 끌다가는 이대로 이지선이 범인이 되어버릴 것 같아 J는 일단 권소영과 헤어졌다.

혼자 남은 교무실에서 J는 생각에 빠졌다. 가장 좋은 전개인 제3자 범인설은 물 건너가고 두 학생이 범인과 피해자라는 구도 속에서 서로 대립하고 있다. 그렇다면 분명히 둘 다 진실을 말하고 있지는 않다는 결론을 내릴 수 있다. 이지선이 지갑을 훔쳤거나 아니거나 둘 중의 하나이다. 이지선은 아니라고 말하고 권소영은 맞다고 말하고 있다. 하지만 동시에 어느 쪽도 확실한 증거를 가지고 있지는 못하다. 둘 중의 어느 쪽으로 결론을 내지 못한다면 이 스캔들은 꽤 오래가리라. 그 과정에서 자칫하면 교실 분위기가 회복 불가능 상태가 될지도 모른다는 공포에 기초한 의무감에 시달리던 J는 답답한 마음에 교무실을 왔다갔다 하다가 방범카메라를 생각해 냈다. 만약 권소영이 자리를 비운 점심시간 12시 20분에서 35분 사이에 이지선이 교실에 들어오지 않았다면 범인이 아니라는 증거가 될 수 있다! J는 잔뜩 긴장된 얼굴로 교감 선생님 자리에 놓인 방범카메라 앞으로 갔다.

작년에 옆 반 담임이었던 T교사가 보던 것을 구경하면서 그 작동법을 어깨너머로 알게 된 J는 방범카메라의 날짜와 시간을 맞추고 해당 장소인 중간동 2층의 복도 중앙에 있는 카메라를 클릭한 후 한껏 기대에 찬 눈으로 들여다봤다. 이지선이 해당 시간에 나타나지 않기를 바라면서…

2학년이 점심을 먹는 11시 45분경 교실에서 아이들이 우르르 나오는데 그 속에는 권소영과 이지선도 섞여 있었다. 일단 나간 것을 확인하고 12시 20분 조금 앞에 맞췄다. 정확히 17분에 권소영이 복도로 나오는 모습이 잡혔다. 다른 반 아이들을 포함한 많은 아이들이 교실을 왔다갔다 하지만 그 속에 이지선은 없다. 아직은…12시 28분, 29분,…31분이 되자 적어도 이 화면 속에서만큼은 보고 싶지 않은 얼굴이 나타났다. 이지선이 화면에 나타나서 교실로 성큼성큼 들어가고 있었다.

이지선이 교실에 있던 시간은 매우 짧았다. 기껏해야 30초 정도의 시간이지만 지갑을 가지고 나오기에는 충분한 시간일 수도 있다. 기대가 물거품으로 날아가면서 J는 방범카메라를 끄고는 자리로 돌아왔다.

만약 이지선이 해당 시간대에 교실로 들어오지 않았다면 훔치지 않았다는 증거가 된다. 하지만 들어왔다고 해서 훔친 증거가 될 수는 없다. 아이들은 점심시간에 자기 교실에 들락날락하기 때문이다. 두 녀석과 내일 다시 이야기해 봐야겠다고 다짐하며 J는 피곤한 몸을 이끌고 계단을 내려가는 도중에 다시 올라와 교과서를 가방에 다시 넣었다. 예상에 없던 사정청취와 방범카메라 시청 및 생각을 정리하느라 수업 준비를 하나도 못 한 것이다. 지하철로 가는 발걸음이 무겁고 졸렸다.

아침에 J가 교실에 들어서자마자 2분단의 권소영 주변에서 상기된 얼굴로 조용히 이야기를 하던 그룹과 4분단의 이지선 주변에 마찬가지로 모여서 대화를 나누고 있던 또 다른 그룹이 황급히 자리로 돌아갔다. 지난밤 동안에 얼마나 많은 문자가 오갔으며 얼마나 많은 대화가 이루어졌겠는가? 아침의 교실 분위기는 예상대로 흉흉했다. 문제는 회장인 권소영의 편에서 이지선을 도둑으로 규정하는 쪽과 이지선을 옹호하며 권소영을 비난하는 쪽의 두 그룹으로 나누어지려 한다는 것이다. 분위기가 좋지 않더라도 결론이 어느 정도 난 상태면 시간이 지나면서 정리가 되겠지만 어설픈 상황에서 상대방을 비난하며 학급이 쪼개지는 것은 지옥으로 가는 가장 빠른 길임을 J는 잘 알고 있다. 합리적으로 정리해야만 한다. 가능한 한 빨리….

"지선아. 오해하지 말고 잘 들어주기를 바래. 소영이는 아무래도 네 책상에 있던 지갑이 자기 지갑 같다고 했단다. 새 지갑이었으니까 그렇게 생각할 수도 얼마든지 있어. 난 말이다, 보다 확실한 증거가 없는 한 너희 둘의 의견 모두를 존중할 수밖에 없었으며 동시에 둘의 의견 모두를 의심할 수밖에 없단다. 그래서 어제 너와 이야기한 후, 보다 확실한 증거를 찾기 위해서 방범카메라를 확인했다."

어떻게 수업을 했는지도 모르게 하루 일과가 지난 교무실에서 J는 이지선을 향해 결심한 듯 말했다.

"12시 31분에 지선이 네가 교실에 들어가더라. 이런 질문이 우습지만 난 확인해야겠다. 지선아. 뭘 하러 들어갔는지 말해 주겠니?"

이지선은 J가 무슨 말을 하는지 알겠다는 표정으로 잠자코 고개를 끄덕이더니 조용히 말했다.

"예. 선생님 전 이해해요. 말씀드릴게요. 지갑을 가지러 들어왔어요. 물론 제 지갑이요. 음료수 사려고요. 어제 좀 더웠잖아요."

"교실에 들어왔을 때 아이들이 몇 명이나 있었니? 네가 잘못이 없다는 걸 증명해 줄 아이는 없니?"

"거의 다 나가고 한 서너 명이 공부하고 있었어요. 또 두세 명은 엎드려 자고 있었구요. 조용히 제 지갑을 갖고 나와서 아마 모를 수도 있을 거예요."

하긴 증인이 있었다면 교실이 갈라지기 전에 먼저 J에게 달려왔을 것이다. 고민하는 J에게 이지선이 물었다.

"선생님. 선생님은 제가 소영이 지갑을 가져갔다고 생각하세요?"

"..."

"이렇게 꼼꼼하게 조사하시는 건 제가 범인이 아니었으면 하고 바라셨기 때문일 거라고 생각해요. 그런 점에서 쉽게 판단해버리지 않으신 선생님께 감사해요."

"이해해 주어 고맙구나."

"우리 반 일부 아이들이 절 의심하는 거 같아요. 물론 절 믿어주는 아이들도 있구요. 이런 애매한 상태가 앞으로 얼마나 지속될지 모르겠어요. 그때 지갑을 가지러 교실에 안 들어갔더라면…"

사그러드는 목소리와 함께 고개가 조금씩 숙여졌다. 이윽고 고개를 드는데 눈물, 콧물 범벅에 민망해서 어쩔 줄 모르는 모습… 평소와는 다른 어린아이 같은 모습에 J가 화장지를 쥐여주며 보내려 하자 이지선은 콧물을 훌쩍거리며 뜻밖의 말을 했다.

"소영이를 원망하지 않아요. 선생님. 그 상황이면 저라도 그렇게 생각했을 거 같아요. 게다가 새 지갑이라 비슷하기도 하구요. 다만 몇몇 친구들의 시선이 좀 힘들어요. 자기들 일도 아닌데 오히려 소영이보다 더 절 미워하는 거 같아요. 하지만 이것도 시간이 지나면 해소되겠죠. 괜히 번거롭게 해드려 죄송해요."

"…"

이지선을 보내고 조용한 교무실에 남아 멍하니 컴퓨터 화면을 쳐다보는 J에게 권소영이 다가와 조용히 인사를 했다. 이지선과의 면담이 끝날 때까지 밖에서 기다린 것을 안 J는 황급히 접었던 의자를 폈다.

"교실 분위기가 말이 아니지?"

"예. 분위기가 좀 그래요. 선생님. 지선이가 뭐라고 하던 가요? 사실 전 걔한테 나쁜 감정이 없어요. 다만 이 일로 아이들의 패가 갈려서 교실 분위기가 나빠질까 걱정예요."

권소영의 말 속에서 J는 여전히 권소영이 이지선을 범인으로 생각하고 있으며 그 사건은 우발적으로 일어난 해프닝 정도로 생각하고 있다는 것, 또한 학급 회장으로서 도난사고 그 자체보다는 학급 전체의 신뢰 관계를 걱정하고 있음을 깨달았다.

"나도 그게 걱정이다."

J는 이지선에게 했던 말(확실한 증거가 나타나기 전까지는 담임인 자신도 힘들지만 어느 한쪽 편을 들어주기 힘들다)을 반복한다. 답답하고 힘들지만 J는 학원에 갈 시간이 지났는데도 가지 못하고 담임인 자신에게 스스로 와서 속 이야기를 하는 권소영의 이야기를 더 들어 보고 싶은 생각이 들었다.

"시간이 지나가면서 점점 후회가 돼요. 우선 제가 지갑 간수를 잘못한 책임이 있구요. 또 일이 커지려 할 때, 아예 지갑을 잃어버린 셈 치고 차라리 지선이 지갑이라고 했더라면 아이들이 이렇게 갈라지지 않았을 텐데 하는 생각이 떠나질… 않아요."

"…"

학급 회장으로서 자신의 역할을 자각하지 못하고 학급 아이들을 둘로 나누어 버린 자신의 좁은 소견에 실망한 건지 목소리가 조금씩 잦아들며 끝내는 울먹거렸다.

"시작이 좋은 만큼 잘하려고 했어요. 처음 해 보는 학급 회장이거든요. 그런데 바보같이…"

"아니다. 소영아. 넌 학급 회장이지만 도난 사고의 피해자이기도 해. 교실에서 똑같은 지갑을 보고 너도 모르게 놀라서 쳐다본 거고 또 자기 물건 같으니까 솔직히 말한 거야. 이런 일은 회장의 역할과는 무관해."

"하지만 전 회장이잖아요. 그런 제가 의도했건 아니건 결과적으로 아이들을 편 갈라 놓았어요. 흑흑…"

두 학생의 눈물에 전염된 J는 같이 울고 싶은 충동을 느끼면서 권소영을 달래어 보냈다.

거듭된 면담은 J를 극도로 지치게 했지만 동시에 자연스러운 결론으로 이끌었다. 우선 지갑 도난사고의 범인이 누구인지는 알 수 없다는 사실이다. 정황상 이지선이 의심을 받을 만하지만 그건 정황뿐이다. 조금 특이하지만 같은 지갑을 가질 수 있으며 점심시간에 이지선이 자기 교실에 들어가는 것도 자연스럽다. 우연이 조금 겹치긴 했지만 신뢰와 관계된 문제는, 특히 도난사고와 같은 경우는 확실한 증거가 필요하다. 점심시간 또는 쉬는 시간 중 교실에 들어온 외부 범인이 가져간 것으로 정리가 되니 J의 마음은 한결 편해졌다. 더구나 두 아이 모두 상황을 이해하고 상대방을 배려하고 있지 않은가? 이렇게 좋은 아이들을 한때나마 의심했던 자신의 불민함을 탓하며 내일 아침 조례에서 학급 아이들에게 솔로몬과 같이 단호하게 근거 없이 반으로 쪼개지면 모두 죽는 지름길이라는 메시지를 전하며 사태를 논리적으로 정리해 주는 상황을 그리며 지하철로 발걸음을 옮겼다.

아침 조례가 끝난 이후에도 아이들의 표정에는 변화가 없다. 여전히 갈라진 느낌. 더구나 2교시 수업을 하는 중에도 권소영과 이지선은 상대방 방향을 단 한 번도 쳐다보지 않은 채, 입을 다물고 굳은 표정으로 앞을 응시했다. 때때로 지친 표정을 짓고 고개를 푹 숙이기도 하며… 어제 자신에게 이야기하던 어른스러운 모습과는 또 다른 교실에서의 둘의 모습에 J는 어색함을 넘어선 불균형을 느끼며 뭔가가 있다고 확신했다. 아직 끝나지 않은 것이다.

방과 후 혼자 남은 교무실에서 J는 어제의 대화를 곰곰이 생각했다. 둘 다 사태를 이해하며 자신의 탓으로 잘못을 돌리고 상대방을 배려하는 이야기를 했다. 그런데 오늘 교실에서의 날선 모습은 무엇이란 말인가? 혹 그 두 아이들은 결코 상대방을 이해하지 않았으며 그럴 생각도 없었던 것이 아닐까? 어느 누구도 논리적으로 우위를 차지할 수 없으니 도덕적 우위를 점함으로써 상대방에게 부담을 주려고 한 것이 아닐까 하는 생각에 미치자 J는 순간적으로 오한을 느꼈다. 만약 그렇다면 일종의 악의(惡意)이다. J는 내친김에 좀 더 상상력을 발휘했다. 둘 사이에 악의가 존재한다면 도난사고의 결과일까? 아니면 원인일까? 결과라면 범인이 누구인지 모르는 상태이므로 어쩔 수 없지만 만약 악의가 원인이 되어 도난사고가 발생했다면 이지선은 범인이거나 반대로 권소영의 범인 만들기의 희생자일 수 있다는 이야기가 된다. 여기까지 생각한 J는 권소영과 이지선의 생활기록부를 살펴보기로 했다. 둘 사이에 혹시 있었을지도 모를 과거의 접점을 찾기 위하여…

시간이 오래 걸리지는 않았다. 둘은 1학년 때 같은 반은 아니었지만 같은 동아리에 있었던 것이다. 둘의 생활기록부에서 둘 모두 연극반 활동을 했다는 사실을 확인한 J는 즉시 당시 담당 교사였던 S에게 전화를 걸었다.

"선생님, 안녕하세요. 주관식예요. 늦은 시간에 죄송합니다만 작년에 동아리 지도하신 학생 중에 권소영과 이지선에 대해서 질문할 게 있어서요."

"예 괜찮아요. 선생님. 어떤 질문이신데요?"

"둘의 동아리 활동에 무슨 문제는 없었나요? 활동 기록에 특이한 사항은 없습니다만…"

"문제요? 글쎄요. 특별한 기억은 없는데…"

"예를 들어 둘이 다툰 적이 있다든지…"

"제가 알기로 싸운 적은 없어요. 지선이도 소영이도 매우 적극적이고 모범적인 학생들이었거든요. 동아리 친구들이나 선배들 평도 좋았고요. 둘 사이에 무슨 문제가 생겼나요, 선생님?"

"예. 사소한 일이 생겨서요. 죄송하지만 그건 제가 나중에 뵙고 상세히 말씀드릴게요. 그럼 혹시 둘의 연극반 활동에서 기억나시는 사건은 없으세요?"

"특이한 사건은 없어요. 아! 작년에 학년말 발표회를 했잖아요. 『안네의 일기』를 공연했는데 주연인 안네 역을 하려고 하는 아이들이 많아 오디션을 해서 주인공을 뽑았거든요. 지선이가 뽑혀서 주연을 했죠."

그때 강당에서 안네 역할을 했던 그 학생이 이지선이었단 말인가? 이제 겨우 40대 초반이건만 J는 나이가 들수록 무뎌지는 자신의 감각에 속으로 혀를 찼다.

"신 선생님. 그때 주인공 뽑는 그 오디션에 소영이도 지원

했나요?"

"예. 소영이도 그중에 있었어요. 지선이와 점수 차가 크지 않는데 주인공은 1명이라 어쩔 수 없이 지선이를 뽑았죠. 소영이가 아쉬워해서 제가 달래 줬던 기억이 나네요."

"이 이후에도 둘이 별일 없이 잘 지냈나요?"

"다툴 이유가 없죠. 선생님. 호호, 무슨 일이실까?"

과거의 접점을 찾았다는 생각에 J는 서둘러 감사의 인사를 하고 수화기를 놓았다. 만약 연극반 오디션이 이지선에 대한 권소영의 악의를 만들어 냈다면 과거의 사건으로 자존심에 상처를 입은 권소영이 자신의 지갑이 아닌데도 우연히 벌어진 도난사고의 범인을 이지선으로 만들어 버린 걸까? 아니면 당시 주연에서 탈락한 권소영에게 지속적으로 괴롭힘을 당한 이지선의 악의가 지갑을 훔치는 결과로 나타난 걸까? 지금으로서는 어느 쪽도 확인 불가능하다. 확실한 것은 과거에 둘 사이에 경쟁관계가 존재했다는 것뿐이다. 머리가 서서히 익어 가는데 휴대폰 벨이 울렸다.

"선생님, 저예요. 다형이요. 집에 가는 길에 보니 교무실이 환해서 혹시 계신가 해서 전화 드렸어요. 커피 한 잔 사주신다는 말이 갑자기 생각나지 뭐예요? 하하."

며칠 전 재회했던 옛 교생 선다형의 활달한 목소리가 전화기를 때렸다. 머리가 아플 땐 커피 한 잔이 최고라고 그 누가

말했던가. J는 피곤도 잊은 채, 근처 도넛 가게에서 다형을
만나기로 하고 가방을 쌌다.

"어쩐지 선생님 표정이 어둡다 했더니 그런 일이 있었네
요."

이런저런 이야기를 하다 눈치 빠른 다형에게 그동안의 사
정을 결국 다 이야기하고 말았지만 내뱉고 나니 J는 한결 마
음에 여유가 생겼다.

"내가 너무 지나치게 생각하는 것 같기도 하고. 아이들을
순수하지 못하게 보는 나 자신이 이상하기도 하고… 그래.
생각하면 할수록 어지럽고 정신이 없어."

"그럼 여기에서 정리하실 거예요?"

"뭐 하나 확실한 게 없으니 그래야 되지 않을까 싶어."

"…"

한참을 생각하다 다형이 조용히 입을 열었다.

"선생님. 오늘 저녁에 시간 좀 내실 수 있으신가요?"

"응? 지금 내고 있잖아."

"말고요. 여기서 나가서 같이 가 볼 데가 있어요."

"안 그래도 머리 아픈데 너까지 왜 이러니? 맛있는 저녁 사
달라는 건 아닐 테고. 무슨 말인지 이해할 수 있게 말해 다
오."

"별 건 아니고요. 조금 이상한 부분이 있어서요. 전 다른 부분보다 지갑의 출처가 조금 의심스러워요."

"지갑의 출처가 이상하다니. 무슨 말이야?"

"누군가에게 선물을 받았다거나 경품에 당첨되었다는 게 좀 자연스럽지가 않아요. 고등학생에게 지갑을 경품으로 주나요? 좀 이상해요. 그리고 지방으로 전학 가는 친구에게 지갑을 선물로 받나요? 오히려 잘 가라고 선물해 주는 게 자연스럽지가 않나요?"

그제서야 J는 다형이 경찰이라는 사실을 새삼 자각하며 흥미와 일말의 기대감으로 머리가 서서히 뜨거워짐을 느꼈다.

"지갑의 출처를 추적하기 힘들게 만들었다는 말이구나. 물론 거짓이라는 전제하에서 그런 거지만 말이다."

여기까지 말하다가 J는 문득 어떤 가능성을 떠올리며 숨을 흑 들이켰다.

"혹시…?"

"예. 아이들이 만약 출처를 거짓말한 거라면 거꾸로 백화점이나 쇼핑몰 같은 데서 샀을 가능성이 있어요."

참신한 생각이지만 거기에는 중대한 모순이 있다.

"다형아. 그건 아닌 것 같아. 만약 아이들이 가게에서 샀다면 둘 다 영수증을 내보이며 증거를 제시하면 별개의 지갑이란 게 완벽히 증명되는 건데 뭐하러 더 의심하게끔 거짓말을 하겠니?"

다형은 대답 대신 미묘한 웃음을 지으며 말했다.

"예 맞아요. 선생님. 그래도 발품을 팔다 보면 예상치 못한 진실을 알게 될지도 모르잖아요. 심심하기도 하고요. 한 번 해 봐요."

"그래도 쇼핑몰이 한두 개도 아닌데 어떻게 돌아? 이것 참."

말하면서도 J는 가방을 들고 계산을 치르고 있었다.

"아이들 주소지와 가까운 곳부터 돌자는 말이지?"

다형의 부탁으로 다시 교무실로 들어가 가져온 학급 사진 한 장을 들고 J는 다형과 함께 C 아파트에서 가까운 백화점부터 가기로 했다. 다행히 이지선과 권소영은 같은 아파트 단지에 살았고 이 아파트 근처에는 백화점 1개와 큰 지하쇼핑몰이 있었다.

"그런 지갑은 동네 가게에서 사기 힘들어요."

백화점에서 허탕을 치고 건물 밖으로 나오면서도 다형은 주변을 두리번거리며 지갑 가게를 찾았다.

"이제 지하쇼핑몰로 가보자. 거긴 워낙 커서 체계적으로 움직이지 않으면 몇 시간은 헤매게 될지도 몰라."

"염려 마세요. 제가 많이 다닌 곳이라서 지갑 매장은 금방 찾을 수 있을 거 같아요."

어차피 기대는 거의 접었지만 J는 평일 저녁에 없는 시간을 내어 자신을 도와주는 다형에게 크나큰 고마움을 느끼며 일 말의 가능성이 있더라도 무시하지 않고 체크해 보는 부지런하고 강인한 경찰의 모습을 보았다.

쇼핑몰 내의 세 번째 지갑매장에 들어가 주인과 대화를 시작할 때, J의 몸은 지쳐 쓰러질 지경이었다. 지갑에 대해서 간단히 설명하고 곧 몸을 돌리려 할 때였다.

"음… 그 지갑 저희 가게에 있어요. 잘 찾는 모델은 아니라서 저기 안쪽 진열대에 따로 몇 개 보관하고 있습니다."

주인의 안내를 따라 안쪽 진열대로 가서 바닥 쪽 잘 보이지 않는 곳에서 꺼낸 지갑을 본 순간 J는 탄성을 질렀다. 권소영이 도난당한 지갑, 이지선의 책상 위에 있던 지갑과 동일한 모양의 지갑이 거기에 있었다.

다형은 J에게 의미 있는 눈짓을 보내며 주인에게 질문을 던졌다.

"아저씨. 혹시 최근에 이 녹색 지갑을 사러 온 사람이 있었나요?"

"음… 예, 있었죠. 며칠 전에 한 여학생이 사 갔어요. 늦은 시간이었는데 문 닫기 직전이었죠. 안쪽까지 와서 유심히 살펴보다 사 갔기 때문에 똑똑히 기억해요."

그때까지도 혹시나 했던 J는 주인의 놀라운 증언에 피곤도

싹 잊은 채, 떨리는 손으로 학급 사진 속의 권소영을 보여 줬다.

"이 학생이 맞나요?"

유심히 보던 주인은 대번에 고개를 끄덕였다.

"예. 맞아요. 그날은 사복을 입고 왔지만 이 학생이 분명해요."

놀란 J를 외면한 채, 사진을 계속 유심히 보던 주인은 한 가지 사실을 더 말해 주었다.

"그날 이 학생도 같이 왔는데… 여기 이 학생이요. 둘이 한참 고르더라고… 사기는 한 명이 샀지만… 사진을 보니 같은 반 친구들 이었나 보네."

충격에 입을 다물지 못하는 J와 달리 다형은 주인이 가리킨 사진 속의 얼굴이 누구인지 예상하고 있었다는 표정으로 조용히 J를 바라보았다.

방에 설치한 에어컨에 문제가 생겼다는 하숙집 아주머니의 전화를 받고 다형과 헤어져 급히 집으로 가던 J는 곰곰이 생각에 빠졌다. 지갑은 결국 하나였고 거짓말은 두 학생 모두가 했다. 이 사기극의 목적이 뭘까? 그리고 선다형은 마치 예상했다는 듯이 주인의 말에 조용히 고개를 끄덕였다. 그 친구는 어떻게 이걸 예상할 수 있었을까? 에어컨 문제를 해결하자마자 J는 다형에게 전화를 걸었다.

"에어컨 문제는 해결됐나요 선생님? 아까 너무 고생하셨죠? 그래도 몸을 움직인 보람이 있어서 다행이에요."

"두 녀석이 같은 가게에서 지갑 한 개를 사 갔다는 사실이 말하고 있는 진실을 오늘 밤 안에 정리 못 해내면 나에게 내일은 없어."

"해결이 눈앞이니 힘내세요. 선생님."

마치 진실을 알고 있다는 말투로 다형은 J를 자극했다.

"먼저 말할 수 있는 건 지갑이 과연 도난당했는가겠지?"

"그 답은 이미 알고 계시잖아요."

"그래. 지갑이 진짜로 도난당했다면 두 녀석 모두 지갑의 출처를 거짓으로 말할 리가 없지. 고로 지갑 도난사건은 없었던 거야."

"맞아요. 선생님. 그럼 다음 질문으로 넘어가겠습니다."

"그럼 두 녀석이 왜 지갑 도난사건을 꾸몄는가야. 그 사건의 가해자와 피해자가 됨으로써 교실 분위기를 엉망으로 만들면서까지 걔들이 뭘 얻으려 했던 걸까?"

"정말 모르시겠어요, 선생님?"

"응 아직 모르겠어."

"선생님이 이미 찾으셨잖아요. 선생님이 저와 만나기 전에 발견하신 사실을 아까 저와 함께 발견한 사실과 맞추어 보면 그 학생들이 왜 가해자와 피해자가 되어 서로 싸웠는지 그림이 그려져요."

"둘이 서로 싸웠다면 과거의 연극반 오디션의 악연이 원인일 수 있겠다는 게 내 생각이었어."

"예, 맞아요. 선생님, 바로 그거예요. 연극반. 거기에 답이 있어요."

"…"

"실은 저도 대학 때 연극 동아리에 있었거든요. 그래서 선생님 얘기를 듣다 그런 생각을 할 수 있었는지도 몰라요."

"그런 생각이라니?"

"보이는 게 진실은 아니라는 거요. 선생님, 엄마가 부르세요. 혹시 전화 주시려면 30분 이후에 해 주세요. 전 선생님이 해결하시리라 믿어요."

갑자기 끊어져 버린 전화기를 들고 멍하니 벽을 보던 J는 타이머를 30분에 맞추어 놓고 화장실로 들어갔다. 몇 달 전 시험지 분실 사건을 도난사건으로 오해하고 아침 출근길 지하철 객실에서 이리 뛰고 저리 뛰며 난리를 치던 자신의 마음을 안정시켜 주던 해우소를 생각하며…

가만히 앉아 조금 전에 다형과 나누었던 말들을 되씹어 본다. 도난사건은 존재하지 않았다. 가해자와 피해자가 되어 싸운다. 연극반 오디션 사건… 보이는 게 진실은 아니다. 좁은 화장실 안의 어두움 속에 앉아 조용히 생각을 집중하던 J 에게 자신 앞에서 눈물을 흘리며 고통스러운 이야기를 하던 두 학생의 얼굴이 스쳐가던 순간, 머리를 맴돌던 단어들이 하나로 연결되며 한 번도 생각해 보지 못했던 이야기가 마침 내 모습을 드러냈다.

"지금까지는 한 사람씩 면담했지만 오늘은 두 사람과 같이 이야기하고 싶구나."

권소영과 이지선은 사뭇 긴장하며 상담실 안쪽 의자에 나 란히 앉아 J를 마주하고 있었다.

J는 잠시 뜸을 들이다 결심한 듯, 둘의 눈을 정면으로 보며 말했다.

"어제 내가 ××쇼핑몰에서 녹색 지갑을 보았단다. 아주 낯익은 지갑 말이다."

예상치 못했던 J의 말에 권소영과 이지선은 입을 다문 채, J를 쳐다봤다. 잽이 통하지 않자 J는 곧바로 스트레이트를 날 렸다.

"그리고 거기 주인에게 너희들 이야기를 들었다. 물론 우 연히 말이다."

이쯤에서 포기하고 털어놓으리라는 예상과는 달리 둘은 고 개를 들고 미동도 않은 채, 정면을 응시하며 J의 다음 말을 기다렸다. 역시 그 정도 일을 벌일 만한 담력을 가진 녀석들이라는 감탄 속에서 J는 오히려 자신의 생각이 틀리지 않았다는 확신을 하고 결정타를 날렸다.

"둘 중에 누가 이겼니?"

마침내 담임이 다 알고 있다는 사실을 확실히 알게 된 두 학생은 동시에 대답했다.

"아직까지 무승부…예요. 죄송해요. 선생님."

"너희들 연기에 깜빡 속을 뻔했다. 이 녀석들아 아무리 그래도 그렇지 교실에서 그런 방식으로 연기대결을 하는 놈들이 어딨냐?"

연기대결. 그렇다. 어제 해우소에서 J의 머릿속에 새겨진 단어, 이 모든 것을 무리 없이 설명할 수 있는 단어였다. 작년 겨울 연극발표회 오디션에서 아깝게 주연 자리를 이지선에게 빼앗긴 권소영은 2학년에 같은 반이 된 이지선을 보고 설욕할 기회를 만들려고 했을 것이다. 따라서 도난사고를 소재로 한 연기대결이라는 스토리를 만들고 먼저 제안한 것은 아마도 권소영이었으리라. 또 둘이 같이 지갑을 사러 간 건 너무 특이한 지갑이나 평범한 지갑은 어느 한쪽에게 불리하니 모양을 보고 서로 합의해서 골라야 했기 때문일 것이다.

"예 선생님, 제가 하자고 했어요. 처음에는 잊고 회장 일을 열심히 해서 만회하려고 했죠. 지선이가 다른 반이었다면 잊고 살았을지도 몰라요. 그런데 같은 교실에 있으니까 자꾸 그 기억이 나는 거예요. 다른 건 몰라도 연기로 지선이에게 졌다는 건 도저히 용납이 안 되었거든요. 그래서 결심하고 하자고 했어요."

"그런데 소영아, 왜 지선이를 도둑으로 만들었니? 그러면 지선이가 거절할 가능성이 큰데…"

이지선이 예상 밖의 답변을 했다.

"소영이가 가져온 원래 시나리오에는 제가 피해자였어요. 소영이가 도둑 역할이었죠. 먼저 하자는 쪽이 위험을 감수해야 한다나요. 나 참. 사람을 뭘로 보고… 전 다른 건 몰라도 연기에서는 연극반 그 누구보다도 한 수 위라는 확신이 있어요. 그리고 만약 거절하면 소영이가 일 년 내내 시합하자고 피곤하게 졸라댈 게 눈에 빤히 보이더라구요. 그래서 저도 이참에 승부수를 던졌죠."

"승부수?"

"지는 쪽이 아무 말 없이 전학가기요."

기가 막히다 못해 무섭기까지 하다. J의 어이없어하는 표정을 본 권소영이 설명했다.

"사건 발생 후, 3일 동안 담임선생님을 포함한 교실의 여론을 연기력으로 자신이 의도한 방향으로 이끄는 사람이 이기는 거예요."

"그래서 내 앞에서 눈물 콧물 흘리며 그 난리를 쳤구나. 이 녀석들아. 응?"

"…죄송해요. 선생님이 거기에서 지갑을 발견하실 줄은 꿈에도 몰랐어요."

J를 바라보는 두 학생의 눈은 아직도 누가 더 연기를 잘했는지 묻고 있는 것 같았다. 이제 결론을 내려야 할 때다.

"너희들. 둘 중에 누가 더 연기를 잘하는지 난 잘 모르겠다. 하지만 서로 상대방을 이기겠다고 교실의 친구들과 담임인 나까지 자신의 비뚤어진 승부욕의 수단으로 이용한 건 분명히 잘못된 일이야. 그 과정에서 교실 분위기가 어떻게 되었는지 그리고 너희들 자신이 어떻게 되었는지 생각해 봐."

"저희도 시간이 흐르면서 교실 분위기가 극단적으로 만들어지니까 겁도 나고 이제 와서 고백할 용기도 없고 해서 어떻게 하지도 못하고 있던 중이에요. 정말 죄송해요. 선생님."

두 학생 모두 고개를 푹 숙이고 잘못을 고백하고 있지만 어쩐지 무거운 짐을 내려놓고 홀가분해 하는 것 같기도 했다.

"너희들 중 누가 더 연기를 잘하는지는 모르겠지만 이것 하나는 분명해. 너희 둘 모두 내게 졌다는 사실 말이다."

두 녀석 모두 고개를 끄덕이며 웃었다. 처분을 내릴 타이밍이다.

"졌으니까 내가 말하는 대로 해야지?"

"예. 선생님."

"우선 내일 아침에 교실에서 친구들에게 사실대로 모든 것을 고백하고 용서를 빌어라. 이건 너무나 당연한 절차다."

"예. 선생님."

"연기는 제대로 된 무대에서 멋진 팀웍으로 하는 거지? 그렇다면 시나리오를 좀 더 손봐서 올 해 서울시 고교연극제에 이 작품을 출품하는 건 어떠니? 물론 주연은 소영이와 지선이가 되어야겠지? 제대로 된 무대 위에서 너희들이 멋진 앙상블을 만들어 봐."

생각지 못한 J의 제안에 권소영과 이지선은 꿈을 꾸는 듯한 표정을 지으며 서로를 쳐다봤다.

"정말 선생님다운 제안이세요. 아이들이 혼나면서도 시원했겠어요."

"졌다 싶으면 아무 말 없이 전학을 가기로 했다니 원. 서약서도 보여 주더라고. 무조건 경쟁 상대를 이겨야 내 자존심이 서고 내가 산다는 이 시대의 한 단면이라고 생각해. 아이들이 뭘 보고 배우겠어? 연극은 그 무엇보다 조화가 중요한데 말이야. 아니 연극만이 아니지. 두 녀석이 이번 기회에 확실히 깨달았으면 좋겠어. 아무튼 오래도록 기억나는 사건이 될 거야.

"잘 해결돼서 다행이에요. 선생님."

다형을 만나지 못했다면 해결은커녕 J는 오늘도 빈약한 상상력으로 힘든 밤을 보내고 있을 게 분명하다.

"이번에 다형이에게 신세 졌어. 도와줘서 고마워. 다음에는 ××쇼핑몰에 지갑 구경 말고 아이스크림 먹으러 가자구."

"별말씀을. 그래도 아이스크림은 좋은걸요? 하하. 그럼 다음에 또 연락드릴게요. 안녕히 주무세요."

"음, 잘 자."

정다운 전화를 끊고 앞으로 있을 다형과의 만남을 생각하며 흐뭇한 웃음을 짓는 J의 머릿속에 어두운 그림자가 언뜻 지나쳐 갔다.

● 2017년 영화화(제19회 서울국제여성영화제 본선 진출)

안경

"그러니까 선생님이 우리 엄마한테 전화를 왜 하냐고요?"

"네가 학교에 오지 않으니까 확인 전화한 거 아니니?"

"그럼 나한테 하면 되잖아요?"

오늘따라 나혜지는 거세게 엉겨 붙었다. 복도를 지나가는 2학년 아이들이 흘긋흘긋 쳐다봤다. 주관식은 표정 관리를 하며 타이르듯 말했다.

"혜지야. 네가 전화를 안 받아서 어머니께 한 거야. 그게 그렇게 싫으면 늦는다고 내게 전화하지 그랬니?"

"……"

"생활기록부에 무단 지각 많으면 나중에 사회 생활할 때 어떤 불이익이 올지 모른다. 계속 이런 식이면 부모님과 상담할 수밖에 없어. 알아서 해."

분노와 짜증으로 혜지의 눈이 이글거렸다. 관식은 그 눈빛을 뒤로하고 몸을 돌렸다. 그때 독백을 가장한 펀치가 날아왔다.

"그런 사소한 일로 집에 전화하면 학생 부모가 얼마나 스트레스받는지 모르나. 나 참, 선생이 돼가지고 씨발"

관식은 혜지의 도발에 낚이지 않기 위해 심호흡을 했다. 그리고 천천히 돌아섰다.

"지금 그게 무슨 말버릇이지? 아무 연락 없이 학교에 안 나타나면 담임이 걱정한다는 건 몰라?"

내친김에 한마디 더 하고 싶었지만 관식은 참기로 했다. 혜지의 눈이 관식을 정면으로 바라보고 있었다. 그 입가에 비웃음이 흘렀다.

"하긴 마흔세 살이나 먹고도 결혼을 못 했으니까. 뭐 부모 마음을 몰라서 그럴 수도 있겠네요."

곧바로 수업 종이 울렸다. 지켜보던 학생들이 하나둘 사라졌다. 학생들이 사라지고도 관식은 혼자 멍하니 서 있었다.

혜지는 고교 생활을 평범하지 않게 시작했다. 작년 초 어느 날, 교내를 순찰 중이던 W여고 수위는 도서관 창문에서 한 학생을 목격했다. 학생은 도서관 2층 창문 밖으로 책을 열심히 던져 내고 있었다. 입학한 지 며칠 되지 않은 신입생 나혜지였다. 혜지는 사건을 수습하려던 당시 담임 교사에게 교무실에서 욕설을 했다. 그 바람에 이름이 교내에 널리 알려지게 되었다. 절도와 폭언으로 한 달 동안의 심리 상담 이수가 명령되었다. 상담 첫날, 상담 교사의 지갑이 사라졌다. 하지만 혜지가 훔쳤다는 증거는 끝내 발견되지 않았다.

이 녀석에게 반성문과 교실 청소 3일이 의미 있을까? 수업을 마친 관식은 한숨을 내쉬며 조심스럽게 쪽지를 폈다.

지각한 건 난데 부모님에게 고자질한 건 선생님 잘못이죠.
내가 비록 공부는 못하지만 성격은 좋~은 사람이 되어
졸업 후에 인사하러 오겠습니다.
그때까지 담임 일 잘하면서 학교에 있길 바랍니다.
— 나혜지.

쪽지는 반성문이 아니라 담임을 조롱하는 메시지였다. 관식은 1층에 있는 상담실로 내려갔다.

(빈 줄)

"혜지에게 정서적인 문제가 있어요."

상담 교사 김희수는 이해한다는 듯 미소 지었다.

"이 녀석을 작년에 상담하셨다고 들었습니다. 학기 시작한지 두 달밖에 안 지났는데 힘드네요. 조언을 구하려고 왔습니다."

김희수는 관식을 잠시 응시하더니 조심스럽게 말했다.

"주 선생님. 혜지가 감정 조절이 어느 정도 되려면 시간이 많이 걸릴 거예요. 가정적인 문제가 있는 거 같거든요."

관식은 고개를 끄덕였다.

"혜지가 어머니와 거리가 있는 거 같습니다. 집에 전화하는 걸 이상하리만치 싫어하거든요. 그리고 아버지와는 아예 통화가 안 되고요."

"작년에 혜지 부모님이 상담실에 오셨어요. 혜지의 상담 이수 과정에 학부모 상담도 포함되어 있었거든요. 혜지가 어머니와 친하지 않았어요. 왠지 어머니도 혜지를 부담스러워하는 것 같았고요. 아버지에게서는 폭력적인 요소가 다분히 보였습니다. 혜지가 아버지를 무서워하는 게 느껴졌어요. 아이가 가정에서 소외되어 있는 게 거의 확실했죠. 가정환경이 혜지의 잘못에 면죄부를 주는 건 아니라고 생각해요. 하지만 환경이 바뀌지 않고는 근본적인 해결이 어려울 겁니다. 절도도 내면의 허전함을 달래는 수단으로 시작했을 거예요. 이제는 용돈 벌이 수단으로 진화했지만요."

시간이 많이 걸릴 것이다! 김희수의 이야기로 관식의 마음은 더 무거워졌다.

"2학년 올라와서 첫 시험인데 중간고사를 생각보다 못 봤

어요. 큰어머니께 성적표 보여 주지도 못했어요. 의대가 목
푠데 간호학과도 못 갈 거 같아요."

"이제 학년 초잖아. 조급하게 생각하지 마. 그것보다 도연
이가 의대에 가려는 이유가 뭘까?"

"다른 직업은 생각해 본 적이 없어요."

"적어도 의사가 되려는 너만의 이유는 있어야 하지 않겠
니?"

"…그럼 다음 면담까지 숙제로 주세요. 고민해 볼 게요.
선생님."

성도연은 애교 섞인 표정을 지었다.

"그래. 진짜 동기가 생기면 공부하는 데도 도움이 된단다.
진로 관련 책자 교실에 있잖아. 거기 다양한 직업군과 학과
안내가 있으니 참고해도 좋아. 의사 부분도 상세히 나와 있
을 거야. 그건 그렇고 요즘 교실에 다른 일은 없니?"

"교실이야 뭐 늘 그렇죠. 그보다 오늘 선생님 얼굴이 안 좋
아 보여요. 아까 수업 시간에도 좀 그랬어요."

도연은 두꺼운 안경알 너머로 관식의 표정을 살피며 조심
스럽게 말했다.

"낮에 우리 반 아이들 몇 명이 봤어요. 선생님과 혜지가 대
화하는 걸…"

"음, 그랬구나. 혜지가 순간적으로 이성을 잃은 거야. 걔

가 에너지가 넘치잖니."

애써 웃음 짓는 관식의 얼굴이 벌게졌다. 도연은 안쓰러운 미소를 지었다.

관식은 일 년 전에 우연한 계기로 도연을 알게 되었다. 그날 아침을 굶고 출근한 관식은 3교시 수업을 마치자마자 교직원 식당을 향해 복도를 종종걸음으로 내달렸다. 그때 관식의 눈에 흔치 않은 광경이 들어왔다. 역사 교사 이진호가 한 학생의 머리채를 잡아 질질 끌고 가고 있었다. 학생은 끌려가면서도 이진호를 똑바로 쳐다보고 있었다. 관식이 다가가자 시큼한 알코올 냄새가 났다. 정황상 '알코올 수업'이 분명했다. 이진호는 상황을 진정시키려는 관식의 팔을 뿌리쳤다. 그리고는 학생의 얼굴을 교과서로 후려치려 했다. 관식은 이진호의 교과서를 잡아챘다. 학생들이 모여들고 있었다. 관식은 재빨리 이진호의 허리 안쪽 급소를 잡고 학생을 떼어 놓은 뒤, 귀에 대고 조용히 말했다.

"이 선생님. 알코올 냄새가 진동합니다. 이 상태로 수업하셨다면 문제가 될 수 있어요. 일단 올라가서 좀 쉬세요."

이진호는 관식을 잠시 째려보더니 학생에게 으름장을 놓고는 올라가 버렸다. 관식은 멍하니 서 있는 학생을 데리고 상담실로 들어갔다. 학생의 이름은 성도연이었다. 이진호의 반복된 알코올 수업 때문에 아이들의 불만이 쌓여 갔다.

결국 그날 수업 후 도연은 작심하고 말했다. 좀 자제해 달라고. 무엇보다 악취를 견디기 힘들다고. 도연은 잘못한 게 없었다. 관식은 도연을 잘 달래 주고 교실로 보냈다. 이후에 관식은 교정을 걷다가 멀리서 웃으며 인사하는 도연을 가끔 볼 수 있었다. 물론 알코올수업 이야기는 다시 들려오지 않았다.

해가 바뀌자 도연은 관식의 학급 학생이 되었고 선거를 거쳐 회장까지 되었다. 자연스럽게 관식은 도연의 가정 사정을 알게 되었다. 도연은 아주 어릴 적에 교통사고로 양친을 일시에 잃었다. 다행히 혈육인 큰어머니가 계셨다. 그 도움으로 자취를 하며 학교를 다닐 수 있었다. 도연은 학원에 다니지 않고 학교에서 야간자율학습을 하면서도 최상위권을 유지해 왔다. 휴일에는 늘 큰어머니 집에 가서 사촌 동생들 공부도 가르쳐 주었다. 불우한 가정환경에도 불구하고 모범적인 학교생활 때문에 도연은 교사들에게 사랑받는 학생이었다.

학급 회장인 도연은 교실 분위기를 잘 유지하고 싶었다. 또 담임인 관식에게 부담을 주고 싶지 않았다. 그래서 혜지를 챙기기 시작했다. 둘이 매일 점심을 같이 먹었다. 도연은 혜지가 싸움이 아닌 대화를 하는 유일한 학생이었다. 관식은 그런 도연에게 인간적인 고마움을 느꼈다.

"아이들이 걱정해요. 선생님 표정이 어둡다고요. 힘내세요."

"그래. 도연이도 힘내서 다음 시험은 더 잘 봐야지."

말썽쟁이가 하나 있은들 뭐 그리 대순가. 이 아이들이 있는데…. 도연을 보내는 관식의 마음이 따뜻해졌다.

그날 밤 관식은 혜지의 사망 소식을 듣게 되었다.

자기주도관은 야간자율학습실로 사용되는 3층 건물이다. 혜지는 가끔 수업을 빼먹고 그 옥상에서 시간을 보내곤 했다. 밤 9시 15분에 혜지의 휴대폰으로 그 부모에게 각각 문자가 한 통 보내졌다. 극장에 있던 그 어머니가 뒤늦게 문자를 확인했다. 그녀는 곧바로 경찰에 신고했다. 경찰은 휴대폰 위치 추적을 통해 W여고에 도착했고 자기주도관 뒤쪽 숲에서 바닥에 누워 있는 혜지를 발견했다.

사건 발생 다음날 관식에게 형사가 찾아왔다.

"주관식 선생님이시죠? 강남경찰서 문경남 경사입니다. 나혜지 학생 사망과 관련해서 몇 가지 질문드리고 싶은데 시간 되시죠?"

"예. 괜찮습니다."

"음… 최근에 혜지 학생의 학교생활이 어땠나요? 담임 교사로서 볼 때 말이죠."

학생 하나가 휴게실에 청소하러 들어왔다가 관식과 눈이

마주쳤다. 학생은 황급히 문을 닫고 나갔다.

"특별한 일은 없었습니다."

"주 선생님이 수업 중이셔서 혜지 학생의 1학년 때 담임선생님을 먼저 만났습니다. 임소영 선생님은 작년 10월 한 달 동안 신경정신과에서 통원 치료를 받으셨더군요."

"……"

"학생부 징계 기록에는 혜지 학생의 이름이 여러 번 올라와 있었고요. 절도와 폭언으로 말입니다."

"혜지는 노력하는 중이었습니다. 상담도 받았고요."

"교우 관계는 어땠습니까? 휴대폰에는 같은 반 친구들 번호가 하나도 없던데요."

"…외톨이처럼 지낸 건 맞습니다."

문경남은 잠시 여유를 두고 말했다.

"그리고 이건 절차상의 질문이니 이해해 주세요. 어제 21시, 밤 아홉시 경 어디서 무얼 하셨습니까?"

관식은 순간 당황했지만 곧바로 대답했다.

"광화문 교보문고에 있었습니다."

문경남은 고개를 끄덕이더니 명함을 내밀었다.

"이 일로 많이 힘드실 텐데 답변 감사드립니다. 혹시 학생과 관련해서 말씀해 주실 내용이 있으면 연락 부탁드립니다."

교무실로 돌아가는 관식의 마음은 발걸음 수에 비례하며 무거워졌다.

"오늘 낮에 형사가 다녀갔습니다. 혜지 어머님. 제가 물어봐도 수사 내용을 말해 주지 않을 것 같아서 어머님께 찾아왔습니다."

거실 바닥에 앉은 여인은 의외로 담담한 표정을 짓고 있었다.

"혜지 어머님. 아이에게 무슨 일이 있었던 건가요? 사정을 모르니 답답합니다."

여인은 관식을 한참 동안 바라보다가 깊은 한숨을 내쉰 후 입을 뗐다.

"선생님을 믿고 말씀드리겠습니다. 그전에 함구하겠다고 약속해주세요."

"약속드립니다."

"전 혜지의 생모가 아닙니다."

"예?"

어리둥절해 하는 관식을 앞에 두고 여인은 말을 이어갔다.

"혜지는 어릴 때 친엄마를 잃었어요. 자세한 사정은 저도 잘 모릅니다. 작년에 남편은 저와 두 번째로 재혼했습니다. 전 혜지의 세 번째 엄마, 아니 두 번째 계모라고 해야겠네요. 건축 일을 하는 남편은 지금도 한 달에 20일은 지방에 있어요. 그래서 제가 노력도 많이 했죠. 전 혜지와 친하다고 생각했어요. 혜지는 그렇지 않았던 모양이지만요. 휴대폰에 친아버지는 '아빠'로 저장해 놓고 전 '노경은'이라는 이름으로 저장해 놓았더라고요. 친구처럼 말이에요."

"……"

"혜지는… 스스로 옥상에서 뛰어내린 것 같아요."

가능성을 생각해 보지 않은 건 아니었다. 하지만 직접 듣고 관식은 충격을 받았다. 꿈에도 생각지 않았던, 학생의 자살이었다.

"혜지가 남긴 유서예요."

여인은 관식에게 휴대폰 액정화면을 보였다.

그동안 감사했습니다. 그리고 죄송합니다. 안녕히 계세요.

– 혜지 올림.

"선생님. 전 아이에 대해서 아무것도 모르고 있었어요."

"그게 무슨 말씀이세요?"

"혜지는 임신 상태였습니다. 경찰이 휴대폰 통화 내역을 통해 남학생 하나를 조사하던 과정에서 알아낸 모양이에요. 임신이라니. 얼마나 힘들었을까요."

관식의 마음은 그날 아침 자신에게 불같이 덤비던 혜지의 마음속에 팽팽하게 당겨져 있던 뇌관만큼 급속히 뜨거워졌다. 충동적이라는 단어가 떠올랐다. 관식은 인사를 하고 나왔다.

관식은 불안감에 휩싸였다. 혜지는 오랜 시간 주변 사람들에게 잔소리와 모욕적인 말을 들었다. 징계도 받았다. 그런 상황에서 임신이라는 사태를 맞았다. 많은 것이 혜지 내면에 누적된 상황이었다. 그날 아침 관식이 혜지에게 준 스트레스(예를 들어 부모와 상담하겠다는 것)는 사소한 것이었다. 하지만 그것이 특정 상황에서 혜지를 자극했을지도 몰랐다. 관식은 혜지의 남자친구였던 학생을 만나 보기로 결심했다.

"일하다가 나와서 금방 들어가야 돼요."

오기환은 불안해했다. 그 잘생긴 텅 빈 얼굴을 보며 관식은 고개를 끄덕였다.

"학생이 보기에 최근에 혜지 스트레스가 컸어?"

"그게 왜요? 어쨌든 자살한 거잖아요."

죽은 여자 친구를 남 이야기하듯 하고 있었다. 관식의 마음은 착잡했다.

"혹시 혜지가 학교 일을 이야기하지는 않았니? 학교에서 누가 자신을 힘들게 했다던가."

기환은 어이가 없다는 표정을 지었다.

"학교 그 자체가 짜증이죠."

"그럼 최근에 있었던 짜증 나는 일을 학생에게 말한 게 있어?"

질문의 의도를 알지 못하는 기환은 관식에게 짜증을 퍼부었다.

"도대체 무슨 말을 하는지 알 수가 없네. 이것 보세요 선생님. 걔한테 중요한 일은 중절 수술비뿐이었어요. 학교 얘기 따윈 꺼내지도 않았다니까요?"

걱정은 해소되었지만 집으로 돌아오는 관식의 마음은 여전히 불편했다.

교실은 여전히 침울했다. 혜지에게 피해를 당했던 아이들조차도 충격에서 벗어나지 못하고 있었다. 일주일이 지났다. 관식은 새 청소도구를 생활지도부에 신청하러 갔다. 청소도구 담당은 임소영 선생이었다. 그녀는 도연이가 이미 받아 갔다는 말을 관식에게 전해 주었다.

"주 선생님. 도연이가 참 야무져요. 학급에 그런 일이 생겼는데도 친구들 추스르며 교실 분위기를 잡는 모양이더라고요. 공부도 잘하고 예의 바르고 친구들 잘 챙기고, 더 바랄 게 없는 아이예요. 도연이가 주 선생님 좋아하는 것 아시죠?

제게 국어 문제 질문할 때도 담임 선생님 이야기가 나오면 얼마나 자랑을 하는지 아세요? 자상하고 재밌으시다고요. 일요일마다 학급 아이들에게 단체문자 보내 주신다면서요."

관식에게 꼬박꼬박 답문을 보내 오는 학생은 도연뿐이다.

"제가 오히려 든든하죠. 지금 같은 상황에서 도연이가 역할을 잘 해 줘서요."

"주 선생님이 더 잘 챙겨 주셔야겠어요."

임소영은 평소에 관식과 그리 친하지 않고 업무도 겹치지 않는다. 서로 간에 대화도 별로 없었다. 그러던 임소영이 요즘 들어 관식에게 친절하게 굴고 있다.

국어 교사와 도서관 사서를 겸하고 있는 임소영은 방학이면 늘 학생들에게 독서 프로그램을 개최했다. 그녀는 교재와 간식 준비, 그리고 초청 강사 섭외, 교육청 보고 등을 혼자서 해내는 열정을 보였다. 이 프로그램이 작년 초에 융합교육의 모범 사례로 선정되었고 임소영은 교육감상을 수상했다. 교사로서 꽤 훌륭한 스펙을 가지게 된 것이다. 임소영의 열정과 관련된 사건이 하나 있었다. 독서프로그램 참가 학생 중 한 명이 프로그램 종료 후 곧바로 전학을 간 일이 있었다. 임소영이 자신의 마음에 들었던 그 학생에게 문학도로서의 진로를 집요하게 권유(?)했기 때문이었다. 똘똘 뭉친 선의(善意)만큼 무서운 것도 없다. 임소영과 혜지의 극한 대립도 선의로 시작되었다.

　작년 초, 혜지는 무단 지각과 책 절도로 인해 담임인 임소영의 표적이 되었다. 임소영은 매일 아침 혜지의 집 앞에 차를 대기시키고 기다렸다. 딴은 학생이 지각하지 않게 하는 배려였다. 가정방문은 수시로 했다. 심지어 지방에 출장 가 있는 혜지의 아버지를 만나러 간 적도 있었다. 담임과 학생의 관계는 악화되어 갔다. 무시로 일관하던 혜지는 어느 순간부터 담임 공격에 나섰다. 학급에서 도난사고가 급증하기 시작했다. 시험을 앞두고는 참고서, 노트 등이 연이어 사라졌다. 아이들의 불만이 손을 놓고 있는 임소영에게로 향하기 시작했다. 곧 방과 후에 교실에는 책 한 권, 볼펜 하나 남아 있지 않게 되었다. 그렇게 학급에 불신과 냉기가 가득 채워질 무렵이었다. 욕설을 담은 휴대폰 문자가 임소영에게 오기 시작했다. 발신자 표시 제한 상태였다. 늦은 밤에 임소영의 집 앞에서 '스승의 노래'가 이삼 일에 한 번씩 들려왔다. 담임을 스토킹한 것이다. 혜지는 영악했다. 임소영의 강한 자부심이 제자인 자신을 경찰에 고소하지 못하게 만들 거라고 생각했던 것이다. 생각은 적중했다. 임소영은 상담치료를 받기 시작했다. 그리고 혜지를 놓아 버렸다. 무너진 교실 분위기는 회복되지 못했다. 임소영은 교사로서의 자존심에 상처를 입었다. 이후 임소영의 의식 속에서 혜지는 존재하지 않앉던 학생이 되었다.

종례를 마치고 교무실로 돌아온 관식의 눈에 우편물이 들어왔다. 미래미용직업전문학교라는 곳에서 혜지에게 보낸 서류였다. 관식은 내용물을 보기로 했다. 얇은 학교 안내 책자와 인쇄물 한 장이었다. 인쇄물에는 미용 관련 아르바이트와 공부를 병행할 수 있는지. 자격증을 따면 바로 취업 할 수 있는지 등에 관한 친절한 설명이 있었다. 관식은 곧바로 전문학교로 전화를 걸었다. 상담 직원은 혜지가 보름쯤 전에 전화 문의했으며 학교로 방문하기로 했는데 약속한 날에 오지 않아 서류를 보냈다고 말해 주었다.

등록금만 내면 들어갈 수 있는 직업전문학교가 더러 있다. 주로 공식인가가 나지 않은 곳들이다. 혜지는 몰래 서류를 조작하든지 해서 입학하려고 했을 것이다. 그런데 보름 전이라면 혜지가 자신의 임신 사실을 알고 있을 때이다. 그 시점에서 혜지는 직업학교를 알아봤다. 그리고 아르바이트와 취업을 생각했다. 그렇다면 혜지가 '출산'을 생각했을 가능성이 생긴다. 기환에게 아르바이트를 닦달한 것도 중절 수술이 목적이 아니게 된다. 새 출발을 하려면 돈이 들 테니까. 몇 년에 한 번씩 바뀌는 계모, 건수만 생기면 훈계를 늘어놓으며 무자비하게 때리는 아버지, 아무도 자신에게 애정을 주지 않는 현실과 이별하고 삶을 리셋하고 싶었던 걸까. 새로운 환경에서 애정을 줄 수 있는 대상과 함께…. 아니면 계획을 세우고 이것저것 알아보다가 현실에 좌절해서 옥상으로 올라간 걸까. 관식은 혼란에 빠졌다. 하지만 자살이 아닐 가능성이 마음속에서 조금씩 자리를 차지해갔다. 만약 혜지가 자살하지 않았다면 문자 유서는 혜지의 죽음을 자살로 만들려는 누군가가 보낸 것이다. 그리고 그 사람은 혜지의 계모의 이름을 알고 있다. 관식은 그날 밤을 하얗게 새웠다.

다음날 관식은 출근하자마자 혜지 사망 당일 야간자율학습 감독 교사의 이름을 확인했다. 결과는 예상대로였다. 오전 내내 고민하던 관식은 결국 문경남에게 전화를 걸었다.

"그걸로 제보를 주시다니 주 선생님도 참 대단하십니다. 확실히 임소영 선생님은 혜지와 갈등 관계에 있었습니다. 또 혜지의 어머니 이름을 기억하고 있었을 가능성이 크죠. 그 어머니가 징계 조서에 서명하러 학교에 여러 번 오셨으니까요. 징계조서는 물론 당시 담임인 임 선생님이 작성하셨고요. 더구나 혜지가 사망한 당일 밤, 임 선생님은 자기주도관에 있었습니다. 그날 야간자율학습 감독이었죠."

"……"

"그런데 사망 추정 시각에 임 선생님은 2층에서 벗어난 적이 없어요. 자습실에서 자습하던 학생들에게 확인한 사실입니다. 한 학생과 복도에서 10분 정도 대화했던 것이 다예요. 그 학생이 질문을 했다고 하더군요. 이 사실도 휴대폰 통화하느라 잠깐 자습실을 나와서 두 사람을 본 다른 학생이 확인해 주었습니다."

"증인이 있다고요?"

"그래요. 몇몇 학생들의 증언에 따르면 임 선생님은 복도를 가다가 멀리서 혜지를 보면 오던 길로 되돌아갔다고 합니다. 눈에 들어오는 것조차도 싫어한 거죠. 그리고 혜지의 휴대폰 통화 내역에도 임 선생님은 없었습니다. 단 한 건도요. 두 사람 사이에 어떤 연결 고리도 없어요. 저희는 혜지의 부모님, 그리고 남자친구였던 오기환의 알리바이도 다 조사했습니다. 주 선생님 알리바이를 포함해서요. 아버지는 지방 출장, 어머니는 영화관람, 남자친구는 아르바이트 중이었더군요. 주변 사람들 증언과 방범카메라 등으로 모두 확인했습니다."

경찰은 혜지의 어머니 이름을 알 가능성이 있는 주변인의 알리바이를 모두 조사한 것이다.

"그랬군요. 자세한 설명 감사드립니다."

"동료를 조사해 보라는 말을 하기는 쉽지 않거든요. 제자의 죽음을 규명하려는 주 선생님께 감탄해서입니다."

"그럼 질문 하나 더 하겠습니다. 혜지와 사이가 좋지 않았던 아이들이 꽤 있었습니다. 당시 자기주도관에서 야간자율학습을 하던 학생들은 조사해 보셨나요?"

"물론입니다. W여고는 야간자율학습을 원하는 학생들만 하는 시스템이죠. 중간고사 직후라서 당일 밤 자기주도관에 있었던 학생들은 2학년 25명뿐이었습니다. 3학년은 모의고사 날이었기 때문에 야간자율학습이 없었고 1학년은 오후 시간에 경복궁으로 단체 봉사활동을 나갔기 때문에 학교에 없었죠. 학생들은 5시 30분부터 10시까지 자습을 했습니다. 중간에 학원에 간다든지 하면서 들락거렸기 때문에 인원의 변동이 있었죠. 사망 추정 시각 당시 자습실에 있던 학생들은 모두 17명이었습니다. 그중에 혜지와 같은 반 학생은 세 명뿐이었고요. 나머지 아이들 중 혜지와 중학교 동창이 두 명 있었습니다. 그 아이들은 중학교 때도 혜지와 다른 반이었어요. 서로 접촉도 없었고요."

"그 세 명이 누구였나요?"

"어디 보자…. 이하림, 성도연, 오미수였네요."

혜지와 다툰 적이 없는 아이들이었다.

"도연이는 임 선생님께 질문하느라 잠깐 복도에 나왔다가 들어갔습니다. 나머지 둘은 자습실에서 나온 적이 없고요."

관식은 문경남에게 직업학교에서 온 서류 이야기를 해 주었다. 문경남은 잠시 생각하더니 다시 말을 이어갔다.

"자신의 임신 사실을 알게 된 혜지는 여러 가지 생각을 했을 겁니다. 우편물이 말해 주듯이 출산을 계획했을 가능성도 있고요. 하지만 여고생이 혼자 아이를 출산하고 키우면서 학교를 다닌다는 것은 불가능에 가까운 일이죠. 어린 학생이라도 조금만 생각하면 알 수 있어요. 스트레스 속에서 몸부림을 치다가 충동적으로 자살한 것이 객관적인 상황입니다."

물적 증거로는 자살이 가장 유력했다. 하지만 문경남은 살아 있는 혜지를 본 적이 없었다.

밤늦게 퇴근하던 관식의 눈에 불빛이 들어왔다. 어두운 본관 건물이 위압적이었지만 1층 귀퉁이의 불 켜진 작은 방이 따뜻한 느낌으로 흉물스러운 분위기를 상쇄해 주고 있었다. 상담실이었다. 혜지가 사망한 그날 낮에 상담실을 방문했던 기억이 관식에게 떠올랐다. 김희수는 혜지를 깊이 알고 있는 사람 중 한 명이었다. 관식은 상담실 쪽으로 발길을 돌렸다. 김희수는 기다리고 있었다는 듯이 관식을 맞았다.

"혜지 일로 고민하고 있었는데 마침 잘 오셨어요."

대화는 곧바로 혜지 이야기로 이어졌다. 관식은 그녀에게 그간의 사정을 이야기해 주었다. 듣는 중간에 김희수는 질문하지 않았다.

"그래서 주 선생님 생각은 어떠세요?"

관식에게 묻는 김희수의 눈이 빛났다.

"객관적 사실은 자살을 가리켜요. 하지만 아무래도 마음에 걸립니다."

"어떤 부분이요?"

"자살의 동기예요. 혜지는 이미 악당으로 이름이 나 있던 아이입니다. 그 일로 명예를 생각해서 자살했을까 싶어요. 멘탈도 강한 아이죠. 직업학교 알아본 게 그 아이다운 행동이거든요."

"확실히 그 부분이 좀 마음에 걸려요. 그리고 전 장소도 좀 이상해요."

"장소요?"

"혜지가 마지막 장소로 택한 곳은 학교예요. 학교를 그렇게 싫어한 아이가 방과 후에 왜 굳이 다시 학교로 왔을까요? 당시 집에는 아무도 없었다면서요. 그럼 집에서 자살할 수 있잖아요. 자기주도관 건물은 학교의 안쪽 끝에 있어요. 충동적으로 죽음을 결심한 문제아가 밤늦은 시간에 지하철로 30분 걸리는 학교로 돌아왔다, 그리고 하필이면 아이들 자습하는 건물 옥상까지 걸어 올라가서 급하게 휴대폰 문자 유서를 남기고 잘 보이지도 않는 숲 쪽으로 투신했다는 이야기잖아요. 자연스럽지 못한 구석이 많아요."

사망 장소는 관식이 생각하지 못한 부분이었다. 관식의 머리가 뜨거워지기 시작했다.

"그 아버지가 혜지에게 애정이 없어 보였어요. 일 년 전에 들어온 계모도 아이와 깊은 관계가 아직 형성되지 않았고요."

"아이의 사망을 둘러싼 의혹을 적극적으로 제기할 사람이 없었을 거란 말이죠?"

문 하나가 열리자 막혀 있던 생각들이 쏟아져 나왔다. 혜지는 왜 그 시간에 학교로 다시 들어갔을까? 자살이 아니라면 가능성은 하나밖에 없다. 누군가를 만나러 간 것이다.

관식은 하숙집으로 돌아오는 내내 머릿속이 복잡했다. 그때 자기주도관에 있었던 사람들 중 혜지를 아는 건 자습 감독이었던 임 선생과 세 명의 같은 반 학생들뿐이다. 임 선생은 지난 일 년 내내 혜지에게 시달림을 당했다. 급기야는 정신병원 신세까지 졌다. 혜지를 미워했다기보다 두려워했다는 게 사실에 가깝다. 임 선생이 복도에서 혜지를 보면 되돌아간 건 그래서이다. 최근 몇개월 간 둘 사이에 접점이 없는 이유이기도 하다. 임 선생과 혜지의 약속은 애초에 불가능하다. 따라서 만약 혜지가 그날 약속을 했다면 그 상대는 도연이일 가능성이 크다. 그렇다면 도연이가 혜지를 옥상에서 밀었다? 말이 안 된다. 도연은 전교에서 거의 유일하게 혜지를 챙겼던 아이다.

이 모든 것은 관식의 과도한 의심이 빚어낸 혼란일 수도 있었다. 그리고 그것은 제자의 상황을 헤아리지 못한 교사가 자신의 책임을 희석시키려는 비겁함인지도 몰랐다. 하지만 할 수 있는 모든 의심이 사라져야 관식은 혜지를 마음 편히 보낼 수 있을 것 같았다.

다음 날 점심시간, 관식은 민다희를 최대한 편안한 얼굴로 마주하고 있었다.

"다희야. 경찰 아저씨가 그러더구나. 그날 밤에 임 선생님이 학생과 대화하는 걸 네가 목격했다고. 사건은 마무리되었지만 우리 반 학생 일이라서 말이다. 내가 개인적으로 이번 사건을 일지로 만들어 보관하려고 하거든. 도와주기 바란다."

"예. 선생님. 근데 경찰 아저씨께 다 이야기했어요."

다희는 쭈뼛거리며 말했다.

"그래도 잘 생각해 봐. 그날 밤에 휴대폰 통화하러 자습실을 잠깐 나왔다고 했지? 복도 계단에 임 선생님이 한 학생과 대화하고 있었고."

"예. 자습하는 아이들이 몇 명 없어서 조용했거든요. 자는 아이들도 있었고요. 좀 지루했는데 방 입구 쪽에 앉아서 감독하시던 선생님이 화장실에 가셨어요. 그래서 잠깐 나왔죠. 시끄러울까 봐 복도 끝에서 친구랑 통화했어요."

"그때 두 사람을 봤니?"

"예. 제가 나왔을 때, 두 사람이 복도 끝 계단에 앉아서 이야기하고 있었어요. 거리가 멀어서 목소리는 듣지 못했거든요."

"다른 거 기억나는 건 없니? 사소한 것도 좋아."

"잠깐 있다가 들어가서 잘 기억이…."

다희는 뚱한 인상을 쓰고 잠시 생각했다.

"이건 정말 별거 아닌데요. 학생이 졸리는지 대화 도중에 눈을 비비는 것 같았어요. 양손으로 몇 번이나요. 그것 말고는 기억나는 게 정말 없어요."

눈을 비빈다? 그것도 양손으로? 도연은 도수 높은 안경을 착용한다.

"학생이 안경을 착용하고 있었니?"

다희는 곧바로 대답했다.

"안경이요? 없었어요."

관식은 다희를 보낸 후 곧바로 자기주도관으로 가서 계단의 위치를 확인했다. 계단에 앉은 두 사람 위치에서는 다희쪽이 보이지 않았다. 하지만 다희의 위치에서는 계단과 그 주변이 잘 보였다. 자습실 입구에서 계단까지 복도가 일자로 꽤 길었기 때문에 목소리는 들을 수 없었을 것이다. 관식은 방과 후에 도연을 부르기로 했다.

도연은 며칠 새 몰라보게 핼쑥해져 있었다.

"도연아. 내가 혜지 사건을 일지로 정리하고 있단다. 마음 아프겠지만 도와주면 고맙겠구나."

"예. 선생님. 혜지를 위해서도 의미 있는 기록이 될 수 있겠네요."

긴장의 화살이 공기를 타고 관식의 피부를 파고들어 오고 있었다.

"그날 밤에 도연이와 임 선생님을 본 학생이 있어. 그런데 그 학생은 도연이가 안경을 쓰지 않았다고 하더구나. 그게 좀 이상해서. 별건 아니지만 세세한 부분까지 기록하려다 보니 말이야."

"안경…이요? 음… 전 벗은 적이 없어요. 그 학생이 착각한 것 같아요."

도연은 웃는 것도, 우는 것도 같은 묘한 표정을 짓고 있었다.

"잘 생각해 봐. 그 학생은 도연이가 두 손으로 눈을 몇 번이나 비비더라고 말했거든."

"……"

도연의 회상은 길었다.

"선생님, 아무래도 그 학생이 착각한 거 같아요. 제가 눈을 비빈 것도 같아요. 그런데 안경을 벗지는 않은 거 같아요. 그렇지만 임 선생님과도 상의해 보고 내일 확실히 말씀드릴게요. 기록은 정확해야 하니까요."

도연은 차분하게 인사하고 돌아갔다. 그 모습을 보며 관식은 혜지의 죽음이 자살이기를 마음속 깊은 곳에서 빌고 또 빌었다.

"도연이가 그렇게 반응했단 말이죠."

김희수는 문 바깥쪽에 '상담 중'이라는 팻말을 걸어 놓고 자리로 돌아오며 말했다.

"예. 안경이 없었다는 증언과 눈을 비볐다는 증언에 반응을 보였어요. 우리는 혜지의 죽음이 자살이 아닐 수도 있다는 전제를 깔고 시작했습니다. 그래서 혜지가 도연이와 모종의 약속을 했을 가능성에 도달했죠. 그런데 오늘 도연이의 반응은 미심쩍은 데가 있었어요."

이 대목에서 김희수는 깍지를 풀었다.

"주 선생님. 도연이가 안경을 끼고 있지 않았다는 다희의 증언 말이에요."

"아직 사실로 확정된 건 아닙니다."

"사실일 가능성이 커요. 아무래도 그 증언이 중요한 역할을 할 것 같아요."

"그게 무슨 말입니까?"

"사건의 순서가 포인트예요. 그날 밤 혜지와 도연이가 밤에 자기주도관 옥상에서 만났어요. 그다음에 어떤 이유로 혜지가 추락사했죠. 그리고… 다희가 안경 없는 도연이를 목격해요. 어떤 그림이 그려지세요?"

"……맙소사!"

생각하기도 싫은 줄거리였다. 하지만 관식은 아직 김희수의 추리를 받아들일 수 없었다.

"도연이와 혜지는 사이가 나쁘지 않았습니다. 동기가 없어요."

"경찰도 그래서 도연이 증언을 의심하지 않은 걸 거예요. 혜지와 친하게 지낸 유일한 학생이었으니까요. 그날 밤 둘이 방과 후에 따로 만났다면 그즈음에 분명 둘 사이에 무슨 일이 있었을 거예요."

여학생 교실에서 벌어지는 사소한 사건들을 어떻게 담임이 다 알겠는가? 다만 혜지는 그날 오전에 관식에게 심각한 폭언을 했다. 그리고 교실 아이들 대부분이 그걸 알고 있었다. 여기까지 생각한 관식에게 문득 어떤 가능성이 떠올랐다. 바로 도연과 혜지의 연결고리가 관식 자신일 가능성이다. 관식의 설명을 들은 김희수는 고개를 끄덕였다.

"선생님이 연결고리란 말은 일리가 있어요. 그리고 그게 사실이라면 도연이가 혜지를 협박했을 가능성이 커요."

생각할 수 있는 협박 거리는 하나밖에 없다. 바로 혜지의 임신 사실이다. 자신의 임신 사실이 학교에 알려져도 아무렇지 않을 학생은 없다. 문제아라고 해도 말이다. 혜지가 도연에게 자신의 임신 사실을 말해 주었을 가능성은 없다. 그랬다면 협박이 성립하지 않기 때문이다. 귀를 통해 들어온 정보가 아니라면 눈, 즉 목격이 유일한 가능성이다. 관식은 혜지의 전남친 오기환에게 전화를 걸었다.

"늦은 시간에 미안해. 하나 확인하려고. 혜지의 임신 사실을 어떻게 알았니?"

"약국에서 산 시약으로요. 집에서 먼 장소에 가서 약국을 찾았죠. 일산 호수공원 옆 정발산 역 근처예요. 예전에 학교에서 소풍 간 장소였거든요. 토요일에 바람도 쐴 겸 갔었어요. 부탁인데 이제 연락 안 했으면 좋겠네요."

기환은 지겹다는 듯 재빨리 말하고 전화를 끊었다. W여고에서 호수공원까지는 거의 두 시간이 걸린다. 도연은 집과 학교밖에 모르는 학생이었다. 만약 도연이 그 먼 장소에 갔다면 그럴 만한 이유가 있어야 했다. 관식은 교무실로 돌아와 도연의 보호자인 큰어머니의 집 주소를 찾았다. 경기도 일산동구 장항동 ×× 인터넷 지도로 확인한 결과 정발산 역 근처였다. 도연은 휴일에 늘 큰어머니 집에 동생들 공부 가르치러 갔다. 그날 도연이 우연히 근처 약국에서 같이 나오는 둘을 보았다면 혜지의 임신 사실을 추측하고 있었을 가능성이 생긴다.

관식은 김희수와 작별하고 지하철역으로 무거운 발걸음을 옮겼다. 이윽고 열차가 미끄러져 들어왔다. 아까 본 도연의 모습이 떠올랐다. 차분하게 인사하고 돌아가던 뒷모습. 임 선생과 상의한다고도 하던 말. 책임 의식이 강했던 아이. 회상, 인사, 상의…! 관식은 다시 지하철역을 나와서 도연의 원룸으로 향했다.

노크해도 반응이 없다. 휴대폰은 꺼져 있다. 관식은 포기하고 계단 쪽으로 돌아섰다. 그때 원룸 안에서 물소리가 들렸다. 급하게 뛰어와 벨을 누르고 문을 두드리느라 듣지 못했던 소리였다. 관식은 문을 부수고 안으로 뛰어 들어갔다. 도연은 세면실 욕조에 눈을 감고 누워 있었다. 손목에서 피가 흐르고 있었다. 관식은 도연을 꺼내 수건으로 손목을 감싼 다음, 침대에 눕혔다. 119에 전화하는 관식의 눈에 책상 위에 놓인 편지가 보였다.

담임 선생님께

선생님께 고백하고 잘못에 대한 책임을 지려 합니다. 그날 혜지는 선생님께 끔찍한 말을 했어요. 선생님은 수업 중에도 평소와 다르게 의기소침해 보였고 힘들어 보였어요. 전 학급 회장으로서 또 우리를 위해 늘 애쓰시는 선생님을 위해서 이 일을 그냥 넘길 수 없었어요. 혜지에게 방과 후에 자습관 옥상에서 만나자고 했고 다투다가 혜지가 추락했어요. 제가 뒤쪽으로 잡은 혜지의 팔을 놓을 때 혜지도 자기 팔을 빼다 몸이 한쪽으로 쏠려서 떨어졌으니 결국 제가 죽인 거예요. 전 무서워서 혜지 휴대폰으로 가짜 유서를 보냈어요.

처음에는 제 잘못이 숨겨지기만을 고대하며 하루하루를 보냈어요. 하지만 시간이 갈수록 혜지에게 미안하고 또 저 자신이 비참해져 갔어요. 더는 양심을 속일 수 없었어요. 죄송해요. 선생님. 안녕히 계세요.

성도연 올림

"도연이는 수술 중입니다."

병원 근처의 카페에서 관식은 임소영을 마주하고 있었다. 손님은 둘밖에 없었다. 편지를 관식에게 돌려주는 임소영의 손끝이 떨고 있었다.

"작년에 혜지가 임 선생님 속을 많이 썩였다고 들었습니다.

"그 아이 이야기는… 하지 않았으면 좋겠습니다. 주 선생님."

임소영은 넋이 나간 표정으로 힘없이 말했다.

"임 선생님. 저는 혜지의 사망 소식을 들었을 때 큰 충격을 받았습니다. 하지만 마음속 한구석에는 해방감 같은 것도 있었습니다. 이건 솔직한 고백입니다."

임소영의 표정이 달라졌다.

"듣기 불편하군요. 이런 이야기 하려고 보자고 한 거면 이만 끝내죠. 전 도연이에게 가 봐야겠습니다."

임소영은 굳은 표정으로 가방을 들고 일어섰다. 관식은 무시하고 이야기를 계속했다.

"제가 오늘 안경 이야기를 하자 도연이는 임 선생님과 '상의'한다고 하더군요."

문 쪽으로 가던 임소영이 멈춰 섰다. 관식은 임소영을 쳐다보며 말했다.

"저는 도연이의 자살 시도가 임 선생님과 관련이 있다고 생각합니다."

임소영의 손끝에 걸린 가방이 미세하게 흔들리고 있었다. 밖에 비가 내리기 시작했다.

"그날 혜지의 사망 추정 시각에 자습실 밖에 있었던 사람은 도연이, 다희, 그리고 임 선생님 이렇게 세 명이 모두입니다. 그중에서 그날 혜지를 옥상으로 오게 한 사람은 도연이가 분명합니다. 혜지는 올 수밖에 없었을 겁니다. 도연이가 혜지의 비밀을 알고 있었기 때문이죠. 김희수 선생님이 조금 전에 확인해 준 사실입니다. 옥상에서 무슨 일이 있었을까요? 혜지는 도연이와 만난 후 추락사했습니다. 따라서 둘 사이에 다툼이 있었고 도연이가 혜지에게 심적 부담을 가중시킨 건 분명합니다. 이상의 사실로 미루어 보아 저는 그날 도연이가 혜지에게 담임인 제게 사과하라는 자신의 말에 응하지 않으면 혜지의 비밀을 친구들에게 폭로하겠다는 협박을 했을 거라고 생각합니다. 도연이가 편지에 협박 부분을 써 놓지 않은 이유는 마지막까지 혜지의 비밀을 지켜주고 싶어서일 겁니다. 아니, 이 모든 것을 저의 가설로 치부하더라도 혜지와 약속을 할 수 있는 유일한 사람이었고 혜지의 죽음에 책임을 느껴 자살 시도를 한 도연이가 혜지를 죽게 한 장본인이라는 건 분명합니다. 문제는 그 다음이죠."

유리창을 때리는 빗방울이 조금씩 굵어졌다.

"다희는 그날 밤 임 선생님과 대화하던 도연이가 안경을 착용하지 않고 있었다고 증언했습니다. 야간자습 전과 후에 도연이는 안경을 착용하고 있었기 때문에 자습실 건물에 있는 동안 일시적으로 분실했다가 되찾았다는 결론이 나옵니다. 자습을 하면서 안경을 분실할 이유는 없습니다. 따라서 안경은 혜지와의 만남에서 분실된 것으로 봐야 합니다. 몸싸움을 하다가 또는 추락하던 혜지가 휘저은 손에 걸려 날아갔을 것으로 추정됩니다."

임소영의 얼굴이 흙빛으로 변했다.

"다희의 증언에 따르면 도연이는 임 선생님과 대화하면서 눈을 계속 비볐습니다. 두 손으로 말입니다. 혜지를 떨어뜨리고 갑자기 졸음이 오기라도 한 걸까요? 아니면 그때 하필 눈에 이물질이라도 들어갔을까요? 상황에 비추어 생각할 수 있는 건 '눈물'밖에 없습니다. 도연이는 그때 두 손으로 눈물을 닦아 가면서 선생님께 혜지의 죽음을 고백하고 있었던 겁니다. 즉 도연이는 혜지의 추락 직후 건물을 내려와서 혜지의 죽음을 확인했고 2층 자습실로 다시 올라오다가 선생님을 맞닥뜨렸던 거죠. 안경을 회수하지 못한 건 나쁜 시력 탓이었을 겁니다. 그 안경은 누가 찾아주었을까요?"

관식은 임소영을 바라보며 천천히 물을 한 모금 마셨다. 임소영은 눈을 감고 있었다.

"선생님은 놀랐겠죠. 하지만 신고하지 않았습니다. 왜 그랬을까요? 생각할 수 있는 이유는 하나뿐입니다. 죽은 아이가 혜지였기 때문입니다. 세상에 전혀 도움이 안 되는 쓰레기였기 때문입니다. 그런 쓰레기 때문에 훌륭한 아이 인생이

망가지는 걸 두고 볼 수 없었던 거죠."

눈을 감은 임소영의 얼굴에 자조의 미소가 나타났다 사라졌다.

"도연이는 자신이 혜지 휴대폰으로 가짜 유서를 보냈다고 했습니다. 혜지 어머니의 이름을 알고 있었다는 뜻이죠. 과연 그랬을까요? 문 형사는 제게 혜지 휴대폰에 학급 아이들 전화번호가 하나도 저장되어 있지 않다고 했습니다. 서로 어머니 이름을 나눌 정도로 신뢰하는 사이였다면 혜지 휴대폰에 도연이 번호가 저장 안 되어 있다는 건 이해하기 힘든 일이죠. 즉 도연이의 말은 거짓말일 가능성이 큽니다. 가짜 유서를 보낸 사람은 혜지 어머니의 이름을 알고 있었고 또한 사건의 진상을 은폐하려고 한 사람입니다. (줄 바꿈)

임 선생님. 당신 말고는 없습니다. 선생님은 우선 건물 뒤쪽으로 내려갔습니다. 거기서 혜지 휴대폰으로 두 통의 문자 유서를 보냅니다. 이제 공범이 된 겁니다. 그리고 도연이 안경을 찾아 준 다음, 울고 있는 도연이를 설득하기 시작합니다. 그 아인 살아 봤자 남에게 폐만 끼칠 아이다. 넌 다르다. 네가 지금까지 얼마나 열심히 살아왔는지 생각해 봐. 그리고 이건 의도하지 않은 사고니까 네 책임이라고 볼 수 없어. 내가 자살로 보일 수 있게 해 놓았다. 그러니 아무 걱정 말라는 이야기였겠지요. 다만 문제가 있었습니다. 경찰이 임 선생님을 조사할 거라는 문제 말입니다. 사건 시간대에 현장에 있었으면서 혜지 어머니의 이름을 알고 있는 유일한 사람이었으니까요. 하지만 이 경우 도연이가 알리바이를 만들어 주면 됩니다. 상부상조인 셈이죠. 요컨대 임 선생님은 기꺼이 공범이 됨으로써 도연이의 심적 부담을 덜어주려고 했던 겁니다. 하지만 도연이의 양심의 가책은 깊어갔습니다. 오늘 제게 안경 이야기를 듣고 도연이는 선생님께 상의한다고 했습니다. 아마 자수하겠다고 했을 겁니다. 선생님은 말렸던 것으로 보입니다."

임소영은 언제부턴가 고개를 푹 숙이고 있었다.

"자수를 하면 경찰은 사건을 총체적으로 재조사하겠죠. 그 과정에서 임 선생님이 안전하다는 보장은 없습니다. 경찰의 집요한 질문에 도연이 자신이 버틸지도 알 수 없고요. 임 선생님과의 대화 이후 몇 시간은 도연이에게 정말 힘든 시간이었을 겁니다. 자신의 양심과 자신을 위해 공범이 되어 준 임 선생님을 모두 지키는 방법을 찾아야만 했으니까요. 좁은 방에 틀어박혀 홀로 고민하던 도연이가 도달한 결론은 모든 책임을 떠안고 끝내는 거였습니다."

"……"

"선생님은 이 질문에 스스로 대답하셔야 합니다. 도연이가 사고를 저질렀을 때 기꺼이 감싸 주셨으면서 왜 그 아이가 자수하려 할 때는 함께하지 않으신 겁니까?"

"면목이… 없습니다."

관식의 휴대폰이 몸을 떨었다. 수술이 무사히 끝났다는 김희수의 문자였다. 관식은 조용히 눈물을 흘리는 임소영과 유서가 될 뻔했던 도연의 편지를 두고 카페를 나왔다.

"천만다행이에요."

늦은 밤인데도 분식집에는 사람이 들끓었다.

"도연이는 괜찮겠죠?"

관식이 물었다. 김희수는 웃으며 대답했다.

"이겨낼 거예요. 주 선생님과 제가 도와줄 거니까요."

관식은 고개를 크게 끄덕였다. 김희수가 물었다.

"증거 자료인 편지를 놔두고 오신 건 임 선생님 스스로 해결하게 하고 싶어서죠?"

관식은 잠시 뜸을 들이고 말했다.

"그녀의 눈물을 믿으니까요."

비가 그쳤다. 분식집을 나오는 관식의 얼굴에 찬바람이 들어왔다.

영혼샌드위치

"선생님 같은 분들만 계시면 좋겠네요. 지갑 찾아주셔서 정말 감사드립니다."

"별말씀을요. 조심해서 들어가세요."

여인은 수줍게 미소 지으며 횡단보도를 되돌아 건너갔다. 건너편은 강남의 부자들만 산다는 파워팰리스 단지였다. 지갑은 이준수가 어제 저녁 퇴근하다가 지하철 역사 의자 위에서 발견한 것이었다. 주민증은 있었지만 전화번호가 없었던 관계로 주인을 찾는 데 애를 먹었다. 현금도 거의 없고 신용카드는 보나마나 정지되었을 테니 별 영양가는 없었다. 헬스클럽 회원카드에 찍힌 전화번호 덕분에 주인을 찾을 수 있었다. 준수가 굳이 지갑 주인을 찾아 준 이유는 하나였다. 주민증 사진이 상당한 미인이었기 때문이다. 혹시 근처 주민이면 근처 학교에 근무하는 자신과 인연이 될지도 모른다는 일종의 기대감이었다. 하지만… 사진은 역시 사진일 뿐이었다. 준수는 쓴웃음을 지으며 몸을 돌려 W여고 교문으로 들어섰다.

8년간의 회사원 생활을 접고 자리 잡은 W여고는 준수에게 새로운 인생을 열어 주었다. 매일같이 계속되던 야근과 술자리가 없어지니 저녁 시간이 무한정 남아돌아 갔다. 준수는 틈틈이 방과후 수업을 열었다. 수업이 재미있다고 금방 소문이 나서 준수의 방과후학교는 온라인 개설 후 항상 몇 분 내로 마감되었다. 다른 일 하다가 늦깎이로 부임한 신출내기 교사가 학생들에게 인기를 끌자 시샘하는 사람들이 생겨났다. 준수는 개의치 않았다. 시샘은 노력하지 않는 인간들의 바보인증이기 때문이었다. 오히려 준수는 보란 듯이 학기 중에 무료 방과후학교를 열었다. 준수의 수업을 한 번 들은 학생들은 두 번째는 무료로 들을 수 있게 한 것이었다. 학생들의 반응은 뜨거웠다. 하지만 방과후학교는 수업료를 받고 이루어지는 공식 수업이므로 무료로 열 수 없었다. 이때다 싶은 몇 명이 준수의 무료 수업을 공개적으로 문제 삼았다. 전체 질서를 해친다는 명목이었다. 준수는 웃으며 태연하게 대꾸했다.

"전 방과후학교 수업을 무료로 한 적이 없습니다. 무료 방과후학교 수업을 무료로 했을 뿐이죠. 둘은 다른 수업인데 무슨 문제가 있나요?"

일요일이 되면 준수는 학급 학생들을 여남은 명을 데리고 남산 산책을 갔다. 공부를 못해서 부모가 손 놓은 아이들이거나 준수의 열성팬들이었다. 한 시간 반 정도 걸리는 산행이 끝나면 준수는 교외에 있는 자신의 집으로 아이들을 데리고 가 텃밭에서 직접 기르는 작물로 채소파티를 했다. 공부 못하고 소외된 아이들이 준수를 좋아하는 이유 중 하나가 일요일 남산 산책이었다. 산책이 소문이 나자 문제 삼는 사람들이 나타나기 시작했다. '아이들이 산에서 다치면 어쩌려구'에서부터 '담임의 강요로 아이들의 사생활이 침해당한다'까지 여러 가지였다. 준수는 분노했다. 내가 시간이 남아돌아서 이 짓을 하는 줄 아나. 쓰레기들. 자신의 삶을 개선하기 위해 노력하지 않는 인간은 준수에게 쓰레기와 다름없었다. 포기했던 대학원 공부도 다시 시작했다. 죽도록 노력해서 얻은 교외의 허름한 외딴 단독주택에서의 고고한 삶, 휴일이면 학생들과 여유 있게 벌이는 파티, 언젠가는 결혼해서 새로운 삶을 시작하겠지만 준수는 지금의 삶이 눈물겹도록 행복했다.

수연아. 미안해.

영어경시대회 지원자가 너무 많아서

채점 다 끝내려면 밤 열 시는 될 거 같다.

오늘 중으로 끝내야 하는 업무거든.

오늘 하려던 상담, 내일 방과 후로 미루는 게 어때?

내일 충분히 얘기하자.

유수연은 휴대폰 액정화면에 떠 있는 준수의 메시지를 바라보며 미소 지었다. 담임인 준수의 귀여운 미소를 가까이서 더 오래 볼 수 있는데 하루쯤이야.

2학년 담임이 영어 담당 훈남이라는 이야기를 들었을 때만 해도 수연은 별 관심이 없었다. 개학식이 끝난 후 미스터리 동아리 부실 구석에서 하루 종일 미스터리 소설 읽을 생각만 했다.

새 담임 준수의 첫 조회는 뭔가 이상했다. 늦은 밤에 뭘 먹지 말라. 꼭 먹고 싶으면 담임에게 전화로 확인해라. 일요일마다 가벼운 산행을 할 예정이니 많이들 신청해 달라. 성적이 좋지 않아도 공부를 좋아할 수 있다면 그 자체로 훌륭한 것이다. 짜증 나거나 괴로운 일이 있으면 언제나 담임을 이용하라. 첫날 준수는 학급 학생 40명 모두에게 '담임이용 쿠

폰' 1장씩을 나눠주었다. 아이들 모두 재미있어하며 새 담임에게 관심을 보이기 시작했다. 수연은 어리둥절했다.

수연이 시위 현장에 가는 이유를 굳이 들자면 심심해서였다. 몇 개월 전 대형서점에서 나오다가 우연히 휩쓸린 광화문의 시위 현장은 엄마의 짜증과 폭력, 자신을 부담스러워하는 친구들, 재미없는 공부, 지루한 일상과는 확연히 다른 박진감이 넘치는 곳이었다. 여기서도 혼자라는 점이 별로이기는 하지만 학교와는 달리 누구에게도 편하게 말을 걸 수 있는 곳이었다. 콘서트 장소와는 달리 돈이 안 든다는 점도 좋았다. 그랬다. 수연에게 시위 현장은 지루한 일상에 대한 반란, 죽고 싶은 마음을 잠시나마 놓아 버리고 흥분 게이지를 끌어올리는 콘서트였다. 시위에 참여한 날 밤에는 엄마를 절벽에서 떠미는 꿈을 꾸곤 했다. 농민과 대학생이 연합한 지난 토요일의 대정부 시위는 정부와 시위 주체 간에 일전이 예고된 싸움이었으며 그런 만큼 수연에게는 기대되는 '콘서트'였다.

방패를 들지 않은 무장경찰이 바퀴벌레처럼 쫙 깔리며 시위대를 삽시간에 덮쳤다. 대형서점 지하 입구에서 계단을 올라 도로 쪽으로 나오던 준수의 눈에 아수라장이 나타났다.

준수는 다시 서점으로 들어가려고 발걸음을 돌렸다. 서점 지하 1층이 지하철로 통하기 때문이다. 학생들 일부가 서점의 지하 입구로 들어오려고 뛰어내려오고 있었다. 걸음이 느린 여학생들 일부는 서점 입구에서 무장경찰에게 붙잡혔다. 80년대로 돌아간 듯한 풍경이었다. 얼굴을 찌푸리며 회전문을 열던 준수는 뭔가를 떠올리고는 고개를 갸우뚱했다. 그럴 리가 없다고 생각하면서도 준수는 도로 쪽으로 되돌아 올라갔다. 수연이 서점 쪽으로 울며 뛰어오고 있었다. 뒤쪽의 무장경찰의 장갑이 수연에게 닿는 순간, 준수는 동물적 감각으로 몸을 돌려 경찰의 옆구리를 밀쳤다. 예상 못 한 측면 공격을 당한 경찰은 힘없이 나동그라졌다. 준수는 수연의 이름을 불렀다. 비현실적 상황에 놀란 수연의 손을 잡고 준수는 근처의 계단을 통해 청계천으로 내려갔다. 서점 입구는 이미 경찰에게 점거되어 있었지만 청계천은 위쪽 도로의 상황과는 달리 나들이 나온 시민들로 평화로운 분위기를 연출하고 있었다. 경찰은 청계천 아래로는 내려오지 않았다. 그날 준수는 수연을 데리고 전통시장에 가서 빈대떡을 같이 먹었다. 준수는 수연의 접시에 빈대떡을 덜어 주며 다시는 위험한 시위 현장에 나오지 못하게 다짐을 시켰다.

시위 따윈 이제 아무래도 상관없었다. 수연에게 그날은 지루하기만 했던 삶에서 가장 짜릿하고 로맨틱한 경험이었기 때문이다. 준수는 그날부터 수연의 로망이 되었다.

　수연은 철든 이후로 즐거웠던 기억이 없었다. 초등학교 고
학년이 되자 부모님의 갈등이 표면에 드러났다. 아버지가 다
니던 회사가 어려워지면서 어머니가 아르바이트를 해야 했
다. 어머니의 아르바이트 수입이 확보되자 아버지는 사표를
내고 사업 구상을 한다며 집 안에 틀어박혔다. 아버지는 어
머니가 늦게 들어오는 것을 싫어했고 어머니는 아버지가 집
에 있는 것을 싫어했다. 집안이 조용한 날이 없었다. 수연
은 매사에 엄격한 엄마보다 게으르지만 인간미 있고 자신에
게 잘해주는 아빠를 따랐다. 어머니는 그런 딸이 못마땅했
다. 추운 겨울 어느 날, 친구 만난다며 밤늦게 나간 수연의
아버지가 집에 들어오지 않았다. 어머니는 굳이 찾지 않았고
기다리다 못해 새벽녘에 집을 나선 수연은 얼어붙은 채로 집
앞 전봇대에 쓰러져 있는 아버지를 발견했다. 몇 발만 더 내
밀면 집인데 그 앞에서 퍽치기를 당한 것이다. 아버지의 사
인은 동사였다. 이후로 수연은 온전히 어머니의 몫이었고 반
항은 용납되지 않았다. 성적표가 나오는 날이면 어김없이 이
루어진 폭력.
　몸도 마음도 약해졌다. 공부도 잡히지 않았다. 의지할 수
있는 뭔가가 필요했다. 수연은 어머니와는 달리, 아버지를

닮아 예쁘고 귀여운 외모를 가지고 있었다. 관심을 보여주는 친구나 남자아이가 나타날 때마다 수연은 헌신적으로 매달렸다. 부담을 느낀 친구들은 떨어져 나갔다. 수연의 외모에 호감을 가지고 접근했던 남자아이들은 목적을 달성한 후 사라져 버렸다. 수연의 자아가 조금씩 붕괴되어 갔다. 고등학교 1학년 때 정부에서 실시한 학습전략검사에서 수연이 전교 1등을 먹은 항목이 있었다. 자살충동지수였다.

1학년 담임은 새 담임인 준수에게 수연이 정서적으로 성숙하지 못하다며 자살충동지수 수치에 관해 언급해 주었다. 준수는 수연에게 잘 대해 주면서도 일정 부분 거리를 두었다. 애정에 대한 갈구가 강한 수연이 준수에게 자신을 특별한 학생으로 인식하지 못하게 한 것이다. 하지만 광화문 시위 사건에서 준수는 딸을 보호하는 따뜻한 아버지, 경찰의 폭력을 제압하는 멋진 기사, 그리고 제자를 걱정하는 훈남 선생님이 하나 된 슈퍼맨의 모습으로 수연의 가슴 속으로 들어와 버렸다.

친구 관계나 공부를 핑계로 담임인 준수에게 상담을 요청하는 것도 이제 눈치가 보였다. 뻔한 아이템으로 상담 건수를 만든다는 것을 준수가 눈치채고 있음이 분명했다. 뭔가 장기 상담이 가능한 획기적인 아이템이 필요했다.

미스터리 동아리 부실에서 만화책을 읽던 수연은 고민에 빠졌다. 담임이 즉시 달려 올 수 있는 상담, 여러 번 만나서 대화하고 상의해야 하는 상담, 그러면서도 수연 자신에게 부담되지 않는 상담 건수를 생각하던 수연에게 아이디어가 하나 떠올랐다.

"교무실에서 말씀드리기 곤란해서요. 장소를 옮기면 안 될까요?"

수업이 끝난 화요일 오후, 소란스러운 교무실 끄트머리에서 수연은 주변을 돌아보며 준수에게 나직이 말했다. 준수는 고개를 갸우뚱하며 일어섰다.

"우리 수연이가 심각한 고민이 있는 모양이네."

수업 중에 마이크가 고장 나는 바람에 나머지 수업을 육성을 질러대며 하느라 피곤한 날이었다. 마이크는 입에 거의 붙이고 사용하는 물건이므로 남의 물건을 빌려 쓰지 않는다. 상담을 대충 마무리 짓고 새 마이크를 사러 갈 생각이었던 준수는 평소와 다른 수연의 태도에 조금 귀찮은 마음이 들었다.

둘은 빈 교실에 들어가 마주 앉았다. 수연은 잠시 머뭇거리더니 이내 준수를 정면으로 바라보며 입을 열었다.

"선생님, 저 무서워요."

"..."

준수는 귀찮은 마음과는 반대로 수연에게 편안한 미소를 지어 보였다.

"인터넷으로 고민 상담하다가 한 남학생과 친하게 되었는데, 아 채팅 상으로요. 그런데 최근에 오프로 만나기로 했거든요."

수연은 천천히 말하면서 준수의 눈치를 살폈다. 준수는 미소를 잃지 않고 수연의 다음 말을 기다리고 있었다.

"계속 졸라서 만났어요. 코엑스…에서요."

대충 감이 잡혔다. 채팅을 통해 알게 된 여자아이, 직접 보니 예쁘장하고 상큼하게 생겼다. 밤마다 키보드 앞에서 갖은 상상을 하며 방황하던 남자아이가 어련했을까?

"그 아이가 수연이를 귀찮게 하니?"

준수는 아빠미소를 지으며 차분하게 물었다. 면담이 끝나고 바로 퇴근하려고 했는데 아무래도 시간이 걸릴 것 같았다. 게다가 집에 가서 작업할 유에스비를 교무실에 놓고 온 것도 같다. 준수는 대화를 하면서도 표시 나지 않게 한 손으로 양복 주머니를 더듬었다. 수연은 잠시 호흡을 가다듬더니 결심한 듯 말했다.

"아이가… 아니었어요."

양복 안주머니를 뒤지던 준수의 손이 멈췄다.

"30대 정도로 보이는 남자였어요. 그러니까… 아저씨요. 처음에는 공부나 뭐 고민 상담 같은 거 해 주고 그랬거든요. 애초에 채팅도 그렇게 시작됐구요. 인상이 나쁘지 않아 몇 번 만났는데….”

더 안 들어도 뻔했다. 온라인 고민상담 사이트 같은 데를 돌아다니며 어린 여학생들 후리는 백수들의 목적은 하나뿐이다. 마이크 사러 가는 건 포기해야 했다. 준수는 일어서서 교실 문을 잠그고 다시 돌아와 수연 쪽으로 의자를 끌어당겼다.

“그냥 학생으로 할 걸.”

예상보다 준수가 더 적극적으로 반응해 줘서 좋기는 하지만 집으로 돌아가는 수연의 마음은 무거웠다. 수연은 자신을 스토킹하는 사람이 있다고 해서 준수의 보호 본능을 자극할 수 있다고 생각했다. 스토킹은 보통 한 번에 끝나는 게 아니니까 은밀한 장소, 둘만의 공간에서 준수와 여러 번 상담할 수 있다. 더 이상 우려먹기 힘든 상황이 되면 타이밍을 봐서 스토킹 상대가 떨어져 나갔다고 말하고 다른 아이템을 생각하면 된다. 수연 자신이 생각해도 괜찮은 아이디어였다. 다만 준수의 보호 본능을 자극하기 위해 상대가 30대 남자라고 말한 게 실수였다. 준수가 그 남자를 직접 만나겠다고 말할 줄 몰랐기 때문이다. 거짓말이 들키지 않고 잘 끝날 수 있는 방법을 찾아야 했다.

준수는 유에스비를 노트북 본체에서 꺼냈다. 자료 정리를 잘 해 두었기 때문에 실용 영단어 업데이트본 완성은 금방 끝났다. 회사원 생활이 고달팠지만 회화를 비롯해서 정확한 영어를 학교에서 가르치는 데 큰 보탬이 되었다. 예전에 비해서 영어가 실생활에 많이 침투해 있어서 학생들의 심리적 부담이 줄어들었다고는 하지만 제대로 된 실력을 갖추려면 어휘와 문법에 대한 정확한 지식이 필요했다. 학생들은 갈수록 귀찮은 암기를 싫어했고 문법은 더욱 싫어했다. 준수의 방과후학교 수업이 입소문을 타고 퍼진 것은 바로 이 실용어휘와 문법 강의 덕분이었다. 시중에 있는 영단어 참고서들을 섭렵해서 준수 스스로 구성해 낸 암기 공식과 수능 대비용으로 재구성한 간단한 문법 규칙은 학생들의 취약 지점을 정확히 파고 들어갔던 것이다.

교장이나 교감 같은 관리자들은 학생들에게 좋은 평가를 받는 교사를 좋아한다. 교장은 부임한 지 3년 된 준수에게 영어과 주임을 맡겼다. 학과 주임을 맡은 준수는 상급기관인 교육청으로부터 예산을 따 와서 영어 전용 교실을 만들고 미국문화원에 협조 요청을 해서 방학 중에 열리는 영어캠프를 만들어 학생들이 교내에서 영어 문화권 체험을 할 수 있게 하는 등 이전 주임들이 하지 못했던 행정 능력을 보여 주었다.

준수는 욕심이 있었다. 고등학교 때 전교 등수 수위를 달리며 교수를 꿈꾸기도 했지만 가난한 집안 사정 때문에 대학원 진학을 포기해야 했다. 준수가 대학을 졸업하던 해 아버지는 췌장암 선고를 받았다. 준수는 돈을 벌기 위해 중견기업에 취직을 했다. 수입은 좋았지만 매일 이어지는 야근과 야근 후에 다시 연결되는 술자리에 몸이 견뎌내지 못했다. 학창 시절 친하게 지냈던 동창들은 의사에 변호사에 대기업 팀장 자리에 올라서고 있었다. 모두 학창 시절에 준수보다 공부를 못하던 녀석들이었다. 어느 시점부터 준수는 동창회에 나가지 않았다.

아버지가 병석에서 돌아가시고 곧이어 어머니마저 교통사고로 돌아가시자 준수는 다니던 회사에 사표를 던지고 학교에 취직했다. 대학원 공부를 병행할 수 있는 직장이었기 때문이다. 어머니의 교통사고 보험금과 모아둔 돈으로 교외에 텃밭이 딸린 단독주택을 구입했다.

학교에서의 삶은 성공적이었다. 준수는 교사 독서모임을 만들어 '공부하는 선생님' 문화를 주도했으며 소외된 아이들과 함께 하는 프로그램을 만들어 아이들과 학부모에게도 훌륭한 선생님이라는 이미지를 만들어 내는 데 성공했다. 실력 있고 누구에게나 친절한 준수는 학생들과 나이 많은 일부 노땅들을 제외한 동료들에게 인기 만점이었다.

준수의 목표는 교장이었다. 차근차근 스펙을 쌓고 있는 준수에게 수연과 같은 사고뭉치 학생은 행여나 문제가 생기지 않게 조심스레 관리해야 하는 고객 이상도 이하도 아니었다. 아니 잘하면 스펙에 소소한 도움을 줄지도 몰랐다.

휴대폰이 떨며 액정 화면에 번호가 떴다. 도서관 사서 교사 오영주였다. 준수는 상념을 떨쳐 내고 전화기를 귀에 댔다.

"예. 오 선생님."

언제나처럼 쾌활한 오영주의 목소리가 준수의 귀를 때렸다.

"이 선생님. 모레 방과 후에 있을 독서모임 말인데요."

"..."

"최 선생님 댁이 빈다고 초대하겠대요. 학교에서 멀지 않거든요. 어떻게 할까요?"

준수는 독서모임을 도서관이 아닌 동료의 집에서 하는 것을 별로 좋아하지 않았다. 분위기가 흐트러지며 잡담으로 흐르기 때문이었다. 때문에 독서모임의 살림을 담당한 오영주가 사전에 준수의 의중을 떠 보는 것이다. 준수 빼놓고는 모두 찬성했을 게 분명했다. 준수는 여유 있게 웃으며 말했다.

"학기 초니까 서로 간에 화의도 다질 겸 좋은 생각 같습니다. 집에서 놀고 있는 와인 한 병 가지고 갈게요."

"예. 그럼 모레 방과 후에 최 선생님 댁에서 봬요."

오영주는 전화기를 사뿐히 내려놓았다. 4월이긴 하지만 개강파티 분위기가 될 거 같다. 퇴근 후 조금 먼저 최희정 선생 집에 가서 함께 장을 본 다음, 음식을 준비한다. 올해는 신입회원도 둘이나 있다. 오영주의 입가에 미소가 돌았다.

W여고 도서관에서 근무한 지도 어느덧 6년이 흘렀다. 나이 든 할머니 사서 교사가 정년퇴임한 후에 25세의 나이로 부임한 오영주는 여느 학교도서관과 비교가 안 되는 큰 건물 앞에서 자신과 약속한 새로운 인생을 시작했다.

우선 창고에 쌓여 있는 엄청나게 많은 낡은 책들을 모두 처분한 다음, 도서관 내에서 영화를 볼 수 있도록 창고를 영상실로 바꾸었다. 방학 중엔 교사와 학생이 팀으로 활동하는 사제동행 독서 프로그램을 만들어 운영하는 등 오영주는 W여고 도서관을 학생과 교사들이 마음껏 드나들고 이용할 수 있는 문화 공간으로 만들어 왔다. 4개월에 한 번씩 교과 주임 교사들에게 새로운 신청도서를 받아서 신간도서 업데이트 기간도 줄였다. 오영주는 이 모든 일을 학생들로 구성된 독서봉사동아리를 만들어서 해냈다. 노력은 좋은 평가를 얻었다. 주변 학교에서 W여고 도서관 견학을 오기도 했다.

오영주는 교사 독서모임에 대한 애착이 컸다. 부임 초에 독서모임에 들어간 것은 교사들과 친하기 위한 수단이었다. 또래의 친구 교사들도 생겨났다. 같이 책을 읽고 토론하면서 교육에 대한 새로운 고민도 나누었다. 도서관 운영에 대한 몇몇 아이디어는 독서모임에서 얻은 것들이었다. 교사 독서모임은 오영주의 직장생활의 핵이었으며 모임의 중심인 준수는 오영주가 가장 신뢰하는 동료였다.

　낡아서 페인트칠을 새로 한 것만 제외하면 독서실은 수연이 이사 가기 전 모습 그대로였다. 없으면 어떡하지. 수연은 맘을 졸이며 건물 입구에 잠시 서 있었다. 여러 가지 생각이 들었다. 하지만 여기까지 와서 그냥 갈 수는 없었다. 이내 결심한 수연은 독서실로 올라가는 계단 입구 쪽으로 몸을 돌렸다. 한 청년이 투덜거리며 계단을 내려오고 있었다. 수연이 찾는 얼굴이었다.

　오승훈은 수연을 잠시 바라보더니 이내 고개를 돌리며 걸어갔다. 수연을 기억 못 하는 것 같았다. 이사 오기 전 잠시 다녔던 독서실이니 기억 못 하는 것도 당연했다. 수연은 승훈을 불러 세웠다.

　"저기요."

　편의점으로 들어가려던 승훈은 걸음을 멈추더니 몸을 돌려 수연 쪽을 돌아보았다.

　"저… 기억 안 나세요? 저기 독서실에 작년 가을에 한 달 동안 다녔는데."

　승훈은 어색한 표정을 지으며 수연을 잠시 동안 쳐다보다가 뭔가 생각난 듯 아, 하며 웃음을 터트렸다.

"밤에 바퀴벌레 나왔다고 총무실에 와서 울고불고 난리 쳤던 학생… 맞지?"

수연 자신도 잊고 있었던 기억이었다. 어떻게 이야기를 시작할지 걱정되었는데 승훈이 생각지도 못했던 접점을 기억해 내는 바람에 이야기가 쉬워질 거 같다. 수연은 안도의 한숨을 내쉬었다.

"예. 맞아요. 저 수연이에요. 유수연."

"으응. 그런데 나한테 무슨 볼일… 있어?"

승훈은 여학생과 대화 나누는 것에 익숙하지 않은 듯 어색한 표정을 풀지 못한 채로 말했다. 기분이 나쁘지는 않았다. 심장 박동이 급해졌다.

"저기… 갑자기 나타나서 이런 이야기 뭣하지만 부탁이… 있어서요."

예쁘장한 여학생에게 뭔가를 부탁받는 일을 당해본 적이 없는 승훈은 당황한 눈으로 수연의 눈을 쳐다보았다. 수연은 그 눈을 마주 보며 절박한 얼굴로 말했다.

"우리 선생님을 만나주세요. 딱 한 번이면 돼요."

승훈은 기분이 좋았다. 내일 수연의 담임이라는 사람을 만나서 잔소리를 좀 듣는 척하다가 수연과 앞으로 만나지 않겠다는 약속만 해 주면 끝나니까 어려울 일 없다. 부탁의 대가로 뭘 줄 건지 물었을 때, 수연은 미리 준비한 듯 인천 바닷가에 '바람 쐬러' 가자고 했다. 여고생과의 하루 동안의 데이트. 거절할 이유가 없었다. 어쨌거나 예쁜 여고생의 '아는 오빠'가 되는 것이다. 앞으로도 심심할 때 가끔 불러내서 하루 정도는 재밌게 보낼 수 있을지도 모른다. 이런 흥분은 실로 오랜만이었다. 다만 흥분만 하면 제멋대로 치솟는 박동을 가라앉히기 위해 승훈은 심장약 엔트레스토를 한 알 꺼내 먹고 편의점 앞 의자에서 잠시 앉아 있어야 했다. 부모님은 승훈에게 착한 누나와 나쁜 심장을 유산으로 남기고 떠났다.

짜증 나는 독서실이었지만 아르바이트를 한 보람은 있었다. 수연과의 만남은 아이들 관리는 안 하고 총무실 구석에서 휴대폰 게임만 한다고 허구한 날 잔소리를 퍼붓던 사장한테 질려서 독서실 아르바이트를 그만두고 나오던 차에 만난 선물이었다. 집으로 돌아가는 승훈의 입가에 미소가 돌았다.

늦은 밤의 한강 변은 4월 초인데도 쌀쌀해서 다니는 사람이 거의 없었다. 준수는 산책로 안쪽의 나무 의자 앞에 서 있었다. 장소를 한강 변으로 정한 이유는 카페에서 돈 쓸 일도 없고 스토커가 대화 중에 시비라도 걸면 곤란해지기 때문이었다. 사람 없는 야외에서 잠깐 만나서 필요한 대화만 하고 헤어지면 그뿐이다. 귀찮은 일은 빨리 털어버린다. 이윽고 준수의 눈에 나무 의자 쪽으로 어색하게 걸어오는 남자의 모습이 들어왔다. 한두 사람이 준수를 지나갔다. 남자는 비굴한 미소를 지으며 천천히 준수에게로 다가왔다. 근처에 아무도 없었다. 보통의 여고생만 한 몸집에 작은 키, 구부정한 모습, 추리닝 차림에 표정이나 걸음걸이로 보더라도 전혀 존재감이 없는 남자의 모습은 준수는 예상과 많이 달랐다. 준수는 조금 놀랐지만 이런 만만한 상대라면 오히려 대화가 편할 거라는 생각이 들었다. 준수는 목소리를 가다듬고 말했다.

"제가 수연이 담임입니다."

승훈은 놀란 듯 잠시 머뭇거리더니 이내 웃으며 대답했다.

"예. 오… 승훈이라고 합니다."

니 이름 따위 관심 없어. 준수는 속으로 조용히 되뇌며 승훈에게 나무 의자 쪽을 가리켰다. 승훈은 끄트머리에 앉았다. 조금 거리를 두고 준수도 앉았다. 둘 다 어색하게 앞을 바라보고 앉아 있었다. 간간이 지나가던 사람들도 더 이상 보이지 않았다. 멀리 지나가는 유람선의 기적 소리가 들렸다. 준수는 바로 본론을 꺼냈다.

"제가 오늘 만나자고 한 이유는 잘 아실 걸로 생각합니다."

"…"

준수는 강변 쪽을 바라보며 말했다.

"수연이와 그쪽은 대등한 관계가 아니잖아요. 아이와 어른이란 말입니다."

"…"

"수연이를 몇 번 상담해 줬다고 들었습니다. 미안하지만 앞으로 수연이와 연락하지 마시기 바랍니다. 다시 수연이를 괴롭히면…"

이상한 소리가 들렸다. 준수는 승훈을 바라보았다. 승훈은 왼쪽으로 비스듬히 고개를 돌리고 있었다. 준수는 강한 기시감을 느꼈다. 승훈의 모습은 수업 시간에 창문 쪽에 앉은 아이들이 수업을 듣는 척하며 몰래 스마트폰 가지고 노는 자세와 정확히 일치했다. 준수는 흥분을 억누르며 조용히 일어나서 승훈의 앞에 섰다. 예상대로였다. 확인의 순간, 준수의 내면에 쉬고 있던 뭔가가 의식 위로 쑥 올라왔다. 지금 이 상황에서? 폰 게임을? 이 새끼가 미쳤나?

"어이. 지금 뭐 하는 거지?"

뭔가 상황이 급변했음을 눈치챈 승훈이 그제야 고개를 들었다.

"예. 저…"

준수는 승훈의 멱살을 잡아 일으킨 다음, 휴대폰을 뺏어서 잔디 쪽으로 던져 버렸다. 아드레날린이 몸을 서서히 채워 옴이 느껴졌다. 때리는 건 오랜만이었다. 원조교제에다 스토킹까지 하는 주제이니 경찰 신고는 꿈도 꾸지 못할 것이다. 몇 대 쥐어박는데 문제는 없었다. 오늘 이후 이 자식은 확실히 수연에게서 떨어져 나갈 것이다.

"사람을 무시해도 정도가 있지. 너 이 새끼."

"헉…"

멱살을 잡힌 승훈이 컥컥거리며 버둥거렸다. 준수는 잔디 쪽으로 승훈을 끌고 갔다. 오가는 사람은 없었지만 산책로 근처라서 멀리서 누가 볼지도 몰랐기 때문이다. 문 닫은 간이 편의점까지 승훈을 끌고 온 준수는 사각지대인 편의점 뒤쪽 바닥에 그를 내동댕이쳤다. 돌바닥에 머리부터 부딪힌 승훈은 쓰러져서 꼼짝도 하지 않았다. 준수는 엎드린 승훈을 바라보며 천천히 손마디를 풀었다.

"이봐 스토커. 엄살떨지 마. 그런다고 봐 줄 상황 아니거든."

"…"

"이렇게 겁이 많아서 그동안 스토킹은 어떻게 하셨나, 응?"

"…"

쓰러져 있는 승훈의 모습이 어딘가 자연스럽지 않다는 생각이 들었다. 일순간 불안감이 밀려왔다. 준수는 승훈을 일으켜 세워 얼굴을 보았다. 눈동자가 풀린 채 호흡이 끊어져 있었다.

학원 강사가 칠판 앞에서 열심히 떠들어 대고 있었지만 수연의 정신은 호주머니 속에서 만지작거리고 있는 스마트폰에가 있었다. 둘이 만나기로 한 시간에서 벌써 15분이 지났다. 끝나자마자 승훈이 수연에게 연락을 주기로 했다. 수연은 책상 아래쪽으로 폰을 꺼내서 최대한 짧게 문자를 보냈다.

안 들키고 잘 끝났죠?

답이 없었다. 집에 가서 연락을 줄 모양인 듯했다. 목동에서 스카우트되어 왔다는 국어 강사의 째지는 목소리가 강의실을 가득 채우고 있었다. 수연은 칠판을 쳐다보면서 호주머니 속 왼손을 바삐 움직였다.

암튼 고마워요.
아저씨 덕분에 살았어요.
약속은 꼭 지킬게요.

수연의 휴대전화가 호주머니 속에서 떨어댄 것은 그로부터

10분 후였다. 답문이었다.

만나지 못했어.

내일 아침에 내가 연락할게.

오늘은 문자나 전화하지 말 것.

곧바로 전화를 걸었지만 승훈의 폰은 꺼져 있었다. 느낌이
좋지 않았다. 준수에게 전화를 걸어 보았지만 (부재중)음성사
서함으로 넘어갔다. 수연은 답답했다.

준수는 이마에 흐르는 땀을 닦았다. 어느덧 날이 어슴푸
레 밝아오고 있었다. 생각보다 시간이 많이 걸렸다. 준수는
일을 마무리 짓고 방 안으로 들어가 냉장고를 열어 캔 맥주
를 하나 꺼내 들고 바닥에 앉았다. 몇 시간이 정신없이 지나
갔다.

휴대폰에 남겨진 문자로 보건대 승훈이라는 놈은 담임인
준수 자신에게 어필하기 위해 거짓말을 한 수연이 내세운 대
역이 틀림없었다. 벽에 기대앉은 준수의 얼굴이 일그러지며
손에 쥔 맥주 캔이 퍽하고 터졌다. 씨 팔 것들.

천만다행인 것은 양쪽의 휴대폰 문자에 약속 시간과 장소
만 간략하게 언급되어 있을 뿐, 다른 내용은 없다는 사실이

었다. 둘이 어떤 사이인지는 모르지만 애초에 문자를 교환할 정도로 친하지 않은 게 분명했다. 거짓으로 꾸민 일이니 주변에 알렸을 리도 없다.

준수가 승훈의 휴대폰으로 수연에게 문자를 보낸 이유는 혹시 모를 사태에 대비한 알리바이였다. 어쨌건 준수와 승훈은 만나지 못한 것이다. 지금부터가 중요하다. 승훈의 시체가 발견되면 경찰 조사가 이루어질 것이다. 휴대폰 조회를 통해서 당일 문자를 교환했던 수연에게 조사의 손길이 닿을 것은 뻔한 이치였다. 그렇게 되면 승훈과 마지막으로 약속이 잡혀있던 준수는 용의자 1순위가 된다. 따라서 승훈의 시체는 발견되면 안 된다. 다 큰 성인이고 남자니까 하루 이틀 정도 집에 들어가지 않는다고 가족들이 신고하지 않을 가능성이 크다. 설사 신고한다고 해도 범죄 연루 증거가 없는 한, 경찰은 바로 움직이지 않는다. 하지만 언젠가는 경찰도 움직일 것이다. 그 전에 '위험 요소'를 제거해야 한다.

준수 자신과 승훈을 연결할 수 있는 사람은 한 사람밖에 없다. 위험 요소 제거 후 적당한 시기에 시체를 옮겨 유기한다. 물론 불확실한 요소가 도처에 있지만 지금으로서는 최선의 계획이다. 준수는 이런 어처구니없는 일로 인해 지금까지 힘들게 쌓아온 인생이 무너지는 것을 원치 않았다. 새로 꺼내 온 맥주를 천천히 마시는 준수의 눈이 빛났다.

"선생님. 어제 만나…셨어요?"

준수는 수연을 쳐다보며 싱긋 웃었다.

"아니. 한참을 기다렸는데 안 오더라고. 시간하고 장소 확실히 전한 거 맞지?"

수연은 어리둥절했다.

"내가 어제 마침 집에 휴대폰을 놓고 출근하는 바람에 네게 연락도 못 하고 꼼짝없이 기다렸단다. 하하."

"…"

"아마 막상 만나려니 부담되어서 안 나온 걸 거야. 수연아. 좋은 사람은 아니지만 선생님은 그 심정이 충분히 이해돼."

그래서 어제 자기한테 전화나 문자를 하지 말라고 한 건가? 바닷가 놀러 간다며 그렇게 좋아하더니. 에이 그럼 작전 실패잖아. 준수는 수연의 김샌 표정을 보며 은근한 말투로 말했다.

"어제 기다리면서 수연이가 그동안 많이 힘들었을 거 같다는 생각이 들었어."

"…"

"수연이한테 미안한 마음이 들던걸. 그러니까 이제부터 담임이 더 신경 쓰마."

거짓말이 들통 난 건 아닌지 눈치를 살피던 수연의 귀를 준수의 따뜻한 목소리가 파고들어 왔다.

"그 사람은 다시 널 귀찮게 하지 않을 거야. 이제부터 어떤 고민도 부담 갖지 말고 내게 털어놓으렴."

준수는 한쪽 눈을 찡긋하며 수연에게 티켓을 내밀었다. 티켓에는 담임 이용권이라는 푸른 글씨가 인쇄되어 있었다. 사용 기간은 무제한이었다. 수연은 속으로 작전 성공을 외쳤다.

"그리고… 말이다."

준수는 아빠미소를 지으며 수연에게 말했다.

"수연이는 이제부터 오승훈이라는 사람은 신경 쓰지 말고 다른 사람에게도 이야기 안 하는 게 좋겠다. 수연이한테 좋을 게 없거든, 이건 널 걱정하는 내 부탁이기도 해."

수연이 준수에게 눈을 맞추며 고개를 끄덕일 때, 수업 종이 울렸다. 체육 수업이었다. 준수는 함박미소를 지은 채 운동장으로 달려 나가는 수연의 뒷모습을 잠시 바라보다 1층의 상담실로 내려갔다. 며칠 후부터 수학여행이다. 그 전에 준비를 마쳐야 했다.

"젊은 사람들이 많이 들어와야 되는데 노땅들만 들어오니 신입회원이라는 말이 무색해."

최희정은 푸념 섞인 미소를 지었다.

"에이. 네 명이 시작해서 이만큼 성장했잖아요. 사람 수보다 있는 멤버들끼리 끈끈한 게 중요하죠."

오영주는 최희정의 잔에 와인을 따르며 준수를 쳐다보았다. 40대 초반의 준수는 W여고 교사 독서모임의 가장 어린 남자회원이다. 최희정의 푸념을 뒤로하고 준수는 먼저 일어섰다. 전날 밤에 몇 시간 중노동을 한 데다가 잠도 못 잔 상태니 피로가 몰려오며 온몸이 쑤셨다. 건물을 나와서 지하철역 입구 쪽으로 가는데 뒤에서 부르는 소리가 들렸다. 오영주였다.

준수는 오영주를 쳐다보며 고개를 갸우뚱했다. 어지간해선 모임 중간에 나오는 법이 없는 오영주였다. 더군다나 오늘은 개강 파티라서 살림 담당인 오 선생이 나오면 뒷정리할 사람이 없을 터이다.

"끝나려면 한참 있어야 할 텐데…"

오영주는 예의 미소를 지으며 대답했다.

"좀 피곤하고 기분도 꿀꿀하네요."

지하철역 입구로 들어서며 오영주는 생각난 듯 말했다.

"차 가져오셔도 될 걸 그랬네요. 술도 거의 안 드시는 거 같던데."

"그러게요. 하하."

준수가 차를 안 가져온 이유는 다른 데 있었지만 굳이 오영주에게 말할 필요는 없었다. 준수는 화제를 돌렸다.

"표정이 별론데 뭐 안 좋은 일 있으세요?"

오영주는 뭔가를 잠깐 생각하더니 웃으며 손사래 쳤다.

"그냥요. …아무것도 아녜요."

뭔가를 말하고 싶어 하는 눈치였다. 멀리서 지하철이 피곤한 몸을 이끌고 들어오고 있었다. 오영주는 스크린도어를 바라보며 한숨을 쉬었다.

"유 선생님 말예요. 신간도서로 기독교 도서 50권을 신청하셨어요. 한동안 잠잠하더니… 제가 이번에 20권만 하자고 메신저 드렸더니 내일 도서관에 오시겠대요."

스크린도어가 열리며 두 사람은 지하철 객실 안으로 들어갔다. 공간에 여유는 있었지만 앉을 자리는 없었다.

"그리고 최 선생님도 그래요. 신입부원 늘리려고 독서토론 횟수를 줄이는 거 저는 반대거든요. 모임의 의미가 회원 수 늘리는 데 있는 건 아니지 않나요? 느슨하게 한다면 오히려 있는 회원들도 느슨하게 나올 걸요."

그런 건 니들 마음대로 하세요. 준수는 오늘따라 오영주가 말이 많다고 생각하며 머릿속으로 남은 정거장 수를 세고 있었다. 물론 미소는 잃지 않았다.

"동생 녀석은 어제 집에 안 들어오질 않나. 아 참, 죄송해요. 제가 말이 너무 많았죠?"

오영주는 준수를 바라보며 민망한 듯 웃었다. 준수도 자연스럽게 따라 웃었다. 객실 유리창에 두 사람의 웃는 모습이 정답게 비쳤다.

"예전에 남동생이 있다고 하신 것 같은데. 자유분방한가 봐요."

"자유분방할 수 있으면 다행이게요."

오영주는 웃으며 손사래를 쳤다.

"그냥. 몸이 좀 안 좋거든요. 아. 생활엔 지장 없어요. 아직은 정규직이 아니라 아르바이트 하니까 가끔씩 기분전환 한다며 친구들 집 돌며 며칠씩 안 들어오곤 해요. 그래도 미리 말하고 갔는데 이젠 연락도 안 하고 기습외박이네요. 휴 ~"

그래. 어제 집에 안 들어간 녀석이 또 하나 있지. 아니 못 들어간 건가. 그나저나 빨리 집에 가서 일을 마무리해야겠다. 한숨을 쉬는 순간, 준수 머리에 이상한 생각이 떠올랐다. 어제 집에 들어가지 않은 청년, 오승훈, 그리고 오영주, 설마…

이 넓은 서울에서 그런 우연이 있을 리 없다고 생각하는 순간, 자신에게 끌려가면서 숨을 몰아쉬며 헐떡이던 오승훈의 모습과 남동생의 몸이 안 좋다던 오영주의 말이 겹쳐졌다.

"오 선생님. 동생분과 이름이 돌림자인가요? 남매도 돌림 자 이름을 가끔 쓰던데."

농담하듯 웃으며 던진 준수의 말에 오영주는 바로 대꾸했다.

"아뇨. 우린 전혀 달라요. 영주, 승훈이거든요."

객실 유리창에 준수의 일그러진 얼굴이 비쳤다.

윤지숙은 상담실 구석에서 곤혹스러운 표정을 짓고 있었다. 맞은편에 앉은 준수는 심각한 표정을 풀지 않은 채 말했다.

"수연 어머님. 수연이가 사춘기인 데다 공부 이외에 관심이 많아서 여러 가지로 힘드실 걸로 생각됩니다."

"…"

"수연이는 성적이 좋지 않을 때만 엄마가 손을 댄다고 했지만 꼭 그렇지도 않은 거 같습니다. 오른쪽 어깨의 멍이 상당하던데요."

"어릴 때는 안 그러던 애가 고등학교 올라와서 하도 애를 먹이길래 홧김에 야단친다고 몇 번 손댔는데…"

준수는 손을 들어 윤지숙의 말을 잘랐다.

"담임이 알게 된 이상 신고 의무가 있거든요. 안 그러면 제가 나중에 처벌받게 됩니다."

설마 야구방망이 얘기까지는 안 했겠지? 속으로 되뇌며 곤혹스러워하는 윤지숙을 바라보는 준수의 눈에 회심의 미소가 어렸다 사라졌다. 준수는 명함 하나를 탁자에 올려놓고 윤지숙 쪽으로 천천히 밀었다.

"학교와 연결된 센터 전화번호입니다. 따님과 같이 상담을 받으신다면 저도 일단 기다려 보겠습니다."

윤지숙은 곤혹감과 안도감이 뒤섞인 표정으로 상담일지에 도장을 찍고 자리에서 일어섰다.

"죄송합니다. 아이가 수학여행 갔다 오면 바로 가 보겠습니다. 같이요."

"센터에서 상담 결과를 학교로 정기적으로 보내 주게 되어 있습니다. 그러니까 바쁘시더라도 매주 꼭 가셔야 합니다."

윤지숙을 보낸 후, 준수는 미소를 띤 채, 교무실로 돌아오며 나직이 중얼거렸다. 걱정 마. 당신이 딸과 같이 센터에 갈 일은 없을 거야.

오승훈이 오영주의 동생이라는 사실은 준수에게 충격이었지만 한편으로는 상황을 지켜보며 컨트롤할 수 있는 기회를 준수에게 제공해 주었기 때문에 나쁘지 않았다. 어젯밤에 준수는 승훈의 휴대폰으로 오영주에게 외박 신고 문자를 보냈다. 휴대폰에 남아 있는, 이전 문자를 참고해서 글자 하나 틀리지 않게. 승훈의 폰으로 문자를 보낼 때마다 멀리 나가야 하니 번거로웠지만 이걸로 며칠 더 시간을 벌 수 있게 되었다. 더욱 좋은 소식은 준수의 품 안으로 완벽하게 들어온 수연이 오늘 아침에 자기 엄마의 상습 폭행을 준수에게 고백

했다는 사실이다. 물론 상담 교사에게서 얻은 정보를 바탕으로 준수가 부드럽게 유도신문을 했지만 말이다. 자신이 수년 동안 엄마에게 언어폭력과 물리적 폭행을 당했다는 수연의 고백은 곧 있을, 수학여행지에서의 '충동적 자살'을 위한, 더 없이 훌륭한 장치였다. 역시 노력을 통해 극복하지 못할 어려움은 없는 법이다. 상담일지를 정리한 준수는 여유 있게 미소 지으며 교실로 향했다. 종례 시간이었다.

　도서관은 비어 있었다. 수연은 오영주가 대출 처리하는 것을 어깨 너머로 유심히 봐서 그 방법을 알고 있었다. 수연은 주변을 잠시 살핀 다음, 테이블을 빙 돌아서 안쪽의 사서 자리로 들어갔다. 수연은 오영주의 자리에 앉아 컴퓨터에 자신의 이름을 입력했다. 이름이 뜨자 붉게 표시된 연체 처리를 푼 다음, 서가에서 찾아 온 책의 대출 처리를 하고 일어섰다. 점심식사 하러 간 오영주가 오기 전에 나가야 했다. 책을 들고 자리를 일어서는 수연의 손끝에 뭔가가 걸려 바닥으로 떨어졌다. 지갑이었다. 수연은 지갑을 집어 들었다. 두툼했다. 가벼운 호기심에 자기도 모르게 지갑을 펴 봤다. 왼쪽에 사진이 한 장 끼워져 있었다. 오영주 선생과 남자가 사진 속에서 익살스러운 표정으로 포즈를 취하고 있었다. 연인보다는 가족 같은 분위기. 그런데 남자의 얼굴이 낯익었다.

놀란 마음을 안고 문 쪽으로 나가려는데 복도 사물함 쪽에서 누가 걸어오는 소리가 났다. 수연은 책을 뒤로 숨기고 안으로 다시 들어갔다.

"어머, 수연이구나. 문을 잠가 놨는데 쪽문으로 들어온 모양이네. 책 빌리려고?"

오영주는 수연에게 눈인사를 하고는 두 손을 맵시 있게 감아쥔 채, 테이블을 돌아 자기 자리로 걸어갔다. 작년 2학기에 도서관 청소 담당이었던 터라 수연은 정문 반대편에 있는 주차장 쪽 쪽문을 알고 있었다.

"아뇨. 그냥 돌아보려고 들렀어요."

"신간은 다음 주에 들어올 거야."

"…"

"점심은 먹었니?"

"…"

수연은 멀뚱히 서서 뭔가를 생각하고 있었다. 오영주는 양치 도구를 손에 든 채, 테이블을 돌아 나오면서 수연을 쳐다보았다.

"수연아. 나한테 뭐 할 말 있니?"

"선생님. 혹시 남자 형제 있으세요?"

느닷없는 질문에 오영주는 잠시 생각하다 웃음을 터뜨리며 말했다.

"수연이가 왜 그게 궁금할까?"

"선생님 지갑이 바닥에… 떨어져 있었거든요. 사진이 보이길래… 죄송해요."

오영주는 순간 인상을 찌푸렸지만 곧 손을 내저으며 웃었다.

"하긴 내 동생 오승훈 군이 좀 훈남 스타일이긴 하지. 하하."

표정이 변한 수연이 오영주에게 급히 인사하고 도서관 입구 문을 밀고 나가려고 했다.

"수연아."

"…"

수연은 오영주를 돌아보았다. 양치 도구를 든 오영주는 부드럽지만 단호하게 말했다.

"앞으로는 쪽문으로 들어오지 말아 줘. 거긴 일하는 교사가 다니는 곳이란다."

늦은 밤이 아니었지만 주변이 황량해서 더 어두워 보였다. 남산 산행 후 밝은 대낮에 여러 명이 왔을 때와 분위기가 사뭇 달랐다. 수연은 비포장도로 끄트머리를 돌았다. 준수의 집 울타리가 눈앞에 있었다. 수연은 굳게 닫힌 자물쇠를 따고 조용히 안으로 들어갔다. 중학교 때부터 수업 시간에 땡땡이치면서 비어 있는 음악실, 미술실 등을 섭렵하며 자연스럽게 붙은 실력이었다. 마당에 들어선 수연은 조그마한 텃밭이 있는 건물 뒤쪽 공간으로 돌아갔다.

엄마의 폭행 사실을 고백하면서 걱정이 안 됐던 것은 아니다. 하지만 엄마는 이전과는 달리 수연을 때리지 않았다. 언어폭력도 거의 하지 않았다. 화가 나서 모욕을 동반한 욕을 하려다가도 멈추곤 했던 것이다. 수학여행 갔다 온 후에 같이 상담 가자며 슬쩍 웃어 보이기까지 했다. 이 모두가 담임인 준수 덕분에 가능한 변화였다. 수연에게 준수는 영혼의 의지처였다.

수학여행일인 내일은 담임인 준수의 생일이다. 수연은 담임에게 해 줄 선물을 고민하다가 준수의 텃밭을 생각해 냈다. 준수가 기른 작물과 수연 자신이 준비한 빵으로 만든 샌드위치는 두 영혼의 결합을 상징한다. 영혼샌드위치는 수연 자신에게 주는 선물이기도 했다. 학교에서 야간자율학습감독을 하고 있는 담임 준수가 내일 아침 도시락 선물을 받고 어떤 표정을 지을까? 수연은 텃밭으로 다가가며 만족스러운 미소를 지었다.

이상한 광경이었다. 채소들로 풍성했던 텃밭에 흙 말고는 아무 것도 없었다. 수연은 눈앞의 광경을 이해할 수 없었다. 3월 중순에 왔을 때만 해도 작은 텃밭은 풍성했다. 자세히 보니 흙 색깔도 조금 달라 보였다. 흙에 문제가 생겼나? 그러고 보니 텃밭이 조금 부풀어 오른 것 같기도 했다. 바람이 불자 시큼한 냄새도 났다. 어쨌든 여기까지 와서 그냥 갈 순 없었다. 감자나 고구마 같은 작물은 땅에 묻혀 있을지 몰랐다. 샌드위치가 아니면 어떠랴. 수연은 구석에 세워진 삽을 가져와 흙을 파기 시작했다.

"수고하셨습니다."

수위 박씨의 정다운 인사를 받으며 오영주는 W여고 정문을 나왔다. 신간도서 목록을 만드느라 오늘도 밤 10시를 넘겼다. 초과근무 신청을 하지 않은 게 실수였다. 어릴 때는 몇만 원 손해가 별것 아니게 느껴졌는데 나이가 들면서 그렇지 않다는 걸 알게 된다. 쓸쓸히 웃는 오영주의 눈에 불이 켜진 자율학습실 건물이 들어왔다. 내일부터 수학여행인데도 기어이 밤 12시까지 채우려는 독종들이다. 학창 시절에 늦게까지 독서실에서 공부한다고 엄마에게 말해 놓고 친구들과 놀다가 시내에서 동생 승훈이와 우연히 마주친 기억이 떠올랐다. 의리가 있는 건지 누나의 협박이 통한 건지 몰라도 동생은 비밀을 지켜 줬다. 착한 동생이었다. 남에게 해 끼친 적이 없었고 게임에 빠져 학교를 중퇴하기 전까지는 성적도 좋은 편이었다.

그나저나 이 녀석은 이틀씩이나 연락도 없이 뭐하지? 혹시 저번처럼 속초에 간 거 아냐? 고향인 속초까지 생각이 흘러 갔을 때, 휴대폰이 부드럽게 진동했다. 오영주는 지하철역 으로 내려가면서 휴대폰을 꺼냈다.

누나. 급한 일이야.

지금 좀 와줘.

전화는 못 해. 여기는…

오영주는 손에 휴대폰을 든 채로 방금 들어간 지하철 입구 를 뛰어나와서 도로변에 대기하고 있는 택시를 탔다.

부서지는 파도 소리를 뒤로하며 수연은 천천히 발걸음을 옮겼다. 눈물이 흐르지만 웃고 있었다. 준수의 집에서 텃밭 에 묻혀있던 시체와 꺼져 있는 휴대폰을 발견했을 때, 수연 은 모든 것을 이해했다. 담임 준수는 수연을 위해 기꺼이 살 인을 저지른 것이다. 스토커로부터 제자를 보호하는 가장 확 실한 방법. 그리고 엄마의 폭력으로부터도…. 아아 이런 담 임이 세상에 또 있을까? 놀란 가슴은 깊은 감동으로 바뀌며 광화문 시위 현장의 몇 배가 넘는 짜릿한 흥분이 수연의 온 몸을 휘감았다. 오승훈이 스토커가 아니라는 사실은 중요하지 않았다. 담임인 준수가 수연을 위해 살인이라는 희생까지 기꺼이 감수했다는 사실이 중요했다. 그렇다면 수연 자신 또한 담임을 지키기 위해 못할 일은 없었다. 아니 없어야 했다. 담임이 알지 못하는, 가까이 있는 위험 요소, 그것은 수연 자신의 몫이어야 했다. 영혼샌드위치보다도 고귀한 생일 선물.

수연은 조금 전에 오영주를 떠밀어 버린 절벽 반대쪽에 오승훈의 휴대폰을 버린 다음, 눈가에 묻은 눈물을 닦으며 조용히 속삭였다.

"해피 버스데이, 선생님."

이번 수학여행은 추억이 많을 것 같다.

가로지르기

쉬익… 쉬익… 움직일 때마다 몸속에서 소리가 난다. 주위가 어두워서 분간이 잘 안 된다. 영혼을 빨아낼 듯한 차가운 기운이 주변을 채우고 있다. 움직이자 몸에서 다시 소리가 난다. 아프다. 뭔가가 몸 속에 웅크리고 앉아 있는 느낌이다. 그나저나 윤희는 왜 안 보이는 걸까?

어두운 골목길 끝에 가로등이 보인다. 가로등은 마지막 숨을 내쉬는 환자처럼 위태롭게 불빛을 내놓고 있다. 길 건너편에 누군가 서 있다. 나는 가로등 불빛을 따라 큰길로 나온다. 윤희가 건너편에서 웃으며 날 쳐다보고 있다. 차들이 무서운 속도로 지나간다. 입을 다문 채 운전대를 잡고 사라져 가는 얼굴들이 모두 같은 표정을 하고 있다. 나는 차들을 피해 건너편으로 날아간다. 어디선가 웃음소리가 들린다.

휙… 휙… 차들이 지나간다. 윤희야. 겁낼 필요 없어. 나랑 같이 가면 돼. 윤희는 고개를 젓는다. 나는 윤희 팔을 잡는다. 저 멀리서 화물차가 달려오고 있다. 내 눈에서 눈물이 흐른다. 윤희는 웃으며 손을 빼려고 한다.

퍽 하는 소리와 함께 윤희가 날아가서 도로변에 떨어진다. 화물차는 자신이 친 윤희를 다시 밟고 지나간다. 우드득 소리가 난다. 나는 팔을 앞뒤로 움직이지만 몸이 앞으로 나아가지 않는다. 어디선가 비웃는 소리가 들린다. 고개를 돌려봐도 주위에는 아무도 없다. 아래를 보니 주저앉는 내 하반신에서 갓난아기가 웃으며 나온다.

해인은 머리맡에 놓아 둔 수건으로 이마에 흐르는 땀을 닦았다. 꿈속에서 윤희를 다시 만난 건 일주일만이다. 도무지 이해할 수 없고 받아들일 수 없는 사건은 뇌세포 속에서 기억이라는 이름으로 해인의 일부가 되어 버렸다.

"옆자리 빈 거 같은데 앉아도 돼?"

주해인은 조금 당황스러웠지만 서윤희의 눈빛과 말투 속에는 저항하기 힘든, 아니 저항하고 싶지 않은 포근한 그 무엇이 있었다.

S여자중학교에 진학한 2년 6개월 동안 해인은 늘 창가 쪽

두세 자리를 독식하며 점심을 먹었다. 아이들끼리 시끄러운 수다도 적고 공간 여유도 있어서 좋았다. 급식 지도 교사들이 자리를 독식한다고 주의를 주었지만 가고 나면 그뿐이었다. 해인의 위세에 눌려 아무도 근처에서 밥을 먹지 않았다. 해인에 대한 정보가 없던 학생들이 가끔 시비를 걸었지만 돌아오는 것은 반찬 샤워였다.

그런 해인에게 며칠 전 전학 온 윤희가 옆자리를 요구한 것이다. 해인은 윤희를 한참 동안 쳐다보더니 말없이 식판을 옆으로 놓으며 걸쳐 앉았던 의자 하나를 주었다. 해인이 윤희의 머리에 반찬을 털까 봐 식판을 들고 미리 대피하던 학생들이 조용히 탄성을 질렀다. 학생식당에 평화가 찾아온 것이다. 윤희와의 만남은 이렇듯 시시한 일상 속에서 조용하지만 강력하게 해인의 삶 속으로 들어왔다.

사회적으로 성공했지만 폭력적인 남편을 떠나 돈 많은 다른 남자 품에 안긴 어머니. 여자를 갈아치우며 넓은 집 구석구석에서 거의 매일 밤 파티를 벌이는 아버지. 머리가 굵어지면서 해인은 아버지가 자신의 사회적 성공과 삶의 유희에만 집중할 뿐, 딸인 해인의 삶에 관심이 없다는 사실을 알게 되었다. 자신의 사회적 평판 때문에 딸을 데리고 있을 뿐이었다. 붙어살고 있는 자신이 비참해질수록 학교에서의 해인의 삶은 거칠어져 갔다. 중학교에 진학하자 해인은 어머니를 찾기로 했다. 자신을 버리고 간 엄마를 안 보기로 맹세한 지 일 년 만이었다.

"만나서 뭐 하려고?"

골프채를 천천히 돌리면서 아버지는 되물었다. 입가에 웃음을 띠고 있었다. 온갖 더러운 일들이 매일 밤마다 벌어지는 곳. 서재라고 쓰고 섹스룸이라고 읽는다. 해인은 빨리 나가고 싶었다.

"그건 알 필요 없어. 연락처 알려 줘."

"하하. 지 싫다고 버리고 간 년인데 그래도 엄마라고 보고 싶은 모양이네."

비웃는 입을 재떨이로 뭉개버리고 싶었다. 하지만 말대꾸하다가 욕설이라도 나오면 그다음은 저 손에 든 골프채가 바람을 가른다. 망설임 없이 골프채로 딸의 허리를 내지를 수 있는 사람이다. 해인은 비웃는 얼굴로 아버지 손에 있는 메모지를 뺏듯이 잡아챘다. 바깥에는 인부들이 아버지가 새로 주문한 대형 고급 침대를 옮기고 있었다. 침대를 바꾸는 목적은 뻔했다. 구토가 나왔다. 해인은 다시는 서재에 들어가지 않기로 맹세했다.

엄마는 밝았다. 행복이 녹아 있는 목소리. 그 지옥에 해인을 놔두고 혼자 빠져나와서 누리는 행복의 대가는 딸의 미래였다. 호들갑스러운 안부 인사와 학교생활에 대한 과도한 질문은 해인을 만나지 않으려는 의도를 너무 쉽게 내비치고 있었다. 그녀는 해인이 중학교에 진학했다는 사실도 인지하고 있지 못했다. 더 이상 듣고 싶지 않았다. 해인은 상대방이 원하는 줄 알면서도 휴대폰을 끊었다.

독립적으로 살아가는 건 생각만큼 힘들지 않았다. 처음은 좀 낯설고 어색했지만 적응하니 괜찮았다. 해인은 하고 싶은 대로 했다. 수업이 듣기 싫으면 운동장에 있는 나무 의자에 누워 잤고 교복은 입고 싶은 날에만 입고 갔다. 식당에서 시비 붙은 상대방의 얼굴에 식판을 비비고 복장 위반으로 벌점 받은 자신에게 짜증을 부리며 남편 연봉 운운하는 담임을 쳐다보며 '그럼 우리 아버지한테 시집오시든가'라고 응수하기도 했다. 그런 날은 찜질방에서 잤다. 학교에서 집으로 연락이 가기 때문이다. 분노의 골프채는 사양한다. 해인은 자신에게 쏟아지는 눈길을 즐기고 또 즐겼다. 그것이 분노이든 두려움이든 짜증이든 상관없었다. 얼마 지나지 않아 해인은 폭탄으로 공인되었다. 중학교가 의무교육이라서 퇴학이 불가능하다는 점이 아니었다면 해인은 진즉에 퇴학당했을 것이다.

중학교 3학년이 되자 분위기가 달라졌다. 고등학교 진학 때문이었다. 공부 좀 하는 아이들은 특목고와 자율고에 진학하려고 내신 관리에 여념이 없었다. 다른 아이들도 일반고에 대한 정보를 공유하며 진학 모드로 들어갔다. 교사들은 자신의 학급 학생들을 좋은 고등학교에 진학시키려는 경쟁에 들어갔다. 해인이 교실에서 대놓고 웹툰을 봐도 누구 하나 신경 쓰지 않았다. 바쁘게 움직이는 친구들 사이에서 해인은 지독한 외로움을 느꼈다. 3학년 생활은 자신의 삶이 타인에게 그 어떤 존재감도 갖지 못한다는 사실을 매일 확인하는 날들의 연속이었다. 해인은 폭탄에서 잉여인간으로 수직 낙하했다. 아니 처음부터 그랬다. 태어날 때부터 해인은 잉여인간이었다.

"해인아, 이번 일요일에 우리 집에 올래?"

친구 집에 간 적이 없는 해인은 얼른 대답이 나오지 않았다.

"으응… 뭐… 좋아. 그런데 너네 집에 가도 돼? 부모님이 계시잖아."

윤희는 웃음을 머금은 얼굴로 고개를 끄덕였다.

"그날 내 생일이야. 부모님께 해인이 너 온다고 했어. 그냥 편하게 와. 맛있는 거 먹고 수다 떨고 놀자."

윤희 어머니는 병으로 누워 있었다. 외동딸인 윤희가 초등학생 때부터였다. 윤희 동생을 낳다가 동생은 사산되고 어머니는 자리에 눕게 되었다. 의사는 어머니가 목숨을 건진 게 기적이라고 했다. 윤희 아버지가 W여자고등학교로 전근을 오자 윤희네는 아버지의 새 직장 근처로 이사를 오게 되었다. 아버지가 힘들다고 윤희가 우겨서 오게 된 이사라고 했다. 따지고 보면 해인이 윤희와 만나게 된 건 윤희 어머니의 병 때문이었다.

"해인이가 건강한 거 같아서 다행이다. 윤희는 약해서 걱정이야."

너털웃음을 지으며 윤희를 쳐다보는 서민수의 눈에는 딸에 대한 애틋함과 미안함이 녹아 있었다. 아버지라고 다 같은 아버지가 아니다. 이들과 가족이 되고 싶다. 해인은 밤마다 여자들을 갈아치우며 돈 쓰기 바쁜 누구를 생각했다가 얼른 머릿속에서 지워 버렸다. 재수 없어.

"그건 그렇고 정말 놀랐다. 지금까지 윤희 같은 머리털은 본 적이 없거든. 어떻게 이렇게 같을 수 있는지. 너희 둘은… 뭐랄까… 남녀로 비유한다면 천생연분이라고 말할 수 있을 거 같구나. 하하."

처음에 마음이 움직인 건 머리카락이 아니었다. 그건 윤희의 두 눈이었다. 깊은 슬픔을 안고 있으면서도 그 슬픔에 매몰되거나 원망하지 않고 기꺼이 끌어안는 눈빛. 그 편안한 눈빛이 해인의 마음을 연 것이었다.

해인은 윤희의 빨간 머리가 염색일 거라고 생각했다. 그건 윤희도 마찬가지였다. 나중에 생머리임을 알게 된 두 여학생은 서로의 머리를 잡아당기며 기쁨의 비명을 질렀다.

S여중은 교사가 넓었다. 동쪽에 있는 운동장과 도서관 건물 사이의 길 주변으로 나 있는 숲에 고양이 두 마리가 살고 있었다. 길냥이들이었는데 언젠지 모르게 교내로 흘러들어 온 것이다. 암놈과 수놈이었다. 넓은 교사에는 마음껏 뛰어놀 안전한 공간과 교내식당에서 배출되는 각종 음식물 쓰레기가 있었으니 그들에겐 최적의 장소였다. 고양이들은 낮에는 잘 보이지 않다가 사람들의 움직임이 뜸해지는 저녁 시간에 주로 학교를 배회했다. 여학생들은 대체로 고양이를 반겼다. 하지만 싫어하는 교사들도 있었다. 얼마 지나지 않아 새끼들이 태어났다. 학생들은 새끼 먹이를 준비해 오기도 하고 고양이가 주로 다니는 도서관 뒤쪽에 먹이 그릇을 따로 놓아두기도 했다. 가끔 낮에 고양이 새끼가 쏜살같이 교정을 지나갈 때면 학생들이 환호성을 지르며 뒤따라가기도 했다. 그

리고 나서 사건이 터졌다.

고양이들이 며칠 동안 보이지 않자 특히 새끼를 귀여워했던 윤희가 먹이를 들고 점심시간에 숲에 있던 고양이 아지트를 찾다가 나란히 누워 있는 시체들을 발견했다. 노란빛의 수컷은 보이지 않았다. 극도의 슬픔 속에서 윤희의 머리에 독이라는 단어가 떠올랐다. 윤희는 도서관 뒤쪽으로 내달려가 먹이 그릇을 모두 수거했다.

학생들은 슬퍼했고 또 분노했다. 범인을 잡아야 한다는 분위기로 연일 학교가 들썩였지만 학교장의 간곡한 부탁과 교사들의 설득으로 분위기는 조금씩 잦아들어 갔다. 고양이 먹이에 독을 탄 건지 아닌지 확실치도 않으며 설령 그렇다고 해도 이렇게 시끄럽게 구는 건 학교 이미지에 좋지 않은 결과를 초래한다는 내용이었다.

해인이 쓴 대자보의 내용은 다음과 같았다. 학교 안의 누군가가 고양이를 살해한 것이 분명하다. 고양이 살해는 엄연한 범죄행위이므로 진상을 명확히 밝히고 범인을 처벌하는 것이 학교 명예를 높이는 길이다. 먹이 그릇은 고양이 사체 발견 직후 모두 수거하여 잘 보관하고 있으며 경찰에 제출할 예정이다.

경찰 조사 결과 예상대로 2개의 먹이 그릇에서 비소와 특정인의 지문이 다량으로 나왔다. 소문이 퍼지자 학교가 들썩였다. 다음 날 교장은 경찰 조사에서 자신의 범행을 시인했다. 범행 이유는 교사 내의 위생 때문으로 알려졌다. 학부모들의 항의 전화 때문에 어쩔 수 없었다고 했다. 자신의 알량한 이미지 관리 때문에 살아 움직이는 생명체에게 독을 먹일 수 있다는 사실을 해인은 믿을 수 없었다. 더욱 한심한 일은 교장을 두둔하며 학생들을 비난하는 교사들이 많았다는 사실이다. 해인은 어른들의 위선과 이기심에 치를 떨었다. 어쨌건 고양이 사건의 해결은 해인과 윤희의 팀워크의 결과물이었다.

윤희는 해인의 몫까지 도시락을 싸 왔다. 학교도서관 건물 옆에 벤치가 있다는 사실을 해인은 3학년이 되어서야 처음 알았다. 오로지 밥을 먹기 위해서 400명이 넘는 인원이 비좁은 공간에 수용되어 몇십 분 동안 기계처럼 팔을 아래위로 움직이는 행위는 일종의 집단노동에 가까웠다. 집단노동의 현장에서 벗어나 하늘과 맞닿은, 열린 공간에서 벤치에 앉아 윤희와 음식을 나누는 일이 주는 행복감은 일상에 대한 감사로 이어졌다.

해인은 윤희가 읽는 책을 따라 읽으면서 조금씩 책에 관심을 가지게 되었다. 거의 매일 하던 지각도 하지 않게 되었다. 윤희와 같은 고등학교를 지원하려면 지금의 해인 성적으로는 불가능했다. 조금이라도 기본기가 있는 영어는 해인 스스로 공부하기로 하고 수학과 과학을 윤희가 가르쳐주기로 했다. 교복바지를 입은 해인과 단정한 치마차림의 윤희가 방과 후에 같이 걸어가는 모습은 묘하게 잘 어울렸다. 해인의 단발과 윤희의 긴 생머리가 노을빛을 새빨갛게 반사하고 있었다.

공부는 주로 방과 후에 해인의 집과 윤희 집에서 돌아가며 했다. 둘의 집이 가까웠기 때문에 아무래도 공간이 넓고 공부하기 편한 해인의 집에서 하는 날이 많았다. 잠시 쉴 때는 시끄러운 음악을 틀어도 문제없었다. 방음 장치가 잘 되어 있기 때문이다.

해인의 학교에서 더 이상 전화가 오지 않자 해인의 아버지는 용돈을 올려줬다. 해인에게 나쁠 건 없었다. 가끔 집 안에서 만나면 아버지는 히죽거리며 해인에게 윙크까지 하곤 했다.

넓은 집이 주는 여유와 안온함을 해인은 윤희와 같이 공부하면서 처음 느꼈다. 늦은 시간에 서재와 거실을 왔다 갔다 하는 술 취한 소리가 분위기를 깨는 것만 빼면 말이다.

2학기 중간고사 기간 중의 어느 날이었다. 다음 날 시험 과목이 수학이어서 그날 밤은 해인의 집에서 새우기로 했다.

해인은 자신이 풀지 못한 문제를 모아서 정리하면서 윤희에게 질문을 했다.

"무턱대고 풀려고 하지 말고 어디까지는 이해가 되는데 어디서부터 모르겠는 건지 그 지점을 찾아내는 게 중요해."

"그건 알겠는데 공식들이 머리에서 헛갈려. 시험에서 잘 기억해 낼 수 있을까?"

"…"

"윤희야. 잠깐 쉬었다가 하자. 벌써 새벽 한 시야."

"그래. 해인아. 여유 있게 하는 게 좋을 거 같아. 나가서 뭐 좀 사 올까?"

"어허. 손님이 사 오다니. 당연히 주인이 가야지."

생각 같아서는 냉장고에 있는 양주라도 한 모금 마시고 싶지만 그건 시험 이후로 남겨 두기로 했다. 아무래도 시험 스트레스에 노출된 여중생에겐 인스턴트 음식이 최고다.

해인이 편의점에서 돌아왔을 때, 윤희는 누워 있었다. 일요일 봉사활동 때문일 것이리라. 윤희는 집에서 어머니를 돌보면서도 매주 일요일에 4시간씩 독거노인 돌보미 봉사활동을 하고 있었다. 날개가 필요 없는 천사였다. 주변을 늘 환하게 밝혀 줘서 그 영혼들이 기쁨에 겨워 마음껏 날아다니게 만드니까 말이다. 침대에 비스듬히 누워 잠들어 있는 윤희를 깨우려던 해인은 가만히 서서 윤희를 바라보았다. 해인의 몸에 조금씩 전류가 차오르고 있었다. 이윽고 해인은 윤희를 마주 보며 곁에 누웠다. 해인의 손이 윤희의 얼굴에 닿는 순간 윤희의 두 눈이 열렸다. 깨어 있었던 것이다. 아니 해인의 손길을 기다리고 있었으리라. 윤희의 얼굴에 눈물 자국이 보였다. 해인의 얼굴에 웃음이 차오르며 두 눈에서 기쁨의 눈물이 흘렀다.

윤희와의 첫 키스는 각별하다는 말로도 다할 수 없는 기쁨이었다. 해인은 살아 있다는 말의 의미를 비로소 이해했다. 그것은 누군가와 사랑을 나눈다는 말의 다른 표현이었다. 텅 빈 집만큼이나 공허했던 해인의 마음은 나날이 충만해지고 있었다.

"어서 오너라. 윤희가 어제보단 좀 나은 것 같구나."

서민수는 미안한 표정으로 해인을 맞았다. 때아닌 몸살로 학교에 오지 못한 윤희 때문에 해인은 이틀째 윤희 집에 들러야 했다. 서민수는 몸이 아픈 엄마 때문에 윤희가 아플 기회도 없었다고 농담하면서 윤희가 결석한 건 처음이라고 했다. 그렇다면 이번 기회에 며칠 쉬는 것도 나쁘지 않으리라.

"해인아. 중간고사 성적 잘 나왔어?"

서민수가 부엌으로 가자 윤희는 웃으며 말했다. 집에 좁아서 윤희 방과 아버지가 사용하는 큰 방, 그리고 부엌과 방들 사이에 놓인 나무로 된 마루가 전부였다. 윤희의 어머니는 한 달 전부터 병원에 입원 중이었다. 윤희 방은 부엌과 붙어 있었다.

"응. 니 덕분에 반에서 15등이나 올랐어."

어쩌면 시험공부를 핑계로 며칠 밤을 새우다가 윤희가 골병이 든 건지도 몰랐다. 윤희는 부드러운 미소를 잃지 않고 해인의 손을 잡았다.

"그건 니가 노력한 결과야."

물론 그랬다. 해인의 성적은 그야말로 엄청난 노력한 결과였다. 하지만 15등 아니 150등이 올랐다 하더라도 그런 건 윤희 없는 이틀과 바꿀 수 있는 게 아니었다. 해인에게 공부는 윤희와 같은 고등학교에 진학하는 수단일 뿐이기 때문이다. 내일은… 올 수… 있는 거지? 입 밖으로 나오려는 말을 삼키면서 해인은 미소 지었다.

"어이구. 부처님 나셨네. 그동안 아픈 줄도 모르고 홍길동처럼 날아다니니까 좀 쉬라고 기회를 주는 거야. 그러니까 며칠 푹 쉬어. 노트 필기는 내가 책임질 테니까."

윤희는 백팩을 등에 메고 일어서는 해인의 손을 잡았다.

"해인아. 부탁이… 있어."

나가려던 해인은 다시 주저앉았다.

"내가 하던 봉사활동… 말인데. 이번 주 일요일 한 번만 대신 해 줄 수 없을까? 할머니들이 모두 내가 오는 줄 알고 있을 거야."

해인은 안도의 한숨을 쉬며 웃음을 터트렸다.

"난 또 뭐라고. 무슨 큰일인 줄 알았잖아."

윤희의 봉사활동을 대신 해 줄 생각을 못 했다는 자책감이 한순간에 윤희의 역할을 한다는 기대감으로 전환되면서 해인의 심장이 두근거렸다. 엄지를 올리며 일어서는 해인의 귀에 속삭이는 듯한 목소리가 들렸다.

"한 가지… 더… 있어."

해인은 미소 지으며 윤희의 눈을 응시했다. 윤희는 고개를 끄덕이며 말을 밀어냈다.

"봉사활동 끝나고 성당에서 잠깐 만나자. 사거리에 있는 큰 꽃가게 알지? 그 꽃가게 오른쪽으로 돌면 성당 입구가 나와."

성당이라니. 해인은 어리둥절했다. 윤희는 성당에 다닌다는 이야기를 한 적이 없다.

"너와 꼭 상의하고 싶어."

"…"

잠깐 동안 붉어졌던 윤희의 얼굴은 평온한 미소로 돌아왔다.

"봉사활동 생각보다 힘들 거야. 그럼 오늘 밤 푹 자. 해인아."

벽지 바르기는 처음 해보는 일이었다. 벽에 풀칠을 하면 붙이기 편할 텐데. 해인은 군이 벽지를 바닥에 펴고 허리를 굽힌 상태에서 풀을 바른 다음, 펼쳐 들고 벽에 붙이는 대학생 오빠가 이해되지 않았다.

"해인이라고 했지? 저 아래 부분 발라 볼래? 종이는 저기 있어."

해인의 표정을 보던 기정은 웃으며 말을 걸었다. 해인은 잘 보라는 듯이 풀을 벽에 듬뿍 바른 다음, 종이를 벽에 대고 손으로 훑었다. 해인이 의기양양한 표정을 지으며 기정을 돌아보자 벽지는 바로 벽에서 떨어졌다. 기정은 웃으며 떨어진 벽지 조각을 집었다.

"처음에 도배하는 사람들이 많이 겪는 과정이야. 벽에다 풀을 발라 봤자 벽의 미세한 요철 때문에 풀이 종이로 잘 옮겨오지 않는 거거든."

"요철…이요?"

"으응. 벽에 튀어나온 부분이 많다는 뜻이야. 눈에 잘 안 보이는…."

기정은 윤희라면 알아들었을 거라는 표정을 짓고 있었다. 해인은 과장되게 고개를 끄덕였다. 역시 뭐든 직접 부딪쳐 봐야 알게 된다. 자신이 아버지와 기싸움을 하는 동안 윤희는 얼마나 많은 것들을 경험했을까? 해인은 부끄러워졌다.

"해인… 학생. 여기 바를 동안 새 벽지 좀 잘라 줄래?"

해인은 가위를 옆에 놓고 새 벽지를 가져와서 바닥에 폈다. 벽지에는 두 손 모아 기도하는 여자와 그 손을 맞잡고 서 있는 신부의 모습 그리고 그 주변으로 날아다니는 작은 십자가들이 반복적으로 그려져 있었다. 죄를 고백하는 여인에게 내리는 신의 축복이었다. 여인의 붉은 옷이 노란 바탕에 잘 어울렸다. 인상적인 그림이었다. 문득 윤희가 한 말이 떠올랐다.

왜 성당에서 만나자고 했을까? 윤희가 무슨 잘못을 저질렀을까? 아니면 누가 윤희를 해코지했을까? 해인 자신이 알지 못하는 어떤 일이 윤희에게 벌어졌을까? 남자 목소리가 들렸다. 고개를 들어보니 기정이 웃는 얼굴로 해인을 부르고 있었다. 벽지를 자르는 해인의 손이 빨라졌다.

비스듬히 서 있는 나무 십자가의 모습이 위압적인 느낌으로 다가왔다. 일요일 저녁 미사가 끝난 이후라 본당에는 해인과 윤희를 제외하고 아무도 없었다. 윤희는 핼쑥해진 모습이었다. 침묵이 길어질수록 해인의 마음속 요동은 조금씩 커지고 있었다. 해인의 입이 떨어지려 할 때 윤희는 독을 내뱉듯이 힘겹게 말을 밀어냈다.

"나… 좋지 않은 일… 당했어."

나쁜 예상이 맞아 들어 가는 건 불쾌한 일이다.

"좋지 않은 일이라니? 그게 무슨 말이야?"

"……"

윤희는 나무 십자가를 바라보고 있었다. 뭔가를 고민하고 있는 듯했다. 안 좋은 일을 당했다는 말과는 달리 차분한 표정이었다. 해인은 답답했다. 뭔가 말하려는 순간, 옆에서 끼익 하고 문이 열리는 소리가 났다.

"저녁도 안 먹고 어딜 갔나 했더니 여기 있었네."

서민수가 옆문을 열고 본당 안으로 들어오고 있었다. 얼굴에 미소를 띠고 있었지만 눈 아랫부분에 그림자가 드리워져 있었다. 윤희는 입을 다문 채 십자가에서 눈을 떼지 않았다. 해인의 표정이 굳었다.

"혹시나 하고 와 보길 잘했다. 그런데… 둘이서 무슨 심각한 얘기 하던 중인가 보구나."

성당 안이 어두운 게 다행이었다. 해인은 상기된 표정을 어색한 미소로 감추며 말했다.

"아… 별일 아니에요. 학교 일로 의논하던 중이었거든요. 금방 갈게요. 걱정 마시고 들어가세요."

"…"

말없이 앉아 있는 윤희를 지그시 바라보던 서민수는 해인의 어깨를 툭 치며 문 쪽으로 몸을 돌렸다.

"무슨 문젠지 모르겠다만 기왕에 성당에 왔으니까 좋은 기운 받아서 잘 해결될 거야. 파이팅이다."

윤희에게 문제가 생겼다는 것을 눈치챈 게 분명했다. 문이 닫히자 해인은 윤희 쪽으로 조용히 다가왔다. 그리고 옆에 나란히 앉아서 앞에 서 있는 십자가를 바라보았다.

"일단… 무슨 일인지 들어 보자. 윤희야."

"별일 아냐. 해인아 그냥… 같이 기도하면 될 거 같아."

해인이 무슨 말을 하려 하자 윤희는 고개를 돌려 해인을 바라보았다. 문틈으로 들어온 한 줄기 빛에 드러난 윤희의 미소 속에서 주변의 어둠이 오히려 확연히 드러났다.

"같이 기도해 줘. 잠깐이면 될 거야." 윤희는 호들갑스럽게 해인의 손을 잡아끌고 십자가 앞으로 갔다.

손끝으로 격한 호흡이 몇 번 느껴졌다. 윤희는 몸을 떨더니 천천히 고개를 들었다.

"아버지한테 뭐라고 할 거야?"

돌아오는 골목길에서 해인은 에둘러 물었다. 횡단보도 앞에서 집으로 가는 방향이 갈라진다. 윤희는 해인의 손을 잡은 채 말없이 걷고 있었다. 차들이 많이 다니지 않는 4차선 도로가 눈앞에 나타났다.

"그래. 말하고 싶지 않다면 더 이상 묻지 않을게."

해인은 신호등 앞에 서서 윤희의 얼굴을 어루만졌다. 윤희가 해인의 손에 손을 포개는 순간, 신호등이 바뀌었다.

"미안해. 해인아. 나중에… 나중에 말해줄게. 꼭."

횡단보도를 건너는 해인의 눈에 뭔가가 들어왔다. 노란 고양이 한 마리가 어둠 속에서 고개를 삐죽이 내밀고 있었다. 교장의 학살극에서 유일하게 목숨을 건지고 사라진 수컷, 보금자리라고 느끼고 둥지를 틀었던 곳에서 가족을 모두 잃은 불쌍한 녀석이 생각났다. 그놈일지도 몰랐다. 고양이를 쳐다보며 도로 끝에 거의 다다른 해인이 맞은 편 길가에 서 있는 윤희 쪽으로 고개를 돌리는 순간, 가로수 옆에 웅크리고 있던 녀석이 도로 쪽으로 뛰어나왔다.

왼쪽에서 승용차 한 대가 달려오고 있었다. 해인은 소리치며 달려 나갔다. 윤희의 날카로운 목소리가 들렸지만 해인의 눈은 승용차 쪽을 향하고 있었다. 승용차가 멈추고 고양이는 길 건너편의 어둠 속으로 사라졌다. 신호등은 아직 녹색이었다. 해인이 도로 한가운데서 안도의 한숨을 쉬는 순간, 귀를 찢는 소음과 함께 윤희가 건너편으로 튕겨 나갔다.

왜 하필 그 순간에 노란 고양이가 보였을까? 왜 하필 그 순간에 고양이가 튀어나왔을까? 왜 하필 그 순간에 반대편에서 화물차가 달려왔을까? 왜 해인은 자신에게 달려오는 윤희를 보지 못했을까? 왜 하필 그날 성당에 갔을까? 왜 삶은 이토록 잔인하고 불합리한 것인가. 왜… 나는… 살아 있는 것인가?

해인은 윤희의 장례식장에 가지 않았다. 윤희의 죽음을 사실로 확정하는 절차에 참여할 수 없었다. 윤희를 따라가고 싶었다. 죽음이 그토록 어처구니없는 것이라면 삶엔들 의미가 있을까 싶었다. 하지만 윤희는 해인을 살리고 죽었다. 끔찍한 불합리와 몸서리치는 무의미의 연쇄 속 어딘가에 해인이 죽지 않은 이유가 있을까. 그 의미를 찾아야 했다. 살아야 할 이유를 찾아낼 수 있다면 모든 것을 의미의 연쇄로 바꿀 수 있을까. 해인은 답을 구할 때까지 세상에 나가지 않기로 했다.

윤희가 되는 것이다. 달려오는 화물차로부터 해인을 구하고 대신 떠나 버린 윤희의 '삶'을 살려내는 것이다. 시간이 그대로 흘러갔다면 윤희가 자연스럽게 누리며 살았을 삶을 사는 것이다. 해인의 몸으로 윤희의 삶을 사는 것이다.

윤희는 근처의 W여고로 진학하기를 원했었다. 학교가 명문이기도 했지만 아버지 서민수가 근무하고 있는 곳이라는 이유에서였다. 해인은 놀랍기도 하고 부럽기도 했다. 아버지와 하루 종일 가까운 거리에 있으며 자신의 일거수일투족이 오픈되는 것은 끔찍하다고만 생각했기 때문이다.

해인은 착실한 모범생이 되어 명문인 W여고로 진학했다. 배정제가 아닌 학교선택제를 통해서 들어갔기 때문에 해인의 노력의 크기를 알 수 있는 결과였다. W여고에 입학한 후에도 해인은 자습실에서 매일 밤늦게까지 공부하고 귀가했으며 휴일에도 학교에 나갔다. 식사와 빨래 등 생활 전반의 불편함은 언제나처럼 파출부 아주머니가 해결해 주었다. 성적이 올라갈수록 해인의 용돈도 올라갔지만 해인의 아버지는 더욱 더 자신의 생활을 만끽했다. 해인은 개의치 않았다.

해인은 서민수가 고마웠다. 해인에게 원망하는 마음이 조금 들 만도 하건만 서민수는 그런 느낌을 전혀 주지 않았다. 오히려 해인이 W여고로 진학하자 기특해하며 눈시울을 붉히기까지 했다. 입학 첫날, 해인은 체육 교사실에서 서민수와 함께 소박한 축하파티를 벌였다.

"해인아. 앞으로 우리 윤희 몫만큼 열심히, 잘 해내야 한다."

종이컵에 넘치게 따른 포도주스를 마시는 해인의 눈에서

눈물이 번져 나왔다. 예. 아저씨. 그럴게요. 열심히 공부해서 윤희가 되고 싶어 했던 기자가 될 거예요. 지켜봐 주세요. 눈물방울에 서민수의 아빠미소가 비쳤다.

윤희 어머니의 병세는 계속 악화되었다. 해를 넘기기 어려울 거라는 서민수의 이야기는 해인의 마음을 더욱 어둡게 했다. 병실에 누워 있는 윤희 어머니의 손을 잡고 해인은 말했다. 내가 윤희처럼 좋은 딸이 되겠다고. 그러니 힘내서 대학을 졸업하고 기자가 되는 순간까지만 살아 계셔 달라고. 윤희 어머니는 해인을 물끄러미 바라보았다. 뭔가를 말하려는 듯한 그 표정 속에서 해인은 그날 밤 성당에서 자신을 바라보던 윤희의 표정을 떠올렸다. 윤희의 죽음이 준 고통 속에서 잊고 있었던 의문이 잠잠해진 의식의 수면 위로 다시 떠올랐다.

왜 윤희는 성당에서 만나자고 했을까? 해인이 다그쳤을 때, 윤희는 망설이고 있었다. 뭔가 중요한 고백을 하려고 한 게 분명하다. 그 순간에 윤희 아버지가 본당 안으로 들어오지 않았다면 윤희는 해인에게 뭔가 말했을지 모른다. 윤희가 당한 안 좋은 일이 뭘까? 윤희는 시시비비가 분명한 아이다. 고양이 학살사건 때, 해인이 쓴 대자보는 윤희의 아이디어였다. 그런 윤희가 해인에게까지 숨기려 하는 안 좋은 일이 뭔지 해인은 상상이 가지 않았다. 주변 사람들에게 피해가 가기 때문일까? 하지만 그렇다고 아버지에게까지 숨긴 것은 납득하기 어려웠다. 아무것도 모르는 해인과 같이 기도함으로써 문제가 해결될 수 있다고 믿었을까?

윤희는 죽음을 통해 해인의 삶 속으로 온전히 들어왔다. 하지만 윤희가 죽음 직전에 당한 고통을 이해하고 해결할 수 없다면 그 삶을 제대로 받아낼 수 없다. 해인의 주먹에 힘이 들어갔다.

"해인아,… 해인아, …, 주해인! 이 녀석 지금 눈뜨고 졸고 있는 거냐?"

이석호의 목소리에 해인은 잠에서 깨듯 놀라 몸을 일으켰다. 학급 친구들의 웃음소리와 함께 현실감이 돌아왔다. 수업 시간에 딴생각을 하다니. 윤희답지 않은 일이다. 해인은 마음을 다잡았다. 죄송하다는 눈빛을 보내고 자세를 바로 했다. 이석호의 온화한 목소리가 이어졌다.

"일자리, 복지 등 사회의 기초가 붕괴될수록 약자들에 대한 범죄가 늘어납니다. 사회적 약자들이란 노인, 아동, 여성 등을 말해요. 분노를 표출하고 싶은데 강자에게는 할 수 없으니까 약자가 대상이 되는 거죠."

지적받은 것도 만회할 겸, 해인이 손을 들었다.

"선생님. 구체적으로 어떤 범죄 유형들이 있나요? 우리도 여잔데 조심할 부분이 있을 거 같아서요."

이석호는 집게손가락을 폈다.

"두 가지만 조심하면 됩니다. 밤에 좁은 골목길로 길로 다니지 말고 특히 절대 SNS를 통해 모르는 사람 만나지 마세요. 성범죄야말로 앞에서 이야기한 모든 범죄 중에서 대표적인 거니까요."

학생들이 고개를 끄덕임과 동시에 종이 울렸다. 7교시 마지막 수업이었다. 사회 과목을 가장 좋아했던 윤희를 생각하며 해인이 자리에서 일어설 때, 머릿속에서 뭔가가 번쩍였다.

학년 초의 긴장감이 여전한 4월이다. 자습실은 학업의 열기로 뜨거웠다. 해인은 자신의 자리에서 성범죄라는 키워드로 스마트폰을 검색하며 생각에 빠졌다.

윤희는 좋지 않은 일을 당했다고 했다. 그리고 가족과 해인에게 말하지 않았다. 가까운 사람에게도 말하기 어려운 일을 당한 것이다. 성범죄를 당했을 가능성이 있다. 만약 그랬다면? 가해자가 처벌받지 않았다는 의미가 된다. 그 일이 아니었으면 윤희가 그 시간에 성당에 갔을 리도 없거니와 그렇게 허무하게 떠났을 리도 없다. 해인의 눈에 불이 켜졌다.

윤희는 만나는 사람이 많지 않았다. 학원에도 다니지 않고 집과 학교자습실만 다녔다. 범인은 당연히 남자일 것이다. 윤희의 행동반경에 걸리는 남자가 누구지? 스마트폰에는 연예인 성범죄 기사가 이어지고 있었다. 대부분이 남자 연예인이 가해자인 기사였다. 얼굴을 찌푸리고 기사를 내리던 해인의 머릿속에 떠오르는 남자가 있었다. 독거노인 봉사활동을 같이 한 남자 대학생이었다. 윤희의 삶을 살기로 한 해인이 봉사활동을 다시 시작했을 때, 그는 보이지 않았다. 해인은 대학생의 풀 범벅 얼굴을 떠올리며 인상을 찌푸렸다. 윤희가 성당에 다녔다면 성당 관계자 중에도 용의자가 있을 수 있다. 해인은 곧 고개를 저었다. 성당에 범인이 있다면 윤희가 성당에서 만나자고 했을 리가 없다. 스마트폰 화면에 성범죄에 관한 전문가의 글이 하나 보였다. 클릭하려 할 때, 누군가 어깨를 툭 쳤다. 고개를 돌리니 이석호가 미소를 짓고 있었다. 이번에는 자습 감독이었다. 반사된 빛 때문에 눈부셨다. 이석호는 주변에 안 들리게 속삭였다.

"폰 가지고 놀고 싶으면 집에 가서 해라."

해인은 자리에서 일어섰다. 한 손으로는 스마트폰을 클릭하며 다른 한 손으로는 가방을 멘 다음, 번쩍이는 대머리를

뒤로하고 조용히 자습실을 나왔다. 그래. 지금은 공부할 때
가 아니다.

성범죄의 대부분은 가까운 사람에게서 발생합니다.
잘 아는 사람, 친척, 가족에게서 주로 발생하죠.
접근성이 좋고 기본적인 신뢰가 있기 때문에
오히려 범죄 대상이 되기 쉬운 겁니다.
피해 발생 이후에 신고가 어려운 이유도
범인이 가까운 사람이기 때문입니다.
피해자 입장에서도 결과를 감당하기가 쉽지 않죠.

스마트폰을 잡은 손이 떨렸다. 전문가의 글은 지극히 상식
적이었다. 왜 지금까지 이렇게 명백한 걸 생각하지 못했을
까. 윤희는 해인에게 말하지 않은 게 아니었다. 말하지 '못
한' 것이다. 해인은 혀를 찼다.

윤희는 성당이라는 공간의 힘을 빌어 해인에게 자신이 당
한 뭔가를 고백하려고 했다. 하지만 결정적인 순간에 서민수
가 나타났다. 서민수가 갑자기 본당에 나타났지만 윤희는 아
버지 쪽으로 고개조차 돌리지 않았다. 그리고 고백을 포기했
다. 진즉에 이상하게 생각할 일이었다. 빌어먹을….

서민수는 딸을 계속 감시해 왔을 것이다. 어쩌면 윤희가

교통사고를 당할 때 근처에 있었을 수도 있다. 여기까지 생각한 해인의 머릿속에 한 번도 생각해 보지 않았던 가능성이 떠올랐다. 어쩌면 윤희는 충동적으로 자살한 게 아닐까? 그렇게 생각하면 서민수가 해인을 원망하지 않은 이유도 설명된다. 윤희가 죽음으로써 자신의 범죄가 드러날 일이 없어졌으니까. 이상의 추론이 사실이라면 서민수는 용서받아서는 안 된다.

두 가지 문제가 있다. 우선 해인의 확신에도 불구하고 윤희가 성범죄의 피해자이며 서민수가 가해자라는 증거가 현재로서는 없다. 두 번째 문제는 보다 심각하다. 그것은 피해자인 윤희가 사망했기 때문에 설사 해인이 어떤 증거를 발견한다고 해도 범인에게 죄를 묻기 어렵다는 사실이다.

횡단보도 앞은 평화로웠다. 신호등이 바뀌고 해인은 천천히 건너기 시작했다. 그날 여기서 해인을 밀치고 화물차를 맞는 순간, 윤희가 어떤 마음이었을지 알고 싶었다. 사월의 싱그러운 바람이 뺨을 스쳤다. 해인은 멈춰 서서 주변을 둘러보았다. 윤희야. 너에게 나쁜 짓을 한 사람을 찾은 거 같은데… 어떻게 해야 좋을지 모르겠어. 도와줘.

시끄러운 소리에 고개를 돌리니 택시가 빵빵거리고 있었

다. 반대편에서는 승용차 운전수가 머리를 내밀고 뭐라고 소리치고 있었다. 신호등 색깔이 바뀌어 있었다. 정신이 번쩍 들며 건너편으로 뛰어갔다. 클랙슨 소리는 윤희의 질타 같았다. 학교에서 끔찍한 고양이 시체들을 보았을 때 윤희는 냉정하게 먹이 그릇을 수거했다. 해인이었으면 힘들었을 판단이었다. 그래. 우선 사실 확인부터 하는 게 순서지. 판단은 그 다음이다. 해인은 몸을 되돌려 학교로 갔다. 체육 교사실은 잠겨 있었다.

간간이 악몽을 꾸었지만 오늘은 조금 달랐다. 꿈속에서 들리던 웃음소리는 누구의 것이었나. 꿈속의 갓난아기는 끔찍하다 못해 처참했다. 갓난아기가 성폭행 피해를 상징한다면 왜 윤희가 아닌 해인 자신의 몸에서 나왔을까? 해인은 눈물을 흘렸다.

거울 앞에서 준비를 끝낸 해인은 가방을 챙겼다. 악몽을 꾼 날에는 새벽에 집을 나와 24시간 햄버거 가게에서 시간까지 보내다가 학교에 간다.

현관문을 닫으려는데 안쪽에서 무슨 소리가 났다. 문손잡이를 잡은 채 뒤돌아보니 대형 노란 팬티가 비틀거리며 거실을 가로지르고 있었다. 문득 그날 밤 도로를 가로지르던 노란 고양이 생각이 났다. 엉뚱한 생각이 들었다. 혹시 독 때문에 가족을 잃은 고양이가 먹이를 주던 윤희와 해인에게 보복을 하려 한 게 아닐까? 노란 팬티는 문 앞에서 해인 쪽을 슬쩍 쳐다보더니 이내 방 안으로 들어갔다. 바닥에 여자 구두가 흉하게 뒹굴고 있었다. 해인은 쓴웃음을 지으며 현관문을 닫았다. 짐승보다도 못한 어른들이었다.

"오늘은 청소라도 해 드리러 왔어요. 시험기간이라고 그동안 오지 못했잖아요,"

해인은 미안한 표정을 지으며 서민수의 눈치를 살폈다. 서민수는 곤혹스러운 표정을 지었다.

"청소는 무슨. 약속이 있어 나가려던 참인데 해인이 혼자 있으라고 말하기 미안하구나."

해인은 웃으며 손을 내저었다.

"어차피 정리하려면 몇 시간 걸려요. 걱정 말고 다녀오세요. 아저씨."

"그래. 그럼 저녁 챙겨서 먹고 가렴."

서민수를 배웅하고 돌아온 해인은 집 안에 남아 있는 윤희의 책과 노트를 모두 꺼내어 방바닥에 일렬로 펼쳐 놓았다. 저 책들 속, 어딘가에 있을지 모를 메시지, 아버지의 범죄를 고발하는, 아니 암시하는 낙서라도 발견한다면 목적 달성이다. 해인은 심호흡을 한 뒤, 맨 왼쪽 책부터 집어 들었다.

"어라? 불이 켜져 있네? 해인이 아직 안 갔니?"

서민수의 목소리가 들렸다. 해인은 가방을 챙기며 대답했다.

"예. 아저씨 이제 가려구요. 늦으셨네요."

서민수가 문을 열고 들어왔다. 깔끔하게 정리된 책들과 노트들이 눈에 들어왔다. 책장과 다락에 있던 책들도 모두 방한쪽에 정렬되어 있었다.

"…해인이가… 이렇게 한 거니?"

들어보지 못한, 낮은 목소리였다. 해인은 천천히 일어섰다. 서민수의 표정이 굳어 있었다. 상황이 좋지 않았다. 문쪽에 서민수가 서 있었기 때문에 도망치기도 어려웠다. 여차하면 가운데를 걷어차고 나가야 한다. 가방 끈을 쥔 손끝에 힘이 들어갔다. 그때였다.

"책을 좋아하던 아인데. 흐흑…. 이렇게 펼쳐 놓으니까 윤희가 지금 저기 앉아 있는 것 같구나."

서민수는 바닥에 꿇어앉으며 흐느끼기 시작했다. 다리에 힘이 풀리면서 해인도 방바닥에 주저앉았다. 몇 시간 동안 온몸의 감각을 전부 동원한 뒤라 에너지가 남아 있질 않았다.

연기라면 남우주연상감이다. 서민수의 배웅을 받으며 버스 정류장까지 오는 해인의 마음은 복잡했다. 서민수가 윤희의 책들을 고스란히 집 안에 보관하는 것도 이상하고 아까의 그 울음은 연기라고 하기엔 너무 절절했다. 해인 자신도 서민수와 같이 울고 말았던 것이다. 메모는 없었다. 게다가 증거를 찾으러 갔다가 용의자와 같이 울고 오다니. 완벽한 실패였다.

윤희 어머니의 병세가 날로 악화되고 있었다. 해인을 알아보지 못하는 날이 계속되었다. 해인은 병원을 나오며 시계를 보았다. 봉사활동 단체로부터 넘겨받은 K대 법대 봉사동아리 연락처를 통해 간신히 연락이 닿았을 때, 기정은 쾌활한 목소리로 해인을 반겼다. 해인이 만나자고 말하자 침을 삼키는 소리가 전화기를 통해 전해져 왔다. 해인은 고개를 좌우로 흔들었다. 일단 만나 보자. 범인이 아니라도 뭔가 건질지 몰라.

"뭐야. 몇 달 지나니까 몰라보겠네. 그나저나 빨간 머리 참 잘 어울린다."

휴일이라 그런지 카페는 사람들로 붐비고 있었다.

"물어볼 게 있어서 만나자고 했어요."

해인은 차분하게 대꾸했다. 이 사람도 용의자 중 한 명이다.

"응. 물어봐"

기정은 해인 앞에 냉수를 놓아 주었다. 해인을 본 시점부터 얼굴에서 웃음이 떠나지 않는다. 어쩌면 전화를 받은 순간부터인지도 모른다.

"그때 봉사활동… 왜 그만뒀어요?"

기정은 해인을 빤히 쳐다봤다. 웃음이 멈춘 얼굴에 감동이 차오르는 중이었다. 마주 보는 두 사람의 눈에 불꽃이 튀었다.

"사실은… 나도… 널…"

해인은 기정의 상기된 얼굴에 냉수를 뿌리고 싶은 충동을 느꼈다.

"오늘 만나자고 한 건 내 친구 윤희 때문이에요."

"…?"

"몇 달 전… 내가 윤희 대신 봉사활동 하러 간 그날, 윤희가… 교통사고로… 떠났어요."

기정 얼굴의 붉은 색깔이 급속도로 사라져 갔다.

"…"

"그 일이 있고 얼마 후 윤희가 하던 독거노인 봉사활동을 내가 다시 시작했을 때… 대학생 봉사자가 여대생으로 바뀌어 있더라고요. 그때 그만둔 이유가 궁금해요."

기정의 얼굴에 다른 색깔이 조금씩 올라오고 있었다. 리트머스지 같은 얼굴이었다.

"친구 일은… 안 됐다. 그런데 그게 나와 무슨 관계인지 모르겠어."

"궁금하다고 했지 관계있다고는 안 했어요."

"난 윤희가 누군지도 모른다고. 그날 나도 대타로 봉사 나간 거야. 너처럼. 확인해 봐도 좋아."

생각지 못한 대답이었다. 해인은 실망과 분노가 뒤섞여 붉으락푸르락한 기정의 얼굴을 바라보며 냉수를 천천히 들이켰다. 시원했다.

확인해 봐야겠지만 기정의 말이 사실이라면 그가 범인일 가능성은 없다. 두 번째 용의자도 실패다.

윤희 집에 숨어들어서 집을 확 털어 볼까? 아니면 체육 교사실에서 서민수의 스마트폰을 훔쳐 삭제된 메시지나 영상 복원하는 데로 가져가 볼까? 그런데 증거가 지금까지 남아 있을까? 있다고 한들 경찰도 아닌데 해 주지 않을 것이다. 서민수가 방바닥에서 흐느끼던 모습이 떠올랐다. 그날 이후로 해인의 마음이 약해지고 있었다.

한 번은 확인해야 한다. 어떤 방법도 지금으로선 한계가 있다. 그럴 바에야 아예 직접 부딪쳐 보는 게 나을 수 있다.

서민수가 범인이라면 최소한의 동요를 일으킬 것이다. 햄버거 가게에서 저녁을 때우고 집으로 돌아가는 해인의 발걸음이 무거웠다.

　요 며칠 계속 똑같은 악몽을 꾸고 있다. 악몽에서 깨어난 이후가 가장 견디기 힘들다. 사람이 있는 곳이면 어디든 좋다. 새벽에 가방을 챙겨 나오는데 현관에 해인 구두밖에 보이지 않았다. 사흘째다. 아버지는 자체 휴가 중이다.

　"응. 해인이구나. 이리 와서 앉아라."
　오후에 수업이 없어서 그런지 체육 교사실 특유의 땀 냄새가 없었다. 창문으로 들어오는 몇 줄기의 햇빛이 방 안에서 반사되어 조그만 전등 불빛이 여기저기 켜져 있는 것 같았다. 늘 들어오는 방이었지만 오늘은 달라야 한다. 해인은 앉지 않았다.
　"드릴 말씀이 있어요."
　서민수는 미소 띤 얼굴로 싱크대 서랍을 열었다. 해인은 불끈했다. 밀리면 안 된다.
　"윤희 얘기예요."
　종이컵을 찾아 서랍 속을 뒤지던 서민수의 손이 멈췄다.
　"윤희가 떠나던 그날. 성당에 오셨었죠?"

"..."

서민수는 서랍 문을 닫고 해인에게로 다가왔다.

"해인아. 좀 앉자."

두 사람은 마주 보며 앉았다.

"그날 성당에서 무슨 일이 있었니?"

서민수의 표정은 변화가 없었지만 목소리가 갈라지고 있었다. 해인은 천천히 심호흡을 했다. 이제 돌이킬 수 없다.

"그날 윤희가 제게…"

호주머니 속 스마트폰이 떨어댔다. 해인의 얼굴이 구겨졌다. 진동 소리가 방안을 채우고 있었다. 꺼 놓는 게 좋겠다.

"여보세요. 나중에 전화…"

"주해인 씨 되시죠? 저는 강남경찰서 소속 이수일 경장입니다."

"...?"

"주찬욱 씨가 아버님 맞으시고요?"

전화기 너머의 목소리가 들리는지 서민수는 말없이 듣고 있었다.

"예. 무슨… 일이신데요?"

"아버님이 사고를 당하셨습니다. 주민등록상의 동거인으로 따님이 유일해서 연락드린 겁니다. 병원 지도는 카톡으로 보내 드릴게요."

해인이 황당한 표정으로 전화를 닫자 서민수는 고개를 끄덕이며 일어서고 있었다. 서민수는 해인을 차에 태우고 병원으로 향했다. 대낮에 악몽을 꾸는 기분이었다.

경찰에서는 급성 심장마비로 인한 사고사이며 현장에 같이 있었던 사람을 참고인 조사 중이라고만 (살짝)말해 주었다. 아마 여자일 것이다. 아버지다운 최후였다. 눈물도 나지 않았다. 해인은 병원을 나왔다.

난생처음 치른 장례식이었다. 절차가 마무리되자 해인은 집으로 돌아왔다. 이제 며칠 지나면 재산을 노리는 사람들과 빚쟁이들이 하나둘씩 들러붙을 것이다. 해인 자신을 버리고 떠난 엄마라는 여자도 올지 모른다.

끔찍하긴 했지만 그래도 지금까지 자신을 책임져 준 아버지였다. 소통 방식이 다르긴 했지만 윤희를 제외하면 해인이 주변에서 소통했던 유일한 사람이었다. 해인은 지난 몇 개월간 한 번도 들어간 적 없었던 아버지 서재를 열고 안으로 들어갔다.

서재는 낯설었다. 침대의 위치가 바뀌어 있었고 가죽 벨트와 가면 같은 것들이 벽에 걸려 있었다. 방 안의 분위기와 어울리지 않는 커다란 책상 위에는 스마트폰 몇 개가 놓여 있었다. 해인의 눈은 침대에 가 있었다. 세 명이 누울 수 있을 정도의 크기였다. 침대가 새로 들어온 이후 해인은 아버지 서재에 들어오지 않았다. 해인은 침대 끝에 걸터앉았다. 시트는 깨끗하게 세탁되어 있었다.

아마 아버지는 이런 침대 위에서 심장마비를 일으켰을 것이다. 해인은 기분이 착잡했지만 아버지가 자신이 좋아하던 일을 하다가 원하던 상황에서 세상을 떠났으니 아쉬울 것이 없을 것이라는 생각이 들었다. 그런 사람이 몇이나 되겠는가. 침대 위에서 아버지의 명복을 빌고 일어서려는 순간, 침대 틀 안쪽에 있는 뭔가가 눈에 스쳐 들어왔다. 창문을 통해 서재 안으로 들어온 햇빛 조각이 아니었다면 그냥 지나쳤을 것이다. 그것은 침대 틀 사이의 틈과 관절에 한쪽 끝을 고정시킨 채, 절묘하게 놓여있었다. 침대 틀과 유사한 색깔이라서 더욱 눈에 띄지 않고 묻혀 있었던 것. 그것은 머리카락이었다. 길고 새빨간 머리카락.

해인은 몸을 굽혀 긴 머리카락을 천천히 집어 들었다. 친숙한 머리카락을 보면서 해인의 머릿속에 흩어져 있던 정보들이 맹렬한 속도로 결합되고 있었다.

몇 달 전 그날 윤희는 수학공부를 하느라 새벽녘까지 해인의 집에 머물렀다. 침대가 서재로 들어온 며칠 후였다. 간식을 사 오겠다는 윤희를 만류하고 해인이 집을 나왔다. 그때 아버지는 집 안에 있었다. 편의점이 멀리 떨어져 있고 또 간식을 데우느라 해인이 돌아오는 데 꽤 시간이 걸렸다. 그날 이후 윤희는 해인의 집에 오지 않았다. 그리고 학교를 결석했다. 해인의 눈에서 눈물이 멈추지 않고 흘러내렸다.

이윽고 해인은 침대에서 일어섰다. 그리고 서재를 샅샅이 뒤지기 시작했다.

매주 파출부가 정리하는 방이라 바닥과 벽 등에서 새로운 그 무엇은 나오지 않았다. 해인은 책상과 서랍을 뒤지기 시작했다. 책상 위에 있던 휴대폰과 얼마 안 되는 책들을 모두 방바닥에 정렬했다. 서랍을 열어 속에 있는 노트와 수첩 등을 꺼냈다. 맨 밑 서랍이 잠겨 있었다. 다른 서랍보다 부피가 컸다. 망치를 가지러 일어서는 해인의 눈에 창문 옆에 서 있는 골프채가 들어왔다.

잠겨 있는 서랍 속에 들어 있던 앙증맞은 앨범에는 여자들의 사진이 날짜와 함께 진열되어 있었다. 정장을 입은 채 어색하게 미소 짓는 여자도 있었고 침대에 걸터앉아 다리를 꼬고 환하게 웃는 여자도 있었다. 모두 서재에서 찍은 사진들이었다. 기념품이었다. 아니 수집품이라고 해야 할까. 앨범은 모두 열세 권이었다. 페이지를 넘기는 손이 떨려왔다. 입에서 욕설이 튀어나왔다. 윤희는 열 번째 앨범 중간쯤에 있었다. 블라우스 차림에 의젓하게 미소 짓고 있는 얼굴. 윤희는 해인의 아버지를 처음 보았다. 자신에게 곧 닥칠 일을 상상이나 했을까?

그날 밤 성당에서 윤희가 해인에게 하려 했던 고백. 아버지 서민수가 들어오자 입을 다문 일. 그리고 해인의 손을 잡고 했던 말. 같이 손잡고 기도하면 될 거야. 윤희는 마지막 순간에 마음을 바꿔 해인의 아버지를, 아니 성폭행범을 용서하려 했던 것이다. 해인은 앨범에 얼굴을 묻고 통곡했다.

해인과 매일 시간을 보내면서 윤희 어머니의 상태가 조금씩 호전되기 시작했다. 전에 없던 일이었다. 서민수도 기뻐했다. 이 사람들과 가족이 되고 싶다. 해인의 소망은 자신이 지켜야 할 약속과 정확히 합치되었다.

지금 전화 받을 수 있지?

이젠 호칭도 생략이다. 문자메시지를 본 해인은 인상을 쓰며 병실 밖으로 폰을 들고 나왔다.

"어떻게 됐어요?"

"응. 가능하대."

흥분으로 새빨개진 얼굴이 상상되어 해인은 웃음이 나왔다.

"정말이에요?"

해인의 호의적인 반응에 기정은 몇 초 동안 심호흡을 한 후 천천히 말을 이었다.

"저기… 그… 변호사 선배가 그러는데 해인이가 미성년이기 때문에 법적 친권자인 어머니의 동의 없이는 어렵지만 해인이가 성인이 되면 상관없다고 해."

연락 한번 없던 어머니는 해인의 아버지가 죽자 세상에 둘도 없는 사람처럼 호들갑스럽게 해인에게 다가왔다. 유산 때문인 게 뻔했다. 부자와 재혼했음에도 불구하고 욕심은 신선하게 피어올랐다. 해인은 그런 사람을 어머니로 부르며 같이 살고 싶지 않았다. 고등학교를 졸업하면 해인은 자기 의지로 윤희 부모님의 딸이 될 수 있다. 법적으로 윤희가 되는 것이다. 윤희 부모님은 허락해 줄 것이다.

"재산은요?"

"어머니가 마음대로 손 못 대게 하는 절차가 있어. 법원에 신청하면 돼."

2년 반 동안이다. 그 후에는 내가 관리할 수 있다.

"여러 가지로 고마워요. 그럼 내일 법원에서 만나요."

전화를 끊은 해인은 병실 안으로 들어왔다. 서민수가 기다리고 있었다.

"윤희 엄마 금방 잠들었다. 늦었는데 해인이도 이제 가 봐야지."

평화롭게 잠든 얼굴을 보면서 해인은 가방을 들었다.

병원 건물을 나오면서 해인은 몇 번을 망설였다. 죄송하다는 말이 목구멍 속에서 맴돌다가 삼켜졌다. 하지만 그 말을 꺼내면 모든 것을 털어놓을 것만 같았다. 털어놓는 게 두려운 건 아니었다. 서민수는 바닥을 보며 걷는 해인을 슬쩍 보았다.

횡단보도 앞이었다. 신호등이 깜빡이고 있었다. 불빛이 해인에게 뭔가를 말하는 듯했다. 조금 있으면 신호가 바뀌고 해인은 오늘도 집으로 가야 한다. 그리고 영원히 고백하지 못할 것이다. 신호가 바뀌고 사람들이 도로 쪽으로 건너기 시작했다. 비가 그친 직후라 땅이 질척였다. 해인은 그대로 서 있었다. 언제쯤이면 도로를 마음 편하게 가로지를 수 있을까. 터는 게 좋겠다는 생각이 들었다. 문득 윤희가 생각났다.

윤희는 마지막까지 해인을 지켜 주었다. 윤희가 성폭행범

을 용서한 것도 그가 해인의 아버지였기 때문이다. 윤희다운
선택이었다.

 신호 대기선에 서 있던 차들이 앞으로 움직이기 시작했다.
아직 늦지 않았다. 해인은 도로로 걸음을 내달렸다. 서민수
가 당황해서 소리를 질렀지만 해인은 개의치 않고 뛰었다.
윤희의 삶, 그것은 자신의 고통을 이해하고 필연으로 끌어안
는 기꺼운 여정이었다. 어설픈 고백 따윈 하지 않으리라. 해
인은 아슬아슬하게 건너편에 도착했다. 가로질러 온 도로 위
에는 차들이 어지럽게 달리고 있었다. 해인은 건너편에서 안
도의 한숨을 내쉬는 서민수에게 인사를 하고 햄버거 가게로
향했다. 뺨을 스치는 바람의 시원함만큼이나 배가 고팠다.
 넘치는 상상력으로 오버하며 밤잠을 설칠 기정을 생각하니
웃음이 나왔다. 해인은 미소를 머금으며 햄버거 가게 문을
열었다.

파트너

가영이와 눈이 마주치자 지수는 조용히 웃었다. 이전에 본 적이 없었던 섬뜩한 미소였다. 지수는 자리에서 일어나 감독에게 뭔가 말한 뒤 조용히 방을 나갔다. 가방을 그대로 둔 채였다. 밤 11시가 되자 감독 교사는 퇴근했다. 학생들이 가방을 챙겨서 한 명 두 명 나가기 시작했다. 가영이도 자습실 건물을 나와서 마중 나온 아빠의 차가 있는 주차장으로 향했다. 학생들이 모두 건물을 나왔지만 지수는 돌아오지 않았다. 아니… 돌아올 수 없었다.

학교 건물 안에서 학생이 살해당한 건 충격적이었다. 재수가 없었단다. 모두들 쉬쉬하며 아무 일도 없었던 것처럼 일상으로 돌아갔다. 단짝친구 지수는 그렇게 갑작스럽게 가영이 곁을 떠났다.

"평균값 정리는 민 밸류 티어럼(mean value theorem)을 문자 그대로 번역한 거예요. 적분과 미분을 본질적으로 연결해 주는, 미적분학에서 가장 중요한 정리 중 하나죠. 여러분은 이 정리를 배우는 것만으로도 인간으로 태어난 보람을 느끼는 겁니다. 하하하. 과장이 심한 것 같죠? 그렇지 않아요. 이제 증명해 볼 테니까 졸지 말고 잘 보세요."

고음이면서도 부드러운 오병준의 목소리가 교실의 열기를 한껏 키우고 있었다. 188센티미터의 키에 뛰어난 수업 실력과 학생 지도 능력으로 부임한 지 이제 4개월인 병아리 교사 병준은 이미 W여고의 스타 교사였다. 쉬는 시간마다 질문하겠다고 복도에 죽친 2학년 자연계 학생들은 학기가 끝나 가는데도 줄어들 기미가 보이지 않았다.

"선생님. 이런 질문 해도 되는지 모르겠지만…."

강희원은 수업 후 교무실에 따라와 복도에서 다른 아이들 질문이 끝나기를 기다린 후, 용기를 냈다.

"질문에 높낮이는 없어. 희원이가 궁금한 걸 질문하면 돼."

희원은 자신을 바라보는 병준의 눈빛을 쑥스러운 듯 피하며 말했다.

"정리가 뭔지 모르겠어요. 정의하고는 어떻게 달라요? 선생님. 증명은 또 뭐고요?"

중학교 때부터 고2까지 올라오면서 가지고 있었던 불편했던 부분을 수학 교사에 대한 애정에 힘입어 과감하게 꺼낸 것이리라. 질문해 놓고도 민망해하는 희원을 물끄러미 바라보던 병준은 자못 진지하게 대답한다.

"음. 희원이가 기본적이면서도 중요한 부분을 궁금해하는구나. 그 세 용어는 혼동하면 안 된단다. 우선 정의부터 설명할게."

잠시 후 희원은 친절한 설명에 만면에 웃음을 품고 돌아갔다. 병준은 흐뭇한 표정을 지으며 그 모습을 바라보고 있었다. 2학년 부장 이진수가 다가와 말을 걸었다.

"오 선생. 젊은 사람이 참 아는 것도 많고 태도도 좋아. 경험도 풍부하고… 근데 말이요. 미국까지 가서 공부하고 온 사람이 뭐 하러 학교에서 고생하누. 같은 교직에 있으면서 할 이야기는 아니지만… 자네가 아까워서 하는 말이네."

병준은 후배를 향한 값싼 질투심을 경멸하고픈 속마음을 애매한 미소로 대신하며 교무실을 나왔다.

2학기부터 사용될 예정인 수학 전용 교실은 이미 완성되었다. 기본적인 컴퓨터 설비는 물론이거니와 네 벽 모두 설치된 화이트보드에 통계실험에 사용될 유리구슬과 사이클로이드를 비롯한 각종 곡면커브는 수학과 과학의 통합수업도 가능하게 하는 기재들이다. 병준 자신이 가져다 놓은 화분과 대형 어항은 교실에 대한 애정을 담고 있는 물건이었다. 창문을 여니 하늘을 찌를 듯 시원하게 뻗은 메타세쿼이아 숲이 보인다. 3층 창밖으로 바라보는 학교 외곽 오솔길의 풍경도 그만이었다. 2학기부터 이곳이 내 왕국이다. 병준은 자신에 찬 표정으로 교무실로 돌아갔다. 방과 후에 매일 질문하러 오는 두 손님, 아니 두 팬을 맞이해야 하기 때문이다.

"그런데 가영아, 여름방학에 특별한 계획 있어? 이번에는 학원 특강도 빤하고 방과후학교 수업[1]도 별 볼 일 없는데."

"응? 난 그냥 독서실… 헤헤."

종례가 끝나자마자 날아왔건만 매점은 언제나처럼 3학년 선배들이 점거하고 있다. 그래도 빨리 나온 터라 줄이 길지는 않았다. 여름방학을 앞둔 여고의 풍경은 여느 때와 같이 평화롭고 소란스러웠다.

"난 학교 야자실에 출퇴근하기로 했다. 그나저나 우리 병준 쌤은 방학 때도 바쁘시겠지?"

"이번 방학 때, 병준 쌤이 교사 영어회화 동호회 운영한대. 지리 쌤이 말해 주더라. 동호회 운영하랴, 또 지수 니가 매일 수학 문제 질문할 거고… 바쁘시겠지? 아. 손에 음료수

---

1 초 중등 학교에서 일과 후 또는 방학 중에 열리는 모든 보충 수업은 방과 후학교로 불린다.

묻었다. 나 화장실 갔다 갈 테니까 먼저 가."

남가영은 윤지수에게 애정이 묻어나는 미소를 보내며 화장실로 뛰어갔다. 지수는 말없이 가영의 뒷모습을 보며 한참을 서 있다가 참고서를 꺼내며 교무실로 들어갔다.

"미적분은요. 계산도, 증명도 모두 할 수 있겠는데 이런 걸 뭐 하러 배우는 건지 모르겠어요. 교과서에 잠깐 나오는 실생활에의 응용은 별로 와 닿지가 않아요."

지수의 기출 문제 질문이 끝난 후 바로 이어지는 가영의 질문 공세에 병준은 곤혹스러운 표정을 지었다.

"아까 설명해 주신 평균값 정리도 내용 이해가 문제가 아니라 어떻게 그런 발상을 했는지, 저는 그게 궁금하다니까요?"

가영은 수학을 열심히 공부하면서도 점수보다는 과목 자체에 관심이 많았다. 그런 점에서 늘 같이 다니는 지수와는 달랐다.

"가영아. 네 질문은 정당해. 맥락과 무관하게 수학을 이야기할 수는 없지. 하지만 고등학교 2학년 자연계에서 배울 수 있는 내용에는 한계가 있단다. 앞으로 천천히 배우고 알게 될 거야. 오늘은 평균값 정리의 발견 배경에 대해 이야기해 주마."

가영과 지수는 병준의 설명을 이해할 듯 말 듯한 표정을 지으며 돌아갔다. 두 단골손님을 보낸 병준의 노트북 화면 아래쪽에서 붉은색 불이 깜빡였다. 교장에게서 온 메신저 메시지였다. 병준은 교장실로 내려갔다.

"학생들 만족도가 5.00이에요. 서술형으로 쓴 내용도 좋고요. 학생들의 불만 사항이 전혀 없는 다섯 명의 선생님 중에 오병준 선생님 만족도가 탑입니다."

W여고는 일 년에 두 번, 6월 말과 11월 말에 교원능력개발평가를 실시한다. 학생들이 온라인상에서 담임 교사와 교과 담당 교사의 평가를 객관식과 서술형으로 하는 방식이다. 물론 무기명이다. 점수는 해당 교사 본인과 교장만이 볼 수 있다. 민숙희 교장은 평가가 끝나면 항상 높은 점수를 받은 교사들을 개인적으로 교장실로 불러 치하한다. 교장은 병준을 지그시 바라보며 흐뭇한 미소를 지었다.

뉴욕주립대 통계학과 졸업장이 아니었다면 W여고는 병준이 꿈꿀 수도 없는 강남의 최고 명문 고등학교가 아닌가. 스카이 출신이 아닌 교사는 십 퍼센트를 넘지 않는다. 병준은 지원서를 보고 호기심에 참석한 영어 교사들의 혼을 빼놓을 정도의 영어 실력을 유감없이 보여주었다. 시범 수업 또한 완벽했다. 영어에 능한 학생들만 모아 놓은 교실에서 병준은 학생들을 압도했던 것이다.

"2학기에 있을 영어친화 수학 시범수업(English friendly math class) 잘 준비해 보세요. 강남 지역 타학교 인사들과 교육청 장학사들도 참석할 거니까. 우리 W여고의 수준을 확실히 보여 줄 좋은 기회가 될 겁니다."

병준의 머릿속에 영어친화 수학 수업, 영어연계 수학 수업, 영어기반 수학 수업… 이런 단어들이 나열되었다. 아마도 앞으로 병준이 해야 할 수업들일 것이다. 병준은 수학 수업을 굳이 영어로 해야 하는 이유, 그리고 자기 학교 교사의 시범 수업에 외부 인사, 그것도 교육청 장학사 따위를 초대하는 이유 등을 이해할 수 없었다. 모두 가식으로 생각될 뿐이었다.

"잘 알겠습니다."

병준은 고개를 끄덕이며 교장실을 나왔다. 내일부터 여름 방학이지만 4개의 방과후학교 수업과 교사 영어회화 동호회 운영, 2학기에 있을 시범수업을 비롯한 각종 수업 준비, 수학 전용 교실 관련 일 등으로 병준에게 방학은 없다고 보아도 좋았다.

25일이 채 안 되는 여름방학은 금방 끝났다. 대기업 이사인 남준기는 회사 일이 아무리 바빠도 딸 가영을 챙긴다. 매주 수요일과 토요일 저녁은 가영의 영어와 수학 학습 내용을 점검하는 날이다. 경제학과 출신인 준기의 수학 실력은 가영이가 존경할 정도였으며 유학파였으므로 영어 지도 또한 자연스러웠다. 시험 일주일 전부터는 매일 가영이의 영어와 수학을 체크해 주고 있었다. 준기는 가영에게 그 어떤 학원 선생이나 과외 선생보다도 미더운 아버지였다. 가영이 제일 좋아하는 건 시험이 끝나는 날, 아버지와 뮤지컬을 보러 가는 거였다. 뮤지컬을 보고 밤늦게 집에 와서 아버지가 만든 특식 밤참을 같이 먹을 때는 두 식구가 서로에게 발산하는 애정이 넓은 집을 채우고도 남았다. 가영은 요리도 잘하고 공부도 가르쳐 주고 같이 공연도 보러 갈 수 있는 아버지와 함께라면 언제까지나 행복할 수 있을 거 같았다. 아버지의 도움과 자신의 노력으로 가영의 2학년 1학기 성적은 전교 20등을 찍었다. 같은 반 친구이자 라이벌인 지수와 동률이었다. 오늘도 목표치 달성. 가영은 뿌듯한 마음을 안고 독서실을 나와 집으로 향했다. 8월 14일, 오늘은 가영이 어머니의 기일이다.

"하여튼 5분도 오차가 없다니까. 어서 와. 고생했지."

"응. 아빠가 다 차려 놨네."

영정 사진 속의 여인은 아름답고 힘 있는 모습이었다. 환자에 대한 열정이 컸던 그녀는 2년 전, 퇴근하던 길에 과로로 인한 급성 심장마비로 세상을 떠났다. 하지만 가영에게 누구도 대신할 수 없는 롤모델이 되어 주었다.

"아빠, 나도 엄마처럼 좋은 의사가 될 거야."

영정 사진을 보며 가영은 준기의 손을 꼭 쥐었다.

외과의이자 의대 교수였던 가영의 어머니는 길에서 급사했다. 주변에 사람들이 많았지만 누구 하나 심폐소생술을 하지 못했다. 아니 근처에도 가지 않았다. 남을 살리는 데 그렇게 헌신적이었지만 정작 자신은 타인의 도움을 받지 못하고 허망하게 떠나 버린 것이다. 아내의 죽음에 대한 슬픔과 비정한 세상에 대한 분노로 준기는 장례식이 끝난 후에도 출근을 할 수 없었다. 이렇게 떠날 줄 알았다면 좀 더 많은 시간을 함께했을 거라며 자책했다. 가영에게서 희망을 발견하지 못했다면 폐인이 될 수도 있었을 것이다. 중3이던 가영은 혼자 죽을 쑤어서 방에 누워 천장만 바라보고 있는 준기 머리맡에 놓고 곁을 지켰다. 그런 가영을 보며 누워있는 준기는 눈물을 삼켰다. 준기에게 딸 가영이는 유일한 희망이었다. 준기는 가영이를 의사로 키우기로 했다. 삶의 목표가 생겼다. 중3 이후로 가영의 성적은 계속 올랐지만 고2가 되면서 제 자리를 맴돌고 있었다. 계열이 갈라지니 학생들도 더 열심히 하는 것이다. 더구나 의대는 경쟁이 치열했다. W여고의 시험 문제는 주변 학교에서 소문날 정도로 어려웠다. 다른 과목은 괜찮았다. 문제는 국영수였다. 준기는 수시와 정시 전국 의대 전형을 모두 분석해 보았다. 의대를 진학하기 위한 가장 안전하고 확실한 것은 학교장 추천 전형이었다. 2학년

2학기부터 남은 네 번의 시험에서 단위 수가 높은 국영수 만점을 받지 못한다면 의대 진학은 어려워진다. 가영이를 아내의 후배로 만들어 주는 것, 그것은 준기에게 있어서 딸에 대한 애정과 아내에 대한 미안함이 만나는 지점이었다. 준기는 두 주먹을 불끈 쥐었다.

2학기라고는 하지만 8월 중순이었기 때문에 더위가 남아있었다. 하지만 2학년 2학기가 주는 긴장감 때문인지 방과 후 야간자율학습실의 열기는 뜨거웠다. 지수와 가영이도 그 열기에 한 몫을 보태고 있었다.

"오늘 방과 후에 질문하러 갔더니 병준 쌤 교무실에 안 계시더라."

쉬는 시간에 건물 밖으로 나왔지만 덥기는 마찬가지였다. 더위에 약한 지수는 말하면서도 양 손을 내젓고 있었다.

"3층에 있는 수학 전용 교실 정리하시는 것 같던데. 다음 주부터 일주일에 한 번은 거기서 수업할 거라고 했잖아. 점심시간에 3층 지나가다가 문에 손을 대니까 열리더라고. 진짜 럭셔리해. 조명도 은은하고 기자재도 많아. 칠판도 교실 것과 달라. 그리고…"

가영이 웃으며 말했다.

"캐비닛 뒤쪽에 조그만 개인 책상이 있었어. 앞에서는 안 보여. 병준 쌤이 그 교실 관리자인 것 같아."

"그래? 그럼 앞으로 방과 후에 주로 거기 계시겠네."

선수를 뺏긴 지수는 분한 마음을 감추며 쿨하게 말했다.

"혼자만의 방이 생겼으니까 당연하겠지. 그러니까…"

가영은 눈을 찡긋했다. 지수는 경쟁자이지만 가영 자신을 나태하지 않게 만드는 소중한 친구였다. 앞으로 둘이서 병준 쌤의 방과 후 시간을 보다 확실히 공유할 수 있을 것이다.

"난 수학 전용 교실 수업이 기대돼. 참, 지수야. 아까 점심 시간에 동아리 방에서 회의하는 것 같던데 동아리에 무슨 일 있어?"

"응. 2학기에 문집 만들어야 해서 예비 회의한 거야. 역할 분담은 확실해야 하거든."

지수는 판타지 창작 동아리 '에페수스'의 부장이다. 동아리 활동은 지수 학교생활의 절반을 차지할 정도로 의미가 컸다. 작년 에페수스 문집에 실렸던, 지수의 「거울」이라는 단편소설은 이례적으로 교내특활발표회 때 연극부 주관으로 공연된 작품이었다. 거울을 통해서 주인공 소녀의 자아가 변화하는 내용이었다. 지수에게 글쓰기는 삶의 윤활유다. 지수의 소설은 어둡고 괴이한 내용들이었지만 독특한 색깔이 있었다. 고단한 현실에 대한 지수 나름의 탈출구인 셈이다. 십년 전에 아버지와 이혼한 어머니는 마트 계산대 직원, 청소부, 파출부 일을 하며 지수 뒷바라지를 해 왔다. 지수의 목표는 전교 일 등이었다. 그것이 자존심 강한 지수에게 자신이 기초생활수급자라는 사실을 상쇄시킬 수 있는 유일한 위안이었으며 자신을 키우느라 고생하는 어머니에 대한 보답이기도 했다.

지수와 가영이는 중학교 동창이었다. 고등학교에 올라온 후 같은 한 부모 가정이라는 사실을 알자 둘은 급속히 친해졌다. 하지만 한 부모 가정이라고 해도 가영이와 지수의 환경은 다르다. 그런 의미에서 지수에게 가영이는 둘도 없는 친구였지만 둘도 없는 경쟁자이기도 했다.

"종 치겠다. 가영아, 들어가자."

야간자율학습실로 들어가며 지수는 마음을 다지고 있었다. 감색 교복에 잘 어울리는 동아리 배지가 지수의 가슴에서 반짝이고 있었다. 에페수스의 일반 부원들 배지는 갈색이지만 부장인 지수의 배지는 검은색이었다.

수학 전용 교실에서의 첫 수업은 색달랐다. 미분가능성과 연속성의 차이를 설명하는 다양한 방식이라는 주제로 토론하고 조별 발표를 하는 과정에서 학생들은 애매하게 알던 개념들의 차이를 보다 명확히 인지하게 되었다. 수업이 조별로 진행되었기 때문에 잘 아는 친구가 다른 친구에게 자연스럽게 설명해 주는 것도 서로에게 좋은 경험이 되었다. 협력을 바탕으로 한 선의의 경쟁. 수업에 대한 학생들의 긍정적 반응이야말로 교사의 가장 큰 힘이다. 병준은 자신이 설계한 수업에 크게 만족했다.

"이번 중간고사는 교과서와 나눠 준 프린트 중심으로 공부하세요. 기초가 부족한데 어려운 문제집만 잡고 있는 친구들은 모두 멸망할 겁니다. 아. 그리고 교과서의 심화학습은 꼼꼼히 보는 게 좋을 거예요. 시험에 관해서 또 질문 있나요?"

"증명 문제도 나오나요?"

수학 시험 때마다 나오는 질문이지만 대답도 한결같다. 병준은 음흉한 미소를 지으며 대꾸했다.

"그건 시험지 받아 보면 알게 됩니다. 오늘 수업은 여기까지."

학생들이 우루루 일어났다.

"2학기 시작한 지 얼마나 됐다고 중간고사라니…"

교실로 돌아오는 복도는 한산했다. 3교시 후가 점심시간이라 학생들이 대부분 급식실로 뛰어갔기 때문이다.

"매일 수학 전용 교실에서 수업했으면 좋겠다."

가영에게는 중간고사에 대한 걱정보다도 새로운 수학 수업의 경험이 더 의미 있게 다가왔다. 지수는 복도를 걸어가며 문제집의 문제들을 체크하고 있었다. 딱 보기에도 어려운 문제들이었다. 가영이 말을 걸었다.

"블랙라벨 벌써 다 풀었어? 난 아직 좀 남았는데."

"몇 문제가 자신 없어. 풀리긴 하는데. 제대로 푼 건지 대충 때려 맞힌 건지."

"오늘 야자 감독이 병준 쌤이야. 아까 교무실 칠판에서 야자감독표 봤거든. 나도 몇 개 질문할 거 있는데 나중에 야자 쉬는 시간에 같이 물어보자. 니가 궁금해하는 그 문제들 나도 알고 싶어. 지수야."

"..."

지수는 대답 없이 미소 지으며 교실 문을 열었다. 잠시 후, 둘은 도시락을 들고 뒤뜰로 나갔다. 하늘에 구름 한 점 없었다.

W여고는 원하는 학생들에 한해서 밤 11시까지 야간자율학습실을 개방한다. 준기는 딸 가영이가 학교에서 야간자율학습을 하는 수요일과 금요일 밤 10시 50분경에 늘 W여고 정문을 통과해 학교로 들어온다. 가영이를 태우고 집으로 돌아가기 위해서이다. 2학기 중간고사를 일주일 앞둔 그날 밤도 마찬가지였다. 준기는 야간자율학습실로 사용되는 자습관 건물 앞 주차공간에 벤츠를 대고 곧 나올 딸을 기다리고 있었다. 자율학습을 마친 학생들이 삼삼오오 건물 밖으로 나

오고 있었다. 그중에는 가영이처럼 부모가 마중 나온 아이들도 있었다. 가영은 보이지 않았다. 감독하는 교사들에게 질문하느라 종종 늦게 나오는 가영이었다. 밤바람을 느끼고 싶어 준기는 차 밖으로 나왔다. 어두운 하늘을 보며 깊은 호흡을 하고 있는데 가영의 목소리가 들렸다. 돌아보니 가영이 옆에 백팩을 멘 청년이 서 있었다.

"아빠. 우리 수학 선생님이야. 오병준 쌤. 내가 얘기했잖아. 진짜 잘 가르치셔."

"아. 안녕하세요. 가영이 아버님."

병준은 어색해했다.

"예. 수학 선생님이시군요. 늘 신세 지고 있습니다. 감사합니다."

준기는 인사하며 가영이 가방을 받았다.

"참. 아빠, 병준 쌤, 아니 우리 수학 샘 미국 유학파야. 뉴욕에서 대학 다녔대. 대단하지? 영어도 엄청 잘하셔."

준기의 동작이 멈췄다.

"오 선생님. 실례지만 뉴욕의 어느 대학 졸업하셨나요?"

병준은 쑥스럽게 말을 밀어냈다.

"뉴욕주립대 통계학과입니다."

준기의 표정이 바뀌었다.

"통계학과라. 그럼 스토니브룩에 계셨겠군요. 전 올버니에서 석사를 마쳤습니다. 경제학으로요. 선생님. 우리 가끔 만납시다. 하하. 이것 참."

병준의 표정도 쑥스러움에서 놀라움으로 바뀌어 있었다. 딸아이 학교에서 동창을 만난 의외의 상황에 흥분한 준기는 병준에게 이것저것 물어보기 시작했다.

"기숙사 생활하셨나요? 전 기숙사 생활했거든요. 돈도 적게 들고 시간 관리도 편하죠."

"예. 뭐…"

"4번 구내식당에 비프스테이크가 그만이었는데 아직도 하는지 모르겠네요. 하하."

"전 스테이크를 잘 안 먹어서요. 햄버거가… 차라리 괜찮더라고요."

"맞다. 스토니브룩에 맥도날드가 있었죠. 학생들 편의 생각하면 대학 내 프랜차이즈를 나쁘다고만 볼 것도 아닌 거 같습니다. 기숙사에서 경고는 한 번도 안 받으셨나요? 전 두 번이나 먹어서 퇴사당할 뻔했습니다."

"예. 전 한 번도…."

"오 선생님도 엘아이알알(LIRR)[2] 이용하셨죠?"

---

2   미국 뉴욕주의 롱아일랜드를 가로지르는 24시간 철도망(long island rail road)

병준의 표정이 조금 밝아졌다.

"예. 뉴욕 시내 돌아다니는 덴 그거만 한 게 없죠."

준기는 의아스러운 표정으로 병준에게 물었다.

"제 기숙사 퇴사를 막아준 게 엘아이알알이었는데 오 선생님은 아주 모범적인 생활을 하신 모양입니다."

"예. 뭐… 전 캠퍼스 근처에서 주로 놀았으니까요. 통금 시간은 문제가 안 됐습니다."

병준이 대답했다.

"…"

집으로 돌아오는 벤츠 안에서 가영이가 쉴 새 없이 조잘댔지만 준기의 표정은 굳어 있었다. 집에 도착하자마자 준기는 어딘가로 이메일을 보냈다.

마을버스에서 내린 병준은 동네 슈퍼에서 맥주 캔을 하나 샀다. 늘 다니던 길이 오늘따라 낯설게 느껴졌다. 지방대학 재학시절, 친하게 지낸 친구가 뉴욕주립대로 편입했다. 자매학교 교환학생 프로그램 혜택을 본 것이었다. 친구는 병준에게 가끔 이메일로 간단한 소식과 사진을 보내 주었었다. 사진 중에는 엘아이알알 안에서 찍은 것도 있었다. 유학 생활을 성공적으로 마친 병준의 친구는 졸업 후 미국 현지 취직에 성공했다. 병준도 미친 듯이 공부했다. 전공인 통계학

뿐만 아니라 관련 있는 수학 전반을 열심히 공부했다. 영어도 토플 118점을 찍었다. 하지만 한국이라는 나라는 대학에 들어가기 전 성적을 그 이후의 노력과 실력보다 중시했다. 지방대 출신은 어느 회사도 뽑아주지 않았다. 39번째 이력서를 쓰던 병준의 머리 속에 친구가 자랑삼아 보내 준 뉴욕 주립대 졸업장 사진이 떠올랐다. 뭐 어떤가? 실력은 충분한데…, 대학에서 피눈물 흘리며 만든 전공과 영어 실력을 뽐낼 수 있는 곳, 고등학교는 적당한 곳이었다. 병준은 강남 8학군의 잘 나가는 고등학교에 지원서를 던졌다. 추천인 서류에 친구의 지도교수 이름과 병준 자신의 구글 이메일 주소를 써넣었다. 한국은 여러 가지로 이상한 나라였다. 사람은 믿지 않으면서 서류는 쉽게 믿었다. 물론 '유학생' 병준의 영어 실력도 한몫했지만 말이다. 진심 반 장난 반으로 벌인 일이 현실화되어 갈수록 병준은 더 대담해졌고 더 성실해졌다. 밤새 수업 준비를 해도 힘들지 않았고 하루 종일 수업해도 지치지 않았다. 서울대 출신 교사들과 비교해 봐도 꿀릴 게 없는 실력이었다. 병준은 W여고에서 난생 처음으로 자존감과 보람을 느꼈던 것이다. 그런데 엉뚱한 곳에서 문제가 생겼다. 오늘은 대충 넘겼지만 앞으로 괜찮을 거란 보장은 없다. 병준은 W여고를 떠나고 싶지 않았다.

"최댓값과 최솟값 구하는 문제에 산술기하 원리를 적용하는 방법을 따로 정리하려는데 경우의 수가 많아서 좀 어렵네요."

"문제 종류로 분류하기보다는 문제의 조건을 가지고 분류하는 게 좋을 거야. 그러면 경우의 수가 서너 가지 정도로 줄어들어."

"아! 그렇게 정리하면 되겠구나."

통풍이 잘되는 수학 전용 교실은 에어컨을 튼 것처럼 시원했지만 병준의 마음은 그렇지 못했다.

"지수는 동아리 일 때문에 오늘 못 온대요. 내일 안 풀리는 문제들 몰아서 질문할 거라고 벼르던데요. 녀석."

"내일은 방과 후에 내가 약속이 있어. 괜찮으면 내일 점심시간에 오라고 전해 주렴."

병준은 내일 있을 준기와의 대화를 위해 요 며칠 면접시험 준비를 하는 마음으로 자료를 찾아가며 '공부'했다.

"그렇구나. 그럼 저도 점심시간에 올게요."

야간자율학습 시작종이 울렸다. 가지고 온 문제집을 챙겨서 나가던 가영이 생각난 듯 뒤돌아보며 말했다.

"참. 아빠가 쌤 되게 반갑대요."

병준의 심장 박동이 다시 빨라지고 있었다.

카페는 W여고에서 사십 분이나 걸리는 장소에 있었다. 아직 이른 시간이라 그런지 카페 내부는 한산했다.

"오 선생님. 제가 뵙자고 한 이유를 혹시 짐작하십니까?"

준기의 목소리는 며칠 전과 확연히 달랐다.

"…"

"제 지도교수님께 문의해 본 결과 뉴욕주립대 통계학과 최근 5년 졸업생 중에 한국인은 두 명뿐이더군요. 모두 여자였고요."

쉽지 않은 대화가 될 거란 생각은 했지만 준기가 이렇게 빨리 알아낼 거라고는 상상하지 못했다. 병준의 얼굴에 놀라움과 두려움이 동시에 나타났다. 준기의 말투가 점차 힐난조로 바뀌어 갔다.

"스토니브룩은 뉴욕 외곽에 있소. 시내에서 사십 분 이상 걸리지. 시내에서 놀다가 밤에 학교로 들어오는 학생들로 엘아이알알은 미어터진단 말이오. 그런데 당신은 순환열차 이야기가 나오자 캠퍼스 근처에서 놀았기 때문에 기숙사에 늦을 일이 없었다고 했소. 흥. 캠퍼스 근처? 거기는 숲뿐이오. 요는 당신이 그 대학에 가 본 적이 없었다는 결론이지."

병준은 준기의 표정을 보면서 예상보다 나쁜 시나리오가 자신을 기다리고 있음을 감지했다. 직장을 그만두는 게 문제가 아니다. 이 사람이 신고한다면… 어떻게 하지? 병준은 고개를 숙인 채 아무 말도 할 수 없었다. 시간이 지나가고 있었다. 이윽고 고개를 든 병준은 준기를 보고 흠칫 놀랐다. 준기는 웃으며 병준을 보고 있었다. 아까와는 다른 느낌의 미소였다. 멍하니 앉아 있는 병준의 귀에 준기의 부드러운 목소리가 들려왔다.

"그래서 말인데…. 시원한 맥주 한 잔 하시겠소? 오 선생님."

W여고는 교사들 개인이 비번을 가지고 시험지 파일을 상호 교환하기 때문에 타교과는 물론이거니와 동일 교과라 하더라도 공동출제자가 아니면 시험 문제를 볼 수 없었다. 병준이 시험지를 빼내기 위해서는 결국 등사실 열쇠가 필요했다. 등사실은 시험지를 인쇄, 보관하는 장소이기 때문에 관리가 엄격했다. 열쇠는 아침 8시에 행정실 창고에서 나와서 일과 중에는 등사실 서랍에 있다가 관리자인 강씨가 퇴근하는 매일 오후 5시에 다시 행정실 창고로 들어갔다.

등사실 업무는 힘들었다. 혼자서 매일 세 대의 인쇄기 앞에 돌아가며 서서 수업 자료와 가정통신문을 비롯한 각종 인쇄물을 등사하는 일은 강씨에게 지루하고 외로운 시간과의 싸움이기도 했다. 더구나 시험 기간에는 인쇄물들이 섞이면 안 되기 때문에 평소보다 긴장해야 했다. 강씨의 약점은 술이었다. 병준은 비싼 양주를 무기로 강씨의 환심을 샀다. 병준은 뻔질나게 등사실을 드나들었다. 하지만 강씨는 신중했다. 결코 병준만 남겨놓고 등사실을 비우지 않았다. 애를 태우며 등사실을 드나들던 병준에게 기회가 왔다. 같이 이런저런 이야기를 나누던 강씨가 소파에 앉아서 졸기 시작한 것이다. 점심 식사 이후에 혼자서 양주를 홀짝인 게 틀림없었다. 병준은 안쪽 서랍을 조용히 열고 열쇠를 꺼내 준비해 온 틀에 본을 뜬 다음 다시 서랍에 넣었다. 이번은 국영수지만 가영이가 졸업할 때까지 준기가 세 과목으로 그친다는 보장은 없다. 등사실을 나가면서 병준은 한숨을 쉬었다.

가영은 중간고사 성적표를 보며 마음속 깊은 곳에서 채워지는 기쁨을 만끽하고 있었다. 고등학교 올라와서 처음으로 받아본 국영수 만점이었다. 시험 전날 아빠와 집중적으로 정리한 게 주효했다. 의대가 몇 걸음 더 앞으로 다가와 있었다. 경쟁자였던 지수도 한참 아래로 따돌렸다. 가영은 집에 돌아와 전교 2등의 성적표를 보고 쿨하게 빙긋 웃는 아빠를 보며 엄마를 떠올렸다. 가영의 눈에서 눈물이 흘렀다.

준기는 병준의 통장에 육백만 원을 입금시켰다. 과목 당 이백만 원인 셈이다. 액수는 중요하지 않았다. 요컨대 가영이가 졸업한 후에도 준기가 병준을 해코지하지 않겠다는 확실한 의사표현이자 상호 간의 안전장치였다.

시간이 지나면서 병준은 안정을 되찾아 갔다. 그동안 수업이면 수업, 학생 지도면 지도, 업무면 업무에서 누구에게도 뒤지지 않았다. 아니 자신의 역할 이상을 해냈다. 병준이 시험지를 빼내서 가영이 성적을 올려준 건 사실이지만 피해를 본 아이들은 고작 몇 명이었다. 생각해 보면 그리 양심에 걸릴 일도 아니며 그만큼 열심히 수업 준비를 해서 더 질 좋은 수업으로 보답하는 것으로 충분하다는 생각이 들었다. 병준은 가슴을 쓸어내리며 미소를 지었다. 기말 시험이 다가오고 있었다.

밤 10시 45분. 야간자율학습이 한창이었지만 지수는 자습관 건물을 나와서 주변을 배회하고 있었다. 담 너머의 아파트 단지 가로등 불빛이 학교 안 메타세쿼이아 숲을 은은하게 비추고 있었다. 중간고사에서 단짝인 가영이에게 자존심을 구긴 이후로 수학과 영어에 더 시간을 투자하고 있지만 이번에도 질까 봐 두려웠다. 작년에 자신보다 아래쪽에서 놀던 가영이었기에 지수는 지금의 자신의 성적을 더욱 인정할 수 없었다. 잡생각을 하면서 건물 밖을 배회하는 자신이 한심하다고 생각하며 지수는 북쪽 끝에 있는 급식실 근처까지 걸어갔다. 건물 안쪽에서 금속성 소리가 들렸다. 문을 여는 소리 같았다. 이 시간에 본관 1층에 사람이 있을 리 없다. 호기심이 생긴 지수는 중간 입구를 따라 본관 건물로 들어갔다. 눈앞에 시커먼 통로가 나타났다. 낮에도 지나갔던 복도였지만 들어갈 용기가 나지 않았다. 포기하고 돌아가려는 찰나, 복도 끝에 있는 등사실 철문이 열리며 누군가가 나왔다. 어두웠지만 큰 키 때문에 지수는 그 사람이 누군지 확실히 알 수 있었다. 어둠 속에서 열쇠가 반짝이고 있었다. 큰 키의 사나이는 문을 잠근 뒤 복도를 나와 내정으로 조용히 걸어 나갔다.

다음 날 방과 후에 지수가 수학 전용 교실에 도착했을 때, 가영은 이미 가고 없었다. 동아리 일 때문에 지수는 방과 후에 가영에게 선수를 뺏기곤 했다. 수학 문제 질문이 끝난 후, 지수는 가지 않고 뭉그적거리며 병준의 눈치를 보았다.

"내일부터 기말 시험이라 걱정되는 모양이구나."

"그것도 그렇고요. 다른 질문이 있어서요."

"음. 뭔데?"

"별건 아니고, 그냥 궁금해서 그러는데… 샘. 어제 밤에 등사실에서 뭐 하셨어요?"

병준은 들고 있던 커피 잔을 떨어뜨릴 뻔했다.

"11시 조금 전이었을 거예요. 우연히 샘이 등사실 철문을 닫는 걸 봤거든요."

병준은 별것 아니라는 듯 손을 내저으며 말했다.

"어제 야근하면서 말이다. 근처 지나가다가 혹시 등사실 문이 열려 있는지 확인한 거란다. 들어간 건 아니고…. 너도 알다시피 시험지가 안에 있잖니."

지수는 고개를 갸우뚱했다.

"등사실 열쇠는 선생님들이 공유하세요?"

"등사실 아저씨가 관리하시지. 그러니까 내 맘대로 못 들어가. 하하. 우리 지수가 내가 문고리 돌리면서 잘 닫혀 있는지 확인하는 걸 보고 착각한 모양이네."

병준의 썩은 미소를 보던 지수의 눈이 순간 반짝였다.

"죄송해요. 샘. 제가 착각한 모양이네요. 오늘 감사합니다. 내일 봬요."

지수는 명랑한 표정으로 문 앞에서 꾸벅 인사했다. 병준은 문에 기대서 소리 없이 안도의 한숨을 내쉬며 총총히 돌아가는 지수의 뒷모습을 바라보고 있었다.

지수는 집으로 걸어가며 생각을 정리하고 있었다. 어둠 속에서 반짝이던 열쇠는 분명 병준의 손에 있었다. 지수는 병준의 거짓말을 확신했지만 증거를 잡기 위해서는 일단 속아 줄 필요가 있었다. 병준이 왜 시험을 앞둔 늦은 밤에 등사실에 몰래 들어갔을까. 생각할 수 있는 이유는 하나뿐이었다. 그리고 그 열쇠가 복제된 열쇠라면(그럴 가능성이 크다) 병준의 시험지 절도는 앞으로도 계속 일어난다는 의미가 된다. 자신이 그동안 존경하고 따르던 병준이기에 지수는 더욱 용서할 수 없었다. 병준의 시험지 절도의 이유를 생각하던 지수의 머릿속에 지난 1학기말에 갑자기 국영수 만점을 받고 전교 2 등으로 성적이 수직 상승한 친구 가영이가 떠올랐다. 지수는 몸을 돌려 학교로 향했다. 걸음이 빨라졌다.

병준은 아직 몇 과목 시험지가 더 필요했다. W여고는 하루에 두 과목씩 시험을 본다. 그래서 한 번에 모든 과목 시험지를 등사실에 두지 않고 이틀 단위로 인쇄하고 시험 당일 아침에 해당 교과 출제 교사가 가져가는 시스템을 취함으로써 위험을 분산하고 있었다. 시험은 금요일부터 다음 주 목요일까지다. 병준은 학생들이 등교하지 않는 토요일 날 이른 아침에 출근해서 필요한 시험지를 빼내기로 했다. 토요일은 예상대로 한산했다. 등사실에서 시험지를 가지고 나온 병준은 텅 빈 복도를 지나 아무도 출근하지 않은 교무실로 돌아왔다.

별일 없이 월요일이 지나갔다. 병준은 시험 이후에 있을 영어친화 수학 수업 준비를 마친 후 교문을 나왔다. 근처의 3호선 지하철역 방향으로 몸을 트는 병준의 눈에 사복을 입은 지수의 모습이 들어왔다. 지수는 병준을 정면으로 보고 있었다. 기다리고 있었던 게 분명했다. 병준의 심장이 두근 거리기 시작했다. 지수는 병준에게 공손히 인사하고는 몸을 돌려 걸어갔다. 걸음에 힘이 느껴졌다. 병준은 말없이 지수를 따라갔다.

"이제 휴대폰은 그만 만지작거리고, 날 보자고 한 이유를 말해주겠니?"

"…"

아파트 단지 안쪽 놀이터는 한산했다. 지수는 무표정한 얼굴로 손 안의 휴대폰을 들여다보고 있었다. 승부를 앞두고 호흡을 고르는 느낌이었다. 병준은 속이 탔다. 몇 미터 앞에서 그네를 타는 꼬마 아이가 눈에 들어왔다. 아이는 병준을 쳐다보며 환하게 웃었다. 병준이 한숨을 쉬며 다시 지수에게 눈을 돌렸을 때, 지수의 스마트폰 화면에서 동영상이 시작되고 있었다. 동영상의 주인공은 병준 자신이었다. 병준이 열쇠로 등사실을 열고 들어갔다 나오는 장면이 고스란히 녹화되어 있었다. 병준의 심장이 터질 듯 요동하기 시작했다.

"동영상 원본은 따로 가지고 있어요."

지수는 스마트폰 케이스를 닫으며 말했다.

"선생님, 솔직하게 대답해 주셨으면 해요. 시험지… 누구에게 주셨어요?"

"…"

병준은 무슨 말을 하고 싶었지만 뇌와 입이 분리된 듯 아무 말도 나오지 않았다.

"역시 그렇네요. 가영이가 지난번에 전교 2등 한 이유가 이거였어요."

천천히 밀어내는 목소리에는 분노 이외에 다른 뭔가가 있었다.

"하긴 걔네 집이 부자니까…"

준기가 상호 간의 안전보장 차원에서 돈을 입금한 사실이 지금 상황에서는 시험지 유출 담합의 증거가 될 수 있었다. 이 사실이 학교에 알려지면 병준 자신은 물론이고 준기까지 위험해진다. 그리고 그 과정에서 병준의 학력 위조도 밝혀질 게 분명했다. 최악의 상황이었다. 병준은 머리를 감싸 쥐었다. 옆에서 지수가 뭐라고 말하고 있었지만 들리지 않았다. 파면 이외에 다른 어떤 단어도 병준에겐 떠오르지 않았다. 그때 킥- 하는 웃음소리가 났다. 평소에 병준이 늘 듣던, 지수의 장난기 어린 웃음소리. 병준은 비현실적인 상황에 천천히 고개를 들었다. 지수는 병준을 바라보며 빙긋 웃고 있었다.

"너무 걱정 마세요. 쌤."

바닥이 보이지 않는 구덩이가 눈앞에서 아가리를 벌리고 있었다.

지수가 병준에게 제시한 조건은 두 가지였다. 고3 졸업할 때까지 전 과목 시험지를 빼내어 지수 자신에게만 넘길 것.

만약 가영이 전교 등수가 한자리 수 내에 진입할 때는 동영상을 학교와 교육청에 보내겠다는 내용이었다. 두 번째 조건은 사실상 가영에게 시험을 잘 보지 말라는 메시지(그동안 엉터리로 받은 점수 뱉어내!)였다. 지수 자신의 전교 1등과 가영이에 대한 질투 섞인 징벌이라는 두 가지 목적을 동시에 달성하려는 의도였다. 독하고 이기적인 시한폭탄이 가동을 시작한 것이다.

지수의 생각대로 가영이가 이 일을 꾸민 장본인이라면 가영이는 지수의 조건을 따를 수밖에 없을 것이다. 아버지가 걸려 있기 때문이다. 하지만 가영이 본인은 시험지 유출과 무관했다. 그렇다고 병준이 지수에게 모든 것을 사실대로 해명할 수도 없었다. 자신의 학벌 조작 문제가 걸려있기 때문이다. 요컨대 지수가 제시한 조건은 병준에게 실행 불가능한 조건이었다.

병준의 이야기를 듣고 준기는 침묵했다. 이제 와서 병준의 부주의를 탓하는 건 무의미했다. 지수는 실행 불가능한 요구를 했다. 만약 지수가 입을 연다면 모두가 공멸하겠지만 준기 자신의 타격이 가장 클 것이다. 그리고 그렇게 되면 딸인 가영이 인생도 끝나는 것이다. 방법을 찾아야 했다. 근본적인 방법을 말이다. 준기와 병준은 자신들의 미래를 건 계획을 세우기 시작했다.

다음 날, W여고에 도난 사건이 벌어졌다. 도둑은 학교와 서쪽 아파트 단지의 경계를 넘어서 들어온 듯했다. 학교 서쪽 경계에는 담이 있지만 성인이 넘을 수 있는 높이다. 방범 카메라는 주로 학교 내 외진 곳에 배치되기 때문에 외부로 통하는, 열린 곳에는 배치되어 있지 않았다. 늦은 밤에 담을 넘어 학교 건물로 들어온 도둑은 교무실로 들어와서 서랍 속에 있던 현금과 고급 필기도구 그리고 옷걸이에 걸려 있는 옷가지들을 가지고 갔다. 긴급회의가 열렸다. 방범카메라를 증원하고 야간 경계 시간을 좀 더 늘리기로 했다. 학생들에게 늦은 시간에 교실에 남아 있지 말라는 안내 방송이 나갔다. 하루가 지나갔다.

시험 중이었으므로 평소보다 일과가 빨리 끝났다. 하지만 밤늦게까지 본관과 이웃한 자습관 건물은 열기로 후끈거렸다. 단위 수가 높은 국어와 수학 시험이 남아 있기 때문이다. 지수는 시계를 확인했다. 야간자율학습이 한창인 10시 30분에 수학 전용 교실에서 병준에게 시험지를 받기로 했다. 가영은 창가 쪽에서 아무 일도 없다는 듯이 아까부터 열심히 공부하고 있었다. '가증스러운 년. 지금은 그렇게 능청을 떨고 있지만 막상 성적표를 받고 나면 기분깨나 더러워질 거다.' 시간이 되자 지수는 자리에서 조용히 일어나다가 가영과 눈이 마주쳤다. 지수는 가영에게 차가운 미소를 쏘아

주고는 방을 나왔다. 본관 3층 복도 전체가 어둠에 싸여 있었지만 중간에 있는 수학 전용 교실 바깥으로 빛이 새어 나오고 있었다. 그 빛이 자신의 밝은 미래를 보장하기라도 하는 듯 지수는 여유 있는 표정으로 어두운 복도를 또박또박 걸어갔다. 예상대로 문은 열려있었다. 지수는 거리낌 없이 문을 밀며 안으로 들어갔다. 그리고 다시 나오지 못했다.

학교 내에서 여학생이 칼에 찔려 사망한 사건은 모두에게 충격을 주었다. 가장 충격을 받은 사람이 사망한 지수의 수학 교과 담당 교사이자 학생의 사망 장소인 수학 전용 교실의 관리자인 병준이라는 사실은 분명해 보였다. 병준은 그날 영화 상영 시간에 늦을까 봐 급히 나가느라 수학 전용 교실 문을 잠그는 걸 잊고 퇴근했다고 경찰에 증언했다.

"지수는 야간자율학습을 하다가도 질문하러 오곤 했습니다. 제가 평소에 늦게까지 여기 있는 걸 아니까요. 어제 문만 잠그고 갔어도… 흐흑."

W여고는 학생들의 인권을 보장한다는 취지에서 건물 내에는 방범카메라를 설치하지 않았다. 늦은 밤 본관에 들어온 누군가가 열려 있는 수학 전용 교실에 들어갔고 그 직후에 지수가 들어갔다. 범인은 지수를 찌르고 달아났다. 지수의 휴대폰을 비롯해서 방 안에 있던 고가의 기자재와 서랍에 있

던 현금이 사라진 걸로 봐서 외부 범인일 가능성도 있었다. 경찰은 외부 범인설을 포함하여 모든 가능성을 열어 놓고 윤지수 사건의 수사를 벌이고 있었다. 병준도 경찰 조사를 받았지만 알리바이가 확실했기 때문에 석방되었다. 석방 직후 병준은 학교에 일주일간의 병가를 냈다. 정신과 치료를 받는다는 이야기가 들렸다.

병준이 경찰 조사를 받던 시간에 지수의 단짝 친구인 가영의 아버지 준기는 혼자서 지수 집에 조문을 하러 갔다. 지수 어머니와는 학부모 모임에서 한 번 인사했던 사이였기 때문에 준기의 조문은 자연스러웠다. 준기는 큰 충격에 빠져 있던 지수 어머니를 위로했다. 잠시 후 준기는 회사에 급한 이메일을 보내야 하는데 스마트폰 전지가 다 된 상황이라 컴퓨터를 사용할 수 있는지 물었다. 간단한 한글 문서를 하나 작성해야 한다고도 했다. 지수 어머니는 바쁜 와중에도 조문을 온 준기에게 오히려 감사하다며 지수 방에 있는 컴퓨터를 사용하라고 했다. 준기는 방에 들어가 이메일을 보내는 척하며 지수 컴퓨터를 이리저리 뒤지다가 동영상 하나를 찾아서 삭제했다. 이것으로 준기와 지수를 연결하는 증거는 사라졌다. 준기는 한숨을 돌렸다.

지수가 죽은 지 일주일이 지났지만 가영은 아직 현실감이 없었다. 그날 마지막으로 본 지수의 모습이 뇌리를 떠나지 않았다. 사건으로 기말고사는 연기되었다. 공부가 될 리가 없었지만 가영은 아빠 덕분에 수학을 정리할 수 있어서 그나마 다행이라고 생각했다. 일요일이었지만 가영은 평소처럼 학교 자습관에 가지 않고 집에서 공부하기로 했다. 준기는 가영에게 점심으로 야채 주스를 곁들인 아빠표 토스트를 만들어 주었다. 가영이가 좋아하는 메뉴였다. 준기는 가끔 일요일에도 출근했다. 준기가 나가고 나서 가영은 텅 빈 집을 청소하기로 했다. 재떨이를 비우고 진공청소기로 바닥을 정리하고 빨래도 했다. 앞으로도 힘든 일이 많을 텐데… 가영은 자상한 아버지와 지금처럼 계속 살고 싶다는 생각이 들었다. 청소를 끝낸 가영은 아빠의 검정색 양복바지와 재킷을 팔에 두르고 세탁소가 있는 아파트 내의 후생관으로 향했다. 후생관으로 가는 길은 경사가 급한 편이었다. 아파트 동을 나와서 멍한 얼굴로 경사 길을 내려가던 가영이의 다리가 꼬이면서 몸이 앞으로 고꾸라졌다. 팔에 걸려 있던 양복바지와 재킷이 땅바닥에 내동댕이쳐졌다. 그 순간, 바짓단에서 뭔가가 튀어나왔다. 땅바닥에 쓰러진 가영의 눈에 검은색 금속이 보였다. 눈에 익은 물건이었다. 가영은 일어나면서 금속을 주워들었다. 배지였다. 앞면에 '에페수스'라는 동아리명이 조그맣게 음각되어 있었다. W여고 전체에서 검은색 에페수스 배지 주인은 지수 한 사람밖에 없었다.

가영은 배지 없이 다니는 지수를 학교에서 본 적이 없었다. 그날 밤 야간자율학습실에서 나갈 때도 지수의 가슴에는 배지가 붙어 있었다. 그 배지가 준기의 바짓단에서 나타난 것이다. 즉 지수는 죽기 직전에 준기와 아주 가까운 거리에 있었다는 이야기가 된다. '말도 안 돼. 그럴 리가 없어.' 가영은 고개를 저었다.

길을 걷다 우연히 지수의 가슴에서 떨어진 배지가 또 우연히 준기의 바짓단에 떨어질 확률은 0에 가깝다. 가영은 결국 준기가 지수와 수학 전용 교실에 같이 있었다고 보는 것이 합리적이라는 결론에 도달했다. 하지만 여기에도 우연이 너무 많다. 하필 왜 그 시간에 수학 전용 교실의 문이 열려 있었을까? 준기가 병준과 아는 사이라고는 하지만 늦은 밤에 주인이 없는 빈 수학 전용 교실에 들어갈 이유로는 충분치 않았다. 또 하필 그 시간에 지수가 수학 전용 교실에 들어간 것도 묘했다. 고민하던 가영에게 지수가 야간자율학습실을 나가며 보여준 섬찟한 미소가 떠올랐다. 준기와 병준 그리고 지수…. 세 사람 사이에 가영이 자신이 모르는 뭔가가 있는 게 분명했다.

몇 번의 시행착오 끝에 메일이 열렸다. 준기의 이메일 비번은 부인과 딸 가영의 음력 생일을 조합한 숫자였다. 화면이 바뀌면서 가영의 눈앞에 수많은 메일의 제목들이 나열되었다. 가영은 준기와 병준이 대면한 날부터로 기간을 설정해서 처음부터 제목을 읽어 나갔다. 눈에 띄는 메일이 하나 있었다. 뉴욕주립대에서 온 것이었다. 준기가 병준과 처음 만난 당일 밤에 보낸 메일에 대한 답장이었다. 가영은 메일을 열었다.

놀라움의 연속이었다. 준기의 노트북을 덮은 가영은 생각에 빠졌다. 준기는 병준의 학력 위조 사실을 알고도 신고하지 않았다. 외국에 메일을 보내 확인할 정도로 적극적이었던 준기가 사실을 알고도 신고하지 않았다면 이유는 하나뿐이다. 신고하지 않음으로써 병준에게 무언가를 얻었기 때문이다. 대기업 이사라는 신분의 준기가 병준에게 금품을 요구했을 리 없었다. 가영은 기억을 되짚어 나갔다. 준기와 병준의 만남 이후에 자신에게서 달라진 그 무엇을 가영은 찾아야 했다. 한참을 생각하던 가영의 머릿속에 뭔가가 걸렸다. 국어와 영어 그리고 수학 시험 전날, 아버지가 언급하며 정리해 준 내용들이 시험에 거의 그대로 나왔을 때, 가영이 느꼈던 놀라움과 환희. 그 결과로 전교 20등에서 2등으로의 수직 상승은 준기와 병준의 만남 이후에 가영에게 벌어진 확실한 변화였다. 바로 이것이었다. 준기는 병준의 약점을 잡고 입을 닫는 대신에 병준에게 시험 문제를 요구한 것이었다. 결국 가영의 1학기말 성적은 문제 유출로 얻은 혜택이었던 것이다. 가영은 입술을 깨물었다.

지수는 어떤 계기로 준기와 병준의 비밀을 알았음에 분명했다. 그날 밤 야간자율학습실을 나가며 자신에게 보낸 지수의 서늘한 미소의 의미를 가영은 이제 이해할 수 있었다. 지수의 죽음은 계획된 것이었다. 병준은 수학 전용 교실 문을 잠그지 않은 채 학교를 떠났고 준기는 몰래 들어가서 지수를 기다렸을 것이다. 이윽고 지수가 예정대로 들어왔고… 계획대로 살해당했다. 전날 밤에 교무실을 턴 것도 외부 범인설을 만들기 위한 설정이었을 것이다. 그런데 가영이가 이해할 수 없는 점이 있었다. 두 사람이 그날 지수를 살해하기 위해서 계획을 짰다면 지수는 그 이전에 두 사람의 비리를 알고 있었고 자신이 알고 있다는 사실을 두 사람에게 알렸다는 이야기가 된다. 왜 지수는 바로 신고하지 않았을까? 그리고 왜 죽어야만 했을까? 확인이 필요했다.

드릴 말씀이 있어요.

야자실 건물 옥상에서 10시 30분에 기다릴게요.

지수와 관련된 일이에요. 아무에게도 알리지 말고 오세요.

– 남가영

병준은 쪽지를 호주머니에 쑤셔 넣으며 하늘을 쳐다보았다. 자습관 옥상에서 바라본 밤하늘은 눈물이 날 정도로 환상적이었다. 문득 너무 멀리 왔다는 생각이 들었다. 하지만 지금 병준에게 끝까지 가는 것 말고 다른 방법은 없었다. 철문이 열리며 가영이 모습을 드러냈다.

"야자실에 있다가 온 거니?"

가영은 대답하지 않았다.

"지수 일은 나도 안타까워. 그런데 할 말이 뭐지?"

"지수가… 왜 죽었죠?"

병준은 가영의 태도가 심상치 않음을 느꼈다.

"그야… 경찰은 도둑으로 보고 있는 것 같더구나. 가영이가 날 비난하려면 해도 좋아. 전날 밤에 학교에 도둑이 들었는데도 문단속을 제대로 하지 않은 내가…"

"선생님의 거짓 학력 때문에 내 성적이 올랐고 그걸 지수가 알았기 때문에 죽은 건가요?"

병준은 벌린 입을 다물지 못했다.

"대답해 주세요. 지수가 죽어야만 했던 이유를 난 꼭 알아야겠어요."

가영은 자신이 밝혀낸 사실과 추리를 병준에게 모두 들려주었다. 특히 동아리 배지의 존재는 경찰 수사의 초점을 준기에게로 집중시킬 수 있는 강력한 물증이었다. 그리고 이

사건에서 준기와 병준은 한 몸이었다. 가영이를 설득하는 것 이외에 병준에게 다른 방법은 없었다.

"지수가 동영상으로 우리를 협박했기 때문에 어쩔 수 없었어. 그리고 실행한 사람은 내가 아니라 네 아버지란 말이야."

시체처럼 입만 움직이던 가영의 눈이 빛났다.

"지수가… 협박을 했다고요?"

병준은 가영에게 모든 사정을 설명했다. 이야기를 듣는 가영의 눈에서 눈물이 흐르고 있었다. 아버지의 살인을 받아들였을 때도 흐르지 않았던 눈물이었다. 지수는 동영상 하나로 준기를 파멸의 늪으로 몰고 있었던 것이다. 가영은 비로소 모든 것을 이해했다.

자습관 옥상 귀퉁이에는 물탱크가 있고 탱크 아래쪽으로 경사진 철제 계단이 있다. 화재 등 유사시에 사용되는 지그 재그식 비상계단은 건물 바깥으로 튀어나와 있다. 가영은 비틀거리며 계단 쪽으로 걸어갔다.

"아빠에게 마지막 편지를 보내고 왔어요. 선생님 만나러 간다고…"

"마지막… 편지라니?"

가영이 계단에 두 다리를 올리는 것을 보고 병준은 비로소 그 의도를 이해했다. 이대로 가영이 아래로 추락하면 병준 자신이 살인범이 될 수도 있다. 무엇보다 준기가 병준을 그냥 두지 않을 것이다. 일단 구해야 했다. 병준은 계단으로 다가갔다.

"가영아. 진정하고 이야기 좀 해."

가영이 계단 중간에서 위태롭게 서 있었다. 자칫하면 떨어지는 상황이었다. 병준은 난간을 잡은 상태에서 아래쪽 계단에 두 다리를 올렸다. 병준을 쳐다보는 가영의 눈에서 눈물이 흐르고 있었다.

"아버지를 생각해서라도 이러지 말자. 가영아."

눈물을 닦고 병준이 내미는 손목을 잡은 가영은 한 번 심호흡을 하더니 온 힘을 다해 병준을 계단 바깥으로 밀어 버렸다.

'우리 아빠를 협박해? 쓰레기 같은 년. 내가 그동안 얼마나 잘 대해 줬는데. 그게 지수 니가 죽은 이유라면 난 얼마든지 아빠를 보호할 수 있어.' 진실을 확인하고 남아 있는 단 하나의 위험 요소까지 처리한 가영은 홀가분한 마음으로 야간자율학습실로 돌아왔다.

야간자율학습실은 언제나처럼 열기로 가득 차 있었다. 자리에 앉은 가영은 병준에게서 회수한 쪽지를 잘게 찢어서 쓰레기통에 버리며 마음속으로 중얼거렸다. '자신의 부주의로 인해 제자 윤지수가 사망한 심적 고통을 견디다 못해 충동적으로 투신자살하다. 굿바이, 오병준 선생님.' 이제 조금 있으면 준기가 가영을 데리러 올 시간이다. 가영은 스마트폰을 꺼냈다.

오늘도 날 위해 애쓰는 영원한 내 파트너.
아빠, 사랑해.

문자를 보내는 가영의 눈가가 촉촉해졌다.

● 2017년 영화화(제19회 서울국제여성영화제 본선 진출)

인상파 소묘

여지은은 불안한 표정으로 창가에 서 있었다. 자그맣고 동그란 얼굴색이 하얗다 못해 분홍빛이 돌았다. 금방이라도 눈물이 흘러나올 것 같은 녹색 빛이 감도는 큰 눈망울은 앙다문 입과 대비를 이루고 있었다.

교무실에 들어온 장민호는 연갈색 파티션들을 지나 구석 쪽에 있는 자리에 가서 앉았다. 민호가 앉자마자 옆자리의 최희경이 목소리를 깔았다.

"하수일 선생님이 시계를 잃어버렸대요. 주 선생님과 3교시 공강 시간에 농구하면서 구두 속에 넣어 뒀다나 뭐라나."

말을 마친 최희경은 문을 열고 나갔다. 민호는 책상 서랍을 열었다. 커피믹스 대여섯 개가 눈에 들어왔다. 머그잔에 뜨거운 물을 붓고 믹스 두 개를 타서 창문 쪽으로 들고 갔다.

지은은 민호 쪽을 흘끗 쳐다보고는 창밖으로 시선을 돌렸다. 팔이 아픈지 왼쪽 팔로 오른쪽 팔목을 잡고 있었다.

"팔… 많이 아파?"

지은은 민호가 들고 있는 머그잔을 바라보고 있었다. 3교시 수업을 땡땡이치다가 잡혀 와서 지금까지 계속 있었다면 급식을 못 먹었을 가능성이 크다.

"점심 못 먹었겠구나."

"…"

민호는 자리로 가 서랍을 열고 믹스커피 한 봉지를 꺼내 종이컵에 담았다. 종이컵에 정수기의 뜨거운 물을 풀고 부장 자리 뒤쪽에 있는 사물함에서 옥수수빵 하나를 꺼내서 함께 투명 유리 쟁반에 담았다.

"저쪽 문 열고 들어가서 먹어. 아무도 없으니까 천천히 먹고 나오면 돼."

상담실은 생활안전부실과 벽이 문으로 연결되어 있다. 상담실 팻말이 붙어 있지만 취조실이라 불리는 곳. 몇십 년 전의 낡은 교복을 입고 있는 마네킹 두 개가 서 있어서 스산한 느낌이 들 수도 있지만 별 문제는 없을 것이다. 지은은 말없이 쟁반을 받아들고 취조실로 들어갔다.

"어? 그 학생 갔어요?"

최희경이 문을 열고 들어오며 말했다. 손끝에 묻은 물을 털고 있었다.

"점심도 못 먹고 온 거 같아서 뭘 좀 먹이는 중입니다."

민호의 손끝을 따라 잠시 취조실을 바라보던 최희경은 창문을 닫고는 자리로 돌아가서 컴퓨터 화면에 눈을 맞췄다. 잠시 후 지은이 문을 열고 나왔다. 지은은 접시를 가지고 개수대로 가서 바닥에 조심스럽게 놓은 다음, 머뭇거리며 다가왔다. 눈이 마주치자 고개 숙여 인사하는데 살짝 웃는 것 같기도 했다. 팔 안쪽에 멍이 든 건지 계속 왼손으로 오른 팔목을 잡고 있었다. 오른손엔 책 한 권을 든 채로 말이다. 책 단면에 찍힌 도서관 도장이 보였다. 민호는 아이가 자리에 앉자마자 말을 걸었다.

"책 좋아하는 모양이구나. 도서관에서 빌렸니?"

"…"

"도서관에 가면 주로 무슨 책을 보니?"

지은은 잠시 고민했다.

"주얼리랑… 요리잡지요."

예상치 못한 대답이지만 그렇다고 특별한 대답을 기대하고 던진 질문은 아니었다.

"주얼리는 알겠고. 음… 혹시 요리해 주고 싶은 사람이라도 있는 거니?"

지은의 표정이 조금 밝아졌다. 그때, 하수일이 문을 열고 들어왔다. 수업이 끝나는 종소리와 함께였다. 하수일을 보자 지은은 입을 다물었다. 뒤이어 진갈색 유니폼을 입은 농구부 학생 두 명이 들어왔다. 하수일은 세 명의 학생을 데리고 취조실로 들어갔다.

엘리베이터가 올라가는 내내 심장이 우는 소리가 들렸다. 5층에서 엘리베이터에서 내린 후 복도의 창가에 기댔다. 창문 너머 아래쪽으로 본관 건물과 중간동 사이에 잘 가꾸어진 정원이 눈에 들어왔다. 오래전에 졸업한 누군가가 기증한 나무로 만들어 놓았다는 정원인데 20년 전 민호가 첫 부임할 때의 모습 그대로였다. 정원에 대해 문외한인 민호의 눈에도 갖가지 나무들로 운치 있게 잘 꾸며진 정원이었다. 민호는 몸을 돌려 미술 교사방 문을 열었다. 오후의 무거운 햇살이 창문에 반사되어 실내 공간을 뛰어다니고 있었다. 수업에 필요한 부속물을 넣어두는 창고였는데 민호가 부임한 후에 수업 준비도 하고 중간 중간에 쉬기도 하는 여유 공간으로 개조했다. 낡은 철제 책상과 물감이 범벅된 나무 탁자를 깨끗이 씻어서 재배치한 후, 정수기에 오디오 설비와 간이침대까지 들여놓았다. 창문 맞은편 벽에는 교직 초창기 시절 국전에서 입선했던 민호 자신의 그림 한 점을 액자에 담아 걸었다. 말하자면 W여고의 독점 공간인 셈이다. 방안으로 들어온 민호는 창문을 등지고 침대에 누웠다. 미술 교사방 문이 다시 열린 것은 한 시간쯤 지난 후였다.

"아이고. 다리야."

붙어 있던 두 눈이 후다닥 떨어졌다.

"일과 중에 퍼질러 낮잠이라…. 뭐 봐줄게. 자넨 오늘 오후 수업이 없으니까 말이야."

강 훈이 다리를 짐짓 주무르며 빙긋 웃고 있었다. 민호는 머리를 쓰다듬으며 침대에서 일어났다.

"늦었네?"

강 훈은 휴, 하고 한숨을 쉬며 의자에 앉았다. 탁자 위에는 검은색 비닐봉지가 놓여 있었다.

"도난사고가 있었어. 하 선생이 체육관에서 시계를 잃어버린 모양이야. 농구부 아이 둘이 1학년 학생 하나를 지목했어. 최희경 선생이 그러던데 자네 그 학생 안다면서?"

민호는 책상 구석에 있는 머그컵을 하나 집어 들고 정수기 쪽으로 갔다.

"아까 교무실에 잡혀 와 있길래 무슨 일인가 해서 대화를 조금 나눴지. 아는 아이는 아냐."

강 훈이 고개를 끄덕이며 말을 이었다.

"입고 있는 옷 주머니, 가방, 서랍, 사물함, 농구장에서 도서관으로 가는 길목 모두를 수색했는데도 없다고 하는군."

냉수가 별로 시원하지 않았다. 목격자라던 농구부 학생 둘의 얼굴이 떠올랐다. 늠름하게 취조실로 들어가던 학생과 대조적으로 불편하던 키 작은 학생의 얼굴…. 혹시 그 둘이 시계를 훔치고 말을 맞춘 건 아닐까.

"자자. 일과도 끝났는데 한잔하자고."

강 훈은 종이컵에 막걸리를 채웠다. 탁자 위는 커다란 노란색 플라스틱 병과 안주가 들어 있는 일회용 쟁반 그리고 종이컵으로 풍성해져 있었다.

"지난달부터 마트에 출시된 지역특산물인데 맛이 괜찮아. 아스파탐이 전혀 없어서 건강에도 그만이라네."

건강에 신경 쓰면서 술을 마신다는 게 가당키나 한 이야긴가. 민호는 힘없이 웃으며 종이컵을 입으로 가져갔다. 달콤하면서 톡 쏘는 맛이 그만이었다. 단숨에 비우고 한 컵을 더 따랐다. 신임 교감은 거봐 하는 표정을 지었다. 신혼 시절 딸아이를 재우고 아내와 함께 집 근처 주점에서 홀짝였던 수제 막걸리 이름이 머릿속에서 나타났다 사라졌다. 술을 잘못 마시던 아내가 아주 좋아하던 술이었다.

"뭘 그리 생각해?"

강 훈이 웃으며 빈 잔을 내밀었다. 민호는 종이컵 밑바닥에 남은 액체를 입에 털어 넣었다. 단맛과 쓴맛이 섞여서 입을 타고 흘렀다.

아내의 전공은 상담심리학이었다. 대학원 박사과정을 이수하면서 교육청 자문 강사단에 소속되어 있었던 아내는 연수 강사로 활동하다가 수강생이던 민호를 만났고 결혼을 하면서 공부를 접었다. 그녀는 독서광이었다. 심리학부터 역사, 철학, 인문학에 해박했고 자연과학에도 관심이 많았다. 알뜰한 성격이라 대부분의 책을 집 근처의 공립도서관에서 대출해 읽었고 소장하고 싶은 책들은 인터넷으로 따로 구매했다. 딸이 중학교에 진학하자 아내는 문화센터 출강을 그만두고 딸의 성적을 관리하기 시작했다. 아내와의 대화가 사라져갈수록 민호는 학생들과의 시간 속으로 스스로를 더 밀어넣었다. 영화와 함께하는 미술작품 감상 클럽을 만들어 방과후에 미술실에서 감상회를 열었고 토요예술기행이라는 명목으로 학급 학생들을 데리고 시내의 특이한 건축물들을 보러 다녔다. 그즈음부터 연우가 학교에 결석하는 날이 잦아졌다. 늦은 사춘기가 시동을 거는 중이었다. 사소한 일로 목소리를 높이면서 엄마의 가슴을 후벼 파는 소리를 해대곤 했던 것이다. 민호가 직접 딸을 관리해야 했다. 한 달에 두 번, 딸과 가까운 산에 산행을 하기로 했다. 부녀가 나란히 백팩을 메고 숲속을 걸으면서 속 깊은 대화도 하고 도시락도 같이 먹으며 내면을 공유할 수 있는 기회를 만들 수 있을 것이라 믿었다. 아내는 겨울 산이 위험하니 봄이 되면 시작하라고

절충안을 제시했지만 민호는 듣지 않았다. 함께 산행을 시작한 지 한 달이 지난 12월의 어느 토요일 오후, 한 무리의 등산객들과 헤어지고 하산하는 중에 연우는 얇게 언 얼음 비탈에서 미끄러졌다. 올라올 때 아무렇지도 않게 지나왔던 길이었고 경사도 급하지 않은 곳이었다. 비탈을 따라 아래로 십여 미터 구르던 연우의 몸은 얼어붙은 돌에 머리를 부딪치고서야 멈췄다. 썩은 나무에 기댄 채, 옆구리가 송곳처럼 튀어나온 바위였다. 연우는 병원에서 이틀을 버티다가 세상과의 연을 놓았다.

딸을 떠나보내고 육 개월 후, 아내는 유학길에 올랐다. 포기했던 대학원 과정을 이어가기로 한 것이다. 민호는 동의했다. 아니 동의할 수밖에 없었다. 4년째 되는 해 여름, 민호는 아파트를 팔고 빌라로 이사를 갔다. 같은 해, 늦은 가을밤에 민호의 휴대폰이 울렸다. 외국에 나간 후 아내가 먼저 전화를 걸어 온 것은 처음이었다. 아내는 말했다. 그동안 고마웠어. 이제 돈 안 보내줘도 돼. 대학원 졸업했고 여기서 직장도 잡았어. 민수의 머릿속에서 수만 마리의 새가 날아올랐다.

민수는 강 훈이 남겨놓고 간 컵라면으로 저녁을 때운 후, 머그컵을 들고 4층 미술실로 내려왔다. 해가 진 이후라 미술실 안은 어두웠지만 맞은편 화이트보드 앞에 누군가가 있다는 사실 정도는 알 수 있었다.

"거기 누구지?"

물으면서 민호는 손바닥에 입김을 내뿜고 코에 댔다. 커피
향은 막걸리 냄새를 지우기에 역부족이었다.

"저….."

민호는 복도 쪽 벽으로 다가가 백열등 스위치를 올렸다.
낮에 교무실에서 본 지은이 화이트보드 앞에서 이쪽을 쳐다
보고 있었다.

"언제부터 여기 있었니?"

"조금 전부터요."

지은은 자리에 앉아서 두 손 깍지를 끼고 있었다.

"아까… 감사했어요."

백열등에 비친 손가락 색깔이 살짝 붉어 보였다.

"그 말 하러 4층까지 온 거야?"

"…네."

예의 바른 녀석이었다. 절도 혐의를 벗었다는 기쁨에 고마
움이 가중되었을지도 몰랐다. 민수는 웃으며 말했다.

"선생님들도 나름대로 오해할 만한 사정이 있었던 거니까
마음에 담지는 말고. 대학에 갈 때까지 액땜했다고 생각해
라."

오른쪽 팔이 괜찮아졌는지 잡고 있지는 않았다. 팔을 잡은

채 상담실에 들어가던 모습이 떠올랐다. 지은은 꾸벅 인사를 하고는 계단 쪽으로 갔다. 멀어져가는 오렌지색 백팩을 보며 민수는 운동장 쪽으로 몸을 돌렸다. 저녁의 차가운 공기가 얼굴을 감쌌다. 딸 생각이 났다. 그리고 아내 생각도. 서서히 망가져 가는 삶이지만 이대로 좋다.

"어머나. 교감선생님. 아직 퇴근 안 하셨…? 아아. 5층에서 내려오셨구나."

오보애의 목소리가 환하게 덮쳤다. 강 훈은 놀란 표정으로 문가에 서 있었다. 안에 불이 켜져 있는 것도 모르고 가정실습실 문을 열었기 때문이다. 냉장고 옆 탁자 위엔 노트와 볼펜이 놓여 있었다. 강 훈은 입이 떨어지지 않았다.

"오 선생님. 사실은 제가…"

오보애는 냉장고를 열어 접시 하나를 강 훈에게 건넸다.

"혹시 출출해서 오신 거면 잘 오셨어요. 냉장고 속에 있는 음식은 모두 실습 이후에 남은 거라서 처치 곤란이거든요."

"…"

오보애는 옅은 미소를 지은 채, 남은 채소와 베이컨을 접시에 담아 냉장고에 넣었다.

"이렇게 가끔 처리해 주시는 게 고맙죠. 마음 같아서는 다 가져가 주시면 더 고맙겠어요."

강 훈은 접시를 받아들자마자 인사를 건네고 어두운 복도로 나섰다. 그동안 얼마나 많은 채소와 고기를 빼갔던가. 하지만 들킨 것은 오늘이 처음이다. 가정실습실 냉장고를 열어보자는 건 민수의 아이디어였지만 실행은 주로 강 훈이 했다. 교감이니 마스터키를 가지고 있고 또 점검 명목으로 아무 곳이나 들어갈 수 있기 때문이다. 처음 냉장고 문을 열었을 때, 마른 피자 조각들과 알 수 없는 오래된 재료들뿐이었다. 하지만 몇 번의 도둑질 후 술안주 하기에 좋은 재료들이 비닐봉지 속에 들어 있었다. 둘이 먹기에 적당한 양…. 강 훈은 미소를 지으며 엘리베이터 버튼을 눌렀다.

찰칵 하고 문이 열리는 소리가 들렸다.

"늦게까지 일하시네요."

문을 밀고 들어온 하수일은 미소를 지으며 벽에 기댔다. 향수 냄새가 바람을 타고 들어왔다.

"이제 가려고요."

미소 띤 얼굴과 대조적으로 오보애의 목소리는 가라앉아 있었다.

"이 시간에 여기는 웬일이세요. 하 선생님."

"퇴근하기 전에 얼굴이나 뵈려고요."

오보애는 실습용 탁자 아래에 있는 밸브가 모두 잠겨 있는

지 확인하고는 일지에 기록을 했다. 하수일은 오보애를 물끄러미 바라보았다.

"오 선생님."

하수일의 목소리가 실습실에 낮게 울렸다.

"왜 제 문자를…"

"답하지 않는 게 제 대답이에요."

"이유가 뭐죠?"

오보애는 안타까운 표정으로 하수일을 쳐다보았다.

"선생님은 좋은 분이에요. 교사로서 그리고 함께 일하는 동료로서요."

"…"

"전 선생님보다 다섯 살이나 많은 이혼녀예요. 더 이상 제게 시간 낭비 마세요."

"그런 건 상관없습니다."

하수일은 주먹을 쥔 채 오보애를 노려보았다.

"나이는 아무 상관 없다고요. 선생님이 이혼녀라는 사실도…."

"전 상관있어요."

오보애는 한숨을 쉬며 탁자 위에 놓여있던 가방을 들었다. 울 것 같은 얼굴로 오보애를 잠시 쳐다보던 하수일은 두 눈을 몇 번 깜박이더니 원래의 표정으로 돌아왔다.

"괜한 소릴 해서 죄송합니다. 오 선생님. 내일 뵙죠"

몸을 돌린 하수일이 문고리를 잡았다.

"선생님."

하수일이 동작을 멈췄다. 오보애는 천천히 말을 밀어냈다.

"…미안해요."

말없이 문을 열고 나가는 하수일의 입가에 싸늘한 미소가 걸려 있었다.

"내일이 연우 기일이지?"

민호는 놀란 눈으로 강 훈을 쳐다보았다.

"그런 눈으로 보지 마. 친구 딸 기일쯤은 기억한다고."

강 훈은 민호 어깨를 툭 치며 맞은편 벤치에 앉았다. 도서관 옆 나무 벤치는 교내 인기 장소지만 비가 온 뒤라 앉아 있는 사람은 민호 이외에 아무도 없었다. 민호는 미소를 지으며 고개를 끄덕였다.

"맞아. 뭐 일 년에 하루쯤 술 안 마시는 날도 있어야지."

"내일… 같이 갈까?"

민호는 고개를 저었다.

"옆 학교와 교직원 축구대회 날이잖아? 우리 교감님도 친히 출전해 주셔야지."

강 훈은 인상을 찡그렸다.

"흥. 우리가 한 골이라도 넣으면 선방한 거야. 아니 친선 축구 경기에 선수를 끼워 넣는 놈들이 어디 있어? 매너 없는 자식들."

지난번 게임에서 이웃 J고교의 선수 출신 교사 한 명이 오 프사이드 작전만 가지고 W여고 팀이 골을 넣을 수 없게 만들었다. 한 번도 이긴 적이 없으면서도 포기하지 않고 이루어지는 친선 축구 경기. 이긴 팀이 식사비를 부담하는 것도 이유 중 하나이다. 젊은 교사 몇 명이 요 며칠 방과 후에 운동장에 모여서 집중 연습을 하지만 유일한 운동선수 출신의 전공이 농구라 올해도 기대하지 않는 눈치다.

"여교사들이 응원 와 준대?"

"뭐 와 주면 고마운 일이지."

강 훈은 웃으며 목소리를 낮췄다.

"오보애 선생이 내가 도둑고양이인 줄 알고 있는 것 같아."

"그래? 그럼 이제 고양이 역할을 교대할 때가 된 건가?"

"그럴 필요 없어. 자네하고 둘이 먹으라고 안주를 건네 주더라고."

민호는 웃으며 일어섰다. 곧 오후수업이다. 비가 그친 후의 하늘. 참으로 오랜만에 보는 깨끗한 하늘이라는 생각이 들었다.

"어쩐지… 그랬었군. 그나저나 자네도 슬슬 새로 자리를 잡을 때가 됐는데 말이야."

"헛소리 말고 나중에 보자고. 자네가 지겨워지면 다른 술친구 만들지도 모르니까 말일세."

강 훈은 짐짓 험악한 표정을 지으며 본관 쪽으로 걸음을 옮겼다.

인사가 끝나자 민호는 곧바로 빔 프로젝터를 켰다. 포플러 나무들을 담은 그림이 화면에 나타났다.

"사실보다도 사실로부터 받은 화가의 주관적인 인상을 표현하려고 한 유파를 뭐라고 부르죠?"

학생들의 입에서 곧바로 정답이 나왔다.

"인상파요!"

민호는 학생들이 그림을 좀 더 감상할 수 있도록 잠시 뜸을 들였다. 미술실은 화려하면서도 은은한 색감을 감상하는 숨소리로 가득 찼다. 보랏빛 하늘이 주는 기묘한 느낌. 아련함과 서늘함의 모순된 조화.

"저 그림 속의 하늘이 보랏빛이죠? 여러분 보랏빛 하늘을 본 적이 있나요?"

대부분의 아이들은 고개를 저었다. 민호는 진지한 표정으로 말했다.

"보랏빛 하늘은 분명히 존재합니다. 화가는 직접 본 하늘을 그린 거예요. 자신의 눈에 들어온 순간적인 느낌을 화폭에 담으려고 한 거죠. 영원히 사라지지 않을 그 순간의 느낌."

아이들이 알 듯 모를 듯한 표정을 지었는데 그중에는 뭔가 느낌이 온 표정을 짓는 아이도 한두 명 포함되어 있었다.

고전주의가 선의 예술이라면 인상주의는 색의 예술이다. 그들에게는 무엇을 그릴 것인지보다 어떻게 그릴 것인지가 더 중요했다. 삶도 마찬가지다. 인생에서 무엇을 이루어 냈는지는 중요하지 않다. 하루하루 힘겹게 버티더라도 자신만의 색깔로 매 순간을 어떻게 담아낼 것인지에 삶의 핵이 들어가 있다. 절정의 순간을 영원히 남길 수 있는 나만의 색깔. 조금 전에 본 청명한 하늘이 떠올랐다. 그림을 바라보는 민호의 얼굴에 미소가 그려졌다.

"늦었네."

목소리가 어둠을 뚫고 나왔다. 문을 닫은 지은은 백팩을 바닥에 천천히 내려놓았다.

"지하철이 조금 늦게 와서요. 문자 드리려고 했는데 번호를 몰라서…"

"문자는 안 돼."

"..."

지은은 벽에 기댄 채 바닥에 앉았다. 벽과 바닥의 차가운 촉감 때문에 머리칼이 곤두섰다. 어두워서 보이지 않았지만 가까이 다가와 있는 게 느껴졌다. 어차피 몇 분 후면 어둠에 적응된 눈에 모든 게 보일 것이다. 그 전에 끝내고 싶다. 심호흡을 할 때 억센 두 손이 머리를 잡았다. 역한 냄새가 느껴졌다.

"이건 그냥 너하고 나 사이의 계약이야. 부담 느끼지 말자고."

천장에 그림처럼 펼쳐진 하얀색 배관 파이프가 어렴풋이 보이는 순간, 지은은 눈을 감았다.

사진 속 연우의 표정이 더없이 환해 보였다. 고군분투하고 있는 아빠에게 힘을 주려는 것 같았다. 아내가 다녀간 흔적은 보이지 않았다. 딸과의 인사를 마친 민호는 문을 열고 건물을 나왔다. 공원을 벗어난 민호는 지하철 쪽으로 걸어갔다. 역까지는 걸어서 30분 거리. 4차선 도로 양 옆으로 비닐하우스가 열을 지어 배열되어 있었다. 근처 산에서 내려오는 술 취한 등산객 두세 명 말고는 도로를 지나가는 사람이 보이지 않았다. 조금씩 어둠이 깔리더니 곧 캄캄해졌다. 중간에 버스정류장이 있었지만 민호는 그냥 걸어가기로 했다. 천천히 죽어가는 몸이지만 아직 에너지는 남아 있다. 민호의 발걸음에 힘이 들어갔다. 버스 한 대가 바람을 가르며 지나 갔다. 꼬마가 창문에 얼굴을 붙인 채 인도 쪽을 바라보고 있었다. 민호는 웃으며 손을 흔들어 주었다. 뒤늦게 민호를 본 아이가 일어서서 손을 흔들어 댔다. 멀어져 가는 아이 위로 새카만 하늘이 보였다.

"시합 또 졌다며?"

"그래도 우리가 한 골 넣었어."

강 훈은 으쓱한 표정으로 민호를 쳐다보며 말을 이었다.

"그것도 다른 사람 아닌 내가 말이야."

민호는 웃으며 소형 냉장고를 열어 안주를 꺼냈다.

"우리 W여고 교사 축구단 실력이 심히 걱정되지만 뭐 어쨌건 자네가 득점을 했다니 축하하네."

강 훈은 맥주잔을 놓으며 말했다.

"그나저나 딸은 잘 보고 왔나?"

민호는 고개를 끄덕였다.

"덕분에."

강 훈은 흠 하고 잠시 뜸을 들이더니 씹던 안주를 삼켰다.

"자네 그 아이 기억하나? 유은이 말이야."

민호는 놀란 표정을 지었다.

"당연히 기억하고 있네. 그 아이 소식이 있나?"

강 훈은 고개를 저었다.

"일 년도 안 지났는데 벌써 까마득한 옛일 같구먼."

강 훈은 담배를 꺼내 물었다.

작년 겨울 방학 당일. W여고 이유은이라는 2학년 학생이 집에 돌아오지 않았다. 이유은은 홀어머니와 함께 살았으며 그날은 아르바이트가 없는 날이라 학교에서 자습을 하고 들어간다고 어머니에게 문자를 보냈다. 새벽녘에 퇴근한 어머니가 집에 들어왔을 때까지도 이유은은 귀가하지 않았다. 문자도 없었다. 어머니는 가까운 지구대에 실종 신고를 했다. 하지만 성인이 아니었음에도 경찰은 만 17세라는 이유로 가출의 가능성을 언급하며 수사를 시작하지 않았다. 경찰의 대응에 근거가 없었던 것은 아니다. 이유은은 중학교 3학년 때 두 번의 가출 경력이 있었기 때문이다. 결국 경찰은 수사를 시작했다. 넉넉하지 못한 집안 사정 때문에 이유은은 학원을 다니지 않았으며 교우 관계도 넓지 않았다. 한 번이라도 같이 급식을 먹었던 친구부터 수업을 했던 교사들까지 모두 경찰의 참고인 조사를 받았다. 담임이었던 하수일과 당시 생활안전부장이었던 강 훈 또한 경찰서에 출두해야 했다. 광범위한 조사에도 불구하고 경찰은 이유은이 사라진 이유를 찾지 못했다.

"나도 수업한 적이 있는 학생이야."

민호가 말했다.

"2학기에 방과후 보충수업을 들었었어. 그 왜, 미술작품 감상회라고 미술실에서 영화감상처럼 했던 수업 있지 않나?"

강 훈은 기억난다는 듯한 표정을 지었다.

"나도 한 번 아이들 사이에 끼여서 그 엉터리 수업을 들은 적이 있지."

"자네의 인문학적 교양에 도움을 주게 되어 기뻤다네."

"뭐 도움이 되긴 했지. 그 왜 인상판가 하는 미술유파 말이야. 그거밖에 기억 안 나네."

민호는 웃었다. 맥주잔이 모두 비었다. 강 훈은 손을 털며 일어섰다.

"이번 주말에 그 아이 집에 가 볼 생각이네. 하수일 선생과 함께 말일세. 마지막이 될지도 모르는 방문이니까. 자네도 같이 가세나."

민호가 들어왔을 때, 지은은 방과 후에 아무도 없는 미술실에서 책을 펴 놓고 스툴에 앉아 있었다.

"미술실 벽화를 감상하러 온 건 아닐 테고… 오늘은 무슨 일이니?"

"…"

농담이 무색하리만큼 지은은 긴장하고 있었다. 침묵. 스툴이 돌아가는 소리가 미술실을 천천히 채워 가고 있었다. 민호는 미술실 문을 활짝 열어 놓은 다음, 벽에 걸린 그림들이 잘 보이게 백열 라이트를 켰다.

"주얼리… 하고 싶어요."

지은이 말을 겨우 밀어냈다.

"주얼리를… 하고 싶다고?"

"네. 그쪽으로 진학하고 싶어서요."

민호는 빈 스툴에 앉았다.

"주얼리라는 게 보석을 다루고 또 사고파는 거 말하는 거지?"

"원석을 연마해서 보석으로 가공하는 일을 하고 싶어요. 유통 쪽은 별도로 전문적으로 하는 사람들이 있고요."

도서관에서 본 잡지에 있는 정보일 것이다. 확실한 수입. 창창한 미래. 기타 등등. 백열등 빛이 지은의 옆얼굴을 선명하게 그려내고 있었다. 감정이 풍부하고 독창적인 느낌을 주는 선. 절도범으로 오인받고도 씩씩한 아이. 무엇보다도 예고 없이 내 공간에, 아니 내 삶 속에 들어온 나의 손님. 민호는 턱을 쓰다듬으며 말했다.

"우선 진학하고자 하는 학과에 대한 상세한 정보들이 필요해. 필요한 내신 과목과 점수, 진학 후 진로…"

지은은 탁상 위에 펼쳐져 있던 얇은 책자를 내밀었다.

"고3 교무실 복도에 있는 책장에서 뽑아 왔는데… 통 무슨 말인지 모르겠어요."

민호는 책자를 받아서 열어 보았다. 밑줄이 여기저기 그어져 있었다. 둘은 30분 정도 시간을 들여서 안내 책자 보는 법을 같이 공부했다. 지은의 내신 성적이 바닥 수준이라는 것과 진학을 위해 필요한 과목과 점수도 알 수 있었다.

"저… 선생님. 부탁이 있는데요."

안내 책자를 백팩에 넣으며 지은이 물었다.

"음. 뭔데?"

민호는 머그잔을 입에 대며 물었다. 다 식어버린 믹스커피 맛이 기가 막혔다. 지은은 머뭇거리며 말을 계속해서 삼키고 있었다.

"괜찮으니까 말해 봐."

"궁금한 것 있을 때… 또 여쭤 봐도 될까요?"

웃음이 나왔다.

"다른 날은 어렵고… 수요일은 괜찮을 것 같구나."

"감사합니다."

오렌지색 백팩의 늠름한 뒷모습을 보며 민호는 미술실 문을 잠갔다.

"수고 많으셨습니다."

"예. 내일 봬요."

최희경이 나간 후 하수일은 자리로 돌아와 앉았다. 책상 위에는 2학년 생물 과목 수행평가 보고서가 펼쳐져 있었다. 잠시 동안 책상 위를 응시하던 하수일은 보고서를 서랍에 넣었다. 시간은 저녁 9시를 가리키고 있었다. 야간자율학습 감독이 퇴근할 시간이다. 이제 자신과 경비를 제외하고 학교에 아무도 없다. 아니다. 5층에서 두 늙다리가 술타령을 하고 있겠지. 그중 한 놈은 숙직실이나 된 듯 자빠져 잘 거고. 빌어먹을 두 놈 때문에 여간 신경 쓰이는 게 아니다. 하수일은 눈을 찡그리며 머그컵을 입으로 가져갔다.

그나저나 여자들 속마음은 알 수가 없다. 그 늙다리 강 훈이 뭐가 좋다고. 내 눈에는 그 위선이 다 보이는데 말이다. 겉으로 신사인 척하지만 그 인간이 어떤 인간인지는 내가 누구보다도 잘 알고 있다. 교내 테니스장 부지 임대사업 건만 해도 그렇다. 행정실장과 짜고 중간에 받아먹은 돈이 꽤 있을 거다. 전임 교감이 퇴임하면서 불거진 임대사업자 교체 건을 부드럽게 처리한 공로로 어부지리 교감이 되더니 이제 교장까지 올라가려고? 어림없다. 당신의 비리는 내가 책임지고 까발린다. 하수일은 키득거리면서 자리에서 일어났다.

손님이 올 시간이다.

　머리에 두건을 쓴 젊은 요리사 둘이서 요리를 만들어 내고 있었다. 요리 대결은 솜씨 있는 진행자의 리드에 따라 박진감 넘치게 진행되었다. 지은은 티브이를 바라보며 주황색 노트에 레시피를 기록하고 있었다. 얼마 지나지 않아 멋진 요리 두 세트가 화면을 가득 채웠다. 패널들의 감탄사가 나왔고 지은의 입에도 미소가 걸렸다. 할머니가 좋아하는 가지요리의 새로운 레시피를 확보했기 때문이다. 티브이를 끈 지은은 앉은뱅이책상 앞으로 기어가 책꽂이에서 하얀 표지의 책을 꺼냈다. 보석과 주얼리라는 제목의 책이었다. 깨알 같은 글씨와 그림이 가득 찬 책장을 넘기는 지은의 손가락에 힘이 들어갔다. 이런 집에서 벗어날 수 있다면, 내 방과 침대가 있고 할머니가 폐지를 안 주워도 된다면. 티브이에 나오는 요리들을 매일 할머니에게 만들어 줄 수 있다면… 난 뭐든 할 수 있다.

　"안 선생. 섭섭해서 어떡하지?"
　"아유. 선생님 죄송해요."
　안선영은 붉어진 얼굴로 맥주잔을 비운 뒤 강훈에게 돌려주었다. 맞은편에서 오보애가 눈짓으로 안선영에게 괜찮냐

는 사인을 했다. 안선영은 고개를 과장되게 끄덕이며 웃음을
보였다.

"그나저나 자립형 사립고등학교는 업무가 많다던데 안 선
생님 힘들지 않을까 걱정입니다."

하수일이 맥주잔을 만지작거리며 말했다. 형광등 불빛에
비친 오보애의 화사하면서도 어두운 얼굴빛은 단짝이었던
안선영이 비정규직의 굴레를 벗게 된 기쁨과 동시에 헤어지
게 된 아쉬움을 드러내는 것 같았다.

"영어, 수학 교사나 힘들지 자립고라고 해도 보건 교사는
큰 차이 없어. 아니 학교가 작아서 더 편할 걸 아마."

강 훈이 큼직한 치킨 다리 하나를 집으며 말했다.

"그런 소리 마세요. 교감 샘. 지방 자립형 고등학교는 여
기 서울하고 완전 달라요. 업무량이 장난 아니래요. 제 친구
가 그러는데…"

"여러분. 오늘은 안 선생님을 위한 자리니까 한 마디씩 덕
담 어때요? 뭐 선물 가져오신 분들은 같이 주셔도 되고요."

오보애의 말이 떨어지기가 무섭게 하수일이 가죽가방에서
포장을 꺼냈다. 오보애는 환한 얼굴로 선물을 받아 안선영에
게 전달했다. 하수일은 쑥스러운 듯 말했다.

"모형 온도곕니다. 책상 위를 장식하는…."

강 훈이 휘파람을 불었다.

"이야. 하 선생 그렇게 안 봤는데… 센스가 있구먼."

탁상 위는 곧 이별 선물로 풍성해졌다. 안선영은 오보애를 쳐다보며 들리지 않게 고마워라고 말했다. 오보애는 미소 띤 얼굴로 고개를 끄덕였다. 맥주잔을 비운 민호가 자리에서 일어났다.

"컨디션이 별로라서 말이야. 안 선생 미안해."

"오늘 와 주셔서 감사해요. 선생님. 아이들이 선생님 수업 좋다고 노래를 부르던데 저도 한번 들어 보고 싶었거든요. 그 왜 선생님의 인상파 수업이요."

안선영은 입구까지 따라 나오며 민호를 배웅했다. 민호는 웃었다. 돌아보니 강 훈이 멀리서 손을 흔들어 보였다. 민호는 북적거리는 맥줏집을 나서서 학교로 발걸음을 돌렸다.

경비는 신문을 펼치고 앉아 있었다. 민호는 경비실 안을 흘끗 쳐다보고는 학교 안으로 들어갔다. 밤인데도 하늘이 파랬다. 밤에 보는 푸른 하늘. 그 밤하늘 끄트머리로 본관 건물이 이어져 있었다. 민호는 계단을 올라갔다. 문틈 사이로 빛이 새 나오고 있었다. 아까 문을 잠그지 않고 나왔던가. 민수는 미술실 쪽으로 발걸음을 옮겼다.

형광등과 백열등이 모두 켜진 방에 지은이 앉아 있었다. 민호의 이마에 힘줄이 돋아났다.

"언제부터 있었니?"

벽에 걸린 백열등이 지은의 미소를 환하게 밝혀주고 있었다. 탁상 위에는 영어 단어 책 한 권과 에이포지가 한 장 놓여 있었다. 성적표였다. 민호는 지은의 옆 스툴에 앉으며 말했다.

"기말고사 잘 본 모양이구나."

"네."

지은은 에이포지를 민수 쪽으로 살짝 밀었다. 과목별 점수와 등수 그리고 맨 아래쪽에 연필로 쓰여진 전체 등수 기록. 본격적으로 공부를 시작한 지 3개월이 채 안 되어 큰 발전을 이룬 것이다. 민호는 잠깐 기다리라고 하고는 5층의 미술 교사방으로 올라가 콜라와 종이컵을 가지고 내려왔다. 식어 빠진 콜라지만 무슨 상관인가. 민호는 콜라를 종이컵 두 개에 나눠 담았다.

"10등 올리기도 힘든데 80등 가까이 오른 거야. 대단해. 하하."

지은은 쑥스러운 듯 고개를 끄덕였다.

"이런 기쁜 소식을 전하려고 이 시간까지 여기 있었던 거구나. 무서워서 불이란 불은 다 켜놓고 말이다."

"죄송해요. 복도가 너무 어두워서… 조금 무서웠지만 그래도 시간 아껴 가며 단어 암기했어요. 선생님이 알려 주신 방법대로요."

말을 마친 지은은 콜라를 단숨에 비웠다.

"모두 선생님 덕분이에요."

민호는 고개를 저었다.

"지은이가 애쓴 결과야. 자기 노력을 정당하게 평가할 줄도 알아야지."

지은은 잠시 고민하는 표정을 짓고는 백팩에서 뭔가를 꺼냈다. 하얀색 포장지였다.

"유튜브 보고 만든 비눈데 일명 건강비누예요."

큰 포장지 속에 작은 포장지가 도합 10개의 비누를 감싸고 있었다. 죽을 때까지 써도 될 양이라는 생각이 들었다. 미지근한 콜라 한 잔과 바꾼 비누. 민호는 쓴웃음을 지었다. 아까 보았던 푸른 밤하늘이 머릿속에 떠올랐다. 헤어질 시간이다.

어이가 없어 웃음이 나왔다. 교내 순시를 하던 경비가 한 시간이나 일찍 본관 문을 잠가 버린 것이다. 건물 안과 밖을 연결하는 1층의 철문 두 개가 모두 잠겼다. 귀찮은 일을 대충 해 놓고 경비실에 틀어박혀 수화기를 들고 친구들과 웃고 떠드는 경비의 모습이 그려졌다. 민호가 세 번째로 전화를 걸었지만 통화중 메시지가 20분째 계속되고 있었다. 이대로 경비가 얼마 동안 통화할지 알 수 없는 일이다. 지은과 함께 어두운 복도를 오가던 민호의 눈에 1층과 2층 사이에 있는 창문이 들어왔다. 창문은 손으로 열렸다.

"다리부터 내밀고 살짝 뛰어내리면 돼."

"…"

먼저 아래로 착지한 민호가 창문 밑에서 지은 쪽을 보고 있었다. 높지 않은 창문이었지만 여학생이 뛰어내리기엔 부담스러웠다. 잠시 고민하던 지은은 결심한 듯 창문에 걸터앉은 채로 두 다리를 아래쪽으로 쭉 뻗었다. 그대로 몸을 낙하시키면 바닥에 안착할 수 있다. 관건은 몸의 평형을 유지할 수 있는 손의 힘이었다. 지은의 자그마한 몸이 스프링처럼 앞으로 튕기며 앞으로 떨어졌다. 정확히 민호의 머리 위였다.

지은은 정문을 나서며 민호에게 인사를 했다. 죄송해요. 선생님. 민호는 웃으며 고개를 저었다. 지은은 지하철 쪽으로 걸어가면서 민호 쪽으로 두어 번 얼굴을 돌렸다. 민호는 지은이 지하철 계단으로 내려갈 때까지 서서 지켜보았다. 허리가 좀 욱신거리지만 오랜만에 자신의 몸속에 뜨거운 피가 돌고 있음을 새삼 확인했다. 밤하늘은 자기 색깔로 돌아와 있었다. 경비는 계속 통화 중이었다.

마지막 남은 한 사람이 퇴근하고도 30분이 지나자 하수일은 천천히 자리에서 일어났다. 강 훈의 책상 앞에 선 하수일은 한 번 심호흡을 한 다음, 서랍을 열었다.

혹시나 했지만 역시나였다. 교내 테니스장 부지 문제로 다투기는 했지만 강훈이 하수일의 휴대폰을 훔쳐 갈 위인은 아니다. 역시… 그 녀석이다. 하수일은 얼굴을 찡그린 채 주저앉듯 앉았다. 방심하다가 기습을 당했다. 도대체 어디서 훔쳤지? 휴대폰은 항상 안쪽 포켓에 넣고 다닌다. 고개를 가로 젓던 하수일은 아차 싶었다. 창고다. 남의 물건을 훔치는 기술을 가진 아이라는 걸 잊고 있었다. 빌어먹을. 하수일의 얼굴이 일그러졌다. 수많은 사진과 메시지들이 눈앞을 스쳐갔다. 찾아야 한다.

엄마는 초등학교 4학년 때 집을 나갔다. 며칠 지나자 아빠는 나를 데리고 외할머니 집으로 갔다. 외할머니 집에 나를 맡긴 후, 아빠는 일 년에 한두 번 얼굴을 보였다. 나중에는 바쁘다며 그마저도 오지 않았다. 초등학교 6학년, 그즈음부터였다. 불안감이나 분노가 일면 뭔가를 훔쳐야했다. 필기도구, 소형 전자제품, 지갑…. 마음이 편안하고 행복감이 생길 때는 눈앞에 물건이 있어도 손대지 않았지만 균형이 무너지면 그 즉시 뭔가를 훔쳐야 했다. 그날 체육관에서 시계를 훔친 것도 다 이유가 있다. 가끔 와서 먹이를 주던 고양이가 죽어 있었기 때문이다. 도서관 뒤쪽 수풀에 고양이를 묻어 주고 나왔다. 누구라도 좋았고 어떤 물건이라도 좋았다. 그 때 맞은편 체육관에서 공 소리가 들렸고 체육관 안에 운동부 숙소가 있다는 사실이 떠올랐다. 숙소 쪽으로 들어가다가 농구코트로 이어지는 복도 끄트머리에 놓인 운동화를 본 건 순전히 우연이었다. 운동화 안에서 순간적으로 반짝이는 빛이 보이지 않았어도 손대지 않았을 것이다. 커다란 금딱지 시계를 조그만 치마주머니에 넣을 순 없었다. 불룩하게 티가 나기 때문이다. 팔목 위쪽에 시계를 차고 상의로 감춘 건 감쪽같았다. 물론 그가 그렇게 빨리 도서관에 들이닥칠 줄 알았다면 풀숲에라도 감췄을 것이다. 시계를 팔에 두른 채 교무실로 앉아 있을 때의 터질 것 같은 긴장감은 지금도 그리울 정도다. 농구부 아이들이 나가고 난 후, 그는 소지품 검사를 하겠다며 내 윗옷을 벗겼다. 팔에서 나온 시계를 보고 그의 눈이 휘둥그레졌다. 실제로 시계가 나올 줄 몰랐겠지. 목적은 다른 데 있었으니까.

중3 때 담임의 말이 떠올랐다. 고등학교에서는 퇴학당할 수 있어. 의무교육이 아니니까. 거기서는 남의 물건에 손대지 마. 그도 똑같이 말했다. 친구 물건도 아니고 교사 물건을 훔쳤으니 고소당할 거고 형사사건 피의자는 학교 규정에 따라 퇴학당할 거라고. 그의 손길이 싫었지만 퇴학을 당할 수는 없었다. 할머니가 슬퍼하실 거니까. 그 날 그는 휴대폰으로 내 몸을 촬영했다.

지은은 두 손으로 얼굴을 감싼 채, 거울을 바라보았다. 손바닥에 차가운 기운이 아직도 남아 있다. 몇 시간 전 창고에 들어갈 때만 해도 휴대폰을 훔칠 생각은 하지 못했다. 곰팡내 나는 커튼 밖에서 아이들의 웃음소리가 들리기 전까지 말이다. 극도의 불안감과 불쾌감은 위험한 시도를 가능케 했다. 행위 도중 하수일의 안주머니에서 휴대폰을 빼내는 데 성공했다. 비밀번호가 걸려 있어 열어볼 수 없는 게 아쉽지만 뭐 나쁘지 않은 시도였다. 그 인간은 휴대폰이 어디서 사라졌는지도 모를 게 분명하다. 휴대폰을 서랍에 넣는 지은의 얼굴에 희미한 미소가 떠올랐다.

강 훈은 커다란 가죽의자에 앉아 재떨이를 노려보고 있었다. 조금 전에 비벼 끈 꽁초에서 연기가 피어오르고 있었다.

"일단 지켜봅시다. 단순 가출일 수도 있다고 하니까."

"학원도 안 다니고 학교와 집만 왔다 갔다 한 아인데 혹시 밤에 무슨 일이라도 당한 거면 어쩌죠?"

떨리는 목소리로 말한 것은 담임인 백재은이었다. 사범대 졸업 후 첫 직장이자 첫 담인인 학급 학생이 행방불명되는 사건이 벌어졌으니 당황할 만했다. 사라진 지 일주일이 지나도록 지은에게서는 아무런 소식이 없었다.

"친한 친구도 없고 또 가까운 선생님도 없었다고 하니… 이것 참."

혼잣말하듯 말하는 강 훈의 마음 한가운데 뚜렷이 떠오르는 이름이 있었다. 이유은. 10개월 전에 그 아이도 아무런 이유 없이 사라진 후 지금까지 실종 상태다. 회의실에 있는 다른 두 사람도 같은 생각을 하고 있음에 틀림없었다.

"할머니와 같이 사는 아인데… 얼마나 상심이 크실까."

울먹이는 백재은의 말에 회의실은 더 어두워졌다.

"경찰에서 오후에 참고인 진술하러 오라더군요."

하수일이 입술을 삐죽거리며 말했다. 강훈은 알고 있다는 듯 고개를 끄덕였다.

"그때 그 시계 도난사건 때문일 겁니다. 농구부 아이 둘이 증언을 했기 때문에 확인이 필요했다고 말하면 되지 않을까요?"

그런 게 아냐. 병신아. 하수일은 물컵을 들어 남은 물을 한입에 털어 넣었다.

"그 사건 무혐의로 끝나지 않았나요? 교실에서도 왕따 같은 건 없었어요. 반발심 때문에 그랬는지 모르지만 그 일 이후에 성적도 많이 올랐다구요."

백재은은 자기 교실에 왕따 같은 건 상상할 수 없다는 표정을 지었다. 하수일의 입꼬리가 올라갔다. 일지 기록이나 겨우 해내는 주제에 담임 코스프레를 하다니. 웃기는 군, 그나저나 경찰이 나를 왜 부르는 걸까. 혹시 그 몹쓸 꼬마 집에서 내 휴대폰을 찾은 걸까.

"어쨌건 경찰에서 열심히 찾고 있으니까 무슨 연락이 오겠죠. 뒤틀린 감정이 올라오면 충동적으로 그럴 수 있는 나이니까 의외의 곳에서 잘 지내고 있을 가능성도 충분히 있습니다. 자자. 이제 나가서 일들 보세요."

두 사람은 일어서서 강 훈에게 고개를 숙이고는 회의실을 나갔다. 강 훈은 굳은 표정으로 한참 동안 앉아 있었다.

"그러니까 미술실에서 진로 상담을 했다는 거죠?"

실종팀 유경수 경사는 종이컵을 민호 쪽으로 밀어주며 말했다. 시계 도난사건부터 민호의 이야기를 들은 유경수는 고개를 주억거렸다. 민호는 두 손을 모은 채로 꼼짝하지 않았다. 녹음방이 아닌 사무실에서 이루어지는 참고인 진술이지만 경찰서인지라 긴장되는 건 어쩔 수 없었다.

"예. 진로 고민도 공유하고 또 공부도 도와주고 뭐 그랬습니다. 그날도 성적이 올랐다고 제게 성적표를 보여 줬거든요. 겉으로 보기에 학교 부적응자 같아도 사실 명랑하고 또 의욕에 찬 학생이었습니다. 갑자기 그렇게 가출을 할 아이는 아니라고 생각합니다."

유경수는 빠른 속도로 자판을 두드리면서 물었다.

"상담하면서 뭔가 아시게 된 건 없나요? 예를 들어 누구와 사귄다든지 아니면 누구와 싸웠다든지."

"그런 건 가족이나 담임선생님이 더 잘 아시지 않을까요?"

민호의 왼손이 종이컵 쪽으로 갔다.

"아. 물론 담임선생님께도 같은 질문을 할 예정입니다. 장 선생님이 이렇게 자발적으로 서에 와 주셨기 때문에 드리는 질문이라고 이해해 주시면 감사하겠습니다. 실종된 지은 학생이 믿고 의지한 분이니까 뭔가 더 내밀한 고민을 털어놓았을 수도 있겠다는 생각도 들고요."

말을 마친 유경수도 자신 앞에 놓인 머그컵을 들었다.

"그 아이가 제게 개인적인 고민을 말한다거나 그런 적은 없습니다."

머그컵 끄트머리로 삐져나온 유경수의 눈이 민호의 입 주위를 훑었다.

"그 아이는 보석세공사라는 구체적인 꿈을 가지고 있었습니다. 물론 성적이 더 오르면 다른 꿈을 권할 생각이었습니다만…."

자판 두드리는 소리가 다시 들리기 시작했다. 잠시 후 유경수는 출력된 문답조서와 인주를 내밀었다. 민호는 지장을 찍어 유경수에게 돌려줬다.

"오늘 이렇게 자발적으로 오셔서 협조해 주신 점, 깊이 감사드립니다. 살펴 가세요."

민호가 일어서며 목례를 하고 문 쪽으로 돌아설 때 유경수가 생각난 듯 말했다.

"참. 지은 양이 장 선생님 말고 주기적으로 시간을 공유한 사람이 학교에 있었던 것 같은데 혹시 아시는 바 있나요?"

민호는 눈을 크게 뜬 채 고개를 갸우뚱했다.

"아뇨. 아는 바 없습니다."

"그렇군요. 감사합니다."

유경수는 환하게 웃으며 고개를 숙였다. 사무실을 나오는 민호의 이마에 힘줄이 불거져 있었다.

"선생님 물건이 맞나요?"

"맞아요. 제 겁니다. 며칠 전에 학교에서 잃어버린 건데. 이게 왜 여기…"

하수일은 어처구니없다는 표정을 하고 있었다. 유경수는 하수일의 입꼬리를 응시했다.

"학교에서 잃어버리셨다고요?"

"그런 것… 같습니다."

"구체적으로 어디서요?"

"그건 잘 모르겠습니다. 퇴근 후 집에 가서 보니 휴대폰이 없었어요. 일단 정지시켜 놓고 다음 날 학교에 와서 죄다 뒤졌는데 없더라고요. 그런데…"

"실종된 여지은 학생을 아시죠?"

하수일이 고개를 끄덕였다.

"몇 달 전 시계 도난 사건 때 제가 상담했던 학생입니다. 훔친 증거가 없어서 그냥 보내 줬어요. 기록도 남겼으니까 분명히 기억합니다."

"그 날 이후에 그 학생을 다시 만난 적이 있으신가요?"

"아뇨. 그런데 그건 왜 물으시죠? 그리고 제 휴대폰이 왜 여기 있는 겁니까? 또 제 휴대폰이 그 아이 실종과 무슨 상관인가요?"

하수일의 목소리가 떨렸다. 유경수가 손짓하자 옆에 있던 정복경찰관이 탁상시계 크기의 영상 재생기를 하수일이 볼 수 있게 녹화실 책상 위에 놓고 버튼을 눌렀다. 화면이 열리더니 영상이 시작되었다.

"정보관 건물은 얕은 담을 사이에 두고 아파트 단지를 마주하고 있습니다. 이 영상은 아파트 단지 내 설치된 방범카메라에서 나온 겁니다. 아파트 단지 내에 출몰하는 바바리맨 때문에 주민들이 설치한 거라고 하더군요."

"…"

"아시다시피 정보관 1층에는 컴퓨터실과 창고, 2층은 대형강의실이 있습니다. 창고를 제외한 두 곳은 수업이나 외부 강의가 있을 때만 열리는 곳이죠. 담당자가 열쇠를 관리하고요. 녹화된 당일도 그랬습니다."

"선생님이 정보관을 나오고 약 5분이 지나서 지은 학생이 나옵니다. 창고가 있는 왼쪽 방향에서 말이죠. 참고로 이날 시간차를 두긴 했지만 점심시간에 정보관을 드나든 건 두 사람밖에 없습니다."

말을 마친 유경수는 영상을 잠시 멈췄다. 하수일은 무표정한 얼굴로 유경수를 바라보고 있었다. 유경수는 한없이 친근한 표정이었다.

"그날 낮에 정보관에 왜 가신 거죠?"

하수일의 입술이 씰룩거렸다.

"정보관 안에서 흡연을 하는 아이들이 있다는 소문이 있어서 불시 점검하러 간 겁니다. 제 업무가 기율 담당이니까요."

유경수의 입가에 미소가 떠올랐다.

"아 그랬군요. 그래서 흡연하는 학생을 지도하셨나요? 창고에서?"

하수일은 어깨를 으쓱했다.

"그 녀석밖에 없었습니다. 물론 담배를 피우지는 않더군요. 창고 구석에서 울고 있길래 무슨 일이냐고 물었습니다."

유경수는 흥미롭다는 듯 고개를 끄덕였다.

"계속 물어도 대답하지 않고 울기만 하더군요. 수업 시작 종이 울리길래 빨리 들어가라고 하고 그냥 나올 수밖에 없었습니다. 그때 그러지 말았어야 했는데."

유경수는 이해한다는 표정을 지으며 영상을 다시 켰다. 영상 속의 배경은 역시 정보관이었지만 날짜는 달랐다.

"3개월 전 영상입니다. 저녁 9시고요. 동일한 방식으로 정보관에서 두 사람이 나오고 있는데 이건 어떻게 설명하실 겁니까. 그날도 아이가 구석에서 울고 있었나요?"

진술녹화실의 탁한 불빛이 조금씩 하수일의 얼굴을 감싸 올라오고 있었다.

"제 동료가 창고를 샅샅이 수색하고 있습니다. 거기서 어떤 증거품이 나올지 모르니까 혹시 할 이야기가 있다면 지금 말하는 게 좋을 거 같군요."

유경수는 팔짱을 낀 채 하수일을 지그시 내려다보았다. 휴대폰은 어느샌가 유경수의 오른손 안에 들어가 있었다.

가을이지만 일교차가 심해 낮에는 반팔을 입고 다녀야 할 정도다. 강 훈과 민호는 정문 옆쪽으로 난 교내 산책로를 걷고 있었다.

"하 선생, 아니 하수일이 그놈 때문에 학교 이미지가 너무 나빠졌어. 그래도 지역의 유서 깊은 명문사학인데 말이야."

하수일의 휴대폰에서 여러 여학생의 사진과 동영상이 나왔다는 소문이 삽시간에 퍼졌고 지역사회는 충격에 빠졌다. 하지만 하수일은 수많은 혐의점에도 불구하고 여지은 실종과의 연관성을 끝까지 부인했다. 이에 경찰은 작년에 있었던 이유은 실종 사건으로까지 조사를 확대하고 있었다. 당시 이유은의 담임 교사가 하수일이었기 때문이다. 하수일 사건은 여름방학 내내 신문을 도배했다.

"학교 이미지 때문에 올해 진학 성적이 좋지 않을까 봐 걱정하는 건가? 과연 교감이시군."

민호는 감탄한 듯 말했다. 멀리 도서관 옆의 장의자에 앉아서 가을의 기운을 즐기는 아이들이 보였다. 강 훈이 아이들 쪽을 바라보며 말했다.

"아무튼 앞으로 몇 년간은 고생해야 할 거야. 우리 W여고가 이전처럼 주변의 우수한 중학생들을 독식하지는 못할 테니까."

몇몇 아이들이 옆을 지나치며 강 훈과 민호에게 인사를 했다. 민호는 미소를 머금은 얼굴로 가볍게 목례를 했다.

"오보애 선생이 휴직계를 냈어. 하수일 그놈이 하도 귀찮게 들이대서 밖에서 몇 번 만났나 봐. 달래려고 그런 거지.

시내 레스토랑에서 단둘이 저녁식사 하는 걸 학부모 한 사람이 우연히 본 모양이야. 엉뚱한 소문이 돌아서…. 오 선생. 착한 성격이잖나."

"요 며칠 안 보이더라니 그런 사정이 있었군."

민호는 걱정스러운 표정을 지었다. 산책로가 끝나며 정보관이 나타났다. 낡은 2층 건물 입구에 새끼고양이 한 마리가 똬리를 틀고 있었다. 근처 아파트 단지에서 넘어온 녀석 같았다. 민호가 다가가자 고양이는 뒤로 돌아 펜스를 훌쩍 뛰어넘어 아파트 쪽으로 돌아갔다. 민호는 고양이가 넘어간 쪽을 쳐다보았다. 방범카메라는 저 건물들 어딘가 눈에 띄지 않는 곳에서 지금도 작동되고 있을 것이다. 그 방범카메라가 아니었다면 하수일이 의심받기는 힘들었으리라. 고마운 물건이다.

딸이 날 떠나고 아내가 날 버렸을 때, 난 결심했다. 예기치 못한 이별은 결코 맞이하지 않겠다고. 내가 사랑하는 그 누구도 날 버리지 못하게 하겠다고. 그 쓸쓸한 날 밤 창고에서 나오는 두 사람이 내 눈에 띈 건 어쩔 수 없는 필연이었다. 지은의 마지막 모습이 떠올랐다. 행복한 표정으로 내가 건네준 캔 음료를 마시던 그 모습, 아름다운 추억을 남긴 채 박제된 그 아이는 황량한 겨울에서 나를 구원해 준 나의 봄이었다. 순간의 빛을 영원한 인상으로 남긴 인상파 소묘처럼. 내 손으로 먼저 떠나보낸 유은과 함께 말이다.

수업 시작을 알리는 종소리가 울렸다. 민호는 몸을 돌렸다.

"오후 수업 없는데 한 바퀴 더 돌까?"

강 훈은 너털웃음을 지으며 민호와 함께 도서관 쪽으로 걷기 시작했다.

시원한 가을바람이 따뜻한 햇살을 타고 민호의 얼굴을 감싸 안았다. 머지않아 겨울이 올 것이다. 하지만 걱정할 것 없다. 겨울 다음엔 다시 봄이니까. 언제나 그랬듯이.

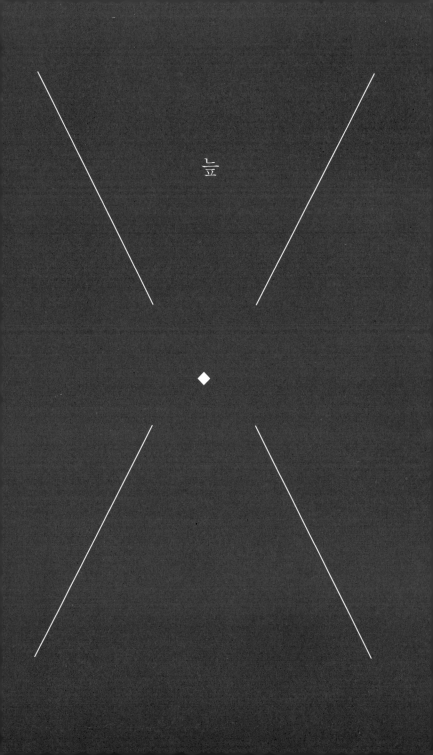

벨이 울렸지만 대답 소리는 들리지 않았다. 벨 소리는 이윽고 노크 소리로 바뀌었다. 문틈으로 미세하게 빛이 나오고 있는 걸로 봐서 실내에 사람이 있는 게 분명했다. 하지만 아무런 인기척도 느껴지지 않았다. 두 방문객은 눈빛을 교환한 후 문을 두드리기 시작했다. 문이 흔들리며 안으로 조금 밀려 들어갔다. 잠겨 있지 않았던 것이다. 빛이 들어가자 실내 모습이 눈에 들어왔다. 거실 중앙에서 천천히 흔들리는 인간 샹들리에의 모습. 난장판이 된 거실 한 가운데 매달린 시체가 괘종시계의 초침 소리에 맞춰 공중을 돌고 있었다. 얼굴 한쪽에 피를 뒤집어쓴 채, 두 눈을 감고 공중에 떠있는 시체의 아래쪽에 또 다른 시체의 발이 놓여 있었다. 비명소리가 복도를 가득 채웠다.

"수학을 잘하고 싶은데 기초가 부족해서 걱정이에요."

입학 첫날부터 담임에게 질문을 하는 건 흔치 않은 일이다. 주관식은 임수련을 찬찬히 살펴보았다.

"이제 시작하니까 열심히 하면 될 거야. 어떤 부분이 걱정이니?"

"함수하고 도형 부분이… 좀 심각해요."

"그 부분은 누구나 어려워해. 그보다 수련이가 수학 성적을 올리려하는 의지를 가지고 있다는 사실이 중요한 거지."

"그렇기는 한데요…"

수련은 답답하다는 표정을 지었다.

"저… 고등학교니까 시험 문제가 중학교보다 많이 어렵겠죠?"

관식의 입에서 웃음이 나왔다.

"확실히 중학교 때보다는 좀 어려울 거야. 고등학교니까 말이다. 하지만 점수는 노력한 만큼 받는 거잖니. 그러니까 미리 걱정하지 말고 지금부터 열심히 하면 돼."

"예."

수련은 풀이 죽은 목소리로 대답하며 일어섰다. 관식은 조용히 문을 열고 총총히 나가는 수련의 뒷모습을 바라보았다.

두 달이 지났다. 중간시험이 끝나고 성적표가 배부되면서 교복이 군청색에서 하얀색으로 바뀌었다. 교사들은 서서히 긴장 모드로 들어갔다. 교복 색깔이 바뀌는 초여름은 잠재되어 있던 갈등이 표출되는 시기다.

"드릴 말씀이 있어요."

수련이 다시 교무실로 관식을 찾아온 것은 성적표가 배부된 지 삼 일 후였다.

"음. 앉아라."

관식은 접이식 의자를 펼쳐서 공간을 만들어 주었다. 수련은 조심스럽게 앉았다. 흐뭇하게 웃음 짓는 관식의 귀에 떨리는 목소리가 들어왔다.

"저… 아무래도 안 될 거 같아요."

"뭐가?"

"작년도 입학 성적 보니까 우리 학교에서 의대 진학한 언니가 모두 3명이던데… 전교 40등으로 의대는 무리겠죠?"

관식은 천천히 서류를 놓으면서 짐짓 말했다.

"이 녀석아. 앞으로 고3 되려면 얼마나 많은 시간이 있는데 벌써부터 되니 안 되니 하면서 힘 빼면 못써요."

수련은 입을 꼭 다문 상태로 자세를 바꾸지 않고 관식을 바라봤다. 소심하면서도 고집스러운 표정이었다. 뭔가 할 말이 있는 듯했다. 수련의 팔목에 감긴 토시가 관식의 눈에 들어왔다. 연노란색의 짧은 토시가 양 손목을 감싸고 있었는데 수련은 한 손으로 다른 쪽 토시를 쓰다듬고 있었다.

"선생님. 제가 열심히 노력하면 의대에 갈 수 있을까요?"

관식은 수련을 지그시 바라보며 입을 열었다.

"내 말 들어봐. 우리 학교가 전국에서 상위 5퍼센트에 들어가는 학교인데 넌 거기서 상위 10퍼센트잖니? 그러니까 수련이 넌 우리나라 고등학생 중 상위 0.5퍼센트라는 이야기야. 200명 중에 한 명 안쪽이지. 평균적인 시각에서 보면 아주 아주 상위 성적이니까 스스로에게 자부심을 좀 가졌으면 좋겠다."

수련의 눈빛이 관식의 입에 머물러 있었다.

"의대를 목표로 열심히 공부하는 건 좋아. 하지만 그 학과가 아니면 안 된다는 생각은 하지 말기 바래. 꼭 의대에 가지 않더라도 자기를 실현하고 타인을 돕는 직업은 많으니까 말이다."

수련의 입이 실망한 듯 삐죽거렸다.

"그건 안 가는 게 아니고 못 가는 거죠."

"의대를 원하지 않는 아이들도 있지 않겠니?"

관식의 목소리에 조금 힘이 들어갔다. 하지만 수련의 입 모양은 바뀌지 않았다.

"혹시… 의대에 간 선배들 내신 성적을 알 수 있을까요?"

관식은 한숨을 쉬며 노트북을 열어 내부 네트워크 경로를 찾아 들어갔다. 키보드를 몇 번 두드리자 최근 몇 년 간 의대에 입학한 졸업생들의 내신 성적, 대학명, 수능 성적 기록이 화면에 나타났다. 관식은 이름을 지우고 내신 성적 자료만을 추린 다음, 인쇄 버튼을 눌렀다. 자료를 받아서 교무실을 나가는 수련의 눈이 빛났다. 의대에 합격한 선배들의, 선별된 자료를 받는 것만으로 반쯤 의대에 발을 걸친 기분인 듯했다.

"진지한 학생이네요."

맞은편에 앉아 있던 오상훈이 말을 걸었다.

"1학년 때부터 저렇게 열정적으로 진로를 준비하는 학생은 거의 없잖아요. 저 친구 수업시간에도 아주 적극적이거든요. 발표도 다른 아이들과 수준이 달라요. 생명과학 관련해서 읽은 책도 많고요."

관식은 웃으며 대답했다.

"너무 진지해서 탈인 것 같지만요."

오후 수업 시작을 알리는 종이 울렸다. 오상훈은 기지개를 켜며 자리에서 일어섰다. 관식도 3학년 수업이 있었다. 둘은 사이좋게 교무실을 나섰다.

책상 위에 수학 문제집이 펼쳐져 있었지만 수련의 눈은 허공을 바라보고 있었다. 낮에 통화했을 때 엄마 목소리는 평소와 조금 달랐다. 혹시 담임이 엄마에게 무슨 말을 했을까?

수련의 입에서 작은 한숨이 나왔다. 탁상시계가 열 한 시를 가리키고 있었다. 쓸데없는 생각 하느라 문제 풀 시간을 날렸다. 수련은 천천히 토시를 벗어서 책상 위에 놓았다. 한 손으로 블라우스를 벗으며 다른 손으로 옷걸이에서 셔츠를 집을 때 방 바깥에서 도어 록 소리가 리드미컬하게 들렸다. 수련은 신속하게 블라우스를 벗고 티셔츠에 머리를 넣으면서 방을 나갔다. 책상 위에 놓인 거울에 시퍼렇게 멍든 등이 흉물스럽게 비쳤다.

노크를 하자 네 하는 대답이 들려왔다. 관식은 문을 열고 들어갔다. 화사한 보랏빛 원피스를 입은 하지은이 어질러진 탁상을 정리하고 있었다. 타원형의 탁상 위에는 여기저기 펼쳐진 필기구들과 크레파스 잔여물들이 지저분하게 흐트러져 있었다. 하지은은 살짝 얼굴을 들어 오셨어요, 하고는 과자와 사탕 부스러기를 접시에 담아 개수대로 들고 갔다. 관식은 가방을 귀퉁이 쿠션에 놓고 탁상 정리를 도왔다. 정리는 곧 끝났다. 하지은은 생수와 녹색 음료가 든 유리컵을 두 손에 들고 와 탁상 위에 사뿐히 놓았다.

"페퍼민트 음료예요. 피곤이 확 날아갈 걸요."

"음료 광고 카피 같은 말씀을 하시네요. 하하."

녹색 음료는 상큼한 박하향과 적당한 단맛을 담고 있었다.

관식은 한 번에 컵을 비웠다. 관식의 맞은편에 하지은이 앉았다.

"휴~ 지난 중간고사에서 부정행위한 3학년 아이가 있었잖아요."

대부분의 교사들이 잘 알 정도로 성적이 좋은 학생이어서 관식도 기억하고 있었다.

"서로 시간이 맞지 않아서 계속 미루다가 오늘 드디어 상담을 마쳤네요."

하지은은 뜨뜻미지근한 표정을 짓고 있었다.

"영어시험이 마지막 날인 줄 알고 있었대요. 시험 날짜를 착각한 거죠. 전날 깨닫고는 커닝페이퍼를 만든 모양이에요."

"..."

"후회를 많이 하더라고요. 실력이 있는 친구니까 내신을 포기하더라도 수능에 최선을 다하면 진학에 문제는 없을 거예요."

관식은 손목시계 안쪽 버클에 쪽지를 숨기고 시험을 보던 그 옛날의 기억을 떠올렸다. 감독 교사 몰래 버클에서 쪽지를 꺼낼 때 콩닥거리던 가슴…. 학창시절에 부정행위로 처벌받는 것이 긴 인생에서 그리 나쁜 일은 아닐 것이다. 문득 수련이 손목을 두르고 있던 토시가 떠올랐다. 수련이가 같은 상황이라면 어떻게 할까? 성적에 대한 집착이 강한 아이다. 자신에게 실망한 나머지 시험을 포기할까? 아니면 열심히 커닝페이퍼를 만들어 토시 안에… 숨길까? 실없는 생각에 웃음이 나왔다. 하지은이 고개를 갸우뚱하며 관식을 쳐다보고 있었다. 관식은 헛기침을 한 번 한 후, 입을 열었다.

"상의드릴 일이 있어서 왔습니다."

건축가였던 아빠는 한 달에 절반 이상을 집에 들어오지 않았다. 일 때문이었겠지만 그것만이 이유가 아니란 건 어린 수련도 느낄 수 있었다. 수련이 아주 어렸던 시절을 제외하면 아빠와 엄마가 다투지 않은 날은 손꼽을 정도였다. 아빠는 지방 출장이 잦았고 조그마한 무역회사 경리직원이었던 엄마도 늦게 들어오는 날이 많았다. 수련은 혼자서 엄마가 차려 놓은 밥을 먹고 카드놀이를 하다가 잠들곤 했다. 피곤에 지친 몸을 이끌고 집에 돌아온 엄마는 가끔 수련에게 아빠가 나쁜 놈이며 다른 여자와 살림을 차렸다는 말을 해 댔다. 엄마에게서 아빠를 뺏어간(엄마의 표현에 따르면) 여자의 직업은 의사였다. 좋은 대학을 나오지 못하면 변변치 못한 직업을 전전하며 끊임없이 상처받고 살아갈 수밖에 없다는 것은 굳이 엄마가 말해주지 않아도 수련은 이미 터득하고 있었다. 가족이었던 아빠와 할머니에게도 엄마는 무시당하고 살

앉으니까. 수련이 초등학교 5학년이 되고 얼마 후, 아빠와 엄마는 헤어졌다. 이제 아빠는 없는 거야. 엄마가 웃으며 말한 며칠 후, 할머니가 다녀갔다. 수련은 문 뒤에 숨어서 엄마와 할머니가 큰 소리로 싸우는 것을 보았다. 할머니는 얼마 못 되어 돌아가셨다. 택시에서 내리다가 미끄러져서 바닥에 머리를 찧었다고 했다. 엄마는 전부터 알고 지내던 변호사의 소개로 법률사무소의 경리 일을 시작했다. 그 즈음부터 폭행이 시작되었다.

"어서 와."

하지은은 활짝 웃으며 수련을 맞았다. 수련은 어색한 미소를 머금은 채 천천히 상담실 안으로 들어왔다. 커다란 교사용 책상 뒤편의 유리창을 통해 교정에 서 있는 나뭇잎들의 푸른빛이 반사되어 들어오고 있었다. 멍하게 서 있는 수련의 귀에 하지은의 목소리가 들렸다.

"아무 데나 편하게 앉아. 그보다 상담실이 처음일 텐데 음료수라도 마실래?"

하지은은 수련의 대답을 기다리지 않고 창가 쪽 벽에 붙어 있는 부스로 들어갔다. 수련은 책상 끄트머리 쪽으로 걸어가서 검은색 의자를 빼고 비스듬하게 앉았다. 땅에 사뿐히 내려앉는 고양이 같았다. 곧 하지은이 생수와 분홍색 액체를 담은 유리컵 두 개를 들고 부스에서 나와 테이블 위에 컵을 놓으며 수련의 왼쪽에 앉았다. 수련은 책상 위에 시선을 박은 채, 왼쪽을 쳐다보지 않고 있었다.

"오늘 점심 메뉴 뭐였어?"

수련은 잠에서 깬 듯 고개를 들어 하지은을 쳐다봤다. 짧은 단발머리에 경쾌한 몸놀림. 편안하면서도 긴장감이 느껴지는 보이시한 목소리.

"스파…게티요."

잠시 수련을 쳐다보던 하지은은 창문 쪽으로 고개를 돌리며 말했다.

"후후, 수련이는 스파게티가 별로인 모양이구나."

"…예?"

수련은 움찔하면서 하지은 쪽으로 몸을 돌렸다.

"어떻게 알았냐구?"

하지은은 수련의 장난스럽게 말하며 탁자 위로 손을 뻗었다.

"오늘 첫 손님이라 특별히 알려 주지."

물을 마시는 하지은의 목젖이 살짝 도드라져 보였다. 투명한 컵이 탁 소리를 내며 탁자 위에 놓였다.

"스파게티나 볶음밥이 나오는 날은 점심시간 종이 치자마자 급식실로 뛰어온 아이들로 줄이 밀리는 거 나도 알아. 인기 메뉴니까. 보통 때보다 식사 시간이 훨씬 많이 걸려서 4

교시 시작하고 교실에 들어가는 아이들도 꽤 된다는 애길 들었거든."

수련은 진지한 표정을 짓고 있었다. 하지은의 표정이 더없이 진지했기 때문이다.

"그런데 지금은 급식 시작한 뒤 고작 15분이 지났어. 광속으로 달려갔다면 모를까 스파게티를 기다렸다가 다 먹기에는 너무 이른 시간이야. 그리고 난 수련이가 급식실로 뛰어가는 걸 상상할 수 없어. 확장된 동공에 벌어진 입을 하고서 급식실로 쿵쿵거리며 뛰어가는 건 너하고 안 어울리니까."

"풋!"

수련의 입에서 웃음이 새어 나왔다.

하지은은 첫눈에 수련이 무방비상태임을 알아보았다. 수련이 양팔에 두른 짧은 토시는 하지은의 확신을 강화시켰다. 수련도 언니 같고 또 어찌 보면 오빠와도 같은 중성적 매력의 하지은이 싫지 않았다. 수련은 일주일에 두 번씩 상담실에 드나들었다. 월요일과 목요일 오후에 짧으면 삼십 분, 길면 한 시간씩 면담을 했다. 성적과 진학에 대한 고민으로 시작한 상담이었지만 일상적인 취미생활에 이르기까지 대화가 이어졌다. 수련은 초등학교 고학년 때부터 시작한 글쓰기 취미가 있었다. 노트에 습작한 단편 소설도 세 편이나 있었다. 쑥스럽게 자신이 만든 이야기를 들려주는 수련과 흥미진진

한 표정으로 이야기를 듣는 하지은의 얼굴 사이의 거리가 조금씩 가까워졌다. 면담이 끝나면 하지은은 수련을 꼭 안아주었다.

관식은 마음 한구석에서 걱정이 이전보다 커지고 있었다. 수련을 상담실에 연결해 준 게 잘한 일일까? 상담을 하면서 진학과 관련해서 조언을 얻을 수도 있다는 관식의 말에 수련은 고개를 끄덕였다. 이후에 관식에게 오지 않는 걸로 봐서 상담이 잘 진행되는 것 같다. 하지만…. 관식은 한숨을 쉬며 자리에서 일어났다. 창문 쪽을 제외한, 세 벽에 놓인 화이트보드에는 그림들이 맥락 없이 그려져 있고 군데군데 낙서 같은 문장들이 보였다. 학생들이 상담받는 동안에 편안하게 쓴 것 같았다. 관식은 그것들을 천천히 훑어보았지만 딱히 수련이를 떠오르게 하는 낙서나 그림은 없었다. 그때 전화벨이 울렸다. 관식은 잠시 고민하다가 책상으로 다가가 수화기를 들었다.

"상담실입니다."

"주 선생님, 저예요."

하지은이었다.

"교육청 셔틀버스가 늦게 나오는 바람에 조금 늦을 거 같아요. 20분 정도만 더 기다려 주세요. 선생님."

"괜찮으니까 서두르지 말고 천천히 오세요. 하 선생님. 상담실 벽에 재밌는 낙서가 많아서 전혀 지루하지 않습니다."

전화를 끊은 관식은 커피를 끓였다. 일과 중에 출장을 갔다가 다시 학교로 복귀하는 기분을 관식은 잘 알고 있다. 머그잔을 들고 의자에 앉을 때, 책 한 권이 눈에 들어왔다. 책상 위에 책이 몇 권 없는 것도 의외였지만 낡았으면서도 정갈한 느낌의 분홍색 커버로 장식한 책은 왠지 주인이 소중하게 모시고 있다는 느낌이 들었다. 호기심을 못 이긴 관식은 책을 뽑아서 펴 보았다. 생의 한가운데. 관식 또래 나이의 학창 시절에 유행하던 독일 문학가의 수필이었다. 문학소녀였군. 관식이 미소를 지으며 책장을 넘길 때, 사진 하나가 떨어져 나왔다. 관식은 얼른 주웠다. 고등학생 정도로 보이는 앳된 하지은이 친구와 함께 포즈를 취하고 있는 사진이었다. 체육관에서 찍은 듯, 두 사람 모두 도복을 입고 있었는데 태권도복과는 좀 달라 보였다. 검은띠인 걸로 봐서는 상당히 오래 수련한 것을 알 수 있었다. 소중한 친구에게 선물받은 책인 듯 사진 뒷면에 친구의 이름과 날짜가 적혀 있었다. 하지은에게서 느껴지는 명랑함과 강인함의 배경을 알게 된 기분이었다. 나중에 기회를 봐서 무슨 운동을 했는지 한번 물어 봐야겠다. 관식은 사진을 조심스럽게 끼워 넣고는 책을 원래 위치에 놓았다. 잠시 후 문이 열리며 하지은이 들어왔다. 하얀 스니커즈를 신은 가벼운 복장이었다. 하지은은 '많이 기다리셨죠'라고 하면서 거울 앞으로 다가오더니 냉장고를 열어 사기그릇 위에 남아 있는 사과 한 쪽을 집어서 입에 넣었다. 냉장고 옆에 놓인 커피메이커의 유리 기둥 바닥에는 찌꺼기만 조금 남아 있었다. 관식이 머그컵을 들고 하지은에게 다가갔다.

"아직 입에 대기 전이니까 괜찮아요."

하지은은 관식이 나눠 준 커피에 뜨거운 물을 탔다. 즉석 아메리카노가 만들어졌다. 살짝 맛본 하지은은 컵을 흔들며 과장된 웃음을 지었다.

"와우. 괜찮은데요."

관식이 고개를 끄덕이고는 바로 본론으로 들어갔다.

"수련이 어떤 거 같아요?"

하지은은 컵을 들고 천천히 관식의 옆자리로 옮겨 와 앉았다.

"생각보다 자기 이야기도 잘 하고 밝아요."

관식의 얼굴이 환해졌다. 방과 후에 수련이 문제로 할 얘기가 있다는 하지은의 연락을 받고 걱정했던 차라 더 그랬다. 입에서 휴 하는 한숨이 작게 흘러나왔다.

"진작 하 선생님께 상의드릴 걸 그랬네요. 수련이가 성적에 비정상적으로 집착하는 것 같아서 걱정했거든요. 하하."

빈 상담실에 관식의 웃음소리가 울렸다. 하지은은 고개를 갸우뚱하며 컵을 내려놓았다.

"조금 문제가 있어요."

관식의 웃음이 멈췄다. 하지은은 자신의 손목을 가볍게 치며 말했다.

"수련이 손목에 토시 하고 있는 거 보셨죠?"

"예."

그래서 그게 뭐? 하는 듯한 모습으로 대답하는 관식을 하지은은 잠시 쳐다보았다. 하지은의 표정을 보는 순간, 관식의 머릿속이 반짝했다.

"설마…"

"맞아요. 자해한 상처예요."

순식간에 모아지는 관식의 미간을 보며 하지은이 손을 가볍게 흔들었다.

"손목에 상처가 있는 아이들은 생각보다 많아요. 주 선생님."

하지은은 식어 버린 커피를 한 모금 마시고는 다시 입을 뗐다.

"습관적으로 자기 손목을 긋는 아이들도 꽤 있거든요. 자기가 만족할 때까지 자기 몸을 훼손 하는 거죠."

"…"

"하지만 수련이는 다른 케이스 같아요. 자기 상처를 감추려고 토시를 사용했잖아요. 습관성 자해 학생은 오히려 타인에게 자신의 상처를 보여 주며 관심을 유발하려고 애쓰는 경우가 많으니까요."

"그럼 수련이는…"

하지은은 대답 대신 관식에게 에이포지를 내밀었다. 소견서라는 제목의 한 페이지짜리 문서였다. 제목 아래쪽 끄트머리에 날짜와 학번, 이름이 표기되어 있었다.

"검사 결관가요?"

문서를 아래쪽으로 훑으며 관식이 물었다. 하지은은 고개를 끄덕이며 말했다.

"검사는 어제 했어요. 가장 일반적인 엠엠피아이로요."

소견서는 생각보다 짧았다. 자기결정성이 부족하고 우울증이 보인다는 내용이었다.

"수련이 어머님을 만나보셔야 할 것 같아요."

하지은은 관식을 정면으로 바라보며 말했다.

"상황이 생각보다 심각해요. 선생님."

심각하다는 건 조금 전 이야기로 관식도 알고 있다. 아이가 자기 손목에 칼질을 하는 게 가벼운 일은 아니니까. 관식은 안경을 밀어 올렸다.

"자세히 말해 주세요."

하지은은 관식 책상 위에 있는 생수병을 들어 한 모금 마셨다.

"수련이가 초등학생 때, 부모님이 이혼한 거 같아요."

부모의 이혼 사항은 생활기록부에 기록되지 않기 때문에 학생이나 부모가 말하지 않는 한 담임이 알 수 없다.

"으음…."

"보호자인 어머니는 아마 수련이의 자해를 알고 있을 거예요. 수련이가 집에서 토시를 하고 다닐 리도 없거니와 만약 하고 있다면 확인하지 않았을 리 없으니까요. 우리도 이미 알아 버린 상처를 말이에요."

지당한 말이다. 하지은의 말이 이어졌다.

"수련이 어머니가 수련이 성적에 집착하시는 것 같아요."

남편과 헤어지고 홀로 아이를 양육하는 어머니들 중 자녀에게 집착하는 사람들이 더러 있다. 게임에 빠져 성적이 바닥인 딸에게 그따위로 하려면 차라리 나가서 몸을 팔아 돈이라도 벌어오라며 내쫓은 어머니 이야기가 기억났다.

"수련이가 그렇게 말했나요? 엄마 때문에 난 상처라고."

하지은은 고개를 저었다.

"중간고사 성적이 엄마 기대에 미치지 못했고 그래서 슬프다. 힘들 때는 혼자 집에서 이것저것 하며 시간을 보낸다고만 했어요. 엄마가 일이 있어 늦게 들어오는 게 좋다고도 했고."

관식은 하지은과 수련 사이에 많은 대화가 있었을 거라는 생각이 들었다. 하지은은 한숨을 쉬며 말을 이어갔다.

"토시를 하고 다니는 건 두 가지 모순된 의미를 동시에 함축하고 있어요. 이 상처를 타인에게 보이고 싶지 않은 마음과 다른 누군가가 내 토시 안에 있는 상처에 관심을 가져 주기를 바라는 마음."

관식은 하지은이 작성한 소견서를 바라보며 생각에 빠졌다. 수련의 어머니가 수련의 자해에 책임이 있을 것이라는 하지은의 생각에는 동의한다. 그렇다면 우선 그녀가 담임의 소환에 응할지부터가 의문이다. 이런저런 핑계를 대며 오지 않을 수도 있고 또 학교에 온다고 해도 사실 확인과 설득은 결코 쉽지 않은 과정이 될 것이 분명하다. 머리가 지끈 아파왔다. 관식을 물끄러미 바라보던 하지은이 말했다.

"수련이 어머님 상담은 저와 같이 하셔야 돼요."

관식은 고개를 끄덕였다.

지하철이 천천히 들어오고 있었다. 손목시계를 보니 여섯 시가 조금 지났다. 하지은은 가방을 앞으로 돌려 메고 문 앞에 섰다. 학교 부적응 학생 두 명의 릴레이 면담을 끝내고 예산 집행 내역 작성도 끝냈지만 마음은 가볍지 않다. 학생들 면담 중에도 마음은 수련에게 가 있었다. 다행히 학생들이 눈치채지 못했다. 이런 상황을 위해서 상담 교사가 됐지만 막상 접하고 보니 냉정하기가 쉽지만은 않다. 내일은 수련이 어머님을 만나는 날이다. 아동폭력에 관한 법이 바뀌어 학생의 부모나 주변인들에 의한 지속적 폭력을 인지한 경우 교사는 관계기관(경찰이나 아동학대신고센터)에 신고 의무가 부여된다. 위반한 경우 범법행위로 처벌받게 된다. 하지만 현실은 그리 간단치 않다. 가해자가 피해자의 부모이다 보니 피해자인 학생이 적극적으로 피해 사실을 이야기하지 못한다. 자신을 키워 준 부모를 배신한다는 심리적 부담감과 또 폭력에 순치된 심리 상태 등으로 나중에 피해자가 사실을 부인하는 경우도 많다. 담임인 주관식의 말에 따르면 수련이 어머니는 예상과는 달리 금방 면담 요청에 응했다고 한다. 하지은의 미간이 모아지며 눈에 힘이 들어갔다. 지하철이 멈추고 객실 문이 열리기 직전 투명한 유리에 얼굴이 비쳤다. 세련된 차림의 차도녀 속에 가녀린 여고생이 겹쳐 보였다. 찰나 동안 하지은은 웃었다.

　엄마는 목이 타는 듯 정수기에서 물을 한 모금 따라 마신 후, 천천히 다가왔다. 고등학교 입학 후 처음 보여준 성적표였다. 2등급. 89퍼센트에 딱 걸렸네. 학원에서 남자애들하고 노닥거리느라 즐거운가 봐? 아니라고 말하려는 순간 주먹이 날아들었다. 퍽. 왼쪽 뺨이었다. 등이 의자에 맞닿아 있었기 때문에 뒤로 나자빠지지는 않았다. 고개를 숙인 채, 두 손으로 입과 뺨을 감싸야 했다. 곧 허리 쪽으로 발길질이 날아들었다. 바닥에 쓰러졌다. 엄마는 다시 정수기 쪽으로 갔고 그 틈에 몸을 최대한 웅크렸다. 머리와 배를 보호하기 위해서다. 그때 식탁 쪽에서 벨소리가 들렸다. 엄마는 말없이 이쪽을 흘겨보면서 폰을 열었다. 여보세요? 정중하고 여유로운 목소리. 10분 후, 방에서 다시 나온 엄마의 손에는 야구방망이가 들려 있었다.

마지막 강의가 끝난 직후라 좁은 학원 복도는 학생들의 발걸음으로 분주했다. 수련도 천천히 입구 쪽으로 걸음을 옮겼다. 상담 선생님은 담임처럼 뻔한 이야기를 하지 않았다. 내 속마음을 아는 것처럼 느껴져 더 편안했다. 그래서 손목도 보여줬다. 사실 선생님이 이미 알고 있는 것 같아서 별로 긴장하지도 않았지만…. 성적과 진로에 대한 고민을 나누었을 뿐, 딱히 엄마 이야기를 자세히 하지는 않았다. 하지만 왠지 상담 선생님이 눈치챈 것 같다. 별 문제는 없을 것이다. 엄마가 매를 들기는 해도 평소에 잘해주고 또 내가 잘되라고 그러는 거니까…. 그래도 욕설은 싫다. 정말 싫다. 수련은 얼굴을 찡그리며 토시를 어루만졌다.

이번 주 토요일쯤에는 백화점에 가게 될 것이다. 수련은
갖고 싶은 운동화를 머릿속으로 그리며 학원을 빠져나왔다.

"바쁘실 텐데 이렇게 와 주셔서 감사드립니다."

"아이 일인데 당연히 와야죠."

강지숙은 허리를 깊이 숙였다. 여자치고는 상당히 큰 편인
하지은과 비슷한 체구였다. 옆에 서 있던 하지은이 살짝 미
소를 보이며 의자를 권했다. 지숙은 의자에 앉으며 핸드백과
함께 들고 있던 책을 탁자 귀퉁이에 자연스럽게 내려놓았다.
레비스트로스의 『슬픈 열대』. 테이블 위에 놓인 책표지를 바
라보는 하지은의 입안에서 비린내가 올라오며 구토감이 일
었다. 지숙이 입을 열었다.

"학기 시작하면 찾아뵙는다고 늘 생각하면서도 선생님 연
락이 오고서야 뵙게 되네요."

저음이면서도 또렷한 음색.

"아니. 별말씀을…"

관식이 손가락 마디를 주물럭거리며 하지은 쪽을 쳐다보았
다. 지숙은 하지은을 잠깐 쳐다보고는 다시 관식에게로 고개
를 돌렸다.

"우리 수련이 성적이 별로라서 죄송합니다. 제가 좀 더 신
경을 쓰겠습니다."

목소리 톤에 변화가 없다. 하지은은 컵을 들어 물을 한 모금 마신 다음, 관식을 쳐다보았다. 관식이 입을 열었다.

"어머님이 어떻게 여기실지 모르지만 수련이 성적은 좋은 편입니다. 학습 태도도 좋고요. 교실에 들어오는 여러 선생님들이 태도가 좋다고 칭찬하는 학생 중 하나입니다."

지숙의 입가에 엷은 웃음이 나타났다가 사라졌다. 관식은 W여고의 전국 고교 등위와 서울 소재의 인기 사립대학들이 인정하는 내신 비교우위 등을 설명했다. 요는 현재 수련이는 전국 기준으로 상위 0.5퍼센트 이내의 우수한 학생이라는 이야기였다. 1학년 때 수련이 레벨 성적의 학생들이 노력해서 성공한 케이스들도 말해주었다. 당신 딸은 충분히 우수하고 좋은 태도까지 가지고 있다. 이대로 계속하면 원하는 것을 이룰 수도 있다. 그러니 너무 걱정하지 마라. 그리고 아이를 닦달하지도 마라. 설명 속에 깃든 메시지를 알아들었는지 지숙은 몇 번이나 고개를 끄덕였다. 관식도 아빠미소를 띠며 지숙과 눈을 맞추었다. 하지은은 속이 탔다. 이 정도로 끝내고 보낼 생각이었다면 애초에 학교에 부를 이유가 없다.

"오늘 어머님을 모신 이유는 수련이 관련해서 좀 여쭙고 또 확인해 볼 게 있어서입니다."

갑작스러운 하지은의 인터셉트에 관식과 지숙 둘 다 고개를 돌렸다.

"확인…이라고요?"

하지은이 종이 한 장을 내밀었다. 수련의 심리검사 결과지였다. 관식에게 보여준 것과 같았지만 하지은의 소견이 보다 상세히 덧붙여져 있었다. 지숙은 말없이 받아서 음미하듯이 천천히 읽어 내려갔다. 마지막까지 읽은 지숙은 소견서를 하지은에게 돌려주었다. 하지은은 소견서를 세 사람 모두 볼 수 있게 테이블 중앙에 놓았다. 지숙이 낮은 목소리로 물었다.

"그래서 확인하고 싶으신 게 뭐죠? 상담 선생님."

자신을 학교로 부른 게 누군지 알겠다는 말투였다. 하지은이 대답했다.

"고등학생이면 누구나 진학에 대한 희망과 압박을 어느 정도 받고 극복해가며 성장합니다. 자연스러운 과정이죠."

"…"

"검사 결과를 보시면 아시겠지만 수련이는 희망보다는 압박이 압도적인 상황입니다. 꼭 하지 않으면 안 된다는 의무감이 강하게 작용하고 있는 거죠. 이런 압박은 보통…"

하지은은 관식을 살짝 쳐다보았다. 관식은 표시 나지 않게 고개를 끄덕였다.

"자신이 자신에게 부과하는 것보다는 외부에서 들어오는 경우가 대부분입니다. 친구나 선배보다는 주변 어른들, 특히 부모에 의한 압박이 가장 많죠."

지숙의 눈이 『슬픈 열대』 쪽으로 향했다. 하지은은 부드럽게 말했다.

"어머님. 혹시 수련이 성적에 대해서 많이 강조하셨나요?"

지숙이 하지은의 눈을 쳐다보며 말했다.

"안 그러는 부모가 있을까요?"

관식의 입에서 으음하는 신음 소리가 나왔다. 하지은이 어쩔 수 없다는 듯이 말했다,

"수련이가 손목에 감고 있는 토시에 대해 물어보신 적 있으세요?"

지숙은 의아한 듯 고개를 갸우뚱했다.

"수련이가 학교에서 토시를 하고 다니는 모양이죠?"

이번에는 하지은의 얼굴에 뜨악한 표정이 나타났다. 하지은은 컵을 들어 냉수 한 모금을 마신 다음, 천천히 말했다.

"그럼 수련이 양쪽 손목 안쪽에 나 있는 칼자국에 대해서도 모르시겠군요."

지숙은 눈을 동그랗게 뜨고 말했다.

"칼자국이라니…무슨 이야긴가요?"

표정과 달리 목소리는 차분했다. 하지은은 아랫입술을 깨물고 천천히 대답을 밀어내었다.

"수련이가 손목에 자해를 한 것 같습니다. 어머님이 모르신다고 하니 오늘 모시기를 잘한 것 같네요."

"수련이가 열어서 보여 주던가요?"

"손목의 토시가 이상해서 상담 도중에 제가 물어보았습니다. 대답 대신 풀어서 보여 주더군요. 손목에 많은 칼자국이 있었습니다. 최근에 생긴 상처를 포함해서요."

"…"

"심리검사는 그 이후에 한 것이고요."

잠깐 뜸을 들이고는 지숙이 입을 열었다.

"아까 확인하고 싶다고 하신 게 손목에 있는 그 상처를 말한 건가요?"

하지은이 예하며 고개를 끄덕였다.

"확인차 모신 겁니다. 수련이 상태에 대해 의논도 해야 하고요. 수련이 주변 어른들이 합심해서 도와줘야 하는 상황이라고 판단해서입니다."

하지은은 정중하면서도 분명하게 말했다. 지숙이 다시 물었다.

"그래서… 수련이는 상처에 대해 뭐라고 말을 하나요?"

하지은의 양미간이 좁아졌다.

"검사 결과에도 나와 있지만 성적에 대한 수련이의 심리적 압박감은 다른 친구들보다 많이 심각합니다. 이미 우울증 초기 증세가 나타나고 있고요."

하지은은 가볍게 호흡을 가다듬었다. 관식이 끼어들었다.

"입학한 다음 날부터 의대 진학한 선배들 성적을 자기 내신 성적과 비교하고 있습니다. 물론 보기에 따라서는 공부에 대한 열의로 봐줄 수도 있겠습니다만…"

지숙은 눈을 크게 뜨고 관식을 바라보았다.

"자해를 하는 행동과 함께 생각해 본다면 위험한 상태라는 겁니다.

다시 말해서,"

하지은이 정색을 하고 말했다. 지숙의 눈이 하지은 쪽으로 다시 돌아갔다.

"수련이는 지금… 공부를 하고 있는 게 아닙니다. 정서적으로 말입니다."

지숙이 날카롭게 말했다.

"애한테 공부를 과도하게 시킨다고 뭐라고 하시더니. 이젠 또 공부를 하고 있는 게 아니라니. 그게 무슨 말이죠?"

학대당하고 있는 겁니다,라는 말이 하지은의 입에서 나올 뻔했다. 관식이 하지은을 제지하며 말했다.

"수련 어머님. 지금 하 선생님 말씀은…"

"그러니까 이렇게 되는 건가요? 엄마가 공부를 지나치게 강요해서 딸이 자해를 했다. 하기 싫은 공부를 억지로 하느라 우울증이 걸릴 정도니까 이후로 딸에게 공부를 강요하지 마라."

너무나 직설적인 표현에 관식은 말문이 막혔지만 하지은의 목소리는 오히려 더 커졌다.

　"그걸 확인하려고 모신 겁니다. 수련이 어머님. 스스로 그렇게 말씀하실 정도로 수련이에게 의대 진학을 강조하셨나요? 아니 하고 계시는 건가요?"

　지숙의 입가에 보일 듯 말 듯하게 미소가 걸렸다.

　"강남의 여느 엄마들 수준으로 공부를 강조한 것뿐입니다. 의대 진학은 수련이가 초등학생 때부터 간직해 온 꿈이고요."

　지숙은 하지은의 눈을 마주 보았다.

　"그보다 수련이가 선생님께 무슨 말을 했는지 여쭤 봐도 될까요?"

　"…"

　"혹시 누가 자신에게 나쁜 짓을 했다고 하던가요?"

　하지은은 목을 가다듬었다. 관식은 한숨을 내쉬었다.

　"보여드린 검사 결과지에도 나와 있듯이 학습에 대한 스트레스를 이야기한 것뿐입니다."

　오늘의 만남은 수련이의 심리 상태를 알리고 어머니의 성적에 대한 강조가 딸에게 큰 짐이 될 수도 있다는 사실을 공유하기 위해서임을 다시 말씀드린다. 관식의 차분한 설명 말미에 지숙의 폰이 울렸다. 지숙은 액정을 보고는 여유 있게 닫았다. 살짝 미소를 머금고 있었다.

"우리 수련이가 좋은 선생님들을 만난 것 같네요."

당황해하며 서로를 쳐다보는 두 사람을 앞에 두고 지숙은
『슬픈 열대』를 집어 들었다.

"죄송하지만 지금 급한 일이 있어서 오늘 여기까지 듣겠습
니다. 관심 가져 주셔서 감사드립니다."

관식은 엉거주춤 일어서며 지숙을 마주 보았다. 하지은은
그대로 앉아 있었다.

"손목의 상처…"

지숙이 문을 열고 나가며 말했다.

"살펴보겠습니다."

지숙을 쳐다보는 하지은의 숨소리가 커졌다.

실내에 바람은 한 조각도 느껴지지 않았지만 유리컵 속의
물은 마주 보고 앉아 있는 두 사람의 마음을 대변하는 듯 이
리저리 흔들렸다. 관식이 입을 뗐다.

"어떻게 생각하세요. 하 선생님."

하지은은 분한 듯 휴 하고 숨을 내쉬었다.

"딸이 자해를 했다는 이야기를 듣고 저렇게 밋밋하게 반응
하는 경우는 없어요. 대화 진행 중에 도망치듯 내빼는 것도
그렇고요."

관식은 동의한다는 표정을 지었다.

"저도 그렇게 생각합니다. 여기까지 듣겠다니⋯ 허 참."

하지은은 머리를 쓸며 말했다.

"심리검사 결과와 손목 상처는 서로 연결되어 있어요. 그 메시지를 공유하고 대책을 논의한다는 게 오늘 만남의 기본 컨셉이었죠. 그런데 그 여자⋯ 아니 수련이 어머님은 수련이 상태에 대해서 한 마디도 묻지 않았어요. 오히려 주 선생님과 제가 수련이 손목의 상처를 알게 된 경위를 물었죠."

"흠⋯"

관식이 눈썹을 찌푸렸다. 상황 공유와 대책 수립 말고도 학교에서 상황을 알고 있다고 넌지시 알리는 것도 오늘 만남의 중요한 목적이었다. 하지만 강지숙의 행동은 예상 밖이었다. 그리고 자연스러웠다. 어쩌면 학년이 바뀔 때 늘 있어 왔던 일이 아닐까 하는 생각이 들었다. 작은 관심과 비겁한 방치 속에서 계속되는 학대. 관식의 목소리가 커졌다.

"오늘 이후로 수련이 태도에 조금이라도 이상이 보이면 가정방문을 할 예정입니다. 하 선생님도 함께해 주셔야죠?"

하지은은 왼손 주먹을 꽉 쥐며 고개를 끄덕였다.

제법 늦은 시간이었지만 토요일 밤이라 백화점 지하 식품부는 인산인해를 이루고 있었다.

"딸, 이것 좀 먹어 보세요."

지숙은 조그만 종이상자를 호들갑스럽게 흔들어 대며 수련에게 손짓했다. 수련은 좁은 복도를 한걸음에 달려와 동그란 문어 구이를 입으로 받아먹었다.

"맛있어?"

왼손으로 수련의 백팩을 열며 지숙이 물었다. 수련은 힘차게 고개를 끄덕였다. 지숙은 종이 가방 하나를 수련의 백팩에 구겨 넣은 다음, 종이 가방들을 수련과 나눠 들고 지하철로 통하는 통로 방향으로 걸어갔다. 식품부 끄트머리에서 지하철 입구 쪽으로 가는 넓은 통로는 명품 로드이다. 종이백을 양손에 든 채 단체로 고급 옷가지와 지갑 파트를 기웃거리는 중국인들을 지나치니 고가의 명품 시계들이 위용을 뽐내며 진열되어 있었다. 까르띠에, 샤넬, 롤렉스, ……. 지숙은 한숨을 쉬었다. 자신의 가방 속에 들어 있는 『슬픈 열대』에 어울리는 브랜드들. 은은한 호박색 테두리의 유리 케이스에 들어가 있는 롤렉스의 가격은 이천만 원을 넘어가고 있었다. 점원이 부드러운 미소를 지으며 고개를 숙였다. 늦가을 비가 추적추적 내리던 밤에 처음으로 만났던 얼굴이 떠올랐다. 자신만만한 표정으로 단어를 골라가며 이혼만이 가장 합리적인 해결책임을 설득하던 얼굴. 사용하는 단어와 억양으로 지숙을 잘근잘근 씹으며 자신의 명품인생을 입으로 보여 주던

여자. 심호흡과 헛기침 그리고 소극적 비웃음 끝에 큰 소리
한 번 제대로 내지 못하고 나와 버린 지숙 자신이었다. 말썽
쟁이 아들을 하나 달고 있다고 들었다. 난 이렇게 혼자서 내
딸을 훌륭하게 키우고 있는데…. 지숙은 눈웃음으로 점원에
게 응답하며 모퉁이를 돌았다.

　값만 비싸지 맛은 별로다. 고급 와인은 맛이 시큼하면서도
끝 맛이 살짝 달다던데 이건 떫기만 하다. 백화점 점원의 말
을 믿는 게 아니었다. 하지은은 와인을 한입에 털어 넣고 냉
장고를 열어 맥주병을 꺼냈다. 병 따는 소리가 경쾌하게 실
내를 때렸지만 마음은 유쾌하지 않았다. 백화점에서 우연히
본 광경 때문이었다. 하지은의 집에서 거리가 먼 백화점이었
지만 오랜만에 연락 온 친구가 근처에 사는 관계로 함께 저
녁식사를 했다. 백화점에 들른 겸에 지하 식품부에서 찬거리
를 구입했다. 좋아하는 떡과 부침개의 포장을 기다리던 하지
은의 눈에 지숙이 들어왔고 곧이어 수련이 잡혔다. 웃는 얼
굴로 함께 문어튀김을 먹는 수련과 지숙은 어디서나 볼 수
있는 친근한 모녀의 모습이었다. 말을 걸어볼까 서서 망설이
는 사이에 모녀는 손을 꼭 잡고 사람들이 많은 통로 쪽으로
바삐 걸어갔다. 손에 종이백을 주렁주렁 든 채로.
　수련은 엄마 때문에 손목에 칼로 자해를 하는 아이다. 교

복 속 여기저기에 크고 작은 멍들도 있을 게 분명하다. 하지은은 한숨을 쉬었다. 스톡홀름 증후군. 인질이 자신을 구속하고 있는 가해자에게 심정적으로 동조해 가해자가 원하는 방향으로 행동하는 심리현상. 가해자에게는 자기합리화의 기제가 되면서 피해자와의 결속이 더욱 강해지는 악순환의 무서운 틀로 작동한다. 확인이 필요하다. 맥주잔을 탁자에 놓은 순간, 속이 울렁거렸다. 잊었다고 생각할 때쯤이면 늘 다시 떠오르는 얼굴. 눈과 코, 입이 따로 움직이며 다가오고 있었다. 하지은은 거실 바닥에 주저앉아서 먹고 마신 것을 게워내기 시작했다.

"어머. 운동화 예쁘네. 잘 어울린다."

새 신발이 어색한지 수련은 다리를 모은 채로 쑥스러운 미소를 짓고 있었다. 맞은편에 앉아 있는 하지은은 하얀 바지에 분홍색 가운 차림이었다.

"잘 돼 가니?"

"그럭저럭…요."

"그럭저럭이면 안 되지. 교실 생활은 어때?"

하지은은 수련의 어깨를 툭 치며 자리에서 일어났다. 수련은 표정 변화 없이 식수대로 걸어가는 하지은을 바라봤다.

"좋아요. 친구들과도 많이 친해졌고… 또"

하지은은 박하음료와 콜라를 받침대에 받쳐 들고 수련의 옆으로 천천히 옮겨왔다.

"담임선생님도 잘해 주시고…"

관식이 이전보다 더 관심을 가지고 수련을 체크하고 있을 것이다. 하지은은 수련이 좋아하는 박하 음료에 빨대를 꽂아 수련 앞에 놓았다.

"다행이구나. 담임선생님이 좋은 분이고 친구들도 친절하지만 무엇보다 수련이가 많이 노력해서 그런 거야."

"…"

수련은 하지은 앞에 놓인 콜라가 생소한 듯 검은 액체 표면에서 소리 없이 터지는 거품을 뚫어지게 쳐다보았다. 늘 투명한 생수를 마시던 하지은이다.

"아 이거. 속이 안 좋아서. 난 콜라를 한 모금 마시면 속이 좀 내려가거든."

하지은의 대답에 수련이 잠시 눈을 깜박이고는 말했다.

"콜라는 원래 존 팸버튼이라는 미국인 약사가 소화제로 개발한 음료예요. 그러니까 속이 안 좋을 때 드시는 건 나쁘지 않은 선택이에요. 그래도 많이는 별로니까 조금만 드세요."

하지은의 입에 미소가 걸렸다.

"수련이 상식이 보통이 아니구나. 콜라 발명자 이름까지 기억하고 말이다. 하하."

아이를 속이는 게 마음이 아프지만 어쩔 수 없다. 하지은은 콜라 컵을 살짝 입에 댄 뒤 내려놓았다.

"공부 쪽은 어때? 기말고사 준비는 잘 돼 가니?"

수련의 표정이 어두워졌다.

"수학이… 문제예요."

"수학의 어떤 부분이 힘들어?"

하지은이 고교 시절 가장 좋아했고 또 자신 있었던 과목이 수학이었다. 주어진 자료를 잘 조합해서 이미 가지고 있는 지식과 연결하여 마침내 원하는 미지량을 구해 냈을 때의 유쾌함은 경험해 본 사람만이 이해할 수 있다. 단순명료함과 상상력의 조화가 지닌 미학에 취해 수학과나 물리학과로 진학할까도 생각했다. 하지만 자신과의 약속이 먼저였다. 아이들을 돕는 현장 상담 전문가가 되어야 했다. 특히나 가정문제로 정서적 어려움을 겪고 있는 학생들 말이다. 사실 상담도 수학과 다르지 않다. 학생의 비극적 현실이라는 자료를 전문 지식과 연결시켜 학생의 정상적 삶이라는 답을 이끌어낸다. 답을 구하는 과정에 고통과 인내가 따른다는 점도 유사하다.

"이전에 풀리던 수준의 문제들이 잘…안…풀려요."

"…"

"문제가 잘 읽히지 않아요."

너무 긴장돼서 숨이 막히겠지.

"기말시험이 얼마 안 남았으니 긴장돼서 그런 거야. 고등학교 수학시험에 적응하는 시간이 필요해. 시험 직전에 시간을 정해놓고 풀어내는 연습을 하는 것도 도움이 될 거야. 의대에 진학한 선배들도 자기 나름대로 연습하고 적응하는 시간을 가졌단다. 수련이가 정상적인 과정을 거치는 중이니까 걱정하지 말고 꾸준히 연습하면 돼."

하지은은 콜라가 가득한 컵을 천천히 돌리며 말을 이었다.

"엄마가 별다른 말씀은 없으셨니? 수련이 학교생활이나 공부 스트레스 관련해서 뭘 물어보신다거나 말야."

수련은 인형처럼 표정의 변화 없이 창문 쪽을 쳐다보고 있었다.

"아뇨. 특별한 말씀은… 없으셨어요."

부자연스러운 극존칭. 또 구토가 올라왔다.

"그럼 최근에 엄마와 학교생활에 대해 이야기한 적은 있니?"

"바쁘셔서요. 그냥…기말고사 목표치와 공부 계획표 보여드린…정도예요."

딸을 확실히 지배하고 있다는 자신감일까? 백화점에서 본 장면이 떠올랐다. 하지은이 작게 한숨을 쉬며 자리에서 일어설 때, 오른손에 닿은 컵이 미끄러지며 검은 탄산 액체가 순식간에 수련의 교복 상의를 덮쳤다. 수련은 화들짝 놀라며 자리에서 일어섰지만 교복 상의 오른편 가슴과 등 쪽은 이미 콜라를 흡수한 후였다. 하지은의 손을 벗어난 컵이 바닥에 쨍 소리를 내며 떨어졌다.

"이를 어떻게 하니? 미안해 수련아. 교복이 다 젖어 버렸구나."

수련은 멍하니 입을 벌린 채, 깨진 컵을 쳐다보고 있었다. 하지은은 두 손을 허리에 잡고 잠깐 생각하더니 고개를 끄덕이며 말했다.

"선배들이 졸업하면서 기부하고 간 교복이 생활지도부 창고에 있을 거야. 상의 몇 벌 가져올 테니 여기서 잠깐 기다리렴."

물론 옷은 미리 준비해 두었다. 하지은이 문을 열 때 수련이 머뭇거리며 말했다.

"저… 선생님, 여기서… 갈아입나요?"

상담실 안쪽 끄트머리에는 상담자가 쉴 수 있는 작은 방이 하나 붙어 있다. 릴레이 면담을 하는 막간에 하지은이 잠시 눈을 붙이는 방이기도 하다. 하지은은 미소가 가득 담긴 눈짓으로 안쪽을 가리키며 말했다.

"저 방에서 갈아입으면 돼."

상의를 갈아입은 수련이 상담실에서 나가자마자 하지은은

안쪽 방문을 열고 들어가 문 쪽 사각지대에 미리 숨겨놨던 스마트폰을 가지고 나왔다. 노트북이 있는 책상 앞으로 가면서 하지은은 마음속으로 되뇌었다. 없어야 한다. 아니 있어야 한다. 없어야 해. 아니 있어야 해. …있을…거야. 자동 촬영된 동영상을 열어보는 하지은의 손이 떨고 있었다. 화면 속에서 수련은 문을 등지고 창 쪽을 향해 젖은 교복을 벗고 있었다. 상의가 벗겨지고 맨살과 함께 등 전체에 지도처럼 펼쳐진 멍 자국이 드러났다. 누런 멍 자국 위에 다시 생긴 시커먼 멍들. 손으로 맞아서는 결코 생길 수 없는 상처. 하지은의 눈에 굵은 망울이 맺혔다.

"제가 수련이하고 이야기해 보겠습니다."

침통한 표정으로 관식이 입을 열었다.

"수련이 어머니를 만나기 전에 수련이에게 이 문제를 학교에서 어떻게 생각하고 있으며 얼마나 심각한 문제인지 그리고 어떤 방식으로 해결하는 게 좋은지를 말해주고 동의를 얻는 절차가 선행되어야 합니다."

하지은은 입술을 깨물었다.

"제가 수련이를 설득해 볼게요. 말씀하신 대로 이 문제는 수련이 동의가 절대로 필요한 사안이라 조심스럽게 접근해야 할 듯해요. 수련이가 동의하면 어머니를 소환하죠. 주 선생님은 그때 도와주세요."

"그래도 담임인 제가…"

하지은이 말을 가로챘다.

"많은 사람이 알기를 원하지 않을 거예요. 최대한 부담을 주지 않으면서 수련이를 설득할 필요가 있어요."

관식은 고개를 저었다.

"손목의 칼자국과 온몸에 난 멍자국은 차원이 다른 문제입니다. 하 선생님. 이건 심각한 가정 내 폭행이에요. 우리가 맘대로 할 수 있는 일이 아닙니다. 관계기관에 보고해야 하는 일이라고요."

하지은이 자리에서 일어났다. 천천히 심호흡을 하더니 컵에 물을 한 잔 받아와서 다시 자리로 돌아왔다.

"제가 상담교사인데 그걸 모르겠어요? 문제는 수련이가 그 여자…아니 자기 어머니에게 정신적으로도 꽉 잡혀 있다는 거죠. 수련이가 우릴 도와주면 수련이 어머니는 형사처벌까지 갈 수도 있어요. 수련이가 그걸 감수할 수 있을지 의문이에요."

하지은은 관식에게 얼마 전에 백화점 식품관에서 우연히 본 장면을 이야기했다. 지극히 정상적인 모녀의 역할을 연기하던 두 사람 이야기를 듣던 관식은 고개를 끄덕였다.

"그런 일이 있었군요."

"생각보다 많은 부모들이 자녀를 학대해요. 문제는 학대를 하면서도 그게 학대라는 자각을 하지 못하고 있는 거죠. 자신의 학대를 정당한 훈육이나 체벌 정도로 가볍게 생각하는 거예요. 알면서도 자기합리화를 하는 측면도 있고요. 학대한 후에는 선물이나 쇼핑, 외식 등을 하면서 털어내는 거죠. 일요일에 목욕탕에 가서 때를 밀어내듯이…. 이 패턴이 오랜 시간 작동하면서 하나의 안정된 구조를 이루게 돼요."

첫 만남에서 본 지숙의 당당한 모습이 관식의 머릿속에 떠올랐다. 하지은은 남은 냉수를 한 입에 털어 넣고 말했다.

"지금 수련이에게는 엄마의 폭행보다도 성적이 더 중요해요. 성적만 오르면 모든 게 해결되니까. 엄마의 폭행도. 대학 진학도. 친구들과 선생님의 인정도. 모두 얻는 거죠."

폭행에 적응해버린 가녀린 영혼. 웃음소리가 들렸다. 창문 쪽으로 고개를 돌린 관식의 눈에 뭔가가 들어왔다. 하얀색 셔틀콕이 좁은 창문 틈에 낀 채로 공중에 떠 있었다. 관식은 창문 쪽으로 걸어가 셔틀콕을 집어서 바깥으로 던졌다. 휙 하고 날아온 셔틀콕을 학생들이 다시 쳐내며 랠리가 재개되었다. 휘파람 소리와 박수 소리가 들렸다. 관식은 하지은 쪽으로 고개를 돌리며 말했다.

"하 선생님이 수련이를 잘 설득해 주세요. 진술서 형태로 기본적인 사실 기록을 받아 놓는 것도 필요할 듯합니다."

하지은은 입을 꼭 다문 채 고개를 끄덕였다.

"과거의 수치스러운 일을 그대로 받아들이세요. 그 당시 나의 역량으로는 할 수 있는 최선이었으니까요. 절대 후회하지 마세요, 자존감을 가지고 내 역량을 키우는 데 집중해야 합니다."

도서관 2층 객실이 열기로 후끈거렸다. 젊은 강사와 중년의 수강생들이 미묘한 조화를 이루고 있었다. 강사는 좌석 오른쪽 끄트머리에 팔짱을 끼고 앉아 있는 지숙 쪽으로 눈길을 돌렸다.

"삶의 크기는 기쁨의 크기이지 자유의 크기가 아닙니다. 자유는 인간의 관념이 만들어 낸 허상이에요. 누구도 현실에서 자유로울 수 없습니다. 하지만 누구라도 기쁨을 누릴 수는 있죠."

지숙이 손을 들었다.

"기쁨과 기쁨이 부딪혀 갈등을 일으키면 어떻게 하나요?"

젊은 강사는 만족스러운 웃음을 지으며 지숙을 향해 고개를 끄덕이더니 화이트보드에 결합과 해체라고 썼다. 그런 다음, 다시 수강생들에게 몸을 돌렸다.

"아주 좋은 질문입니다. 질문하신 수강생께서는 스피노자 철학의 핵심을 꿰고 계신 것 같네요. 결론을 먼저 말씀드리

면 기쁨과 기쁨은 결코 갈등을 일으키지 않습니다. 아니 일
으킬 수 없어요."

지숙은 턱을 내밀고 강사의 입을 바라보았다.

"기쁨은 그 본질상 서로 결합되고 확장됩니다. 갈등을 일
으키고 서로를 해치는 건 슬픔이죠. 관계의 해체야말로 슬픔
의 본질이기 때문입니다."

강의는 9시 정각에 종료되었다. 제본된 두꺼운 철학책을
품에 감싸 안고 구립도서관 정문으로 나오는 지숙의 입가
에 엷은 미소가 걸렸다. 이번 교양강좌는 특히나 마음에 들
었다. 슬픔을 주는 인간과 과감히 결별하고 기쁨을 키워라.
이 얼마나 단순하면서도 감동적인 메시지인가. 하지은의 역
삼각형 얼굴이 눈앞에 어른거렸다. 상담실에서 눈을 치뜨고
자신을 올려다보던 얼굴. 지겨운 스토커의 얼굴. 슬픔과 해
체의 얼굴. 담임은 어수룩하고 선해 보이던데 그 상담 선생
이란 년이 애를 부추겨 문제를 일으키고 있다. 수련의 중학
교 2학년 때의 담임처럼 말이다. 지숙은 지하철역으로 걸어
가며 스마트폰 배경화면을 열었다. 수련이와 지숙 자신이 팔
을 엇갈려 잡고 코믹한 표정을 짓고 있었다. 지숙은 결심했
다. 수련이 고교 생활을 시작한 지 고작 몇 달밖에 지나지 않
았다. 귀찮은 인간을 떼어내고 새로 시작할 수 있다. 전학을
생각해 봤지만 거주지 이전을 해야 하고 무엇보다 피곤한 미

꾸라지들을 또 만나지 말란 법이 없다. 자퇴하고 독서실과 집에서 공부한다. 정시에는 수능 성적만 들어가니까 어차피 내신 성적은 있으나 마나다. 모의고사 시험지를 구해 정기적으로 전국 등수를 체크할 수 있으니 내신에 신경 쓰지 않고 수능에만 집중할 수 있다. 고등학교 졸업장은 검정고시로 따면 된다. 훨씬 효율적이고 안전한 방법이다. 지숙의 입가에 미소가 돌았다. 왜 진작 이 생각을 못 했는지 의아할 정도다. 철학자의 말. 자신의 기쁨에 충실하라. 지하철이 들어오고 있었다. 수련은 잘 해낼 것이다. 의대에 진학하고 필요한 과정을 성공적으로 거쳐 의사 가운을 입을 것이다. 앞만 보고 열심히 달려오는 저 열차처럼…. 중간에 이탈하지 않게 밀어주고 관리하는 건 지숙 자신의 역할이다. 혼자서 엄한 아버지와 자애로운 어머니의 역할을 해왔다. 가끔 그 역할이 지나친 적도 있지만 지숙의 본 마음은 수련을 향한 사랑뿐이다. 수련도 그 점은 잘 알고 있다. 문득 그 얼굴이 떠올랐다. 되지도 않는 억양 흉내에 역겨운 싸구려 향수 냄새를 풍기며 사람을 지그시 내려보던 얼굴. 인간의 교양이 뭔지도 모르고 돈으로 사람을 구워삶을 줄만 아는 하찮은 년. 그런 위선자 년의 꾐에 빠져 자신과 수련을 버린 쓰레기의 얼굴과 함께. 환풍 통로로 불어오는 시원한 바람이 두 얼굴을 찢어버렸다. 철학자의 말. 후회하지 마라. 지하철이 도착하고 객실 문이 열렸다.

　수련은 손목을 내려다보았다. 우울감 때문에 긋기 시작했던 손목이지만 이제는 긋지 않으면 우울감이 쌓인다. 손목 속 깊은 곳에서 칼을 살짝 비틀어 보았다. 손목 위로 새빨간 그림이 문신 새겨지듯이 그려졌다가 순식간에 사라졌다. 수련은 피를 닦은 마지막 탈지면을 쓰레기통에 버리고 책상 앞에 다시 앉았다. 손목 색깔이 검붉게 변해 가고 있었다.

　상담 선생님께 손목을 보여 주는 게 아니었다, 엄마가 욕할 때는 싫지만 그래도 다른 엄마들처럼 잘해줄 때는 잘해주신다. 체벌하는 건 내 성적이 약속한 등수에 못 미칠 때뿐이다. 어쨌건 약속을 지키지 못했으니까 내 잘못도 있다. 선생님은 엄마를 고발하려고 한다. 고발하면 엄마와 떨어질지도 모른다는데…. 내 몸에 있는 멍자국을 봤다고 말했다. 엄마가 한 것 아니냐고…. 증거를 잡으려고 내가 옷을 갈아입게 했다고 말했다. 내게 미안하다고 했지만 왠지 선생님이 무서워졌다. 선생님은 나를 이해해 주고 도와주신 분이다. 앞으로도 도와주겠다고 한다. 선생님을 좋아하지만 엄마와 떨어지는 건 싫다. 엄마는 내가 없으면 안 된다. 난 엄마 인생에 마지막 남은 희망이니까. 아아 어떻게 해야 좋을지 모르겠다.

…내가 공부만 잘하면 모두 해결된다. 의대에 진학하기만 하면…. 하지만 자신 없다. 수학 점수는 아무래도 1등급을 못 받을 거 같다. 엄마가 늘 말했다. 원인 없는 결과는 없다고. 행복에도 당연히 대가가 있어야 하는 것 아닐까. 스님들이 절에서 수행할 때 높은 스님이 몽둥이로 때리는 것과 비슷한 거다. 이 정도 고생은 당연한 거고 엄마는 날 도와주는 거라고 선생님께 말했다. 지금처럼 선생님과 엄마가 함께 날 도와주는 게 더 좋다고도 말했다. 내가 나태하지 않게 그리고 자신감을 가지고 공부에 전념할 수 있게 말이다. 선생님은 날 끌어안고 울었다.

현관문이 열리는 소리가 들렸다. 수련은 왼쪽 팔을 내린 후, 펼쳐놓은 참고서 쪽으로 고개를 돌렸다. 아직 열 문제가 더 남았다. 수련은 머리를 좌우로 두어 번 흔든 후, 문제를 풀기 시작했다.

"수련이가 교실에 안 보이네요. 결석인가요?"

오상훈이 머그컵을 들고 싱긋 웃으며 말했다.

"늘 중앙에서 반짝거리던 녀석이 안 보이니…좀 허전하네요. 하하"

관식은 어색하게 웃으며 고개를 끄덕였다.

"그러고 보니 요 며칠 동안 주 선생님께 질문하러 오지도 않던데…. 녀석, 한 학기도 끝나기 전에 힘이 다 빠져버린 모양이네요."

오상훈은 냉장고를 열어 건강 음료 농축액 팩 두 개를 꺼내 관식에게 하나 건네준 뒤 자기 자리로 돌아갔다. 오상훈은 자리에 앉으면서 혹시 수련이가 나중에 생명공학 관련 학과로 진학한다면 추천서를 써 줄 용의가 있다는 등의 말을 했지만 관식의 귀에는 들어오지 않았다. 지숙이 조금 전에 수련의 자퇴 서류를 제출하고 갔기 때문이다. 건강상의 이유라고 했다. 고등학교는 의무교육이 아니므로 마음먹으면 자퇴는 쉽게 할 수 있다. 여유 있는 미소로 자퇴 서류를 내밀던 지숙의 얼굴을 쳐다보며 관식은 굴욕감과 경멸감을 동시에 느꼈다.

"하 선생님. 접니다. 오후에 잠깐 뵙고 싶은데 괜찮으세요?"

"오후 시간에 면담이 모두 잡혀 있어서 방과 후에나 가능해요. 무슨 일이세요?"

관식은 잠깐 뜸을 들이고는 수화기에 입을 대고 조용히 말했다.

"수련이가 조금 전에…음…자퇴서를 냈습니다. 자세한 얘기는 만나서 하죠."

두 사람의 숨소리가 빈 교무실을 가득 채우고 있었다. 하지은이 입술을 다문 채 앞을 노려보고 있었고 관식은 옆에서 투명한 물컵을 매만지며 생각에 잠겨 있었다. 하지은의 입술이 씰룩였다.

"휴대폰을 압수당한 게 분명해요."

아침에 수련이로부터 연락이 오지 않은 이유가 그거였나. 관식이 물었다.

"수련이와 대화하면서 뭔가 이상한 점은 못 느끼셨나요?"

하지은은 휴 하고 한숨을 쉬더니 수련과의 대화 내용을 상세히 말했다. 관식은 중간 중간 고개를 끄덕이며 들었다.

"실패였어요. 엄마에게 폭행을 당하며 공부하는 게 자신의 미래를 위해 마땅히 받아들여야 할 고통이라고 생각하는 단계로 확실히 들어섰어요."

"흐음…"

"주 선생님도 짐작하시겠지만 자퇴의 목적은 제가… 아니 우리가 수련이를 더 이상 만나지 못하게 하려는 거예요. 이제…"

어쩌면 내신 성적에 대한 걱정으로 고통받는 일은 줄어들 수도 있겠다는 생각에 관식은 씁쓸한 웃음을 지었다.

"가해자와 피해자 둘만 남게 되는 거죠."

가해자와 피해자…. 관식은 하지은의 말에 대답하지 않고 자리에서 일어나 창문 쪽으로 걸어갔다. 낮에서 밤으로 가는 길목. 태양은 강렬한 빛을 내놓으며 모습을 감추고 있었다.

"어쩌면,"

관식이 고개를 돌렸다.

"우리가 성급했던 건지도 모르겠습니다."

하지은이 관식을 쳐다보았다.

"하 선생님 말대로 수련이가 어머니와 일체화되어 있다면 당국에 신고한다고 해도 어머니의 학대를 부인할 가능성이 있습니다. 게다가…"

하지은의 미간이 좁아지며 입꼬리가 한쪽으로 올라갔다. 관식은 계속 말을 이었다.

"혹여 강제로 딸과 떨어지는 상황이 되었을 때, 이 정도로 행동력이 있고 자기 확신에 찬 사람이라면 딸에게 무슨 짓이든 할 수 있을 거라는 생각도 들고요."

하지은은 단호하게 고개를 저었다.

"폭력에 노출된 학생을 구하는 건 아무리 빨라도 늦는 거예요. 선생님. 수련이가 완전히 노예가 되기 전에 구해내야죠. 무슨 말씀이세요?"

관식은 동의한다는 표정을 지었다.

"맞아요. 다만 방법에 있어서 조금 신중할 필요가 있다는 뜻입니다."

하지은은 답답하다는 표정을 지었다.

"지금 수련이에게는 우리밖에 없어요."

관식은 고개를 저었다.

"우리가 잊고 있었던 사람이 있습니다. 가장 먼저 대화했어야 할 사람일 수도 있죠. 이혼하고 다른 가정을 이루고 있다고는 하지만 수련이 아버지는 이 상황을 알아야 할 이유가 분명합니다. 개입할 이유도 확실하고요."

하지은은 목에 뭐가 걸린 듯 기침을 두어 번 했다.

"일단 수련이 아버지를 만나볼 생각입니다. 만나서 도움을 요청하든 아니면 필요한 정보를 얻든 간에 수련이 문제를 해결하는 물꼬가 될 수 있습니다."

"도움이 되지 않을 거예요. 수련이는 아버지를 세상에서 가장 미워하거든요."

엄마를 멸시하고 결국 자신까지 버린 아버지가 개입한다면 수련이는 더 엄마 품으로 숨을 수 있다는 하지은의 주장에 관식의 목소리가 커졌다.

"그래도 수련이의 친아버집니다. 이 상황을 알리고…"

"선생님은 부모에게 학대당한다는 게 어떤 건지 잘 모르시는 것 같네요."

하지은은 멍한 얼굴로 자신을 쳐다보는 관식을 뒤로한 채, 교무실을 나갔다.

수련이 아버지 연락처를 알아내는 것은 쉽지 않았다. 수련이가 다녔던 초등학교로 연락해서 겨우 번호를 알아냈다. 담임 중 한 명이 수 년이 지난 교무수첩을 보관하고 있었던 것이다. 부모가 이혼하기 전의 수련이 담임이었을 것이다. 전화를 걸었지만 받지 않았다. 수련이가 고교를 자퇴했으며 관련해서 상의드릴 일이 있다는 내용의 문자를 보냈지만 하루가 지나도록 소식이 없었다. 휴대폰 번호가 바뀌었을 가능성도 있었다. 관식은 식어버린 커피 잔을 이리저리 돌렸다. 어둠이 깔리기 시작했다. 수련이 아버지의 무응답보다도 하지은의 마지막 말이 계속 머릿속을 맴돌며 관식을 불편하게 했다. 생각이 날개를 뻗치려는 순간, 구내 전화벨이 울렸다. 관식은 수화기를 들었다.

"예. 하 선생님. 아직 퇴근 안 하셨군요."

"어제는 죄송했어요. 제가 좀 흥분했던 것 같아요. 선생님."

언제 그랬냐는 듯 밝고 은은한 목소리. 관식의 마음 한구석에서 안도감이 자리를 틀었다.

"별 말씀을. 그러잖아도 전화 드리려고 했습니다. 수련이 아버지가 연락이 안 되네요. 아무래도….."

"가정방문해요. 우리."

소풍이라도 가자는 말투다.

"지난번에 그러기로 했잖아요. 수련이 신상에 이상 징후가 보이면 가정방문하기로요. 자퇴야말로 확실한 사유죠."

관식은 더 이상 수련의 담임이 아니다. 하지만 안부차 방문하는 것까지 문제될 건 없다. 수련이를 만나서 상태를 확인한다. 어쩌면 집 안에서 학대의 증거를 확보할 수도 있을 것이다. 물론 지숙이 두 사람을 집 안에 들여 줄지 의문이지만 말이다.

"좋습니다. 오늘 바로 갈까요?"

수화기를 내려놓은 관식은 식은 커피를 한입에 털어 넣고 자리에서 일어났다.

번화한 거리에서 그리 멀지 않은 곳에 위치한 깨끗하고 아늑한 느낌이 드는 조용한 건물이었다. 관식은 근처 편의점에서 사 온 음료수 박스를 한 손에 든 채 연립주택 입구로 들어갔다. 하지은은 말없이 관식을 뒤따라 들어갔다. 계단의 폭이 좁아 둘이 동시에 올라갈 수 없었다. 뒤따라 올라오는 하지은의 숨소리가 거칠었다. 한 층에 3세대가 부채처럼 펼쳐져 있었다. 수련의 집은 왼쪽이었다. 관식이 벨을 누르려고 할 때 중앙 집의 문이 열리며 노파가 나왔다. 관식과 하지은이 미소 지으며 인사를 했다. 노파는 두 사람을 본체만체하면서 천천히 계단을 내려갔다. 관식은 고개를 돌리고 잠깐 심호흡을 한 뒤 벨을 눌렀다. 반응이 없었다. 문틈으로 미세하게 빛이 나오고 있는 걸로 봐서 실내에 사람이 있는 게 분명했다. 하지만 아무런 인기척도 느껴지지 않았다. 하지은이 수련의 이름을 부르며 문을 두드리기 시작했다. 문이 흔들리며 안으로 조금 밀려들어갔다. 잠겨 있지 않았던 것이다. 관식과 하지은은 눈빛을 교환했다. 관식이 고개를 끄덕인 후, 문을 천천히 열었다. 빛이 들어가자 실내 모습이 눈에 들어왔다. 거실 중앙에서 천천히 흔들리는 인간 샹들리에의 모습. 난장판이 된 거실 한 가운데 매달린 지숙의 몸이 괘종시계의 초침 소리에 맞춰 공중을 돌고 있었다. 얼굴 한쪽에 피를 뒤집어쓴 채, 공중에 떠 있는 지숙의 아래쪽에 수련의 발이 놓여 있었다. 수련은 벽에 머리끝을 댄 채 천장을 바라보는 모습으로 누워 있었다. 하지은의 비명소리가 복도를 가득 채웠다.

"나와 줘서 고마워."

늦은 밤이었지만 카페는 사람들로 북적거렸다. 관식과 다형은 비교적 한가해 보이는 3층 구석의 일렬로 된 좌석에 옆으로 나란히 앉아 있었다. 다형은 웃으며 고개를 가로저었다.

"사건 담당인 명세환 경위님과는 같은 부서에서 일한 적이 있어서 잘 알아요. 그리고 무엇보다 W여고는 제가 교생으로 근무한 경험이 있는 학교잖아요."

선다형 경장. 사범대 4학년 재학 시절에 관식의 지도를 받은 교생. 다형은 경찰의 길로 진로를 변경한 후에도 가끔 소식을 전해 왔다. 스승의 날에는 관식을 찾아오기도 했다.

"하지은 선생님은 병가를 내셨다고 들었어요."

일주일이 지났지만 하지은은 출근하지 않고 있었다. 관식의 전화도 받지 않았다. 관식은 눈을 한 번 감았다 뜨면서 다형을 쳐다봤다. 다형이 마른기침을 몇 번 하고는 수첩을 열었다.

"그럼 시작할게요. 우선 창문이나 문 쪽에 침입 흔적이 없어요. 금품도 집 안에 그대로 있고요. 그러니까 그날 현장을 목격하고 신고하셨던 두 분과 피해자 이외에 다른 사람의 흔적은 전혀 없는 거죠."

"…"

"물론 누군가 아는 사람이 들어와서 저지른 짓일 수도 있어요. 아파트 단지가 아니라서 건물 진입로 쪽에는 방범카메라가 없었고 지하철 방향으로 나가는 큰 도로 쪽에만 한 대 설치되어 있었는데 건물로 들어올 수 있는 길이 세 방향이나 있어 딱히 방범카메라 조사가 큰 의미는 없었어요. 확인 결과 특이사항도 없었고요. 집안에 누가 들어온 걸 본 별다른 목격자도 현재로선 없고요. 무엇보다도…"

관식의 입에서 한숨이 나왔다.

"두 사람의 몸에 난 흔적이 중요해요. 우선 강지숙은 목을 매단 상태에서의 질식사, 임수련은 누워 있는 상태에서의 목 눌림에 의해 질식사예요. 강지숙 머리의 상처는 현장에 있던 다리미에 의한 것으로 밝혀졌는데 다리미 손잡이 부분에 임수련의 지문이 있었어요. 사건 당일 여자들끼리 싸우는 소리를 들었다는 옆집 할머니의 증언도 확보했고요."

학대의 종착점에서 이루어진 딸 살해 그리고 자살. 관식은 물었다.

"수련이는 어머니의 폭력에 순화되어 있었어. 그런 수련이가 다리미를 휘두르면서 반항하는 게 가능할까?"

다형이 수첩을 뒤적이면서 대답했다.

"경찰청 자문 심리전문가에게 문의해 봤는데 과거에 유사한 사례가 있었다고 해요. 이번 사건처럼 살인으로까지 이어지진 않았지만요. 학대당하던 자녀가 청소년기를 거치면서 조금씩 반항의 계기를 만드는 경우가 종종 생기는 거죠. 상담기록에 따르면 임수련이 학교와 상담 선생님을 무척 좋아했다고 하니까 강지숙의 강제 자퇴 조치가 반항의 계기로 작용한 것으로 보여요. 오히려 이 사건으로 임수련이 친엄마인 강지숙의 폭력에 완전히 순화되지 않은 상태였다는 걸 알 수 있어요."

자퇴를 둘러싸고 생긴 갈등. 어머니의 폭행에 길들여진 고등학생 딸. 일방적 자퇴 강요라는 강수에 그동안 누적된 분노가 폭발해서 어머니에게 저항. 예상치 못한 딸의 저항에 분노한 어머니가 딸의 목을 졸랐고 딸이 사망하자 스스로 목을 매다. 그 날 하지은이 교무실을 나가면서 했던 말이 떠올랐다. 선생님은 부모에게 학대당한다는 게 어떤 건지 몰라요. 관식은 주먹을 움켜쥐었다. 빌어먹을…. 1층 중앙에서 연인으로 보이는 커플이 음료를 사이에 둔 채, 정답게 대화를 나누고 있었다. 아래쪽을 쳐다보던 관식은 다형 쪽으로 고개를 돌렸다.

"다른 가능성은 정말 없는 거야?"

다형은 고개를 저었다.

"지금으로선 없어요."

"으음…"

수련의 몸에 나타난 학대 증거와 하지은의 상담기록 그리고 사건 현장의 정황과 증언을 종합해보면 자연스럽게 결론이 나온다. 1층의 커플이 자리를 비우자 창가 쪽에 앉아있던 두 사람이 재빨리 자리를 옮겨왔다. 계속 노리던 자리였는지 둘은 밝게 웃었다. 빼닮은 외모로 보아 모녀 같았다. 다형은 입술을 살짝 깨물며 말을 이었다.

"조금 애매한 부분이 있기는 해요. 제 생각이지만요."

관식이 다형 쪽으로 머리를 돌렸다.

"애매한 부분?"

다형은 관식에게 자신의 손톱을 들어보였다.

"교살당한 피해자는 보통 손톱 아래쪽에 저항흔을 남기는 법이거든요. 가해자의 살점 같은 것 말이에요. 그런데 기록을 보면 임수련의 손톱에는 저항흔이 없어요."

관식은 말없이 다형을 쳐다봤다. 다형은 수첩을 손가락으로 툭 쳤다.

"뭐 저항흔이 아예 없다고 말할 수는 없겠네요. 살점 대신 아주 미세한 섬유 조각이 몇 점 나왔다고 되어 있으니까."

관식이 잠시 생각하고는 말했다.

"수련이 어머니가 입고 있던 옷에서 나온 섬유 조각이었겠군."

여름이다. 더구나 실내다. 짧은 상의를 입고 있었을 텐데 옷의 섬유조각만 할퀴었다는 것이 이해되지 않는다. 관식의 표정을 읽은 다형이 말했다.

"상의가 아니라 하의였어요. 강지숙이 입고 있던 바지."

"..."

"그러니까 강지숙이 임수련을 눕혀놓은 상태에서 자신의 두 다리로 팔을 옴짝달싹 못하게 바닥에 고정시킨 후 목을 조른 거예요. 숨이 막혀오는 고통 속에서 임수련이 할 수 있는 저항은 겨우 손가락 끝으로 강지숙의 바지를 긁는 게 다였을 거예요. 손목 정도만 자유롭게 움직일 수 있었을 테니까요."

관식의 머릿속 어딘가에 불이 켜졌다. 다형이 말을 이었다.

"여자 둘이 사는 집 안에 야구방망이와 아령이 있었어요. 키도 크고 몸집이 좋은 강지숙이 평소에 딸을 지속적으로 학대한 것으로 보여요. 임수련의 일기장에는 어머니가 자신을 쓰러뜨린 다음, 발로 목을 눌렀다는 기록도 있어요."

관식이 물었다.

"수련이 목에 나 있는 손가락 흔적이 어머니 것과 일치했어?"

다형이 고개를 저었다.

"상체를 밀착시킨 채, 팔목을 교차해서 누른 거 같아요. 그러니까…"

다형은 수첩을 덮으며 말했다.

"레슬링이나 유도의 조르기처럼 한 거죠."

차가운 물이 구릿빛 피부 위로 콸콸 쏟아지고 있었다. 하지은은 욕실에 선 채로 거울을 마주보았다. 거울에 비친 얼굴이 평상시의 모습을 되찾아가고 있었다. 학교에 사직서를 제출할까도 생각했지만 생각을 바꿨다. 여기서 포기할 순 없다. 어떻게 살아 온 인생인가. 하지은은 새하얀 타월을 꺼내 몸을 닦고 또 닦았다.

억측일 수도 있다. 아니 억측이어야 마땅하다. 그런 일이 일어났을 리 없기 때문이다. 폭력에 중독된 어머니의 자녀 살해와 뒤이은 자살이 비극이기는 하나 논리적으로는 차라리 정합적이다. 관식은 컵을 들어 물을 한 모금 마셨다. 비릿했다. 22살의 여름, 산 속에 처박힌 훈련소에서 잔디 고르기 작업 중 잠시 쉬면서 마셨던 냉수 맛이 생각났다. 몸이 얼어붙을 정도로 시원하면서 갈증을 더 자극하던 맛. 살아있는 물의 맛을 처음 느껴본 순간이었다. 지금처럼 한여름이었고 머리 위에는 푸른 하늘이 여유 있게 땅을 내려다보고 있었다. 한 모금만큼의 생명. 한 모금만큼의 희망. 버거운 수학 문제 해결의 경험에 따르면 이제 마지막 한 스텝이 남았다. 단순하면서도 어려운 스텝.

남녀를 불문하고 누구나 학창 시절에 태권도나 유도를 배울 수 있다. 어쩌면 강지숙도 유도나 주짓수를 배웠을지 모르는 일이다. 상담실에서 본 강지숙의 후리후리한 키와 단단해 보이는 체구가 머릿속에서 그려졌다. 남은 냉수를 한입에 털어 넣었다. 차가운 액체가 식도를 타고 넘어가다가 어딘가에 걸렸다. 다시 떠올랐다. 귀에 들어온 순간부터 떠나지 않는 그 말. 사건이 발생하기 전에 이미 시작된 퍼즐. 수련과 강지숙 그리고 하지은의 얼굴이 어지럽게 뒤섞이며 관식의 머릿속을 맴돌았다.

"그게 정말이에요?"

"그래."

휴대폰 건너편에서 다형의 놀란 표정이 보이는 듯했다.

"확인해 볼 필요가 있겠네요. 명 경위님께 바로 연락드릴게요."

"그전에…"

관식은 잠시 뜸을 들였다.

"먼저 의논할 일이 있어. 부탁할 것도 있고."

"…"

다형의 말대로 명 경위가 그것만 확인해보면 간단히 밝혀질 수 있는 일이다. 관식은 휴대폰을 쥔 채, 의자에서 일어나 방 주위를 천천히 돌기 시작했다.

"음. 우선 적어도 내가 아는 하 선생은 상담 교사로서 부족함이 없는 사람이야. 내가 부끄러움을 느낄 정도로 학생에게 헌신적이거든."

단정하지 마세요. 선생님. 다형의 목소리가 침묵이라는 선을 타고 휴대폰으로 전달되어 왔다.

"맘에 걸리는 게 있어."

"말씀하세요."

지금의 가설이 사실이라면 수사가 정교하게 진행되는 과정에서 경찰도 결국 진상을 파악할 것이다. 확실히 그럴 것이다. 관식은 서 있는 상태에서 책상 위에 한 손을 얹었다. 십여 년 전 졸업한 아이 하나가 생일 선물로 준 탁상용 시계 위에 누워있는 돼지 인형이 윙크하고 있었다. 관식의 호흡이 빨라졌다.

"수련이가 자퇴한 당일, 하 선생이 나한테 제안을 했었어. 그 엄마를 가정폭력과 아동학대로 신고하자고."

"선생님…"

"난 거절했어. 수련이 아버지에게 연락하자고 하면서 말이야."

"상식적인 판단을 하신 거예요."

"그런 게 아냐. 다형아."

관식의 목소리가 방안에 울렸다. 이사 온 이후 방에서 난 가장 큰 소리였다.

"그런 게 아니라뇨? 그게 무슨…"

"하 선생은 화를 냈어. 그리고 다음 날 나와 같이 현장에 간 거야."

"…"

"나한데 부모에게 학대당하는 게 어떤 건지 잘 모르는 거 같다고 소리를 지르면서 나갔거든."

잠시 동안의 침묵에 이은 혼잣말과 한숨.

"다형아."

"아까 부탁할 게 있다고 하셨죠? 무슨 부탁인지 알겠어요."

관식은 휴대폰을 꼭 움켜잡았다.

"하 선생님 인적 사항이 필요해요."

회색 빛깔 이심전심의 결과를 알려줄 한 장의 서류는 학교 본관 1층의 행정실 캐비닛에 있다. 지금 가면 창문 쪽으로 몰래 침입할 수 있을 것이다.

"30분 후 다시 전화할게."

휴대폰을 내려놓은 관식은 간이 옷장을 활짝 열었다.

"커피 맛있네요. 쓰지도 않고 달지도 않고…"

관식이 머그잔을 놓으며 말했다. 하지은은 굳은 표정은 한 채 말없이 앞을 응시하고 있었다. 관식은 말을 이었다.

"제가 오늘 하 선생님을 방문한 이유는 두 가지입니다. 우선 선생님이 잘 계신지 확인하고 싶었고 또 하나는 꼭 여쭤보고 싶은 게 있어서입니다. 그러니 선생님이 도와주셔야 돼요."

"전 괜찮아요. 곧 학교로 복귀할 예정이고요. 그러고 보니 혼자 이것저것 고민하면서 연락도 못 드렸네요. 죄송해요. 주 선생님. 이렇게 오시게 해서요."

하지은은 두 손으로 머그잔을 잡은 채 눈을 내리깔고 혼잣말하듯 웅얼거렸다. 관식은 고개를 끄덕였다.

"잘 계시다는 건 눈으로 확인했으니 질문을 해야겠네요. 아니 그 전에 제 이야기부터 할게요."

"..."

"제 눈에 비친 하 선생님은 유능함 그 자체였습니다. 수련이와의 첫 만남에서 선생님은 자해 사실을 알아냈죠. 곧바로 육체적 학대의 증거도 잡았고요. 전 선생님의 능력과 학생에 대한 애정에 감탄했습니다."

"상담 교사로서 제 할 일을 한 것뿐이에요."

또랑또랑하면서도 이전보다 느려진 말투. 여유가 생긴 걸까. 하지은은 고개를 들어 관식과 눈을 맞추었다. 관식은 의자에서 일어나 천천히 창가로 걸어갔다.

"하 선생님 집으로 걸어오는 동안에 끊임없이 스스로에게 물어봤습니다."

"뭘 물어보셨는지 궁금하네요."

놀랍도록 차분한 목소리. 관식이 하지은 쪽으로 몸을 돌렸다.

"저와 함께 두 사람을 발견한 그날 이전에 수련이 집을 방문한 적이 있으신가요?"

"없어요."

관식은 호주머니에서 휴대폰을 꺼냈다.

"사건 담당자는 아니지만 경찰에 아는 사람이 있습니다. 도움이 되는 이야기를 해 주더군요."

관식이 휴대폰 버튼을 누르자 경쾌한 멜로디가 실내에 울려 퍼졌다. 입을 꼭 다문 채로 관식을 노려보던 하지은은 멜로디가 세 번째 반복되자 휴대폰을 가져와 잠금을 풀고 메시지를 열었다. 한 장의 사진이 천천히 화면 위로 떠올랐다. 사진을 본 하지은이 휴대폰을 바닥으로 떨어뜨렸다. 관식은 두 눈을 감았다.

"결국 밝혀질 일입니다. 경찰은 바보가 아니니까요. 하 선생님 스스로 말해주세요. 사진에 나온 바지, 본인 옷이죠?"

"…"

"수련이가 유도의 조르기 형태로 사망했다는 경찰관계자의 이야기를 들었을 때 제 머릿속에 떠오른 사람은 하 선생님이었습니다. 사건 발생 전 상담실에서 우연히 보게 된 한 장의 사진 때문이었죠."

하지은은 표정의 변화 없이 관식을 바라보고 있었다.

"하지만 그건 무리한 상상이었습니다. 무엇보다도 하 선생님이 수련이를 해칠 이유가 없기 때문입니다. 아니 사건과 가장 멀리 있는 분이라고 봐야합니다. 그래서 전 불합리한 그 상상을 접으려고 했습니다. 그런데 한 번 든 의심은 쉽사리 지워지지 않더군요. 제 머릿속을 계속 돌아다니는 무엇이 있었어요. 그게 뭔지 마침내 알게 되니까 사건이 전혀 다르게 보이더군요. 그래도 직접 확인을 해야 했습니다. 그리고 조금 전에 하 선생님이 사실로 확인해 주었습니다."

관식은 숨을 한 번 내쉰 다음 말을 이어갔다.

"아파트 단지가 아니라서 입구에 방범카메라가 없었고 집 안으로 들어갈 때 목격자가 없었다는 점은 운이 좋았다고밖에 말할 수 없는 부분입니다. 그런 운에 수련이가 평소에 학대를 당했다는 증언과 증거가 겹쳐 진상이 가려진 거죠."

관식에게 바라보는 하지은의 눈에서 뭔가가 빠져나가고 있었다.

"엄마. 엄마…"

문을 열고 들어온 수련은 백팩을 맨 채로 바닥에 쓰러져 있는 지숙에게 달려갔다. 좁은 거실바닥은 지숙의 머리에서 흘러나온 피로 흥건했다. 미친 듯이 지숙의 몸을 흔들어대던 수련의 눈에 피 묻은 다리미가 들어왔다. 뒤이어 벽에 등을 댄 채 바닥에 앉아있는 하지은이 보였다.

"선생님이 엄마⋯이랬어요?"

"⋯수련아."

"엄마⋯죽은 거예요?"

정신이 퍼뜩 돌아왔다. 저 여자는 죽었다. 죽어 마땅하다. 과거를 함부로 입에 올려 날 모욕했기 때문이다. 하지은은 천천히 일어났다. 수련의 눈에 불꽃이 보였다.

"저 사람은 네 엄마 자격이 없어."

"선생님이 엄마 죽였어요?"

수련은 하지은을 노려보며 뒷걸음을 했다. 하지은은 고개를 저었다.

"아니야. 수련아 내 말 좀 들어봐."

"거짓말."

고양이가 장난감을 채듯 하지은은 수련 앞으로 튀어 나갔다. 수련은 황급히 입구 쪽으로 몸을 돌렸지만 발을 떼는 순간, 하지은의 다리에 걸려 넘어졌다. 하지은은 수련의 손을 비틀어 두 다리 밑으로 고정시켰다. 수련은 몸을 뒤틀었지만 자유로운 것은 입밖에 없었다. 비명을 지르는 수련의 입에서 거품 포말이 튀어나왔다. 하지은은 한 손으로 수련의 입을 막았지만 수련은 악을 썼다.

"우리 엄마 살려내."

하지은의 입이 기괴하게 틀어졌다. 수련은 더 말할 수 없었다. 하지은의 두 팔뚝이 십자형으로 수련의 목을 누르기 시작했기 때문이다. 나른해지며 눈물이 핑 돌았다. 숨 막힘으로 두 손을 버둥거리는 수련의 두 눈에 하지은의 얼굴이 보였다. 하얗다 못해 푸른빛이 도는 두 눈. 뭔가를 중얼거리는 입. 하지은은 온 몸의 체중을 두 팔에 실어 수련의 목을 눌렀다. 반대편에서 지숙이 꿈틀대며 깨어나고 있었다.

하지은은 눈을 감았다. 관식은 아랑곳하지 않고 계속 말했다.

"자신을 구하기 위해 달려왔고 폭행까지도 감수한 선생님을 비난하며 어머니를 옹호하는 수련이를 보고 선생님은 극심한 혼란과 배신감을 동시에 느꼈을 겁니다. 그리고…정신을 차려보니 수련이가 바닥에 누워 숨을 쉬지 않았습니다. 선생님은 당황했습니다. 죽일 생각까지는 없었을지도 모릅니다. 그 때 기절했던 강지숙이 몸을 뒤틀며 깨어나고 있었습니다. 신음 소리를 내며 바닥을 버둥거리는 강지숙이 눈에 들어오자 선생님은 생각했습니다. 이 모든 게 강지숙의 학대 때문에 벌어진 일이다. 죽어 마땅한 사람은 강지숙 당신이다. 수련의 죽음에 대한 책임도 강지숙 당신에게 있다고 말입니다. 두 사람의 체구가 유사했던 것도 선생님의 결심을 부채질했습니다. 강지숙의 목을 매달고 수련이의 흔적이 담겼을지 모르는 바지를 바꿔 입힌 후, 다른 흔적들을 모두 정리한 선생님은 조용히 현장을 떠났습니다. 그리고 다음 날 제게 가정방문을 제안했죠. 여기까지 틀린 부분이 있나요?"

하지은은 천천히 바닥에 주저앉았다.

"…어떻게…"

"알았냐고요? 제게 진상을 알려준 사람은 하 선생님 본인입니다."

하지은은 입을 반쯤 벌린 채, 관식을 쳐다봤다. 관식은 하지은을 물끄러미 바라보다가 고개를 돌리며 말했다.

"한 소녀가 있었습니다. 소녀가 초등학교 2학년 때, 어머니의 가출로 아버지와 함께 생활하기 시작합니다. 하지만 아버지의 거듭된 폭력으로 소녀 또한 가출을 반복하게 되죠. 지옥 같았을 7년이 그렇게 지나갑니다. 중학교 1학년 2학기 중간고사를 앞둔 날 밤, 소녀는 집에 불을 지르고 아버지가 중상을 입습니다. 소녀가 소년원 송치되어 있는 동안 병원에서 퇴원한 아버지는 뺑소니로 사망합니다. 이후 사회복지센터의 도움으로 소녀는 고교에 진학하게 되고 모범생으로 변신하여 대학 진학에도 성공합니다. 대학에서 심리학을 공부하고 전문상담사 자격증을 획득하죠. 자신처럼 학대당하는 학생들을 도울 생각이었을 겁니다."

하지은의 눈에 눈물이 차올랐다. 관식은 또박또박 천천히

늪 329

말했다.

"선생님은 부모에게 학대당한다는 게 어떤 건지 몰라요. 그날 교무실을 나가면서 하 선생님이 제게 한 말입니다. 그건 수련이 이야기가 아니었습니다."

"..."

"모든 게 설명되더군요. 하 선생님이 수련이에게 보인 호의. 강지숙에게 가졌던 과도한 적대감, 그리고 수련이에게 느꼈을 배신감까지 모두 다 말입니다. 하 선생님은 수련이에게서 자신의 과거 모습을 봤던 겁니다."

하지은이 두 손으로 얼굴을 감싸고 통곡하기 시작했다. 관식은 하지은을 한참 동안 바라봤다. 학대당한 상처를 극복했다고 스스로 생각하며 열심히 살아왔지만 내담자를 통해 소환되는 끔찍한 기억에 시달리며 내면의 분노를 키워온 슬픈 영혼. 하지은에게는 더 이상 스스로를 해칠 자아조차 남아 있지 않았다.

"다행이에요. 자수를 해서요."

"다형이가 부탁 들어줘서 그렇게 된 거잖아. 기다려줘서 고마워."

1층의 샹들리에 아래쪽 자리는 여전히 인기였다. 한 커플이 나가자 어디선가 쏜살같이 다른 커플이 자리를 채웠다.

다형은 라떼 거품을 빨대로 툭툭 치며 말했다.

"이 사건은 주 선생님이 해결하신 거예요. 공식적으로는 뭐 경찰이 한 거지만요. 그나저나… 가정에서의 아동 학대 폐해가 생각보다 심각하다는 것을 이번 사건을 통해 다시 알게 됐어요."

어린 시절의 학대는 특히 가정의 학대는 영혼을 파괴한다. 그리고 그 결과는 가공할 사건으로 귀결될 수 있다. 하지은은 이를 극단적으로 보여주었다. 수련을 목을 조르면서 내면의 상처를 극복하지 못한, 아니 극복할 수 없는 하지은 자신을 과거를 살해하려 한 건지도 모른다. 이유야 어떻든 하지은의 살인 행위는 결코 용서받을 수 없다. 관식은 감은 눈을 떴다.

"다형아. 그 외 교생실습할 때 상담에 관심 있다고 하지 않았나?"

"와. 그걸 기억하세요?"

관식은 뒷머리를 긁으며 쑥스러운 표정을 지었다.

"맞아요. 그래서 지금 청소년부에 있는 거고. 그런데 그건 왜 물으세요?"

라떼가 밑바닥을 보였다. 관식은 입도 대지 않은 아이스커피를 다형 쪽으로 밀어주었다.

"상담학을…공부할까 봐. 실제 사례들도 또 사람들도 좀

소개해 주고 말이야. 학생 뿐 아니라 성인들 문제까지 확장
해서 보고 싶어. 경우에 따라서는 범죄자들도 만나야 할지도
몰라. 도와…줄 거지?"

　다형이 미소 지으며 아이스커피에 빨대를 꽂았다. 관식도
힘차게 웃으며 고개를 끄덕였다.

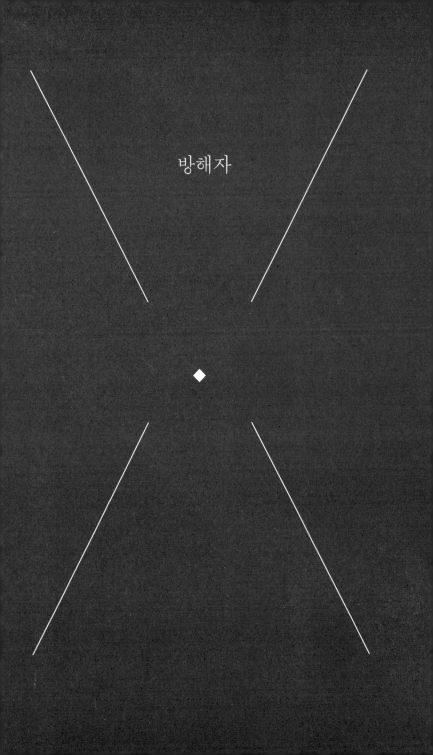

방해자

눈 깜짝할 사이였다. 여자의 예상치 못한 공격에 남자는 '어' 하는 비명과 함께 순식간에 10층 아래로 추락했다. 시원한 바람 외에 주변에 움직이는 건 없었다. 여자는 아파트 베란다에 서서 땅바닥에 누워 있는 남자를 내려다보며 중얼거렸다.

"미안하지만 나도 어쩔 수 없었어. 이건 당신이 자초한 일이야."

여자는 자신의 흔적을 지우기 시작했다. 거실에만 잠깐 있었기 때문에 흔적이 많지 않았다. 작업은 금방 끝났다. 여자는 방범카메라가 설치된 엘리베이터를 타지 않고 계단을 이용하여 아파트 입구까지 내려왔다. 그리고 지하철역으로 통하는 샛길 쪽으로 유유히 사라졌다.

전민수는 버스기사 자격시험을 힘들게 통과했다. 그 후 두 달 동안의 수습 기간을 거치며 일을 배워나갔다. 44세에 어렵게 구한 새 직장이었다. 새벽 다섯 시 반부터 첫차에 시동을 걸어야 했다. 힘들었지만 과거의 기억에서 벗어나기에는 좋은 조건이었다. 출근 시간대가 되면 민수는 승객들에게 눈을 맞추며 미소를 지었다. 시간이 지나면서 익숙한 몇몇 승객들과는 웃으며 인사까지 나누었다. 종점 교대 시 주어지는 휴식 시간 20분은 짧지만 동료들과 사소한 일상의 대화를 나누고 또 챙겨주는, 관절들 사이의 틈과도 같은 소중한 여유 공간이었다.

대기업에 근무했던 지난 십여 년의 세월이 아깝지 않은 것은 아니었다. 특히 팀장으로 근무했던 마지막 삼 년은 절정기였다. 탁월한 업무 능력으로 회장상을 두 번이나 받았던 민수였다. 그대로 아무 일 없었다면 지금도 외국을 오가며 요식 전문가로서의 커리어를 쌓고 있을 것이 분명했다. 하지만 그 사건 이후 민수는 회사에 남아 있을 수 없었다. 자신의 잘못이 아니었지만, 아니 그 누구의 잘못도 아니었지만 그랬기에 더더욱 벙어리냉가슴을 안고 퇴사해야만 했다. 동료들은 민수의 퇴사 이유를 몰랐다. 자기들 멋대로 오해한 채 떠들다가 민수가 떠나자 곧 일상으로 돌아갔다.

퇴사 후 한동안 여행을 하며 몸과 마음을 달랬다. 하지만 분노와 자기연민이라는 내부의 적은 시간이 갈수록 더 강하게 민수를 압박해왔다. 부양할 가족이라도 있었다면 외롭지는 않았을지도 몰랐다. 여행 중에 만난 이름 모를 산속 절벽에서 순간적인 충동을 느끼기도 했다. 그러던 어느 날이었다. 우연히 TV에서 버스 기사의 열악한 노동환경을 접한 민수는 그날로 버스 기사 시험을 준비했다. 예고 없이 불쑥불쑥 찾아오는 감정의 굴레를 벗어나기에 제격인 일이라는 생각이 들었기 때문이다.

버스기사 일은 힘들었지만 민수에게 새로운 삶을 안겨주었다. 도로상에서 많은 승객을 태운 채 운전대를 잡고 있는 시간은 다른 생각의 개입을 불허했고 짧디짧은 휴식은 시간의 소중함을 다시 맛보게 했다. 민수는 조금씩 새로운 삶에 적응해갔다. 햇빛이 들어오지 않는 화려한 사무실 구석에서 보고서를 읽으며 점심을 먹어야 했던 과거의 기억은 자판기 커피를 들고 서서 동료들과 수다를 떠는 가운데 한 컷 한 컷 망각의 어둠 속으로 사라졌다. 늦게 시작한 일이지만 빠른 적응, 능숙한 운행 관리와 운전 실력, 동료들 커피까지 챙길 줄 아는 민수는 동료 기사들에게도 인기 만점이었다.

그날 밤 민수가 모는 803번 버스가 종점에 도착했을 때, 여자 승객 하나가 뒷자리에 앉아서 고개를 푹 숙이고 있었다. 다른 승객은 없었다. 민수는 운전석 앞 거울로 뒤 쪽을 바라보며 천천히 시동을 껐다. 승객은 미동도 없었다. 운전석에서 일어난 민수는 안쪽으로 가서 승객을 깨우기 시작했다.

"고객님. 종점입니다. 내리셔야죠.…고객님?"

몇 번을 불러도 승객은 기척이 없었다. 가만히 승객을 쳐다보던 민수는 어쩔 수 없이 바닥에 무릎을 댔다. 그리고는 승객의 어깨를 흔들기 시작했다. 자신을 흔들어 깨우던 민수 앞으로 고꾸라지던 순간, 눈을 뜬 승객의 입술이 민수의 입술에 닿았다. 젊디젊은 20대 여인의 싱그러운 체취. 몸을 뗀 민수는 살짝 웃음이 나왔다.

"피곤하신 모양인데 이거 드세요. 이런 경우를 대비해서 저희 회사가 준비한 종점고객용 피로회복제거든요. 한 달에 두 번은 안 드립니다."

오전에 동료로부터 받은 피로회복 음료였다. 유설희는 잠이 덜 깬 멍한 얼굴로 병을 받아들었다. 곧 설희의 얼굴에 웃음이 번지기 시작했다. 삶에 찌든 모습이었지만 은은하고 매력적인 얼굴이었다. 민수의 얼굴에도 미소가 감돌았다.

다음 날부터 민수와 설희의 '만남'이 시작되었다. 이따금 설희가 '안녕하세요'라는 입속말과 함께 살짝 윙크하며 운전석을 지나갈 때면 민수는 세상의 주인공이 된 행복감을 만끽했다.

매일 매일이 새로웠다. 해맑게 웃으며 버스에 오르는 설희를 보던 어느 날, 민수는 오랫동안 마음속에 묻어두었던 첫 사랑의 아련함, 허망하게 자신을 떠나버린 연인에 대한 애틋한 기억이 한순간에 되살아나면서 세상에는 어쩔 수 없는 이끌림이란 게 존재한다는 사실을 기꺼이 받아들이게 되었다.

묘하게 푸근한 마음이 느껴졌다. 설희는 아침마다 만나는 운전기사에게 마음을 조금씩 빼앗기고 있었다. 승객들을 향한 따뜻한 미소, 보통 운전사에게서 볼 수 없는 기품 있는 말투, 가끔씩 자신에게만 보여주는 듯한 환한 웃음까지…. 대학 도서관에 출퇴근하는 하루하루가 즐거웠다.

고등학교 1학년 때 집을 나간 어머니는 지금까지 단 한 번도 연락이 없었고 알코올 중독자가 되어 시설에 수용된 아버지는 버거운 짐 그 자체였다. 설희는 가족의 따뜻하고 편안한 품을 느껴 본 적이 없었다. 돈벌이와 집안 살림은 모두 어머니의 몫이었고 아버지는 게을러빠진 식충이에 불과했기 때문이다. 아버지의 술주정과 폭력이 궤도에 오른 어느 날이었다. 친구를 만나러 나간 어머니는 집으로 돌아오지 않았다. 설희가 고등학교에 입학하고 며칠 후 일어난 일이었다. 아직 젊고 예뻤던 30대의 어머니는 자신의 창창한 미래를 위해 남편과 딸을 과거 속에 묻어 버렸던 것이다. 아버지는 품에 칼을 지니고 다음 날부터 어머니를 찾아 전국을 돌아다녔다. 그런 아버지를 보고 설희는 집에서 도망칠 생각을 버렸다.

현재 대학교 4학년. 아버지를 부양해가며 죽을 만큼 노력해서 수도권 사립대학에 겨우 들어왔다. 하지만 일 년에 천만 원이 넘는 등록금과 생활비를 마련하느라 학점 관리는 학사 경고를 딱 면할 만큼이었다. 뭐하나 뚜렷이 내세울 스펙이 없는 설희에게 취업은 높고도 험한 산이었다. 결국 공무원 시험을 선택했다. 아르바이트가 없는 날은 대학 도서관에서 늦게까지 공부해야 했다. 한 달에 한 번 시설에 가는 날, 설희는 이제 자신을 잘 알아보지 못하는 아버지를 보며 마음속 깊은 곳에서 기도했다. 제발 빨리 가달라고…. 그러던 어느 날, 시설 관계자로부터 아버지의 뇌경색의 진행이 빨라지고 있다는 말을 들었다. 알코올 중독이 몰고 온 합병증이었다. 설희의 눈에서 기쁨의 눈물이 떨어졌다. 그리고 803번 버스를 타고 집으로 돌아오던 그 날 밤, 아버지의 합병증이라는 희망은 민수라는 새로운 희망을 끌고 왔던 것이다. 20대 여대생과 40대 버스기사의 만남은 그렇게 시작되었다.

설희는 민수가 만들어주는 음식을 좋아했다. 늦은 밤 민수 일이 끝나면 편의점에서 같이 간단히 장을 봐와서 밤참을 만들어 먹으며 그 날의 자잘한 일상을 서로 나누었다. 설희가 맛보지 못했던 꿀맛 같은 시간이었다. 가끔 민수는 도서관에서 공부하는 설희에게 휴일 근무조를 바꿔 손수 만든 도시락을 가져가기도 했다.

"도서관에서 시험 준비하는 사람들이 이렇게 많은 줄 몰랐네. 설희가 고생이 많다."

"그래도 이렇게 도시락 먹는 사람은 나밖에 없잖아. 히히."

시설에 있는 아버지를 보고 돌아올 때면 둘은 서대문의 극장 한구석에 손잡고 앉아 같은 영화를 보고 또 봤다. 민수는 설희에게 영화에서 연인들이 먹었던 음식을 그대로 만들어 주었다. 행복한 시간은 그렇게 흘러갔다.

시설에 있는 설희 아버지가 심각한 상태라는 것을 알게 된 어느 날이었다. 민수는 설희에게 조심스럽게 동거를 제안했다. 적절한 시점이었다. 설희는 민수의 제안을 받아들였다. 민수도 기뻐했다. 설희에게 가족의 빈자리를 채워줄 수 있게 된 것이다. 둘 사이에 방해자는 없었다.

편동식은 새 직장에 만족하지 못했다. 이전 직장과 비교해 연봉도 적고, 하는 일도 단순해서 자신의 능력을 펼치기엔 시시하다는 생각이 들었다. 예전과 같은 수준의 기업에 다시 입사하고 싶었다. 하지만 능력 있는 젊은 경쟁자들이 너무 많았다. 다니던 회사에서 자진 퇴사한 게 실수였다.

동식은 같은 직장 내에 좋아하는 동료가 있었다. 문제는 동식의 스타일이었다. 이성에게 한 번 마음이 생기면 물불

안 가리고 들이댔다. 상대방이 거절해도 상관없었다. 동식 자신의 정성과 노력의 문제로 생각해버린 것이다. 어쨌든 동식의 스토킹은 사내에서 모르는 사람이 없을 정도였다. 결국 문제가 생겼다. 부잣집 막내아들로 자란 동식은 동료들의 계속된 냉대를 견디기 힘들었다. 스토킹 피해 여직원은 사내에서 신망이 두터웠다. 그래서 대놓고 동식을 왕따시키는 여직원들이 많았다. 그 생각을 하면 출근하기가 싫었다. 몇 개월을 버티던 동식은 퇴사를 결심했다. 나이도 이제 30대 중반밖에 안 되고 무엇보다 여기저기 발을 걸치고 있는 재력가 아버지의 배경이 있으니 괜찮은 회사에 다시 입사할 수 있을 줄 알았던 것이다.

대출업을 하는 아버지의 연줄로 겨우 취직된 곳은 대학 도서관이었다. 그나마 어렵게 들어온 정규직 자리라 동식은 딴소리도 못하고 지루한 하루하루를 보내야 했다. 그러던 어느날, 동식의 눈에 한 여인이 들어왔다.

일주일에 사흘, 늘 같은 자리에 출퇴근하며 고시 공부를 하는 여학생이었다. 눈에 띄는 미인은 아니지만 묘한 매력이 있었다. 적당한 키에 풍성한 머리. 강단 있고 똑 부러지게 생긴 외모와 대비를 이루는 서글픈 눈망울은 묘한 백치미를 연출하며 연기를 하는 배우처럼 우수에 젖어 있었다. 동식은 눈에 안 띄게 여인을 흘끗흘끗 바라보며 새 직장에 출근하는 재미를 만끽했다. 옷과 가방으로 보건대 부유한 것 같지는 않았다. 수험 공부를 하는 걸로 봐서는 스트레스 가득한 4학년일 가능성이 컸다.

동식은 자신 정도의 경제적 조건이면 여인의 마음을 사로잡기에 충분하다고 생각했다. 그리고 이전 직장에서의 쓰라린 실패를 교훈 삼아 여인에게 접근할 구체적이고도 섬세한 작전을 모색하기 시작했다. 우선은 이름과 사는 곳을 알아야 했다.

설희의 휴대폰이 울린 것은 11시가 다 된 늦은 밤이었다. 휴일 내내 전셋집 보러 다니느라 다리 힘이 다 풀려버린 상태였다. 액정에 뜬 것은 시설 전화번호였다. 이 밤에 무슨 일일까? 혹시? 설희는 두근거리는 마음으로 전화기를 열었다. 그리고 깊은 심호흡을 한 번 한 후에 귀에 댔다.

"…나다. 저번 달에 안 왔다며? 내 상태가 안 좋아서 그랬냐? 허허 내 딸이 그러면 안 되지. 얼마 전에 여기 체질의학 공부했다는 의사가 새로 왔는데 그 의사 땜에 상태가 좋아지고 있어. 뇌경색이 좀 풀렸단다. 미역국 좀 끓여서 내일 와. 담배 몇 갑하고. 육 개월 정도면 퇴원 할 수 있을지도 모른다고 하니까 알아서 준비하고. 후후후 너도 좋지?"

설희는 전화기를 든 채로 방바닥에 주저앉아 버렸다. 아버지에게서 해방된다는 전제하에 자신의 삶을 찾겠다는 희망이 무너져 내리는 순간이었다. 모든 것이 원점으로 돌아오고 있었다.

요 며칠 들어 민수는 설희가 조금 이상해 보였다. 초롱초롱한 눈으로 집을 구하러 다니더니 아예 집 이야기를 꺼내지도 않는가 하면 도서관에 도시락을 만들어가도 멍하니 앉아서 먹는 둥 마는 둥 한다. 무슨 일이 생긴 게 틀림없었다.

"무슨 일 있어? 요즘 설희 표정이 안 좋은데…."

"….."

"어디 아픈 거 아니지?"

"몸은 괜찮아."

"집 보는 건 천천히 해도 돼. 이번 일요일에 남이섬에 바람 쐬러 갈까? 청량리 역에서 기차 타고… 맛집도 한 군데 들르고…재밌겠지?"

"일요일은 시설에 가봐야 해. 아버지가… 조금 회복되셨거든."

비둘기 한 마리가 공원 바닥에서 날개를 치며 하늘로 날아갔다. 설희는 슬픈 눈으로 비둘기가 날아간 하늘을 바라보고 있었다. 민수의 마음은 착잡해져 갔다.

아버지가 설희를 호출하는 횟수가 늘어갔다. 설희는 시설에 갈 때마다 뭔가를 가져갔다. 그 안에서 몰래 도박을 하는 모양이었다. 회복되면 집에 와서 시키면 될 것인데 몸이 조금 괜찮아졌다고 그 먼 거리를 다니게 하는 것이다. 민수는 설희가 이전에 어떤 삶을 살았는지 알 수 있었다. 설희 아버지에게 설희는 딸이라는 이름의 봉이었다.

두 사람이 불안한 미래를 향해 한걸음씩을 내딛던 어느 날이었다. 설희는 공부가 지루할 때면 도서관 4층 단행본실에서 이런저런 책들을 읽거나 3층 간행물실에서 신문을 보곤 했다. 그날 오후에 설희는 소설책 한 권을 빌려 2층 열람실로 돌아왔다. 그 때 설희의 눈에 책상 위에 예쁘게 접힌 노란 메모지가 들어왔다.

'휴대폰을 책상 위에 두고 자리를 비우셔서 결례를 무릅쓰고 가방 뒷주머니에 넣어두었습니다. 당황하실까 봐 메모 남깁니다. 무명의 직원 올림'

메모를 읽는 설희의 입가에 미소가 돌고 있었다. 저 멀리서 보고 있던 동식은 작전의 성공을 감지했다. 급할 건 없었다. 시작 단계의 성공에 흥분해서 싼 티 나게 구는 건 위압감 밖에 못주는 유치한 짓이다. 여자를 배려하며 만남을 계속 유도한다. 그리고 그 과정에서 조금씩 자신의 능력을 보여준다. 이전 직장에서의 경험은 동식에게 굳건한 자산이 되어 있었다. 그 날은 메모지 한 장으로 충분했다.

메모지에서 렉서스까지 걸린 시간은 딱 한 달이었다. 설희는 어리숙한 모습으로 자신을 배려하는 동식에게 순식간에 빠져들어 갔다. 어느 날 휴일 데이트에 동식이 멋쩍은 미소를 지으며 가지고 나온 렉서스를 보는 순간, 설희는 동식이야말로 자신이 처한 상황을 해결해줄 남자라고 확신했다.

동식에게도 설희는 재미없는 직장 생활을 대신하는 심심풀이 만남의 대상을 조금씩 넘어서기 시작했다. 동식은 그동안 세상 물정 모르는 철부지 막내아들로만 자신을 대하던 주변 사람들로부터 알게 모르게 상처를 받아왔다. 여성스러운 매력을 발산하며 깊이 의지해오는 설희는 동식으로 하여금 남자로서의 자신의 가치를 느끼게 해주었던 것이다.

아침마다 만나는 설희의 표정이 조금씩 밝아졌다. 민수는 설희의 회복을 기뻐했다. 설희는 아르바이트를 끊고 당분간 공부에 전념하겠다고 선언했다. 미래에의 의지를 보여주는 변화라고 민수는 생각했다. 설희는 공무원 시험에 합격할 때까지 생활비를 보태 주겠다는 민수에게 말했다.

"모아둔 돈이 조금 있어. 나 스스로 결정한 일이니까 민수 씨에게 피해 주고 싶지 않아."

설희는 도서관에 매일 출근하며 의욕을 다졌다. 며칠 후 설희는 민수에게 도시락 싸오는 일도 하지 말라고 했다.

"이번에 꼭 합격해야 되니까 공부 이외 시간을 되도록 줄이고 싶어서 그래. 민수 씨가 이해해 줘."

앞으로 둘의 생활비도 만만찮게 들 것이다. 그러면 민수의 수입만으로는 부족하다. 민수는 설희가 그 때를 대비해서 이를 악다물고 준비를 하는 거라고 생각했다. 설희와 함께 할 수만 있다면 민수는 뭐든 할 수 있었다. 집 보러 다니는 것도, 도서관에서 같이 도시락 먹는 것도, 휴일 데이트도 민수는 아무 내색 하지 않고 마음속에 조용히 접어 넣었다.

그 날 민수는 평소보다 컨디션이 좋았다. 반환점에 도착한 민수는 휴일 데이트를 뒤로 미루고 도서관에서 공부하고 있는 설희에게 뒤질세라 달콤한 자판기 커피를 한 모금 한 후, 5분 만에 곧바로 운전대를 잡았다. 노선이 통과하는 광화문에서 낮에 시위가 있을 예정이었다. 막히기 전에 되도록 승객을 많이 싣고 목적지까지 운행해야 했다.

시위대는 예상보다 많았다. 광화문에서 종로를 거쳐 을지로까지 정부를 규탄하는 시민들의 끝없는 행렬이 이어졌다. 민수는 안내 방송으로 승객들에게 상황 설명을 한 다음, 창덕궁 쪽으로 방향을 바꿔 우회했다. 버스는 비교적 한산한 혜화동 거리를 통과했다. 마로니에 공원 앞에서 신호에 걸렸을 때, 운전석에 앉아 무심코 창문 밖을 보던 민수는 자기 눈을 의심했다.

설희가 환한 미소를 짓고 있었다! 은회색 렉서스 승용차 조수석에 앉은 채였다. 이 시간에 설희가 왜…저기 있지? 혼잣말을 중얼거리며 민수는 운전석에 앉은 채로 휴대폰을 꺼내 1번을 눌렀다. 창밖에서 설희가 꺼낸 낯익은 휴대폰이 민수의 눈에 들어온 순간, 렉서스는 바뀐 신호를 타고 부드럽게 미끄러져 나갔다. 신호가 계속 갔지만 설희는 전화를 받지 않았다.

렉서스 운전석에서 기어를 당기던 것은 남자의 팔이었다. 동창이라도 만난 걸까? 그렇게 생각하기엔 설희의 미소가 마음에 걸렸다. 설희가 왜 전화를 받지 않았을까? 혹시 그 남자와…. 꿈에도 생각해보지 않았던 가능성이었다. 아닐 거라고 생각하면서도 민수의 마음은 걷잡을 수 없이 타들어갔다. 확인이 필요했다.

평일 낮이지만 명동에는 사람이 넘쳐났다. 그동안 닦아놓은 이미지가 있어서 민수가 버스 회사에 하루 병가를 내는데 큰 문제는 없었다. 설희는 명동성당 맞은편에 있는 카페 오로라에 앉아 있었다. 누군가를 기다리고 있는 듯했다. 민수는 카페에서 멀찍이 떨어진 성당 계단에서 설희를 보고 있었다. 얼마나 시간이 지났을까. 말끔한 수트를 차려입은 남자가 카페 문을 열자 설희가 반갑게 손을 흔들었다. 남자의 얼굴을 확인한 순간, 민수는 온몸이 얼어붙었다.

편동식이었다! 민수의 심장이 쿵쾅거렸다. 오랫동안 묻어 두었던 기억이 스멀스멀 올라오기 시작했다. 끊어진 줄 알았던 인연, 아니 악연이었다. 잊혀졌다는 생각은 착각이었다.

이윽고 설희와 동식은 카페를 나와 거리를 걷기 시작했다. 동식의 팔이 설희의 허리에 감겼다. 두 사람을 미행하는 민수에게 생각의 거품이 꼬리를 물고 생겨났다.

동식은 민수의 옛 직장 동료였다. 이전 직장 시절, 민수는 사귀던 애인과 이별해야 했다. 동식 때문이었다. 전혀 예상할 수 없었던 이별이었다. 회사에서 잘 나가던 민수가 퇴사를 결심한 것도 그 때문이었다. 민수는 버스 운전을 하며 긴 고통의 시간을 가까스로 털어냈다. 다 잊고 새출발을 하려는 시점이었다. 하지만 악몽은 다시 민수의 눈앞에서 재현되고 있었다. 용서할 수 없었다. 막아야 했다.

설희는 동식에게 살갑게 작별 인사를 하고 인파 속으로 들어갔다. 설희를 배웅한 동식은 세상 부럽지 않은 미소를 지으며 백화점 지하 주차장으로 천천히 내려갔다.

"저기 잠깐만요."

주차장에 자기 말고 아무도 없다는 사실을 확인한 동식은 천천히 뒤를 돌아보았다. 민수가 서 있었다.

"…!"

"오랜만이네요. 편동식 씨."

"…당신은? 전민수…선배가 여긴…어쩐 일로…."

"이젠 동료가 아니니 선배라는 말은 하지 마세요. 그보다 잠깐 얘기 좀 하죠."

동식은 얼이 빠진 얼굴로 민수를 따라 백화점을 나왔다. 민수는 동식을 끌고 명동성당 입구까지 천천히 걸어갔다. 동식은 불안한 얼굴로 민수를 따라왔다. 카페 오로라로 들어간 민수는 몇 시간에 전 설희가 앉았던 그 자리에 앉았다. 동식은 황당한 표정을 숨기지 못했다.

"하고 싶으신 얘기가…."

민수는 망설임 없이 말했다.

"유설희 씨에 관한 겁니다."

동식은 비로소 민수가 자신과 설희를 몇 시간 전부터 계속 지켜봤다는 것을 깨달았다. 불안감이 엄습해왔다.

"이년 전에 저 때문에 퇴사하신 일에 대해서는 사과드립니다. 선배가 회사를 그만둘 줄은 몰랐어요."

동식 때문에 민수가 퇴사한 이후, 동식은 몇 달을 버티다 나빠진 주변 여론을 견디지 못하고 결국 퇴사했다.

"굳이 사과할 필요 없어요. 난 지금 아주 잘 살고 있으니까. 그리고 나 또한 편동식 씨가 퇴사한 일에 대해서 미안한 마음을 갖고 있습니다. 동료들이 그렇게 반응할 줄 알았다면 안전장치를 해 놓고 나왔을 거예요."

"제가 자초한 일이니까요. 선배를 원망하진 않아요."

민수에 대한 어떤 감정도 남아있지 않다는 말이었다.

"옛일은 더 이상 얘기하지 말기로 하죠."

민수의 말에 동식의 눈빛이 달라졌다.

"선배가 설희와 어떤 관계인지는 모르지만 내게서 설희를 떼어놓으려는 목적이라면 포기하는 게 좋을 겁니다. 난 설희가 잃어버린 삶을 찾아줄 거니까요."

고작 렉서스로? 민수는 속으로 코웃음을 쳤다. 하지만 동식의 눈은 민수가 이전에 본적이 없었던 빛을 뿜고 있었다.

"설희에 관해 내게 무슨 말을 하고 싶은 겁니까? 그것보다도 왜 내가 선배에게 설희 이야기를 들어야 되는지 모르…"

"나와 설희는 서로 사랑하는 사이입니다."

동식은 입을 벌린 채, 민수를 멍하니 쳐다보았다.

"설희는 지금 어려운 상황에 처해 있습니다. 그래서 편동식 씨에게 의지하는 걸 애정으로 오해하지 말라는 말을 하려고 보자고 한 거예요."

동식은 민수를 향해 소리를 질렀다.

"그럴 리 없어. 설희가…. 말도 안 돼. 선배 아니 전민수 씨, 당신 비겁하게 이런 식으로 사람을 모욕하다니."

"못 믿겠으면 설희에게 직접 물어보세요. 그리고 정말 내게 미안한 마음이 있고 또 설희를 아낀다면 놔 주세요. 진심으로 부탁합니다."

민수는 멍하니 앉아 있는 동식에게 정중하게 고개를 숙인 다음 카페를 나왔다.

동식의 입에서 설희 이름이 나오는 순간, 민수는 자신이 얼마나 설희를 아끼는지 반사적으로 깨달았다. 시작하는 시점에 바로잡아야 비용이 적게 드는 법이다. 잠시의 혼란 그리고 진실의 회복. 상처받은 설희를 달래줄 사람이 민수 자신 말고 누가 있단 말인가? 민수는 미소를 지었다.

설희가 사라졌다.

문자 메시지 하나를 남긴 채, 민수 곁을 떠났다. 그 동안 자신을 돌봐줘서 고맙다는 말도, 곧 퇴원할 아버지를 같이 책임지는 부담을 주고 싶지 않았다는 말도, 함께한 시간들을 잊지 못할 거란 말도 민수 눈에는 들어오지 않았다. 휴대폰 액정 화면을 쳐다보는 민수의 머리 속을 채운 단어는 오직 편동식이었다.

편동식! 이 모든 것은 그 자식이 초래한 일이었다. 직접 만나서 경고했건만 그놈은 불쌍한 설희를 가지고 놀고 있다. 예전의 일은 기꺼이 용서했지만 이번 일은 달랐다. 민수는 설희를 되찾아야 했고 그러기 위해서 동식을 만나야 했다.

어렵사리 연락된 과거 직장 후배도 편동식의 새 직장이나 거처를 알지 못했다. 민수는 직접 동식을 찾기로 했다. 설희와 동식이 서로를 알게 된 장소는 설희가 다닌 아르바이트 가게이거나 대학 도서관일 가능성이 컸다.

　동식은 설희를 포기할 수 없었다. 민수가 설희에게 도움을 준 것은 사실이다. 하지만 설희에게 애초에 연애 감정이 있었을 리 없다. 어려운 상황에 놓인 자신을 도와주는 민수에 대한 설희의 호의를 민수가 자기 멋대로 사랑으로 오해한 것이다. 그야말로 황당한 주장이다. 동식은 코웃음을 치며 자신의 품에 안긴 설희의 머리를 쓰다듬었다. 동식은 설희를 집으로 들이는 방법도 생각했다. 하지만 민수에게 한 번에 둘 다 노출될 가능성이 있었다. 그래서 당분간 떨어져 있기로 했다. 급한 대로 설희가 살 원룸을 구했다. 민수가 포기하고 떨어져 나갈 때까지 각별히 조심해야했다.

　동식과 설희에게 불안한 시간이 하루하루 계속되었다. 민수에게서 아무런 소식이 없었다. 한 달이 조금 지난 어느 날 아침이었다. 설희 휴대폰에 문자가 하나 도착했다. '행복해라'

　민수의 메시지였다. 서운한 감정도 구구절절한 설명도 없었다. 짧은 문장이 오히려 진실한 느낌을 주었다. 문자를 본 동식은 미안한 마음과 시원한 마음이 동시에 들었다. 동식은 설희와 함께 오랜만에 해방감을 맛보기로 했다. 그날 밤, 설희의 원룸에서 두 사람은 고급 양주와 해산물로 늦은 시간까지 파티를 벌였다.

같은 시간 다른 한 사람은 분노의 열기로 추위를 녹이고 있었다.

새벽 2시, 동식은 설희의 집을 나서서 북한산 기슭에 있는 자신의 아파트로 향했다. 나른한 해방감은 설희를 차지했다는 성취감으로 이어졌다. 엘리베이터 속에서 거울을 보니 웃음이 자꾸 나왔다. 곧 이 아파트와도 이별이겠군. 미소를 지으며 1007호 문을 열려는 동식의 뒤에서 인기척이 느껴졌다. 동식은 등을 돌렸다.

"…전민수 선배…."

검은 코트를 입은 민수가 슬픈 미소를 지으며 힘없이 서 있었다. 민수의 미소를 본 동식은 술이 깨며 정신이 들었다.

"여기는 어떻게 온 겁니까?"

"그보다 얘기 좀 하죠. 우리"

단 며칠 만에 동식을 찾았지만 민수는 이날을 위해서 한 달을 기다렸다. 동식은 문으로 몸을 돌리며 차갑게 말했다.

"돌아가세요. 할 얘기 없습니다."

"사과하러 온 거예요. 저번 명동 일…."

동식은 다시 몸을 돌려 민수를 보았다. 직장 상사 시절 민수는 문제가 생겼을 때, 정면 돌파하는 스타일이었다. 그리고 뒷 앙금을 남기는 법이 없었다. 힘든 프로젝트가 끝나면 '고생했어'라는, 울림 있는 문자를 보내주곤 했던 민수였다. 동식의 머릿속에 설희가 받은 '행복해라'가 떠올랐다.

"그 이전 일까지 포함해서 다 털어버리는 게 좋겠다는 생각이 들어서 왔어요."

동식의 마음속 빗장이 조금씩 풀어지고 있었다.

"선배, 그때 그렇게 아무 말도 없이 사라졌어야 했나요? 팩스로 사직서 낸 사람은 선배가 처음이라고 합디다."

15분 후 두 사람은 동식의 집 거실에서 맥주잔을 채우고 있었다. 넉살좋게 말하는 동식에게 민수는 조용히 대꾸했다.

"다른 사람이 그렇게 말해도 동식 씨는 그러면 안 되죠."

머쓱해진 동식은 남은 맥주를 마셨다.

"그때 일은 죄송합니다. 선배를 좋아한다고 제가 너무 오버했죠."

동식과 같은 부서 여자 선배이자 팀장이었던 민수는 회사에서도 소문난 미인이었다. 여자 선배를 짝사랑했던 남자 후배. 하지만 민수는 당시 동성의 연인과 동거하고 있었다. 동식은 그런 민수의 '사정'을 알 리 없었다. 동식은 후배인 자신을 살뜰하게 챙겨주는 민수의 배려를 애정으로 착각하고 저돌적으로 대시했다. 동식이 민수를 스토킹하게 된 건 그런 의미에서 동식의 잘못만은 아니었다. 민수는 동식에게 뚜렷한 이유를 말해주지도 않고 피하기만 했기 때문이다. 동식과 민수가 서로를 이해할 기회가 없었을 뿐이었다.

민수에 대한 동식의 스토킹은 회사 내에 모르는 사람이 없었다. 그러던 어느 날, 민수의 연인이 사고를 당하는 일이 일어났다. 민수의 집 앞 놀이터에 죽치고 앉아서 민수를 기다리는 동식의 눈을 피해 밤늦게 귀가하던 중에 일어난 비극이었다. 동식에게 직접적인 책임은 없었다. 하지만 사랑하는 사람을 졸지에 잃은 민수는 더 이상 동식과 같은 회사에 다닐 수 없었다. 동식의 집착이 민수의 퇴사를 불렀다고 생각한 동료들은 민수의 퇴사 이후, 동식을 냉랭하게 대했다. 하지만 아무도 민수가 퇴사한 진짜 이유를 알지 못했다. 사랑하는 연인을 잃고 회사를 그만두면서도 민수는 아픔을 나눌 동료가 없었던 것이다. 첫사랑이었다. 아픈 기억이었다. 그래도 민수는 동식을 용서했다. 그리고 모든 것을 잊기로 했다. 하지만 이번 일은 다르다. 동식에게 직접적인 책임이 있기 때문이다.

"설희에 대한 내 마음은 진심입니다. 그리고 그게 이 년 전 내가 동식 씨의 구애를 받을 수 없었던 이유예요."

"…."

"나 같은 사람들이 사랑하는 사람을 만나기가 얼마나 어려운지 알아요? 옛 정을 생각해서라도 설희를 아끼는 내 마음을 이해해 주세요. 부탁이에요."

동식의 눈썹이 꿈틀했다.

"선배 마음이 그랬다 하더라도 설희는 아니었어요. 어렸을 때 집을 나간 어머니에 대한 그리움, 따뜻한 집에 대한 욕구가 때마침 나타난 선배에게 표출된 것뿐이라고요. 제발 정신 차리세요. 선배."

아니. 편동식 너야말로 설희의 그런 상황을 이용하고 있어. 그리고 너, 마지막 기회를 스스로 차버린 거야. 민수는 속으로 말을 삼키며 맥주잔을 들고 베란다로 가서 바닥에 쪼그리고 앉았다.

"그럴 수도 있겠죠. 어쨌거나 설희는 날 떠났으니까요."

맥주잔을 입에 가져가는 민수의 눈에서 눈물이 조금 흘렀다.

"그리고 옛 일도 사과할게요. 정확한 이유를 말 안 해줘서 동식 씨가 폭주하게 만든 일도….."

민수는 베란다 바닥에 앉아서 바깥쪽을 바라보며 넋두리 하듯 조용히 말했다. 동식이 민수의 곁으로 천천히 다가왔다.

"모두 내가 부족해서 벌어진 일이네요."

민수는 자조적으로 웃었다. 동식은 민수의 어깨에 손을 대며 말했다.

"다 지난 일이에요. 그리고 선배는 아직 젊잖아요."

동식은 민수의 어깨에서 손을 떼고 베란다 바깥쪽으로 눈을 돌렸다. 그리고는 담배를 꺼내려 고개를 조금 숙인 채 호주머니에 손을 넣었다. 바로 그 순간, 앉아있던 민수는 두 손으로 동식의 다리를 잡아서 온 힘을 다해 번쩍 들어 올렸다. 눈 깜짝할 사이었다. 동식은 '어'하는 비명과 함께 순식간에 10층 아래로 빨려 내려가듯 추락했다.

민수는 조용한 아파트 베란다에 서서 땅바닥에 누워있는 동식을 내려다보며 중얼거렸다.

"미안하지만 나도 어쩔 수 없었어. 이건 당신이 자초한 일이야."

민수는 자신의 흔적을 지우기 시작했다. 거실에만 있었으니 지울 흔적이 많지 않았다. 작업은 금방 끝났다. 몇 시간 후, 동식은 술에 취한 상태에서 베란다에 기대다 실수로 추락사한 것으로 밝혀질 것이다. 민수는 방범카메라가 설치된 엘리베이터를 타지 않고 계단을 이용하여 아파트 입구까지 내려왔다. 그리고는 지하철역으로 통하는 샛길 쪽으로 유유히 사라졌다.

민수는 설희의 집으로 가면서 정리해야 될 또 한 명의 방해자를 생각하고 있었다.

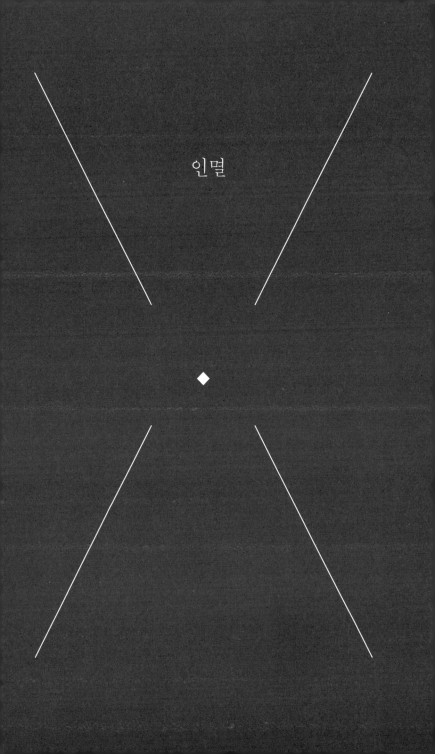

인멸

남자는 여자의 손을 잡은 채 하얀 벽을 노려보고 있었다. 어두워진 지 오래였다. 중환자실에 다른 환자는 없었다. 여자는 눈을 감은 채, 말없이 누워있었다. 핏기없이 쭈그러진 여자의 얼굴을 내려다보는 남자의 눈에 눈물이 어렸다. 곧 진상이 밝혀질 것이다. 속이 불끈하며 뜨거운 그 무엇이 튀어나오는 게 느껴졌다. 낮은 말로 욕설을 내뱉는 남자의 귀에 여자의 목소리가 들렸다. '아이 꼭 구하세요.…' 때 묻지 않은 목소리가 어두운 방, 아니 그보다 더 어두운, 남자의 마음속 깊숙한 곳에 채워져 있던 안전장치를 건드렸다. 남자는 조용히 병실을 나왔다.

"무일 선배. 경찰대학 전창수 박사라고 아세요?"

후배의 목소리는 가라앉아 있었다.

"민철이 니가 전창수 박사를 어떻게 알아?"

"경찰대학이 지금 뒤집어졌습니다. 전창수 박사가 보조금 횡령을 했는데 규모가 장난이 아니에요. 그런데 전박사를 조사하던 팀에서 선배 이름이 나온 모양이에요."

"..."

전창수에게서 연락이 온 건 아내의 병세가 깊어져 수술비와 입원비에 대한 부담이 가중될 시점이었다. 재수술이었고 육천만원 정도가 더 필요했다. 대학생인 딸과 고등학생인 아들 뒷바라지하기에도 벅찬 삶이었다.

"백무일 경위님이시죠? 기환이 애비 되는 사람입니다."

정중하고 교양 있는 말투였다.

"전 경장 아버님이 제게 웬일로…"

말끝을 흐렸지만 전화의 이유는 알만했다.

"늘 신세지고 있으면서 인사도 못 드렸습니다. 제 모자란 아들놈 때문에 고생 많으셨지요? 애써주셔서 감사드립니다."

전창수는 상대방을 편안하게 해주는 화술의 보유자였다. 무일은 대화에 이끌려 그날 저녁 식사 약속을 하고 말았다. 시내에 있는 고급 한정식 집이었다. 내키지는 않았지만 상대방의 정중한 태도와 경찰대학 전문연구원을 알아둬서 해로울 것이 없겠다는 계산, 그리고 식사 한 번 정도야 문제가 될 것 없다는 안일한 생각에 응했던 것이다. 식사 자리에서 몇 번 의례적인 대화가 오간 후였다.

"부인께서 몸이 좋지 않으시다고 들었습니다. 인생지사 새옹지마니 곧 회복될 거라 생각됩니다만….."

무일이 뭐라고 할 새도 없이 전창수는 얇은 잡지 한 권을 무일 쪽으로 슬쩍 밀었다.

"제 아들 놈 살려주신 데 대한 고마움의 표시라고 이해해 주십시오."

한 달 전, 무일은 전기환 경장을 시내에 있는 모 여자고등학교의 학교전담경찰로 배치했다. 원래 여성청소년부 일이었지만 해당 경찰이 사고를 당하는 바람에 급하게 인력이 필요했고 유일하게 심리상담사 자격증을 지닌 전기환이 임시로 차출된 것이다. 전기환은 활달하고 붙임성 있는 성격이었으며 근무하면서 사소한 문제를 일으킨 적도 없었다. 얼마 후, 해당 학교의 여학생 하나가 카톡방에서 왕따를 당한다며 전기환을 찾아왔다. 전기환은 상담 명목으로 학생을 학교 밖으로 불러내어 몇 번 만났다. 카페와 호프집 등이었다. 규정 위반이었다. 왕따 사건이 해결되는가 싶더니 얼마 후 그 여학생이 소속부서로 전화를 걸어왔다. 전기환이 자신을 성추행했다는 신고였다. 주로 카페와 호프집 등에서 벌어진 일이었지만 학교의 상담실에서도 추행이 있었다고 학생은 증언했다. 시끄러워질 우려가 있었다. 직속상관이었던 무일은 즉시 전기환을 피해 학생의 부모 앞에 끌고 갔다. 기사식당을 운영하는 소박한 사람들이었다. 무일은 기환의 뺨을 수차례 때린 다음 무릎을 꿇고 사과하게 했다. 전기환은 두말 않고 사과했으며 배상도 하겠다고 했다. 무일 본인도 사죄했다. 무일의 확신에 찬 태도를 본 학생의 부모도 수긍해서 더이상 문제가 되지 않았다. 빠른 사과와 배상이 주효했다. 무엇보다도 학생이 학교에 사건 이야기를 퍼뜨리지 않았기 때문에 빨리 일단락될 수 있었다. 일이 마무리되자 무일은 전기환을 다른 곳으로 전임시켰다.

전창수는 아마 아들로부터 무일의 사정을 들었을 것이다.

"빌려드리는 겁니다."

"…"

주춤하며 책을 잡고 있는 무일을 바라보며 전창수는 활짝 웃었다.

"여유 있을 때 갚으시면 됩니다."

무일의 머릿속에서 복잡한 생각들이 꼬리를 물고 일어났다. 학부모에게서 촌지를 받는 교사의 마음이 이럴까? 아니다. 이건 사전 청탁이 아니라 사후에 주는 감사가 아니던가? 빌려주는 건데 그렇게 큰 의미를 부여할 필요가 있을까? 그래. 지인이 빌려주는 무이자 대출이라고 생각하자. 무일이 고개를 들었을 때, 전창수는 보이지 않았다.

"선배. 듣고 있어요?"

"말해"

"요즘 경찰에 대한 여론이 안 좋잖아요. 얼마 전에 경찰이 피해자를 성폭행한 사건도 있고요. 몇 몇 기자들이 벌써 냄새를 맡고 여기저기 쑤시고 다니고 있나 봐요, 상황이 안 좋아요."

전창수는 대학에 주어지는 국가보조금 횡령을 저질렀다. 수사팀은 곧 무일과 전창수의 관계를 알아낼 것이다. 전창수의 횡령과 아들인 전기환의 성추행은 별개의 사건이다. 그런데 두 사건 모두에 무일이 관련되어 있다. 수사팀은 무일이 전창수에게서 받은 돈을 그 아들인 전기환 사건을 덮어주는 대가로 규정할 가능성이 크다. 아마도 전기환의 여학생 성추행 사건은 재조사를 받게 될 것이다. 범죄 혐의가 드러나면 전기환은 물론이고 무일도 금전적 약속을 받고 사건을 은폐한 혐의를 뒤집어쓰게 될 것이다. 전기환의 범죄 혐의가 입증되지 않는다 해도 사건을 규정대로 처리하지 않은 무일의 처벌은 피하기 어려워진다. 더구나 부정한 돈을 받았으니….

"분위기가 어떤 것 같아?"

"짐작하고 계신 것 같으니까 말씀드리겠습니다. 수사팀에서 며칠 내로 연락이 갈 겁니다. 뭐 큰일이야 있겠습니까마는 그래도 준비하시는 게 좋을 것 같습니다."

무일은 전화기를 닫았다.

특별법이 만들어졌지만 성범죄율은 아랑곳없이 계속 올라가고 있다. 티브이를 보고 있는 무일은 혀를 찼다. 온갖 자극적인 것들을 제한 없이 볼 수 있는 게 인터넷이고 막상 사건이 나면 열 올리며 보도하는 게 빌어먹을 티브이다. 화면 속에서 학부모가 여교사를 성폭행한 사건이 보도되고 있었다. 미친 새끼들…. 저지른 놈이나 까발리는 놈들이나 다를 것 없다. 세상을 지탱하는 마지막 도덕이 무너진 듯 허탈한 표정을 과장되게 짓는, 화면 속의 저 기자가 과연 사건의 진상에 관심이 있을까? 그럴 리 없다. 저놈에게는 그저 학부모가 여교사를 성폭행했다는 '사실'이 중요한 거다. 얼마나 재미있는 이야긴가? 얼마나 신나는 먹잇감인가? 비리를 저지른 경찰대학 전문가와 현직 경찰간부 사이에 돈이 오고간 '사실'만으로도 지들 꼴리는 대로 더러운 소설을 써댈 게 분명하다. 몇 마디 말로 교묘하게 안전장치를 해놓고 말이다. 하물며 그 아들의 성추행이 드러난다면 더 말할 것도 없다. 범죄자들만큼이나 나쁜 개새끼들이다. 여교사가 살던 동네 주민의 인터뷰가 나오기 시작했다. 무일은 피우던 담배를 재떨이에 눌러 끄고 청사 건물 밖으로 나왔다.

나오자마자 휴대폰이 울렸다. 뜨끔하며 액정을 본 무일은 한숨을 돌렸다.

"어떻게 됐어?"

"의외로 순순히 불던데요. 집 안에 숨겨놨던 약 모두 압수해서 들어가는 중입니다."

오현진을 처음 보고 조그마한 여자라고 우습게 보는 놈들은 하나같이 된통 당한다. 그 마약중개인 놈도 마찬가지였으리라.

"수고했어. 들어와서 보자구."

"알겠습니다."

전화를 끊으려는데 목소리가 계속 나오고 있었다.

"그런데 계장님…어디 편찮으세요? 요 며칠 안색이 좋지 않은 듯해서요."

한참 어린 여자 후배. 격의 없이 대하더라도 서로 늘 조심스러운 부분이 있다 보니 이렇게 업무 보고 중에 슬쩍 끼워 말하는 것이리라. 무일은 헛기침을 했다.

"강력반 형사 안색이야 원래 푸르죽죽한 거지 뭘 그래. 빨리 들어와."

전화기 저편에서 네 하는 발랄한 소리가 들리더니 툭 끊어졌다.

그래. 이제 곧 이 녀석도 보게 될지 모른다. 자신이 믿고 따르던 선배가 비리 경찰로 매도되는 현장을 말이다. 무일은 쓴웃음을 지으며 청사로 다시 들어갔다.

"그러니까 빌린 돈이라는 거지?"

"그래."

필요한 말 이외엔 입을 닫는 게 상책이다. 팀장의 조언이었다. 수없이 많은 용의자를 심문해 보았지만 무일 자신이 조사를 받는 상황에 처할 거라고는 상상도 못했다. 인생사 새옹지마라던 전창수의 말이 생각났다.

"차용증은 있나?"

"…없어."

"몇천만 원을 주고받으면서 차용증이 없다. 그러면서 빌린 돈이라고?"

"…"

마종화는 진지한 듯, 비웃는 듯 알 수 없는 표정을 짓고 있었다.

고등학교 2학년 때 무일은 풍운이라는 단체를 조직했다. 당시 개봉했던 홍콩영화의 제목이었다. 풍운은 등하교 길에 이웃학교 주먹들에게 돈을 뜯긴 친구들의 돈을 찾아 주는 등 소소한 문제들을 해결해 주고 여학생을 소개받는 폭력조직 이었다. 어느 날, 같은 학년이었던 마종화가 무일을 찾아왔 다. 마종화는 다른 멤버들과는 달리 성적이 좋은 편이었다. 많은 친구들을 사귀고 또 다른 친구들에게 도움을 주고 싶다 는 마종화의 태도가 마음에 들어 무일은 가입을 허락했다. 마종화는 근교 최강 주먹이었던 무일을 쫓아다니며 열심히 꼬붕 노릇을 했다. 한 달쯤 지났을 때였다. 마종화가 친구들 을 괴롭히고 금품을 갈취한다는 이야기가 들려왔다. 특히 여 자 친구가 있는 학생들을 괴롭힌다는 소문이었다. 가입의 목 적이 분명했다. 단체 이름을 팔면서 친구들 위에 군림하고 그들의 여자 친구를 뺏는 것. 야비한 놈이었다. 무일은 체육 관 뒷 공터로 멤버들을 소집했다. 전 멤버들이 지켜보는 가 운데 무일은 마종화를 떡이 되도록 때린 다음 내쳤다.

  마종화를 다시 만난 것은 경찰이 되고 한참 후였다. 경사 시절에 잠깐 파견 근무를 나갔던 경찰청 사무실에 경위 계급 장을 단 마종화가 있었던 것이다. 어색한 만남이었지만 둘은 그날 저녁 소주를 나누며 회포(?)를 풀었다. 머리를 쓰는 경 제사범이 마종화의 특기였다. 자기 이야기가 끝난 후 마종화 는 물었다. 그래서 넌 그동안 얼마나 잡아넣었지? 경찰 배지 라는 권위를 타고 그 위에서 사람을 체포하고 취조하는 즐거움 때문에 경찰이 된 놈이었다. 변한 게 없었다. 뭐라고 대답했는지 기억도 나지 않는다.

"백무일 경위."

"…"

"전기환 경장 알지?"

무일은 천천히 고개를 들었다. 마종화는 고개를 끄덕이더니 자리에서 일어나 무일에게로 다가왔다.

"자네에게 돈 빌려줬다는 전창수 박사의 아들 말이야."

"그래. 얼마 전까지 내 밑에 있던 친구야."

그런데 전 경장이 이 일과 무슨 상관이지?라는 말이 입속에서 맴돌았지만 내뱉지 않았다. 마종화는 테이블 귀퉁이에 엉덩이를 대고 무일을 지그시 바라보았다.

"근무한지 한 달도 안 된 전경장을 Y서로 보낸 이유가 뭐야? 인사기록에는 특별한 사유가 없던데."

"본인의 희망이었어."

"강력 범죄가 가장 많은 관할로 근무지 변경을 스스로 희망했다. 뭐 그런 얘기야?"

마종화가 아직 여학생 성추행까지 조사하지는 못한 상태라는 생각이 들었다.

"그건 나도 모르지. 뭐 열심히 하는 친구였으니까."

"아랫사람이 희망하는 대로 근무지를 옮겨주는 훌륭하신

상사로군. 다른 팀원들에게도 그랬나?"

무일은 마종화를 노려보았다.

"그런데 전창수 박사 건으로 보자고 한 거 아니었어? 참고인 조사라고는 해도 이야기에 맥락이 없군."

마종화가 곤혹스러워하는 부분은 무일이 전기환을 험지로 내보낸 댓가로 그 아버지에게서 부정한 돈을 받았다는 모순된 사실이었다. 하지만 마종화는 곧 여학생을 찾아낼 것이다. 그리고 기필코 무일에게 부하의 성추행 은폐라는 혐의를 씌울 것이다. 전창수 박사에게 받은 돈과 연결해서 말이다. 그렇다고 이제 와서 학생과 학부모에게 입단속을 시킬 수도 없다. 이 자식과는 확실히 악연이다. 무일을 잠시 바라보던 마종화는 빙그레 웃으면서 자기 자리로 돌아가 서류를 챙겨 들었다. 무일은 자리에서 일어섰다.

"이 정도면 인사는 한 셈이지?"

마종화는 환하게 웃으며 조사실 문을 열어주었다.

전국 강력범 검거 1위 경찰. 비바람에 샤워하며 집 앞을 수없이 지나면서도 안에 들어가지 못했던, 아니 들어가지 않았던 나날들. 아내가 병원에 있을 때도 무일에게 사건은 멈추지 않았다. 그 중에는 관내에서 처음 발생한 유괴사건도 포함된다.

가사도우미와 식당일을 동시에 하던 여인이 퇴근하고 집에 와보니 혼자 놀던 6살 아들이 사라지고 없었다. 아이는 하루가 지나도록 소식이 없었다. 여인은 경찰에 신고를 했다. 강력반이 사건을 맡게 되었다. 그녀는 최근까지 전남편에게 용돈을 갈취당하고 있었다. 아니나 다를까 전남편은 세 들어 살던 집에서 사라지고 없었다. 휴대전화 통화기록을 조사하던 수사팀은 전남편이 사라지기 직전에 여인을 만났다는 사실을 알아냈다. 여인은 돈 문제로 협박을 당했다고 했고 극도의 불안 증세를 보였다. 정밀한 수사 끝에 무일의 팀은 그녀가 해외여행 중에 비소를 구입한 사실을 알아냈다. 곧 사망 후 유기된 전남편의 시신을 찾을 수 있었다. 전남편은 자신의 셋집 텃밭에 묻혀 있었다. 여인은 전남편을 음독 살해, 유기한 후 내연 관계에 있었던 남자에게 아들의 거짓 유괴를 부탁했던 것으로 밝혀졌다. 하지만 다른 내연녀가 있었던 남자는 여인의 약점을 잡고 아이를 숨긴 후, 돈을 요구했다. 거짓 유괴가 진짜 유괴로 바뀐 것이다. 여인의 실토를 받아낸 수사팀은 결국 아이를 구하고 남자까지 체포했다. 세간을 떠들썩하게 한 유괴 사건의 해결로 인해 무일의 이름은 중앙지를 장식했다. 앞으로 관내 유괴 사건은 백 경위 담당이야. 사건 해결 뒤 모처럼 병애 옆에서 딸, 아들과 같이 도시락을 먹으며 무일은 팀장 목소리를 흉내 냈다. 얘들 앞에서 허풍이라며 눈을 흘기는 병애에게 무일은 정색하며 말했다.

"내가 언제 일 가지고 거짓말하는 거 봤어? 유괴 사건은 해결하기 힘들거든. 이번에는 운이 좋았던 거야. 그 여자가 바보같이 해외에서 비소를 사면서 신용카드를 썼기 때문에 꼬리가 잡힌 거지. 이제 관내에서 절대로 유괴 사건이 안 생기기를 빌어야 될 거다."

무일은 웃으며 딸과 아들을 바라보았다.

경찰의 명예를 세우고 지켜왔던 지난 세월이 무일에게 준 것은 아내의 췌장암이었다. 하지만 무일은 한 순간이라도 자신이 경찰임을 후회한 적은 없었다. 전기환 경장 일도 그렇다. 피해 보상과 경찰 명예를 모두 세우지 않았나.

"여보. 고등학교 때 내 꼬붕 노릇했던 종화라고 기억나지? 하긴 한 두 놈도 아니었으니 당신은 모르겠네. 지금 경찰청에 있는 모양이야. 누가 당신 수술비를 빌려주겠대서 그래도 죽으란 법은 없구나하고 고맙게 받았는데 그게 애먼 돈이었던 거 같아. 마종화 이 놈이 날 물 먹이려고 해. 철없는 어린 시절에 내가 몇 대 쥐어박았다고 앙심 품고 있는 것 같애. 허허 참. 천하의 백무일이 이게 무슨 꼴이야 그래?"

평화롭게 잠든 부인 옆에 서서 주먹을 쥐고 허공을 잠시 노려보던 무일은 곧 한숨을 쉬며 부인의 옆에 앉았다.

"걱정 마. 나도 생각이 있으니까. 수사팀 놈들이 쉽게 어쩌진 못할 거야."

무일은 한 손으로 부인의 손을 쥐고 다른 한 손으로 부인의 머리를 쓰다듬었다.

"당신과 아이들을 지킬 거야. 내가 약속해."

하지만 당장 어떤 조치를 취할 상황은 아니었다.

"어라. 아빠 오늘은 일찍 왔네?"

문이 열리며 효진이 들어왔다. 비닐봉지와 종이가방을 양손에 하나씩 들고 있었다. 무일은 어색한 표정을 딸에게 보이지 않으려고 몸을 돌리며 짐짓 말했다.

"어이구 또 김밥이냐? 장학금 타서 배낭여행 간다면서 그거 먹고 일등 할 수 있겠어?"

"아빠한테 손 안 벌릴 테니까 염려 마세요."

효진은 미소를 지으며 무일에게 갈아입을 옷과 비품이 들어있는 종이백을 건네준다. 알아서 집안 살림을 정확히 해내고 있는 기특한 아이다.

"준영이가 전화를 잘 안 받더라. 병원에도 잘 안 오는 것 같고…."

"곧 작품 전시 시즌이라서 요 며칠 학원에서 밤 샌대요. 그림이 잘 나오면 수시 때 제출한다고 각오가 대단해요. 제가 체크하고 있으니까 걱정 마세요 아빠."

신동으로 학교와 동네에서 소문났던 누나에게 눌려서 어

릴 때부터 이리저리 방황하던 준영이가 그림에서 길을 찾고 마음을 잡은 건 작년 가을부터다. 다른 아이들에 비해서 턱없이 늦은 출발이지만 준영은 잘 적응해나갔다. 싸움질도 더 이상 하지 않았다. 그렇게 허구한 날 싸움질 할 거면 차라리 경찰이 돼서 나쁜 놈들을 두드려 패라는 초등학교 동창 병애의 말에 구원을 얻었던 무일 자신의 삶이 오버랩되었다. 경찰이 되고 몇 년 뒤, 병애는 무일의 아내가 되었다. 아내와 무일 자신을 닮은 딸과 아들. 세상을 모두 준다고 해도 바꾸지 않을 존재다. 무일은 일어섰다.

"아빠."

병실 문을 여는 무일의 뒤에서 효진의 목소리가 들렸다.

"얼굴이 안 좋은데…식사는 제 때 하시는 거예요?"

목소리도 억양도 영락없는 지 엄마다. 무일의 입에서 웃음이 새어 나왔다.

"동태찌개 해놓을 테니까 바빠도 잠깐 집에 와서 드시고 가세요."

"아르바이트 간다면서 찌개는 무슨…. 요새 구내식당 밥이 얼마나 좋은데. 아빠 알아서 잘 먹고 다니니까 걱정 마."

무일은 손을 머리 위로 흔들며 방을 나왔다.

윤석원은 흐뭇한 웃음을 짓고 있었다. 몇 년을 공들인 계획이 성사되었기 때문이다. 아버지로부터 물려받은 종합병원에 문제가 생긴 것은 그리 멀지 않은 곳에 대학병원 하나가 이전해 오면서부터였다. 병원의 영업 이익이 눈에 띄게 감소해갔다. 학교와 많은 부동산이 있었지만 경영의 중심은 늘 병원이었다. 대책이 필요했다. 윤석원은 병원의 이익을 일정 부분 포기하는 대신에 다른 쪽에서 이익을 올리는 방법을 택했다. 윤석원이 물려받은 땅 중에 서울 외곽의 주택단지가 있었다. 그 아버지가 어떤 교포로부터 헐값에 인수한 땅이었는데 한국어를 잘 못하는 교포를 속여서 서류를 조작하고 뺏은 땅이라는 소문이 있었다. 소문은 사실이었고 그 과정을 주도했던 것은 아들인 윤석원이었다. 교포는 소송을 제기했지만 패소했다. 시가 천 억 원에 해당하는 땅을 거의 공짜로 손에 쥐는 경영(?) 능력을 보여준 윤석원은 형을 물리치고 대권을 이어받았다. 말하자면 자신이 얻은 땅을 다시 물려받은 셈이었다. 땅의 공식적인 주인이 되자 윤석원은 주택에 살고 있는 세입자들의 전월세금을 내려주는 등 이미지 관리를 해나갔다. 병원의 운영에 문제가 생기기 전까지 말이다. 삼천 평이 넘는 주택단지를 상업단지로 용도변경 하려면 시의 조례를 바꿔야 했다. 우선 공무원과 시의회 의원을 물색했다. 윤석원의 특기는 인간관계였다. 상대방을 편안하게 해주고 기꺼이 그 아래에 섬으로써 자존감을 올려주는 방식이었다. 필요하다고 하면 금전적 지원도 아끼지 않았다. 긴 노력 끝에 해당 부지의 용도 변경 법안이 시의회에 제출되었고 며칠 전에 통과되었다. 부지의 예상 시가는 약 삼천 억원으로 뛰어 올랐다. 몇 억 들여서 몇 천억의 이득을 본다! 나중에 경영학 책이라도 한 권 써야겠다. 그런데 이런 내용도 쓸 수 있으려나. 윤석원이 키득거릴 때 폰이 몸을 떨었다.

"전시 준비하느라 바쁘다면서 왜 왔어? 엄마 며칠 있다 퇴원할 건데."

병애는 소변줄과 링겔줄로 몸을 휘감고 누워서 준영을 갓난아기 보듯 바라보며 웃고 있었다. 수술은 무사히 마쳤지만 퇴원하려면 열흘가량 경과를 봐야 한다고 했다. 어제 누나에게 무슨 말을 들었는지 학원에 있을 준영이가 엄마 곁에 와 있다.

"잠깐 나왔어. 이제 들어가야 돼."

병실에 들어오는 무일과 눈이 마주친 준영은 살짝 고개를 돌리더니 가방을 들고 일어섰다. 표정이 굳어있었다.

"그래. 엄마 걱정 말고 가서 열심히 해."

병애는 몸을 일으켜 앉아 아들을 배웅했다. 무일은 병실을 나가는 준영 손에 만 원짜리 한 장을 쥐여줬다. 준영은 말없이 돈을 받아 주머니에 넣으면서 아버지를 슬쩍 쳐다보고는 병실 밖으로 나갔다. 무일이 아내에게로 돌아설 때 밖에서 목소리가 들렸다.

"어머. 준영이구나. 그동안 잘 있었어?"

"아! 안녕…하세요."

당황한 듯 인사만하고 후다닥 떠난 준영의 발소리를 뒤로 하고 익숙한 목소리가 병실로 들어왔다.

"준영이가 훈남이 다 됐네요."

오현진은 과일을 탁자 위로 놓으면서 무일을 지나쳐 병애의 앞에 앉았다.

"사모님 안색도 좋아 보이고요."

"오 경사님, 바쁘실 텐데 여긴 어쩐 일로 오셨어요?"

졸지에 투명인간이 된 무일은 머쓱해 하며 오현진이 가져온 과일을 풀었다.

"곧 회복 되서 퇴원하실 거니까… 그 전에 인사는 드려야죠."

"고마워요. 경사님 덕분에 더 빨리 나갈 거 같네요."

병애는 함박웃음을 지으며 오현진에게 윙크를 했다. 콧줄을 빼기 전이었다면 우스운 표정이 되었을 것이다.

"이이가 요즘 병원에 부쩍 자주 오는 걸로 봐서 강력반에 큰일은 없는 모양이네요. 아이들 아빠가 공 세울 기회는 줄 어드는 거지만 그만큼 사회를 위해서는 좋은 거니까요."

"그건 그렇네요. 하하."

강력반 초임 시절 무일은 동료가 전출을 가거나 전입을 해 오면 축하 모임을 늘 가지며 우의를 다졌다. 다른 곳도 비슷하겠지만 강력반은 잘하면 당연하고 못하면 욕먹는 곳이다. 힘든 일을 하는 사람들은 스스로 결속력을 다지고 그 과정에서 자부심을 키워가야 한다. 무일이 계장이 된 후에는 동료들을 집에 초대하는 경우가 많았다. 강력반 홍일점인 오현진은 그 때마다 남아서 병애와 설거지를 같이 했다. 따지고 보면 둘을 친구 사이로 만들어 준 건 무일이다.

대화가 좀 더 이어지는듯하더니 어느 새 병애는 잠들어버렸다. 늦은 저녁 시간이라 그런지 병실 밖은 조용했다. 복도에 일렬로 놓여 있는 의자 몇 개가 눈에 들어왔다. 무일은 복도 끝에 있는 자동판매기에서 종이컵 커피 두 잔을 뽑아와 오현진 옆에 놓고 앉았다.

"본청에 다녀오신 이야기 들었어요."

무일은 커피를 한 모금 마셨다. 쓴 맛이었다.

"개인적인 일이야. 그리고…별 일 아냐."

"계장님."

무일은 커피 잔을 다시 입으로 가져갔다.

"지금 전기환 경장이 조사받고 있는 모양이에요."

무일의 입에서 커피가 뿜어져 나왔다.

"아는 선배가 마종화 경감님 팀에 있거든요."

"..."

오현진은 무일과 같은 순경 공채 출신이다. 오현진이 파출소에 들어온 지 얼마 후에 있었던 일이다. 당시 무일의 계급은 경사였다. 늦은 밤에 관할에서 신고가 한 건 들어왔다. 숨넘어가는 소리로 전화를 건 사람은 노래방 종업원이었다. 지하 노래방에 도착한 무일 일행의 눈에 들어온 것은 피범벅이 되어 바닥에 뒹굴고 있는 남자와 동공이 풀린 채 칼춤을 추고 있는 미친놈이었다. 횟집 같은데서 사용하는 긴 칼이었는데 조명을 받아 번쩍이는 칼날의 분위기에 형사들도 몸이 굳었다. 흉기를 보건대 놀러왔다가 우발적으로 시비가 붙은 게 아니라 아예 해치려고 작정을 하고 노래방에 온 놈이었다. 칼을 휘두르던 사내는 무일 일행이 도착하자 노래방 주인을 인질로 잡았다. 총을 사용하기 힘든 상황이었다. 무일은 지원 요청을 한 다음, 설득에 들어갔다. 술에 취한 줄 알았던 사내의 말투는 또렷했다. 중국동포였다. 주인의 목 깊숙이 칼을 댄 상태에서 경찰과의 거리를 유지하며 말을 받는 자세로 보건대 범죄 경험이 있는 자 같았다. 지원팀이 오더라도 제압하기가 쉽지 않겠다는 생각에 무일의 왼쪽 입꼬리가 아래쪽으로 내려갔다. 그 때, 오현진이 느닷없이 연변 사투리로 사내에게 말을 걸었다. 자신도 연변 출신이며 거지 같은 놈들한테 무시당하는 그 마음 이해한다고, 칼을 내려놓으면 최대한 잘 말해 주겠다고 사내에게 말했다. 일순 사내의 눈빛이 흔들렸다. 오현진의 사투리에 일동이 놀라는 사이, 무일은 총을 바닥에 놓고 사내 앞으로 천천히 다가갔다. 사내는 말을 쏟아내기 시작했다. 평소에 알고 지내던 피해자에게 빌려준 돈 80만원을 떼이고 사정을 해도 돌려받지 못하자 이판사판으로 행동에 나선 것이다. 피해자 가족들도 모두 죽일 거라고 외칠 때, 사내의 오른손에 있던 칼날이 주인의 목에서 떨어졌다. 흥분한 사내가 칼을 공중에 휘젓기 시작한 것이다. 그 순간, 무일의 몸이 붕 뜨는가 싶더니 순식간에 두 다리로 칼을 든 사내의 오른팔을 휘감아 땅바닥에 내려쳤다. 몸의 균형을 잃은 사내는 바닥에 쓰려졌다. 무일은 몸을 기괴하게 틀어 사내의 팔을 꺾었다. 사내는 짐승 같은 비명을 질렀다. 사내의 왼손이 허리 뒤로 숨는가 싶더니 곧 시퍼런 칼날이 나타났다. 칼이 두 자루였던 것이다. 하지만 사내가 칼을 휘두르기 전에 오현진의 권총이 불을 뿜었다. 총소리는 압도적이었다. 칼은 바닥에 떨어졌고 사내는 멍한 얼굴로 오현진을 쳐다보았다. 총알은 사내의 어깨를 관통했다. 나중에 무일이 정확한 사격을 칭찬하자 오현진은 이마를 겨눴노라고 했다. 몇 년 후 무일은 수사1과 계장으로 승진했고 곧 오현진을 팀원으로 차출했다.

전기환의 성추행 의혹이 부서 내에서 처음 불거졌을 때, 오현진은 성범죄 담당 부서에 연락해야 한다고 주장했다. 무일에게 반기를 들었던 것이다. 무일의 결정에는 우선 성추행이 여학생의 주장일 뿐이었다는 사실, 전기환의 근무 성적과 태도가 좋았다는 점, 그리고 설령 전기환이 잘못을 저질렀더라도 그런 사소한 일에 모범적인 삶을 살아온 젊은 경찰관 인생을 걸 수는 없다는 판단 등이 작용했다. 동료 의식이 작용한 것이다. 강력반원 모두가 무일의 결정을 지지했다. 그런데 그 결정이 지금 무일의 발목을 잡으려 하고 있다. 어디선가 쿨럭 거리는 소리가 들렸다. 무일은 남은 커피를 한 입에 모두 털어 넣었다.

"오 경사."

"…"

"마 경감이 어떻게 수사하든 그건 그 사람의 일이야. 만약 내가 잘못한 게 있다면 그 만큼 책임지면 되지 않겠나?"

오현진은 손수건을 꺼내 무일에게 건네주며 조용히 고개를 끄덕였다. 무일은 입가에 튄 커피 자국을 닦았다. 오현진은 조금 전에 무일이 한 것처럼 종이컵에 있는 커피를 한 입에 털어 넣었다.

"전경장 일을 그렇게 처리한 계장님의 결정에 동의하지는 않아요. 하지만…이해는 할 수 있어요."

"…"

"계장님, 아니 선배님. 늘 그랬듯이 떳떳하게 있는 그대로 대처해 나가면 되요. 그러니까…"

오현진은 천천히 일어서며 무일을 바라보았다.

"힘 내시라구요."

오현진이 가고 나서 무일은 병실로 돌아갔다. 병애는 세상 걱정 없는 편안한 모습으로 잠들어 있었다. 달착지근한 맛이 기분 좋게 입속에서 맴돌았다. 아까는 느끼지 못했던 커피의 뒷맛이었다.

수면제의 도움으로 잠을 자기 시작한 지 며칠이 지났다. 무일은 세수를 생략한 채, 침대 귀퉁이에 앉아 있었다. 준영이는 학원에서 밤 새울 거고 효진이는 아르바이트 끝내고 귀가 중인 시간이다. 마종화에게서 연락이 없는 걸 보면 전 경장이 아직까지는 잘 버텨 주는 것 같다. 아니면 지금쯤 여학교로 가서 뭔가를 찾았는지도 모른다. 무일이 바지와 재킷을 벗고 봉지에서 소주를 꺼낼 때 구형 폴더폰이 울렸다. 팀장이었다.

"예. 팀장님"

"지금 어디야? 집?"

"그렇습니다만…."

"들어와서 서장실로 바로 와."

무일은 휴대폰을 어깨에 대고 자켓을 입으며 말했다.

"지금 바로 가죠. 그런데 서장실이라뇨?"

전화기 너머로 경례 소리가 들렸다. 팀장도 지금 호출을 받고 서에 들어가는 모양이었다.

"그 외 윤석원이라고 부동산 부자 있잖아? 그 사람 딸이 유괴된 모양이야."

윤석원이라면 알 만한 사람이면 다 아는, 지역의 준재벌이다. 여기저기 수많은 부동산에 학교와 병원을 소유하고 지역의 유지 노릇을 톡톡히 하고 있다. 그게 다 아버지에게서 물려받은 거라고 하지만 이미지 관리를 잘해 부자치고는 평판이 나쁘지 않다. 하지만 그 정도 재산을 형성한 과정이 투명하지만은 않았을 게 분명하고 그 과정에서 원한이 생긴 사람도 한둘이 아닐 것이다. 윤석원은 경찰 상층부 인사와도 교분이 두텁다는 소문이 있다. 서장이 팀장과 계장인 무일을 모두 자기 방으로 부른 것을 보면 소문은 사실일 것이다. 보통 유괴 사건이라면 팀장 선에서 보고받고 수사 개시하기 때문이다. 어쨌건 마종화를 잊고 집중할 수 있는 일이 제대로 생겨서 무일에게는 다행이라고도 할 수 있었다. 긴장감이 서서히 밀려오면서 발걸음이 빨라졌다.

무궁화 네 개의 위용은 가까이서 더 대단해 보였다. 하지만 수단과 방법을 가리지 말고 범인을 잡고 아이를 구하라는 서장의 이야기는 범인을 잡고 아이를 구하는 데 아무 도움이 되지 못했다. 서장실을 나오자마자 무일의 휴대폰이 울렸다. 효진이었다. 무일은 자신의 들뜬 마음을 의식한 듯 목소리 톤을 낮추었다.

"효진아. 아빠 며칠 못 들어간다."

"집에 왔다가 다시 나간 거 같아서 전화했는데…역시 사건이구나."

무일은 수사를 시작하면 해결되기 전에는 절대로 집에 들어가지 않는다.

"엄마하고 준영이 잘 챙겨."

"며칠씩이나 못 들어올 정도로 심각한 사건이에요?"

지 엄마 딸 아니랄까 봐 말하는 투도 판박이다. 어쩌면 일부러 엄마 흉내를 내는 건지도 모른다. 딸에게 응원받고 싶은 마음이 생겼다.

"어떤 놈이 어린 애를 유괴했어. 이런 나쁜 놈은 꼭 잡아야 하니까 아빠 응원해라."

효진은 무일을 흉내 내며 목소리를 잔뜩 깔아서 대답했다.

"반인륜 범죄네. 아이 꼭 구하세요. 아빠"

무일은 폰을 닫고 사무실로 들어갔다.

유괴범은 아이를 유괴한 직후에 협박 편지를 관할경찰서 자유게시판의 신고 항목에 올렸다. 유례가 없는 일이었다.

안녕하세요.

시민의 생명과 재산을 보호하느라 불철주야 힘쓰는 경찰 여러분. 저는 경찰을 존경하는 소박한 시민입니다. 사회가 복잡해지고 예전에 없던 범죄들이 기승을 부리는 요즘, 얼마나 고생이 많으십니까? 늘 감사하고 있습니다. 제가 지금 무탈하게 이 글을 쓸 수 있는 것도 그 동안의 여러분들의 희생이 있었기 때문이겠지요.

저는 정직 하나로 열심히 살아온 사람입니다. 누구에겐들 억울함이 없겠습니까마는 그런 제게도 얼마 전 감내하기 어려운 일이 생겼습니다. 더 자세히 말씀드리지 못하는 점 양해해 주시면 감사하겠습니다. 일 억 원이 필요합니다. 아이의 부모님께는 죄송하다는 말씀을 전해드립니다. 아울러 아이와 그 부모님께 나쁜 감정이 없다는 말씀도 전해드립니다. 여기까지 읽으신 경찰 관계자 분들은 의문을 가지실 겁니다. 유괴범이 왜 경찰에 이런 편지를 보내는지 말입니다. 그 정도 돈이면 부모 차원에서 조용히 해결할 수도 있을 테니까요.

다시 한번 강조하지만 저는 정직 하나로 지금까지 살아 온 사람입니다. 그러니 공정한 게임을 하고 싶습니다. 몰래 부모를 협박해서 돈을 뜯는 것은 경찰의 존재 이유를 무시하는 비겁한 행위이기 때문입니다. 이는 제 양심이 걸린 일이기도 합니다.

돈을 무사히 받은 후 아이를 돌려보내 드리겠습니다. 하지만 모두를 배려한 저의 이런 진심어린 제안이 무시된다면 아이의 안전은 보장할 수 없습니다. 경찰에 대한 저의 존경과 사회적 관심에 부응하는 행동을 해 주시기 부탁드립니다. 아이의 부모님께는 거듭 죄송하다는 말씀과 함께 아이는 잘 있으니 걱정 마시라는 말씀도 전해드립니다. 돈을 보내는 방법은……

경찰은 즉시 아이피를 추적해서 피씨 방에 출동했지만 범인의 흔적은 찾을 수 없었다. 협박 편지답게 범인은 편지 속에 자신이 노출될 수 있는 어떠한 흔적도 남기지 않았다. 유괴의 목적이라고 하기에 일 억 원이라는 몸값은 큰 금액이 아니었다. 아이의 아버지는 준재벌이 아닌가. 게다가 편지 내용만으로 보면 범인은 윤석원이 아닌 다른 누구의 아이라도 상관없다는 느낌을 주고 있었다. 속임수일 가능성이 컸다. 그래서 수사팀 내에서 범인의 목적이 아이를 해치는 것이며 돈은 단지 수사팀을 속이고 시간을 벌려는 목적이라는 의견이 제시되었다. 여기에 대해 시간을 벌려는 목적이면 훨씬 많은 금액을 제시하는 게 의심을 사지 않을 것이라는 반론도 만만찮았다. 섣부른 판단은 금물이었다.

범인이 굳이 경찰에 협박 편지를 보낸 것은 아이의 아버지인 윤석원이 경찰에 알리지 않을 것을 대비해서이다. 따라서 유괴의 목적이 돈이 아닌 것만큼은 분명했다. 하지만 아이의 목숨이 목적이라면 경찰을 자극할 수 있는 이런 편지를 보낸 이유가 설명되지 않는다. 공정한 게임? 개소리다. 편지 곳곳에는 경찰에 대한 반어적 야유가 녹아있었다. 혹시 경찰을 물 먹이기 위해서 유괴 사건을 일으킨 건 아닐까? 경찰의 위신 추락을 목적으로 본다면 범인이 굳이 지역의 유명인사 아이를 납치한 이유가 설명된다. 동시에 아이가 돌아올 가능성은 극히 희박해진다. 아이가 돌아오지 못하면 언론은 경찰의 무능을 대대적으로 보도할 것이다. 이 유괴사건은 무일을 어려움에서 구원해주기는커녕 수렁으로 밀어 넣을 가능성이 크다. 무일은 최근에 민원을 제기했다가 거절당했거나 경찰을 대상으로 한 소송에서 패소한 사람들의 명단 작성을 지시했다.

협박 글에는 아이의 아버지인 윤석원의 이름에 대한 언급이 없었다. 범인은 아이의 아버지를 자신의 협박에 중요하지 않은 사람 취급을 했다. 이상한 일이다. 만약 의식적으로 피한 거라면 범인은 윤석원의 주변인일 가능성이 있다.

비서가 나가자 오현진이 말문을 열었다.

"어려우시겠지만 몇 가지 질문에 답해주시면 감사하겠습니다."

"뭐든지 협조하겠습니다. 딸아이만 찾아주세요."

가라앉아 있었지만 또렷한 목소리였다. 졸부들에게서 흔히 볼 수 있는 화려한 인테리어와 과시용 물건들은 보이지 않았다. 좋은 나무로 된 고급 가구들과 경력이 들어간 액자, 그리고 사진 몇 장이 전부였다. 햇빛이 들어오는 각도가 좋아 일하기에 쾌적한 분위기였다. 물론 쾌적한 상황은 아니었다.

"영어 수업이 끝나고 잠깐 산책을 나갔습니다. 가사도우미와 같이요."

"늘 있는 일과인가요?"

"예."

네 살짜리에게 영어 과외 수업이라니….

"은서가 영민하고 기억력이 뛰어난 편이거든요. 그래서 언어를 조금 일찍 가르친 겁니다."

윤석원은 무일의 표정을 의식한 듯 설명을 덧붙였다.

"주변 주민들은 은서가 매일 같은 시간에 산책 나온다는 사실을 알고 있겠네요."

"뭐. 아는 사람들도 있겠죠. 산책 나온 은서가 놀이터에서 놀기도 하니까요."

오현진은 수첩을 보며 질문을 이어갔다.

"그러니까 가사도우미 은정미 씨가 물건을 사러 골목 안쪽에 있는 편의점에 간 사이에 놀이터에서 놀고 있던 은서가 사라졌다는 거죠?"

윤석원의 옆에 앉아 있던 젊은 여자가 훌쩍거리기 시작했다.

"있는 그대로 설명해 드리세요."

윤석원의 말에 용기를 얻었는지 은정미는 목을 가다듬고 천천히 대답했다.

"물건을 사러 간 건 아니고요. 친구에게 택배를 보내러 갔어요. 보낼 시간이 마땅치 않아서…편의점 택배를 가끔 이용하거든요."

"누구에게 뭘 보냈나요?"

"저…그런 것도 대답해야 하나요?"

"물론 조사하면 알 수 있지만 그래도 당사자에게 직접 듣고 싶습니다."

오현진의 단호한 대답에 은정미는 잠시 윤석원의 눈치를 보더니 밀어내듯이 말했다.

"자취하는 친구한테…밑반찬 좀 보내줬어요."

남자친구일 것이다. 가사도우미와 그 남자친구가 공범일 가능성이 무일의 머릿속에 들어왔다. 하지만 두 사람 인생을 걸기에 일억 원은 그리 크지 않은 돈이다. 그래도 미행을 붙일 필요는 있겠다. 은정미가 사무실을 나갔다.

"우리 집에서 이 년째 근무하고 있는 친구예요. 누구보다 마음이 아플 겁니다."

무일은 윤석원을 조용히 쳐다보았다. 윤석원은 이 년 전에 부인과 사별한 후 독신을 유지하고 있다.

"경위님. 전 이해가 되질 않습니다."

"뭐가요?"

"짐작하시겠지만 사업이란 게…내가 아무리 잘해도 아니 잘하면 잘할수록 적이 더 생기게 되어 있습니다. 돈이 필요하다면 주겠단 말입니다. 그런데…"

"요구 금액이 고작 일 억 원이라서 더 불안하신 거군요."

"그래요."

윤석원은 잠시 호흡을 가다듬었다. 목이 멘 듯했다. 오현진이 정수기에서 냉수를 한 컵 가지고와서 탁자에 놓았다. 윤석원은 한 모금 마셨다.

"그래서 저희들이 여기에 온 겁니다. 왜 하필 일억 원인지 저희들도 의아스럽긴 마찬가지예요."

오현진은 이해한다는 표정을 잠깐 지은 후 다시 물었다.

"어쨌건 범인은 대표님 가까이 있는 사람이거나 가까이 있는 사람과 관계된 사람일 가능성이 큽니다. 혹시 최근에 측근에서 해고하거나 새로 고용한 사람이 있나요?"

"…없습니다."

"은서의 스케줄을 아는 사람은요?"

"저와 가사도우미 그리고 과외선생님들 정도입니다."

"과외 선생님들은 모두 대학생인가요?

"대학생과 전문 강사들입니다."

"명단을 부탁드립니다."

오현진이 메모지를 내밀었다.

놀이터 근처에 방범카메라가 한 대 있었지만 유괴 상황은 담겨 있지 않았다. 주변 지형을 잘 아는 누군가의 짓이 분명했다. 보고에 따르면 최근 1년 이내에 관내에서 경찰과 관련된 소송은 없었다. 자잘한 민원이야 늘 있지만 모두 조사하기엔 시간이 없다.

"응. 조금 전에 재웠어. 그래.…꼼짝 안 하고 기다릴 거니까 빨리 오기나 해."

준영은 폰을 내려놓고 한숨을 쉬었다. 베란다에서 불어오는 바람은 시원하면서도 더웠다. 준영은 거실로 들어왔다. 작은 방문을 살짝 열었다. 아이는 안대를 한 채 잠들어 있었다. 쌔근쌔근 코고는 소리가 들렸다. 수면제의 효과는 확실했다. 교대하려면 아직 한 시간이나 남았다. 티브이는 볼 수가 없다. 책을 보자니 집중이 안 된다. 준영은 스케치북을 들고 그림을 그리기 시작했다.

마종화로부터의 소환은 연기되었다. 만약 무일이 윤은서를 구하고 범인을 잡는다면 소환을 더 연기할 수 있을 것이다. 아예 없었던 일로 할 수 있을지도 모른다. 지역 언론을 통제하여 범인을 자극하지 않으면서 경찰 상층부를 움직이는 윤석원이라면 가능한 일이다. 무일 자신이 평소에 욕하던, 가진 자들의 네트워크에 자신의 운명이 매달려 있었다.

"윤은서의 과외교사 5명과 은정미의 알리바이 확인됐습니다."

"음. 수고했어. 오 경사는 거기서 윤석원 주변 인물을 계속 조사해. 혹시 사소한 거라도 나오면 바로 연락하고."

"알겠습니다."

폰을 닫은 무일은 윤석원으로부터 받은 1억 원을 추적 장치가 달린 가방에 담았다. 날이 밝으면 범인이 지정한 장소로 가야 한다. 강이 넓고 긴데다 가방이 물살에 따라 움직이면서 이동하기 때문에 범인이 나타날 장소와 그 방법을 예측하기 어렵다. 무일이 범인을 잡기도 쉽지 않지만 범인이 가방을 건지기도 어렵다. 뱃놀이하는 사람들도 있고 제법 큰 유람선도 다니기 때문이다. 어쨌건 넓은 지역에 부하들을 배치하는 건 피할 수 없는 일이다. 만약 경찰이 타깃이라면 범인은 아이를 어떻게 할 작정일까? 범인이 아이를 해친다면 경찰이 심각한 타격을 받겠지만 범인 자신도 큰 위험을 감수해야 한다. 아니 목숨을 걸어야 할 거다. 무일은 이런 이상한 범죄를 본 적이 없었다.

마종화는 벨을 눌렀다. 집 안에 불이 켜져 있었지만 반응이 없었다. 세 번째로 벨을 누르자 고등학생 하나가 어리둥절한 표정으로 문을 열고 나왔다. 훤칠한 키에 잘 어울리는 긴 다리, 부리부리한 눈에 사각턱까지…고등학생으로 되돌아간 백무일이었다. 마종화는 학생의 눈을 쳐다보며 말했다.

"여기가 백무일 경위님 댁 맞지?"

준영은 한 손으로 문을 잡은 채, 마종화를 내려다보고 있었다. 눈동자에 핏발이 어려있었다.

"아버지 지금 집에 안 계시는데요."

젊은 혈기에서 뻗치는 불규칙한 숨소리가 조용한 복도에 퍼지고 있었다. 마종화는 사람 좋은 웃음을 지으며 말했다.

"하긴 한 참 바쁠 시간이겠구나. 아저씨는 아버지 친구야. 아버지처럼 경찰이고. 가만있자. 학생이…준영이지?"

마종화는 말하면서 슬쩍 고개를 돌려 준영의 어깨 너머로 집 안을 훑었다. 준영은 몸을 돌려 시선을 막으면서 몸 뒤쪽으로 손을 돌려 문을 닫았다.

"예. 그런데 하던 일이 있어서 들어가야 해요. 다음에 오시면 안 될까요?"

"지나던 길에 잠깐 들른 거야. 고3이라고 들었는데 공부한다고 힘들지? 아저씨가 떡볶이라도 사다주마. 물어볼 것도 있고."

"괜찮으니까 다음에 오시면⋯."

"누나는 아직 안 온 것 같은데. 집 안에 누가 있는 모양이네? 혹시 여자 친구?"

준영은 웃는 얼굴로 마종화를 노려보았다.

"잠깐 기다리세요."

준영은 5분 후에 다시 나왔다.

계획대로만 하면 문제없다. 이제 몇 시간 후면 모두가 만족할 수 있는 행복한 결말이 올 것이다. 그 과정에서 조금의 고통이 따른 것은 어쩔 수 없는 일이다. 보금자리에서 뛰어놀던 아이들이 떠올랐다. 부모 없이 사회의 호의와 도움으로 공부하고 생활해야 하는 아이들이다. 교회에서 세운 아동센터는 곧 문을 닫는다. 센터가 있는 건물의 부지의 용도 변경 때문이다. 처음 소식을 접했을 때 아연했다. 투쟁위를 만들어 볼까도 생각했지만 '법치'국가 한국에서는 소용없는 일이었다. 센터장님은 새 보금자리를 알아보는 중이다. 지하철로 두 정거장 정도 거리에 있다. 좁은 골목길을 10분 정도 걸어야 나타나는 옷감공장 건물 4층인데 당연히 엘리베이터는 없다. 각종 염색약에서 풍기는 악취와 공업용 쓰레기에 아이들이 노출될 것이다. 그런 곳이라도 가야한다. 윤석원 따위의 인간이 제 아이만큼 남의 아이도 소중하다는 생각을 할 수 있을까? 쓰레기를 정리하고 자리로 돌아오니 폰 상단에 편지지 모양의 노란색 아이콘이 깜빡이고 있었다. 효진은 폰을 열었다.

> 그 검찰이 집에 왔어.
>
> 떼놓아야 할 거 같아서 잠깐 나가.
>
> 애는 잘 자고 있으니까 걱정 마.
>
> 올 때 뒷문으로 들어 와. 빨리 와.

식어버린 커피가 종이컵 속에서 책상의 미세한 흔들림에 맞춰 떨고 있다. 오현진은 사무실에 앉아 두 시간 째 서류를 뒤적이고 있었다. 윤석원에게 몇 개의 소송이 걸려 있지만 소소한 것들이며 개인이 아닌, 회사 차원의 소송들이다. 공식 기록에서 윤석원과 원한 관계에 있을 수 있는 사람은 현재로서는 땅을 빼앗긴 재일교포가 유일하다. 교포는 뒤늦게 속았다는 것을 알고 한국의 법정에 소송을 제기했지만 패소

했다. 지병이 있었던 교포는 시름시름 앓다가 곧 사망했다. 남은 가족은 일본에 거주하고 있다. 윤은서의 유괴가 교포와 관련이 있다면 범인 쪽은 윤석원이 감당하기 힘든 수준의 많은 돈을 요구하거나 진즉에 아이를 해쳤을 것이다. 아니 무엇보다 경찰에 알릴 이유가 없다.

왜 범인은 자신의 범죄를 경찰에 알렸을까? 이 사건의 가장 독특한 부분이다. 이건 스스로 정당하다고 믿는 확신범만이 할 수 있는 일이다. 즉 피해자가 피해를 당해 마땅하다는 생각을 드러낸 것으로 볼 수 있다. 하지만 협박장에는 윤석원이 고통을 받아야 하는 이유가 없다. 오히려 미안하다는 말만 있다. 유괴가 다른 목적을 위한 수단임은 분명하다. 그 목적은 돈이 아니다. 원한도 아니다. 유괴 사실을 알렸으니 아이도 목적이 아니다. 경찰을 곤경에 빠뜨리는 것이 목적일까? 아냐. 아니다. 창백한 논리적 추론 따위로 쉽게 판단할 일이 아니다. 오현진은 종이컵을 집어서 쓰레기통에 버렸다. 경찰은 머리와 발로 범인을 잡는다. 둘 중 하나라도 고장 나면 안 되고 어느 한 쪽으로 치우쳐도 안 된다. 오현진이 강력반에 들어온 후로 백무일에게 늘 들어온 말이다. 머리가 벽에 닿았으니 이제 발을 들어서 벽을 차 볼 차례다.

윤석원의 땅 강탈은 몇 년 전에 벌어진 일이다. 그런데 그것보다 더 큰 일이 최근에 벌어졌다. 땅의 용도 변경이다.

이 과정에서 윤석원은 엄청난 시가 차액을 챙겼다. 차액의 대가로 세 들어 살던 주민들 중 상당수는 떠나야 할 것이다. 이 모두가 합법의 이름으로 이루어졌다. 참 아름다운 세상이다. 혀를 차며 서류를 살펴보던 오현진의 눈이 빛났다. 일반 세대 속에서 유일하게 다른 용도로 사용되었던 공간이 하나 있었기 때문이다. 함지박이라는 소박한 이름의 아동센터였다. 교회에서 운영하는 평범한 복지기관이다. 이런 공부방은 보통 뜻 있는 개인 독지가들과 봉사활동을 하는 시민들의 호의로 운영된다. 오현진은 수화기를 들었다.

"아동센터 늘푸른나무입니다."

"안녕하세요. ××경찰서 소속 오현진 경사입니다. 여쭤보고 싶은 게 있어서 전화 드렸어요."

"예. 말씀하세요."

전화기 건너편으로 아이들의 울고 뛰어다니는 소리가 들린다.

"사건 수사 관련해서 자료가 필요해서요. 센터 후원자와 개인적으로 봉사활동을 하시는 분들 인적 사항을 알 수 있을까요? 협조 요청 공문은 곧 보내드리겠습니다."

"무슨 일인지 알고 싶습니다."

"수사 중이라서 구체적인 말씀을 드리기는 어렵습니다. 이해해주시면 감사하겠습니다."

"센터 관계자들 중에 범죄 용의자라도 있는 건가요?"

목소리에 떨림이 느껴졌다.

"꼭 그런 건 아닙니다. 다만 몇 가지 확인해야 할 사안이 발생해서요."

'간식 먹자'라는 외침과 '와~'라는 함성이 들린다.

"건물주인 딸이 유괴됐다던데 그 일과 관련 있는 거죠?"

윤석원의 영향력으로 지역 언론에 아직 노출이 안 됐지만 건물주의 딸이니 이미 소문이 퍼졌을 것이다. 할 수 없다.

"예. 그래서 가능한 모든 사실을 확인하는 중입니다. 이게 절차거든요. 명단을 보내주시면 그분들을 제외한 만큼 용의자의 범위가 줄어들 거예요."

한숨 소리가 났다.

"팩스로 바로 보내드릴게요. 여기 원생들 절반 이상이 6살 이하 아이들이예요. 난 아이들을 잘 알아요. 이유가 뭐든 아이를 유괴하는 놈은 아주 나쁜 놈이니까 꼭 잡아주세요."

효진은 아르바이트 하는 화장품 가게에서 평소보다 30분 빨리 퇴근했다. 가장 바쁜 시간에 아픈 연기를 하며 나오는 게 미안했지만 선택의 여지가 없었다. 미끄러지듯이 다리를 움직이며 좁은 골목길로 접어들었다. 평소에 잘 다니는 길이 아니지만 골목길을 통과하면 지하철 입구로 바로 갈 수 있기 때문이다. 비가 온 다음이라서 그런지 길바닥 곳곳에 웅덩이가 보였다. 효진의 발걸음이 빨라졌다. 그 경찰, 아니 마종화는 아빠를 만나러 온 게 아니다. 아빠가 수사 중이라는 사실을 알고 일부러 집으로 온 게 틀림없다. 나나 준영이를 통해서 아빠와 관련된 뭔가 알아내려고 왔을 것이다. 흥….효진의 입가에 싸늘한 미소가 걸렸다. 그 동안 아빠가 해결한 사건이 몇이며 억울한 피해자를 얼마나 많이 구제해 줬는데? 아빠는 사건을 맡으면 해결할 때까지 집에 들어오지 않았다. 효진 자신이 태어나는 날도 그랬다. 효진은 그런 아빠가 자랑스러웠다. 아빠는 수많은 피해자와 유족들의 억울함을 풀어주었고 그만큼 정의를 세웠다. 이제 몇 시간만 지나면 모든 게 제 자리를 찾을 것이다. 사기꾼 졸부가 강으로 띄워 보낸 돈은 적어도 그보다 가난한 누군가를 위한 것이다. 경찰이 강변에 깔려서 있지도 않은 범인을 잡으려고 애쓰는 사이, 아이를 집 앞에 조용히 데려다 놓는다. 수사팀에 굴복한 범인, 죄를 벗어나려고 돈도 포기하고 아이를 돌려준 후 줄행랑친다. 졸부는 아이를 되찾고 경찰은 위신을 되찾고 가난한 누군가는 돈을 얻고 그리고 우리 아빠는 아이를 구한 공로로 부당하게 침해당한 명예를 회복하고…. 모두가 행복한 결말이다. 발걸음이 가벼워지면서 골목길의 끄트머리가 가까워졌다. 문득 이 시간에 그 경찰이 집으로 왔다는 사실이 맘에 걸린다. 마종화의 목적이 아빠가 없는 틈을 타서 집 안을 몰래 수색하는 것이었다면? 준영이를 집에서 떨어뜨린 사이, 근처에서 기다리던 마종화의 동료가 집 안으로 숨어들어가서…아이를 본다. 시원한 밤공기가 불길한 기운으로 바뀌어 가슴 속을 엄습했다. 일초라도 빨리 가서 지키는 수밖에 없다. 골목길이 거의 끝나고 있었다. 순간 효진의 발걸음이 멈췄다. 경황 중에 준영이가 보낸 문자를 지우지 못했다. 효진이 가방에서 폰을 꺼내며 골목길을 벗어나는 순간, 옆에서 뭔가와 날아왔다. 직각으로 꺾인 효진의 몸이 튕겨나가 도로변에 서 있는 전봇대에 머리부터 충돌했다. 효진을 친 운전자는 오토바이와 함께 땅바닥에 굴렀다.

평일 저녁의 프랜차이즈 커피숍은 사람들로 가득했다.

"아버지를 직접 만날 상황이 못 돼서 널 보자고 한 거다. 옛 기억도 되살려 볼 겸 말이다. 널 보니까 학창시절로 돌아가서 아버지와 대화하는 것 같구나. 하하."

고교시절의 추억담과 대학입시 이야기를 뒤섞어서 두서없이 혼자 떠들던 마종화의 목소리가 작아지는가 싶더니 잠시 멈추었다. 준영의 마음은 타 들어가고 있었다.

"내가 지금 어떤 사건을 조사하고 있거든."

"…"

"가족들에게 말하지 않았겠지만 백 경위, 그러니까 네 아버지는 내가 자신을 괴롭힐 거라고 생각할 거다."

마종화는 담배를 꺼내 물었다가 도로 집어넣으면서 준영을 지그시 쳐다보았다.

"네 아버지는 지금 유괴 사건 해결하려고 최선을 다하고 있다."

"그러니까 날 보자고 한 이유가 뭐냐고요. 우리 아버지 이야기면 직접 하면 되잖아요."

목소리가 커졌다. 마종화는 웃으며 자리에서 일어났다.

"아버지에게 전해다오. 쓸데없이 괴롭힐 생각 없으니까 범인이나 확실히 잡으라고 말이다."

마종화는 준영의 어깨를 두드리며 용돈을 쥐어주고 돌아섰다. 준영은 계산을 치르고 나가는 마종화의 뒷모습을 멍하니 바라보았다. 주머니 속의 폰이 계속 떨고 있었다.

병원에서 무일에게 전화가 걸려온 것은 한 시간 전이었다. 효진이 다쳤다는 병원 관계자의 연락이었다. 효진의 휴대폰을 열어서 아빠라고 저장된 번호로 연락을 취한 것이다. 관계자는 뇌진탕이라고만 말했다. 예감이 좋지 않았다. 오현진 경사에게 전화를 한 다음, 병원으로 향했다. 효진은 뇌진탕으로 인한 의식불명 상태에 있었다. 골목길에서 인도로 나오다가 오토바이 운전자와 부딪혔다고 했다. 운전자는 오토바이와 함께 바닥에 구르면서 팔이 부러졌다. 큰 사고였다. 현장에 출동한 119구급대가 근처에 있는 병원으로 옮겼다. 의사는 효진이가 전봇대에 부딪히는 순간에 목을 안쪽으로 구부려 즉사를 면했다고 했다. 다행이기는 하지만 그건 아이가 깨어난 다음에 할 수 있는 이야기다. 운전자는 효진이가 골목길에서 급하게 튀어나와서 피할 수 없었다고 말했다고 한다. 하지만 인도에서 오토바이를 운전하는 것 자체가 이미 범법행위다. 그것도 비가 그친 직후에 말이다. 효진이는 몸이 좋지 않다며 아르바이트 가게에서 평소보다 빨리 퇴근했다고 한다. 엄마 병수발에 고등학생인 동생과 집에 잘 오지도 않는 아빠까지 챙겨야 했다. 본인의 공부와 아르바이트를 제외하고 말이다. 몸에 무리가 오는 건 당연한 일이다. 어지간해서 엄살 피는 아이가 아니다. 초중등 12년 동안 결석은 고사하고 조퇴 한 번 한 적이 없다. 집에서 좀 쉬려고 했을까? 무일의 눈에 굵은 눈물이 맺혔다. 의사는 회복될 가능성이 있으니 너무 걱정 말라고 말했지만 그 가능성은 최대 30퍼센트라고 한다. 나쁜 놈들은 법적 처벌을 받지 않고 빼돌린 돈으로 잘만 먹고 사는데 정작 그놈들을 잡는 내 가족은 이게 무슨 꼴인가?

전화기 속에서 말하던 효진의 목소리가 들렸다. 반인륜범죄네. 아이 꼭 구하세요. 아빠. 언제까지나 무일을 지지해줄 딸이다. 어쩌면 마지막이 될지도 모를 약속. 사건을 해결하면 효진이 깨어날까? 알 수 없다. 하지만 지금으로서 무일이 할 수 있는 최선이다. 무일은 옆에 앉아서 흐느끼고 있는 준영에게 말했다.

"의사가 그러는데 누나 의식은 몸 상태가 회복되면 곧 돌아온단다."

준영은 고개를 들지 않았다. 얼굴을 감싸 쥐고 있는 손가락 사이로 눈물이 보였다. 말라붙은 눈물과 새로 흐른 눈물이 범벅이 되어 있었다. 무일은 일어서서 두 손으로 준영의 몸을 잡고 흔들었다. 준영은 두 손을 풀고 천천히 고개를 들었다. 핏발 선 두 눈에 산발한 머리, 퉁퉁 부은 얼굴은 무일을 낯선 사람처럼 쳐다보고 있었다. 어릴 때부터 티격태격했지만 준영은 누나를 자랑스러워했다. 고등학교에 올라와서 미술로 방향을 잡고부터는 스케줄 관리며 필수 과목 공부 등을 누나에게 의지했다. 준영이 어려서부터 엄마가 병치레를 시작했고 무일 자신도 집에 손님처럼 왔다 갔다 했으니 오누이가 얼마나 서로를 필요로 했으며 또 아꼈을지 상상할 수 있다. 무일은 아들의 어깨에 두 손을 포개어 얹었다.

"그러니까 너무 걱정 말고 누나 잘 보고 있거라. 무슨 일 있으면 바로 연락하고."

무일이 문 쪽으로 몸을 돌리자 흐느낌이 들렸다. 무일은 돌아보지 않고 병원을 나갔다.

아동센터 늘푸른나무로부터 팩스가 도착한 것은 한 시간 전이었다. 기부자와 봉사자는 모두 스무 명 남짓 되었다. 명단을 한눈에 죽 훑던 오현진의 눈에 들어온 이름이 있었다. 정하연. 유괴된 은서의 과외선생님 중 한 명의 이름이었다. 명단 옆에 기재된 폰 번호를 확인한 결과 동일인이었다. 부잣집 아이를 고액과외 하는 대학생이 아동센터에서 봉사활동을 하고 있다? 그런데 그 아동센터는 아이 아버지의 탐욕 때문에 곧 방을 빼야 한다. 그리고 부잣집 아이는 유괴된다. 여기에 뭔가가 있다는 확신과 함께 정하연에게 확고한 알리바이가 있었다는 기억이 동시에 오현진의 머릿속에 들어왔다.

"정하연 선생님은 수요일과 토요일 오후 다섯 시부터 일곱 시까지 센터에서 봉사활동을 하고 있어요. 선생님에게 무슨 문제라도 있나요?"

늦은 시간이라 센터는 조용했다. 나이를 가늠하게 힘들만큼 찌든 얼굴의 센터장은 긴장한 듯한 표정이었다. 책상 위에는 각종 영수증과 노트가 펼쳐져 있었다.

"딱히 그렇진 않습니다. 전화로도 말씀드렸지만 조사 과정에 필요한 참고 사항일 뿐이니까 그렇게 이해해 주세요."

"…"

"정하연 선생님과 특별히 친하게 지낸 선생님이나 같이 학
생들을 보살핀 분이 센터에 계신가요?"

오현진은 아무렇지도 않게 질문을 던지며 앉은 채로 사무
실을 둘러보았다. 상패들 몇 개와 아이들 사진이 벽에 붙어
있었다. 발표회나 야유회 사진들이 많았는데 대부분 봉사자
와 아이들이 함께 찍은 사진들이었다. 아이들이 붙여 놓은
듯 형식 없이 여기저기 붙어 있었다.

"대학생 봉사자는 정하연 선생님이 유일해요. 특별히 친하
게 지낸 사람은 없는데…."

역시 무리한 생각인가. 한숨을 쉬며 센터장에게 다시 고개
를 돌리던 오현진에게 뭔가 기시감이 왔다. 오현진은 사진들
쪽으로 다시 눈길을 돌렸다. 사진 속에서 아는 얼굴을 본 것
같았기 때문이다.

"아참. 정하연 선생님 대신에 몇 번 봉사를 대신한 친구 분
이 있어요. 대학생이라고 했어요. 야유회도 한 번 같이 간
적이 있구요. 성이…백씨였던 걸로 기억하는데 이름은 기억
이 안 나네요. 정선생님에게 물어보면 되겠죠. 친구라고 했
으니까."

오현진은 천천히 일어나서 문 옆에 서 있는 조그만 책장

쪽으로 걸어갔다. 책장은 벽에서 옆으로 비스듬하게 서 있어서 정면을 방의 중앙 방향으로 노출하고 있었다. 책장 위에는 장식 스티커가 붙은 사진이 놓여 있었다. 오현진은 사진 앞에서 무표정하게 물었다.

"그 대학생이 혹시 이 사람인가요?"

센터장은 다가와서 오현진이 가리킨 사진 속의 얼굴을 쳐다보고는 바로 대답했다.

"맞아요. 사진이 있었네요. 사진들이 많아도 한 번 보고 말거든요. 센터 벽에 아이들이 붙인 사진이 몇백 장은 될걸요."

사진 속에서 효진은 두 아이를 양 팔에 안은 채, 과장된 표정을 지으며 카메라를 향해 웃고 있었다.

가슴 밖으로 튀어 나올 듯 쿵덕거리던 심장도 병원에 들어서면서부터 조금씩 가라앉기 시작했다. 누나의 잠든 얼굴은 평화로웠다. 불현 듯 몸이 떨려왔다. 같이 계획을 세우고 실행할 때는 긴장이 되면서도 재미있다는 생각까지 들었다. 그런데 누나가 다치고 난 후, 혼자가 되니 무서웠다. 일을 마무리해야 되는데 의논할 사람이 아무도 없다. 그 경찰만 오지 않았더라도 누나는 무사했을 것이다. 카페에서 아버지의 전화를 받을 때를 생각하면 아직도 머리가 아찔하다. 그래도 혼자서 차질 없이 마무리 해냈다. 다 잘 될 거야. 아이는 무사히 돌려줬으니까. 아버지가 진상을 알아낼까? 누나는 알리바이가 있고 아이는 내 얼굴을 모른다. 스타킹을 쓰고 있었으니까. 수면제를 빻아서 물에 타 먹일 때 조금 미안한 마음이 들었다. 어쨌거나 고작 4살이니까. 애초의 계획은 효진의 알리바이가 있을 때, 준영이 납치를 하고 준영의 알리바이가 있을 때 효진이 아이를 데려다 놓는 것이었다. 효진이 사고를 당하는 바람에 준영이 둘 다 해야 했지만 납치할 때나 집에 돌려줄 때, 어디에도 흔적을 남기지 않았다. 마음에 걸리는 게 하나 있긴 하다. 누나 휴대폰을 아버지가 가지고 있다는 사실이다. 기회를 봐서 가져와야지. 이제 누나만 일어나면 된다. 준영은 누워있는 효진의 손을 꼭 쥐고 나서 방을 나갔다.

 무일이 연락을 받은 것은 새벽 3시가 넘은 시간이었다. 윤석원은 떨리는 목소리로 딸이 집으로 돌아왔다고 했다. 누군가 새벽 시간에 벨을 여러 번 눌러서 가사도우미가 나가 보니 문 앞에 은서가 누워 있었다. 은서는 손에 쪽지를 쥐고 있었다. '죄송합니다. 도저히 안 되겠네요.' 은서는 의식이 없었고 탈진한 상태였다. 윤석원은 곧바로 딸을 자신 소유의 병원으로 이송했다. 무일은 수사를 진행 중인 팀원들에게 연락한 후, 곧바로 병원으로 향했다. 은서가 이송된 병원은 효진이 입원해 있는 병원이기도 했다.

　무일은 허탈했다. 범인은 왜 몸값을 확보하지도 않고 아이를 돌려보내 주었을까. 양심의 가책? 어림없다. 생각할 수 있는 가능성은 두 가지다. 우선 알 수 없는 이유로 범행에 차질이 생긴 경우다. 즉 범행 시작 당시에 계획에 없던 문제가 생겨 범행을 지속할 수 없는 상황에 놓인 것이다. 두 번째는 아이를 돌려보내 주는 것까지 애초에 계획된 일로 보는 경우이다. 이런 사례는 없었거니와 논리적 가능성도 거의 없다. 하지만 범인이 유괴 사실을 경찰에 알린 경우도 없었기 때문에 이 쪽도 가능성이 아예 없다고 볼 수만은 없다. 허탈한 만큼 무일의 가슴은 불타올랐다. 효진과의 약속을 지켜야 하기 때문이다. 범인을 잡아야 한다.

　아이가 돌아온 지 만 하루가 지나지 않아 신문지상에 무일의 이름이 오르기 시작했다. 황당 유괴범, 백전노장에게 무릎 꿇다. 아직 범인이 잡히지 않았지만 사건이 해결된 듯한 논조였다. 오전에는 서장에게서 전화가 왔다. 서장은 격려와 범인 체포에 대한 지시의 말미에 경찰대 건은 너무 신경 쓰지 않아도 된다는 말을 슬쩍 던졌다. 윤석원의 조치였음에 틀림이 없었다.

"준영이가 조금 전에 갔어요. 효진이가 아프다면서요."

"응. 몸살이 좀 심하게 걸린 모양이야. 며칠 쉬어야 한대. 집 근처 병원에서 링겔 맞고 있어. 며칠 쉬다가 괜찮아지면 올 거야."

어색하게 웃는 무일의 말투에 건조함이 묻어났다.

"효진이 괜찮은 거죠? 원체 건강하고 병치레 없던 아이라…."

"괜찮다는 거 내가 억지로 쉬라고 했어. 걱정 마."

병애의 눈에 눈물이 그렁거렸다.

"내가 이 모양이니 아이들도 제대로 먹기를 했겠어요. 쉬기를 했겠어요."

"…"

따지고 보면 효진의 사고는 사건 때문에 아이들을 돌보지 못한 무일 자신의 책임이기도 했다. 무일은 누워있는 병애의 머리를 천천히 쓰다듬으며 벽을 노려보았다. 범인은 아이를 유괴했고 곧 무일이 수사를 시작했다. 그리고 다시 범인이 아이를 돌려줬다. 사건을 일으킨 주체도, 해결한 주체도 모두 범인이다. 반드시 잡아야 한다. 이건 나의, 아니 경찰의 자존심이 걸린 문제다.

아이가 돌아왔지만 수사회의 분위기는 무거웠다.

"가사도우미 은정미의 남자 친구는 아이가 유괴될 당시, 대형 서점에서 일하던 중이었습니다. 은정미의 부모님은 시골에 있고 친 언니가 하나 있는데 외국에 살고 있습니다. 사이가 좋지 않았다고 합니다. 알리바이도 확실하고 동기도 없습니다."

무일은 조용히 눈을 감고 있었다. 서복관 경장은 말을 이었다.

"새벽 시간이라 범인과 아이를 본 사람은 없었습니다. 아이의 체구가 네 살치고도 작은 편이라서 범인은 잠든 아이를 큰 가방 같은 데 담아서 이동한 것으로 추정됩니다. 현재 동시간대에 주변에 정차한 차량을 수배하고 있습니다."

무일은 고개를 끄덕이더니 천천히 눈을 돌려 오현진을 쳐다보았다.

"윤석원과의 갈등 관계를 중심으로 용의자를 추리고 있는 중인데…조금 더 시간이 필요합니다."

평소의 똑 부러지는 목소리가 아니었다. 무일은 헛기침을 한 번 한 후, 일동을 둘러보며 말했다.

"단순하게 생각하자. 범인은 어떤 형태로든 윤석원과 관련이 있는 사람이야. 딸의 동선을 알고 있었기 때문이지. 그리고 또 하나, 범인은 경찰과도 인연이 깊은 사람일 가능성이 커. 내가 범인이요라고 메일을 보내지 않나. 유괴한 애를 돌려보내지를 않나. 이건 아이의 가족이 아니라 경찰을 대상으로 한 행위로 보아야 해. 그러니까."

오현진은 회의 시작부터 눈을 아래로 깔고 한마디도 하지 않고 있었다. 뭔가 생각하는 듯했다. 무일은 팀원들 쪽으로 눈을 돌리며 말했다.

"윤석원과 경찰이 겹쳐지는 지점을 찾아야 해. 거기에 범인이 있어."

팀원들이 나갔지만 오현진은 자리를 지키고 있었다.

"오 경사."

"…"

"괜찮나? 안 좋아 보이는데."

오현진은 어색한 미소를 지으며 말했다.

"저…계장님. 이런 이야기, 해도 될지 모르겠는데. 효진이가 일하던 곳이 화장품 가게라고 하셨죠? 현장 조사 끝내고 들어오다가 가게에 들러서 혹시 효진이가 놔두고 온 소지품이라도 제가 챙겨올까 해서요."

무일은 잠깐 동안 오현진을 바라보다가 메모지에 가게 위치를 써 주며 나지막이 말했다.

"윤석원 소유 부지의 용도 변경 관련해서도 조사해봐. 최근에 있었던 일이고 피해를 보는 사람들이 꽤 있을 거니까. 난 조금 있다가 아이를 만나볼게. 네 살짜리 라고는 해도 뭔가 기억하는 게 있을 거야."

오현진은 고개를 끄덕이고 회의실을 나갔다. 효진의 소지품은 무일 자신도 생각하지 못했던 부분이다. 강력반은 모두 가족이라고 늘 말하지만 실천하는 건 자신이 아니라 오경사 같은 후배들이다. 무일은 자신의 자리에 앉은 채로 안주머니에서 효진의 폰을 천천히 꺼냈다. 사고 당시 땅바닥에 나뒹굴던 것을 지나던 시민 한 사람이 주워서 나중에 도착한 구급대원에게 주었고 무일에게 무사히 인계되었다. 고마운 사람들이다. 폰을 켜자 무일과 병애의 웃는 얼굴 뒤로 준영과 효진이 양쪽에 나란히 서 있는 화면이 나타났다. 길거리 사진관에서 광고용으로 게시해놓은 가족사진의 느낌이 물씬 풍긴다. 요즘 아이들답지 않은 감성이다. 그 동안 관심을 주지 못했던 딸의 사생활이 왜 하필 그 때, 그 순간에 궁금해졌는지 무일 자신도 모른다. 아마도 이제 다시는 못 들을지도 모를 딸의 목소리를 듣고 싶은 마음이었을까. 폰에는 메모장이나 사진 같은 것도 있고 무엇보다 효진이 무일 자신을 비롯해서 여러 사람들과 주고받은 문자들도 고스란히 있을 터였다. 눈시울이 뜨거워짐을 느끼며 무일은 폰을 열었다.

오현진은 화장품 가게를 나왔다. 손에 운동화 한 켤레와 머그컵 하나가 들어 있는 종이봉투를 든 채였다. 고액 아르바이트와 은서에 관해 친구인 효진과 시시콜콜 이야기를 나누었다는 정하연의 이야기를 전화로 들을 때만해도 오현진의 마음은 무거웠다. 하지만 가게에서 확인한 바에 따르면 은서가 유괴당한 시간대에 효진은 아르바이트 중이었다. 미안한 마음과 시원한 마음이 교차했다. 빨리 오라고 계속 문자를 해대는 서 형사 때문에 오현진은 효진의 짐을 지하철 사물함에 일단 부리고 지하철로 이동하기로 했다.

서 형사의 조사에 따르면 큰 가방을 들고 해당 시간대에 근처에서 택시를 내린 남자가 있었다. 모자와 선글라스 그리고 콧수염을 기른 젊은 남자라는 것, 택시비를 현금으로 지불했다는 것, 그리고 가방을 비닐과 천으로 감싸고 있었다는 택시운전사의 증언이 나왔다. 예상대로였다. 이제 택시가 정차한 지점에서 윤석원의 집까지 가능한 동선을 그려내고 한 집, 한 집 탐문하며 목격자를 찾아야 한다.

저녁시간이라 지하철은 복잡했다. 객실 모니터에서 유괴 사건이 나오고 있었다. 사건이 완전히 해결되지 않았는데도 무일은 아이를 구한 영웅이 되어 있었다. 오현진은 쓴 웃음을 지었다. 범인에게 농락당하는 느낌을 지울 수 없는 지금, 신문은 범죄자가 감히 엉기지 못하는 경찰상을 만들어내고 있었다. 폰이 울렸다.

"현진이니?"

"예. 선배님. 웬일이세요?"

마종화 경감팀에 있는 선배였다. 오현진은 되물으면서 유괴 사건 때문에 잠시 잊고 있었던 일이 생각났다. 백무일은 마종화 팀의 수사 대상이었다.

"신문 봤어. 어쨌거나 아이가 돌아왔다니 잘된 일이야. 그리고 백 경위님 소식도…들었어."

"…"

"있지. 저번에 이야기한 경찰대 공금 유용 사건 수사, 이제 마무리 단계야. 백 경위님은 검찰 기소장에 안 들어갈 것 같아. 마 팀장님이 송치 서류에서 제외했어."

"잘 됐네요."

"직속상관 일이니 알고 있으라고 말해주는 거야. 그럼 파이팅."

다행이라는 생각이 들면서도 마음속에서 뭔가가 꿈틀거렸다.

무일은 효진의 손을 잡은 채 하얀 벽을 노려보고 있었다. 어두워진 지 오래였다. 중환자실에 다른 환자는 없었다. 효진은 눈을 감은 채, 말없이 누워있었다. 핏기 없이 쭈그러진 효진의 얼굴을 내려다보는 무일의 눈에 눈물이 어렸다. 곧 진상이 밝혀질 것이다. 속이 불끈하며 뜨거운 그 무엇이 튀어나오는 게 느껴졌다. 낮은 말로 욕설을 내뱉는 무일의 귀에 효진의 목소리가 들렸다. 아이 꼭 구하세요. 아빠. 무일은 잠에서 깨어나듯 고개를 들었다. 때 묻지 않은 목소리가 어두운 방 아니 그보다 더 어두운, 무일의 마음속 깊숙한 곳에 채워져 있던 안전장치를 건드렸다. 무일은 조용히 병실을 나왔다.

지하철에서 내린 오현진의 표정은 어두웠다. 새벽이라고 해도 목격자가 한 사람도 없다니. 대낮에 걸어도 적막한 느낌이 드는, 부자들 동네라서 그런지 담도 높고 이웃집 일에 관심도 없는 모양이다. 혹시나 방범카메라에 나타날 것이라는 기대는 역시나로 끝났다. 탐문의 범위를 넓힐 수밖에 없다. 지하철 사물함 쪽으로 걸어가던 오현진의 눈에 뭔가가 들어왔다. 몇 십 미터 앞에 보이는 사물함 앞에 준영이가 서 있었다. 반가운 마음에 다가가며 부르려던 오현진의 발걸음이 멈췄다. 투입구에 동전을 넣는 준영의 다리 옆에 가방이 놓여 있었다. 미술 도구를 담아서 옮기는, 큰 화구가방이었다. 몸집이 작은 아이 하나는 쉽게 삼킬 수 있을 정도의 크기였다.

화구 가방을 사물함에 왜? 기둥 옆에 엉거주춤 서서 준영을 멍하니 바라보는 오현진의 폰이 부드럽게 진동했다. 무일이었다.

"지금 어디야?"

"..."

준영은 지상으로 통하는 계단 쪽으로 성큼성큼 걸어 올라가고 있었다. 오현진은 폰을 든 채로, 사라져가는 준영과 사물함을 번갈아 쳐다보았다. 머릿속에서 뭔가가 일어나고 있었다.

"병원으로 와."

무일이 아닌 다른 사람의 목소리 같았다.

"계장님. …제가 지금…"

"은서가 병원에서 사라졌어. 납치된 것 같아. 당장 들어와."

은서는 회복이 빨랐고 오후에는 집으로 갈 예정이었다. 시간이 더 지나기 전에 면담이 필요했다. 어린아이이기 때문에 다른 기억들이 섞이면서 이전 기억이 금방 흐려질 수 있기 때문이다. 무일이 면담을 하고 돌아간 후, 은서는 화장실을 가고 싶다고 했다. 화장실은 복도 하나를 꺾으면 있었기 때문에 병실 앞을 지키던 형사는 웃으며 보내주었다. 한 번 유괴되어 무사히 돌아온 아이가 경찰이 지키고 있는, 아버지 소유의 병원에서 금방 다시 납치될 거라고는 누구도 상상하기 힘들었다. 귀여운 갈색 파마머리를 나풀거리며 아장아장 화장실로 간 은서는 돌아오지 않았다.

무일은 보고를 받은 즉시 병원의 모든 출입구를 폐쇄했다. 출입구에는 방범카메라가 있었기 때문에 아이가 사라진 이후에 병원을 나간 사람들을 확인할 수 있었다. 방범카메라에 은서는 보이지 않았다. 곧 큰 가방이나 배낭을 가지고 나간 사람들의 신원 확보가 시작되었다. 모두 다섯 명이었다. 은서가 아직 병원 내부에 있을 가능성도 배제할 수 없었다. 무일은 팀을 둘로 나누었다. 무일 자신도 직원들의 도움을 받아서 병원을 이 잡듯 뒤졌다. 윤석원이 미칠 듯한 분노를 표출하며 경찰과 직원들을 닦달했다. 병원이 한바탕 뒤집어 졌지만 은서는 보이지 않았다. 범인이 포기하고 돌려준 아이를 경찰이 다른 범인에게 빼앗긴 꼴이었다. 정보가 새나간 건지 신선한 먹잇감의 냄새를 맡고 기자들이 병원으로 들어오고 있었다.

배낭과 가방을 들고 나간 사람들은 모두 환자의 가족 내지는 지인들이었다. 오현진이 동의를 얻어 배낭과 가방을 수색했지만 은서의 흔적은 없었다. 납치 당시, 지하 주차장을 빠져 나간 자동차도 모두 조사했지만 소득이 없었다. 조사 과정에서 얻은 것은 비난과 비아냥뿐이었다. 저녁이 되자 지역 신문에 병원 납치 사건이 실렸다. 경찰의 무능에 대한 신랄

한 비난이 주요 논점이었다. 무일의 영웅기라는 소설에 동참했던 신문들이 하루 만에 돌변했다. 유괴범이 경찰을 조롱하기 위해서 자신이 돌려준 아이를 다시 납치했을지도 모른다는 주장도 있었다. 속이 뒤집혔지만 어떤 변명도 불가능했다. 유괴 사건을 해결하지 못한 차원을 넘어서 보호하고 있던 아이를 지키지 못한 책임까지 경찰에게 부과된 상황이 된 것이다. 은서를 찾지 못하면 윤석원은 경찰을 상대로 소송을 제기할 것이다. 찾기 전에는 집에 갈 생각하지 마. 호통을 치는 무일은 침통한 표정이었다.

수사회의에서는 범인이 병원을 빠져나간 것으로 잠정 결론을 내렸지만 오현진은 생각이 달랐다. 납치 당시에 병원을 빠져나간 사람들은 모두 환자의 가족이나 지인들로 오래전부터 병원에 드나들었으며 은서를 유괴할 동기가 전혀 없는 사람들이었다. 동기는 증거만큼이나 중요하다. 만약 그 사람들이 범인이 아니라면 은서는 아직 병원 안에 있어야 한다. 그런데 병원은 이미 철저히 수색했다. 그렇다면 수색이 뭔가 미진했거나 병원을 수색한 사람들 중에 범인이 있어서 아이를 숨기고 있다는 결론이 나온다. 병원의 직원 중 오너인 윤석원에게 어떤 이유로 원한을 품은 사람 또는 그와 관계있는 사람이 있을 가능성이 있었다. 하지만 아이의 아버지 병원인데다가 경찰이 지키고 있는 상황에서 납치를 하는 건 범인 입장에서 위험부담이 너무 큰일이다. 동기도 분명치 않다. 오현진은 한숨을 내쉬었다.

준영의 화구가방이 계속 마음에 걸렸다. 서복관의 보고에 따르면 용의자는 택시에서 비닐에 싼 큰 가방을 들고 내렸다. 범인이 은서를 돌려줄 때 사용한 가방일 가능성이 크다. 용의자 탐문을 앞둔 시점에 우연히 보게 된 준영의 큰 화구가방. 지하철 사물함, 그리고 확고했던 효진의 알리바이…. 오현진은 고개를 흔들며 손을 내저었다. 내가 무슨 말도 안 되는 상상을…. 지금은 은서를 찾는 것이 우선이다. 가능성이 적더라도 일단 병원 근무자 명단을 확인할 필요는 있다. 복도 끝에 나있는 계단 방향으로 몇 걸음을 옮기던 오현진의 머리 안쪽 어딘가에 불이 들어왔다. 급하게 수색에 투입되느라 지금까지 한 번도 생각하지 못했던 사실이 떠올랐기 때문이다. 그것은 은서가 사라진 이 병원에 무일의 딸 효진이가 입원해 있다는 사실이었다. 오현진의 호흡이 빨라졌다. 지하철 사물함…. 확인이 필요했다.

낡은 녹색 승용차가 병원의 지하주차장을 미끄러져 나왔다. 승용차는 도로를 빠른 속도로 달렸다. 평일 늦은 시간이라 고수부지에 사람은 보이지 않았다. 고수부지 주변을 빙빙 돌던 승용차는 다리 옆 한 귀퉁이에서 움직임을 멈췄다. 무일은 문을 열고 잠시 주변을 살폈다. 마침내 적당한 장소라는 판단이 든 무일은 차에서 내렸다. 자동차 뒤로 간 무일은 트렁크를 열고 두 손으로 뭔가를 꺼내 바닥에 내렸다. 그때였다.

"꼼짝 마. 경찰이다."

무일의 움직임이 멈췄다.

"무일 선배, 아이에게서 손 떼세요."

무일은 천천히 몸을 돌렸다. 오현진의 총구가 자신을 겨누고 있었다.

"날 미행했나?"

"..."

오현진의 손이 미세하게 떨고 있었다.

"어떻게 알았지?"

"아이에게서 떨어지세요."

"싫은데."

"쏠 수도 있어요."

오현진의 표정을 본 무일은 천천히 뒤로 물러섰다. 오현진은 권총을 겨눈 채, 우회하며 아이에게로 다가가 맥박을 확인했다.

"내일 아침 신문 기사 볼만하겠네. 사건을 수사하던 스타 경찰, 유괴로 재벌 돈 뜯어내려다 동료한테 체포되다. 그런데 오 경사. 그 총 좀 치우고 말하면 안 될까?"

오현진은 천천히 고개를 저었다.

"절 속일 생각 마세요. 선배가 은서를 납치한 이유를 알고 있으니까."

"..."

"병원을 모두 수색했지만 은서는 없었어요. 그런데 이 병원에는 무일 선배의 딸 효진이가 입원해 있어요. 모두들 은서를 납치한 범인이 화장실 옆으로 난 비상구를 통해 아래로 내려갔다고 생각했죠. 비상구 위로 올라가 보니 바로 효진이 입원실이 나오더군요. 화장실에서 은서를 납치한 선배는 효진이 병실에 은서를 숨겼죠. 보고를 받고 병원 전체를 수색할 때도 효진이 병실은 의심을 받지 않았어요. 선배가 계속 들락거렸으니까요."

무일은 팔짱을 낀 채, 무표정하게 오현진을 바라보고 있었다.

"그동안 가르친 보람이 있군. 훌륭해. 진심이야. 이제 수갑 채우고 가면 되겠네."

오현진은 이를 악물고 또박또박 밀어내듯이 말했다.

"자기 자식 살리자고 죄 없는 남의 자식을 희생시키는 건 용서받을 수 없는 짓이에요."

무일의 눈빛이 희번덕거리더니 천천히 팔짱을 풀었다.

"무일 선배가 돈 때문에 유괴라는 비열한 범죄를 일으킨다는 건 말이 안 돼요. 그런데 선배는 은서를 납치했어요. 동료들이 보는 앞에서 위험을 무릅쓰고, 조직과 자신의 명예를 더럽히면서까지."

"…"

트렁크에서 은서를 꺼내는 무일을 본 순간, 퍼즐은 모두 풀렸다. 오현진은 효진과 몇 번 대화를 한 적이 있다. 효진은 아버지를 자랑스러워했고 무일이 해결한 사건들에 대해 잘 알고 있었다. 협박 편지에 쓰여진, 경찰에 대한 이야기는 비꼰 것이 아니었다. 사회 질서를 유지하는 경찰의 상징과도 같은 아버지가 억울한 일을 당한 것을 알고 효진과 준영은 분개했을 것이다. 때마침 같이 봉사활동을 하는 친구로부터 효진이 얻어들은 정보가 있었고 이전 사건들의 사례로부터 관내에서 유괴사건이 발생하면 아버지가 담당자가 될 것도 알고 있었을 것이다. 효진의 알리바이가 확실한 시간대에 준영이 아이를 납치한다. 그리고 직접 경찰에 유괴 사건의 발생을 알린다. 혹여 납치된 아이의 가족이 경찰에 알리지 않는다면 유괴 사건이 성립하지 않기 때문이다. 관내 유명인사 딸의 유괴, 수사를 시작하는 무일, 겁을 먹고 아이를 몰래 돌려주는 범인. 아이의 납치부터 원상 복구까지 모두 효진과 준영에 의해 이루어졌다. 유괴의 목적은 유괴 사건의 해결이었던 것이다.

"윤석원 주변과 경찰이 겹치는 곳에 범인이 있다고 하셨죠. 땅의 용도 변경 건을 조사해 보라고도 하셨고요. 그 말대로였어요."

무일의 얼굴에 시종일관 어려 있던 미소가 더 이상 보이지 않았다.

"선배는 어떤 경로를 통해서 효진이와 준영이가 범인이라는 사실을 알았을 거예요. 접근성이 있는 만큼 아이들의 범행 흔적을 통해 사태를 파악했겠죠. 동시에 둘이서 유괴를 저지른 이유도 알았을 거예요."

"아이들이 범인이라는 증거가 있나?"

무일은 나직이 물으며 몸을 살짝 틀었다. 오현진은 무일의 움직임에 맞춰 총구의 방향을 바꿨다.

"물론이죠."

무일은 숨을 죽인 채, 오현진의 수사보고(?)를 들었다. 준영의 화구가방에서 채취된 갈색 파마 머리카락 이야기가 나오자 무일의 얼굴은 흙빛으로 변했다. 오현진은 아랑곳않고 이야기를 계속했다.

"수사가 계속되면 결국 아이들이 잡힐 가능성이 커지죠. 아이들을 구하고 자신의 명예를 살릴 방법을 생각하던 선배는 병원에 효진이 있다는 사실에 착안해서 납치극을 다시 한 번 일으켜요. 사건으로 사건을 덮는 거죠."

준영이는 아직 고등학생이고 효진이는 영구 장애를 딛고 살아가야 한다. 유괴범이라는 사실이 밝혀지면 동정도 못 받고 평생을 어둠 속에서 비참하게 살아야 할 것이다. 그럴 바에야 이대로 영영 못 깨어나는 게 나을지도 모른다. 부자 부모 만나서 손가락 하나 까딱하지 않고 하늘에 떠서 날아다니는 운명이 있는가 하면 평생을 발바닥에 땀 흘리며 사회에 헌신해도 범죄자나 병자로 전락해서 비참하게 살아가는 운명도 있다. 안 될 말이다. 무일은 몸을 완전히 틀었다. 오현진의 시각이 커버하는 범위를 최대한 좁히는 자세였다. 오현진은 왼손으로 총신 아래를 받쳐 잡으며 외치듯이 말했다.

"더 이상 움직이지 마."

오현진이 사태를 파악하고 증거까지 확보했다는 것을 미리 알았다면 계획을 변경했을 것이다. 하지만 이렇게 된 이상, 아이들을 지킬 방법은 하나뿐이다. 타깃을 바꾼다. 무일은 어금니를 깨물었다.

"아이들은 용서해 줘."

"선배는 은서를 해치려고 했어요."

"내 죄는 내가 질 테니까 아이들은 용서해줘. 이렇게 부탁할게."

무일이 무릎을 꿇을 때, 은서가 몸을 뒤척이며 웅웅 하는 신음소리를 냈다. 마취가 풀리는 중이었다. 오현진의 눈이 은서 쪽으로 돌아가는 순간, 무일의 오른손이 허리 뒤로 사라졌다. 순식간이었다. 오현진이 아차 하고 고개를 돌렸을 때, 무일의 손에는 이미 권총이 쥐어져 있었다. 총구는 무일 자신의 이마 정 중앙을 겨누고 있었다.

"날 이해해 달라는 말은 하지 않겠네. 약속해 줘. 아이들은 지켜 주겠다고."

"무슨 짓이에요?"

"눈도 못 뜨고 누워 있는 효진이를 생각해 봐. 자네를 언니처럼 따랐던 애잖아?"

"알았으니까 제발… 총 내려놓으세요."

오현진은 목소리를 쥐어짰다. 은서가 몸을 뒤틀고 있었다.

"자네와 함께 여대생 강간범 쫓던 일이 생각나는군. 다 잡았었는데 마지막에 아깝게 놓쳤지."

"어리석은 짓 하지 말고 자수하세요. 아이들은 괜찮을 거예요."

"오 경사."

무일의 목소리는 차분했다. 오현진의 다리가 떨리기 시작했다. 어깨를 맞혀야 한다. 그런데 만약 실수하면? 둘 사이의 거리는 불과 삼사 미터였다.

"부디 좋은 경찰이 되게."

"안 돼."

"탕!"

무일은 하늘을 보고 누워 있었다. 멀리서 유람선의 기적 소리가 들렸다. 언제가 될지 모를 뿐, 누군가는 떠나고 누군가는 남는다. 늘 그렇다. 잠시 후, 한 발의 총소리가 다시 울렸다.

주말이라 그런지 서울역은 혼잡했다. 안내판이 깜빡이며 부산행 케이티엑스 개찰이 20분 후에 이루어진다는 메시지가 떴다. 오현진은 대기석에 앉아 오가는 사람들을 바라보고 있었다. 옆자리에 누군가 놓고 간 신문의 펼쳐진 면이 눈에 들어왔다. '어느 경찰의 영웅적 직무수행', 사설의 주인공은 故 백무일 경감이었다.

무일이 사망하고 오현진이 은서를 구한 그날 밤, 보고를 받은 팀장은 사안의 심각성을 알고 경찰 상층부에 보고했다. 유괴범이 체포 직전에 무일의 총을 뺏고 무일을 쏜 다음, 오현진까지 다치게 하고 도망쳤다는 오현진의 보고에 수뇌부는 깊은 충격을 받았다. 오현진은 몸싸움 끝에 총을 다시 빼앗았지만 그 과정에서 총상을 입고 범인을 놓쳤다. 하지만 오현진이 기민하게 움직이지 않았다면 아이의 목숨마저 위태로웠을 것이다. 범인은 잡지 못했지만 두 경관의 희생으로 두 번이나 유괴당한 아이는 무사히 집으로 돌아온 것이다. '아이를 납치한 범인을 추적 끝에 체포하려다 희생된 비운의 경찰, 뒤따라온 동료에 의해 아이는 구출되고 범인은 도주'라는 안타까운 이야기는 신문지상을 아름답게 도배했다. 그렇게도 미워하던 언론에 의해 무일은 영웅이 되었다. 유가족들에게는 그에 따른 혜택이 주어질 예정이었다. 오현진은 아이를 구한 공로로 일계급 특진을 했고 일주일 동안의 요양겸 휴가가 주어졌다. 신문 사설은 경찰 살해범에 대한 비분으로 끝나고 있었다.

오현진은 대기석에서 일어나 광장 쪽으로 걸음을 옮겼다. 초겨울의 청명한 날씨였다. 역사 앞 대형 화면에서는 단신 뉴스가 자막과 함께 나오고 있었다. 부정부패 혐의로 쫓기던 어떤 종교지도자의 부패한 시신이 숲속에서 발견되었다는 내용이었다. 온 나라를 떠들썩하게 한 사건이었다. 몇 달을 수색한 경찰을 비웃듯 소재가 오리무중이었던 범죄자의 말로는 누구도 예상치 못했던 방식으로 세상에 드러났다. 시신은 많이 훼손되어 얼굴을 알아볼 수 없다고 했다. 정말 그 사람이 맞을까? 정부 고위 관계자와 관련이 있는 사건인 만큼 시신의 진위를 둘러싸고 갑론을박이 벌어질 것이다. 뉴스를 보며 계단을 내려가던 오현진의 발걸음이 멈췄다. 관련 증거는 그날 밤 오현진이 모두 폐기하거나 조작했다. 존재하지도 않는 경찰살해범을 동료들은 어떻게 '잡을' 생각일까? 계단 옆쪽으로 무릎을 꿇고 땅바닥에 얼굴을 댄 채, 두 손을 모으고 있는 노숙자가 눈에 들어왔다. 노숙자는 더러운 얇은 옷 한 장을 걸친 채, 바들바들 떨고 있었다. 건물 귀퉁이에 종이박스를 깔고 있는 노숙자들도 여기저기에 보였다. 새벽이 되면 저들 중 동사자들이 나올 것이다. 찾아갈 가족이 없는 동사자는 공동묘지에 묻히거나 대학병원에 실험용으로 기증된다. 얼어 죽어도 누구 하나 신경 써 줄 사람 없는 잉여 존재들. 경찰 살해 사건은 곧 해결될 것이다. 도망자 생활에 지친 범인의 '자살'이라는 방식으로…. 오현진은 노숙자를 한참 동안 바라보다가 지폐 한 장을 손에 얹어 주고는 걸음을 돌려 역사 안으로 사라졌다.